Uma estrela chamada Henry

RODDY DOYLE

Uma estrela chamada Henry

Tradução de
Lidia Luther

Estação Liberdade

© Roddy Doyle, 1999 (edição original inglesa: Jonathan Cape, Londres, sob o título *A Star Called Henry*)
© Editora Estação Liberdade, 2001, para esta tradução
© Irving Berlin Music Corp., EUA, 1935, Warner/Chapell Music Ltd., Londres, para "Cheek to Cheek", sob permissão de IMP Ltd.

Preparação e revisão de texto	Marcelo Rondinelli e Sílvia Sampaio Ribeiro
Composição	Pedro Barros / Estação Liberdade
Ilustração da capa	*Free State Guard*, 1922. Hulton Getty Collection
Edição e revisão da tradução	Angel Bojadsen

Doyle, Roddy, 1958-
Uma estrela chamada Henry / Roddy Doyle ; tradução de Lidia Luther. — São Paulo : Estação Liberdade, 2001.

Título original: A star called Henry
ISBN 85-7448-041-X

1. Romance irlandês I. Título. II. Série.

01-1996   CDD-ir823.914

Índices para catálogo sistemático:
1. Romances : Século 20 : Literatura irlandesa
   ir823.914
2. Século 20 : Romances : Literatura irlandesa
   ir823.914

Todos os direitos desta edição reservados à

Editora Estação Liberdade Ltda.
Rua Dona Elisa, 116 – 01155-030 – São Paulo - SP
Tel.: (11) 3661 2881   Fax: (11) 3825 4239
e-mail: editora@estacaoliberdade.com.br
http://www.estacaoliberdade.com.br

Este livro é dedicado a
Kate

*Heaven –
I'm in heaven –
And my heart beats so
That I can hardly
Speak.*

    Irving Berlin

PARTE UM

PARTE UM

1

Minha mãe olhou para as estrelas. Havia muitas lá no céu. Sua mão, levantada, oscilou enquanto escolhia uma delas. Apontou com o dedo.

— Aquela é o meu Henry. Olhe.

Olhei, eu, o outro pequeno Henry, sentado no degrau ao seu lado. Olhei para cima e tive ódio dele. Ela me segurava, mas seus olhos estavam fixos no menino que piscava no céu. E eu, coitado de mim, sentado ao seu lado, amarelo e de olhos vermelhos, sobrevivendo com feridas e brotoejas. A barriga oca berrando, os pés descalços doendo como os de um velho, um ancião. Eu, o substituto nocivo para o pequeno Henry, que tinha sido bom demais para este mundo, o Henry que até mesmo Deus quisera para si mesmo. Coitado de mim.

E coitada de mamãe. Sentada neste degrau e em outros degraus em ruínas, vendo seus demais filhos se juntarem ao Henry. A pequena Gracie, Lil, Victor, um outro pequeno Victor. Estes são os de que me lembro. Houvera muitos outros, mandados para o limbo; chegaram e partiram antes que pudessem ter um nome. Deus levou todos. Precisava deles todos lá em cima para iluminar a noite. Mas deixou-lhe muitos outros. Os feios, os barulhentos, os que não queria para si — aqueles que nunca teriam o suficiente para comer.

Coitada de mamãe. Não tinha mais de vinte anos quando olhou para Henry piscando no céu, mas já era velha, já estava apodrecendo, destruída, sem esperança de reparo, útil apenas para mais alguns bebês e só.

Coitada de mamãe. Sua própria mãe já era uma bruxa velha e enrugada, mas não devia ter mais do que quarenta anos. Ela me cutucou, como para provar que eu estava ali.

— Você é grande — disse ela.

Estava acusando-me, pesando-me, querendo tomar de volta um pouco de mim. Sempre enrolada no seu xale preto, o cheiro me lembrando carne podre e arenque — era o suor dela. Sempre com um livro embaixo do xale, a obra completa de Shakespeare ou talvez um Tolstói. Nash era seu sobrenome, mas não sei como se chamava antes de casar com o falecido. Não tinha um primeiro nome, pelo menos que eu soubesse. Vovó Nash era o que sempre foi. Não sei de onde ela era; não me recordo de um sotaque. Enrolada no seu xale preto suarento, podia pertencer a qualquer época. Talvez tenha caminhado de Roscommon ou Clare, empurrada pelo fedor da poluição abafante, atravessado o país a pé até avistar a fumaça devoradora de tijolos que pairava sobre as colméias febris e úmidas que formavam nossa maravilhosa cidade, caminhado ao longo do rio, cada vez mais para dentro da sujeira e da merda, do barulho e do dinheiro. Uma jovem camponesa, nunca foi beijada, nunca foi tocada, estava com medo, estava encantada. Virou-se, deu uma volta e viu os quatro cantos do inferno. Seu coração gemia por Leitrim, mas seus seios ardiam por Dublim. Deitou-se e gritou para os marinheiros fazerem fila. Franceses, dinamarqueses, chineses, ianques, sei lá quem mais. Uma camponesa, uma mocinha, abandonada, quase menina, a barriga doendo de fome. Deixara a família morta numa vala, os beiços verdes com o suco da grama, sua barriga a ponto de explodir ao sol do meio-dia. Não sei se foi assim. Talvez fosse criada em Dublim. Ou estrangeira. Uma órfã de um asilo de pobres, uma freira que tomou o caminho errado. Trazida da Austrália, muito feia e muito má para a terra de Van Diemen. Não sei. O fato é que, quando a conheci, ela já tinha se tornado uma bruxa. Sempre com o rosto enfiado num livro, procurando emoções baratas. Lançava a cara para a frente com a certeza de tempos antigos, sabia cada pensamento que atravessava meus olhos. Sabia das profundezas do mal. Olhava fixo para mim com seus olhos de canibal e me fazia

correr para a privada. Seus olhos batiam a porta atrás de mim.
E o que sei sobre minha pobre mamãe? Quase nada. Sei que se chamava Melody Nash. Um belo nome, que prometia muito. Sei que nasceu em Dublim e que morou na Boston Street. Trabalhou na fábrica de contas de rosário de Mitchell na Marlborough Street. Fazendo contas de chifre de vaca. O dia inteiro, seis dias por semana, suando, cegando os olhos por Deus e por Mitchell. Furando os buracos nas contas por Jesus. As mãos sangrando, os olhos ardendo. Antes de trombar com meu pai.

Melody Nash. Penso no nome e não vejo minha mãe. Melody melodia. Ela pula, ri, seus olhos negros brilham de alegria. Os cabelos preto-azulados dançam, seus pés lambem o ladrilho. Sua professora gosta dela porque aprende depressa. É rápida nas somas, suas letras têm curvas graciosas e são bem-feitas. Tem grande futuro, vai se casar com um manda-chuva. Vai ter carne boa todo dia e uma casa com banheiro. Sai da frente, Melody melodia vem aí, sai da frente, Melody melodia vem aí.

Que idade tinha quando descobriu a verdade, quando descobriu que na sua vida não haveria música? O nome era uma mentira, um feitiço de bruxa. Tinha doze anos quando entrou na fábrica de contas de Mitchell e dezesseis quando trombou com meu pai. Quatro longos anos apertando os olhos, somando, cortando as mãos, num buraco escuro, fazendo contas de rosário. Melody melodia conta de rosário. Cantavam enquanto trabalhavam. *Beautiful dreamer, awake unto me.* Mitchell queria que elas rezassem. *Starlight and dewdrops are waiting for thee.* Era bela? Será que seus dentes brancos brilhavam quando erguia a cabeça com as outras moças? *Beautiful dreamer, queen of my song**. A mulher no degrau não tinha dentes, nada brilhava. Como eu, ela nunca fora criança. Não havia crianças em Dublim. Promessas não se cumpriam nos cortiços. Beleza, ela nunca tivera.

Ela trombou com meu pai. Melody Nash conheceu Henry Smart. Quase passou por cima, e ele caiu. Tinha metade do peso dele, metade de sua altura, era seis anos mais nova, e ele caiu para trás como um tronco cortado de uma árvore. Amor à primei-

---

* Bela sonhadora, acorde para mim. / A luz das estrelas e o orvalho esperam por ti. / Bela sonhadora, rainha da minha canção.

ra vista? Derrubado pela beleza dela? Não. Ele estava totalmente bêbado e sem a sua perna. Estava se equilibrando com uma pá tamanho sete que achara atrás de uma porta aberta em seu caminho, quando Melody Nash o atropelou e o derrubou na Dorset Street. Era domingo. Ela vinha da missa das oito e meia e ele lutava para deixar o sábado para trás. Sem a perna e seu senso de direção, bateu com a testa no chão da rua e não se mexeu mais. Melody deixou cair as contas que ela mesma fizera e olhou para o homem. Não via o rosto dele, que agora beijava a rua. O que viu foram as costas largas, da largura de uma cama, dentro de um casaco tão velho e encrostado como o calçamento ao seu redor. Mãos do tamanho de uma pá na ponta dos braços esticados. E uma perna. Uma só. Ela até levantou o casaco dele para ver se via a outra.

— Cadê sua perna, senhor? — perguntou Melody.

Levantou o casaco um pouco mais.

— Ei, o senhor está morto? — perguntou ela.

O homem gemeu. Melody soltou o casaco e deu um passo para trás. Olhou ao redor à procura de ajuda, mas a rua estava deserta. O homem gemeu de novo. Levantou os braços e se firmou. Depois se arrastou, um joelho só, por cima do bueiro. Melody apanhou a pá. Ele gemeu de novo e vomitou. Um dia e meio de bebida escorreu para fora dele como a água preta de uma bomba. Melody desviou do caminho do líquido. O jorro parou. Ele limpou a boca com a manga mais imunda que Melody já tinha visto. Esticou a mão. Melody compreendeu imediatamente que ele queria a pá. E entregou-a a ele. Agora podia estudar seu rosto. Parecia não ter se lavado por tempos imemoriais e as crostas e os filetes de sangue davam a impressão de que ele era um animal recém-abatido. Mas não era feio, concluiu. A situação — o casaco, o vômito de cerveja preta, a falta de uma perna — não lhe permitia chegar a dizer que ele fosse bonito, mas definitivamente não era feio. Ele se agarrou à pá e se levantou. Melody deu um passo para trás de novo, para dar lugar ao espectro dele. Ele a fitou, mas ela não estava com medo.

— Desculpe, senhor — disse Melody.

Ele sacudiu a cabeça.

— Você viu uma perna por aí? — perguntou ele.

— Não.

— Uma de madeira.
— Não.
Ele pareceu decepcionado.
— Sumiu, então — disse ele. — Ontem mesmo ainda estava comigo.
Foi então que Melody disse uma coisa que os colocou no caminho do altar e de mim:
— O senhor é um homem muito bonito, mesmo sem ela.
Ele olhou com mais atenção para Melody. Ela dissera aquilo apenas para lhe reconfortar, mas homens de uma perna só agarram-se a qualquer coisa.
— Qual é o seu nome, mocinha? — perguntou ele.
— Melody Nash — respondeu ela.
E Henry Smart se apaixonou. Apaixonou-se pelo nome. Com um nome daqueles ao seu lado, ele acharia sua perna, uma perna nova cresceria do coto, ele encontraria portas abertas pelo resto da vida. Acharia dinheiro na rua, e galinhas de três pernas. Nunca mais precisaria suar de novo. Henry Smart, meu pai, olhou para Melody Nash. Viu o que queria ver.
Sei como era Henry Smart. Ela me contou, sentada no degrau, olhando rua acima e rua abaixo, esperando por ele. E também depois, quando ele sumiu de vez e ela ainda olhava e esperava. Seu jeito de contar, suas palavras, nada mudava. Nunca permitiu que a solidão, a fome, a miséria mudassem sua história. Sua mente vagava, finalmente apodrecendo, mas nunca esqueceu sua história, como trombara com Henry Smart. Fixou na memória. Sabia como ele era. E ela? Como era Melody Nash? Tinha dezesseis anos. É tudo o que sei. Vejo-a mais tarde, cinco, seis anos mais tarde. Uma eternidade. Uma velha. Gorda, enrugada, triste. Melody Smart. Vejo a mulher sentada no degrau e tento fazê-la voltar seis anos atrás, tento arrancar a dor e a idade de seu semblante. Tento fazê-la se levantar e caminhar de volta, para vê-la como ela era antes. Tiro vinte quilos de seu peso, ergo sua boca, tento pôr alegria nos seus olhos. Dou brilho aos seus cabelos, troco suas roupas. Posso criar uma bela moça de dezesseis anos. Posso fazê-la linda de morrer. Posso fazê-la mais simples, mais larga, estragar sua tez. Posso jogar esse jogo até o fim da minha vida, mas nunca vou ver Melody Nash, minha mãe de dezesseis anos.

Trabalhava em lugares escuros e úmidos o dia inteiro. Cerrava os olhos para combater a luz. Suas mãos eram rachadas e sólidas. Era uma cria dos cortiços de Dublim, não era realmente uma criança. Seus pais, seus avós, nunca souberam o que era boa comida. Comida ruim, bebida péssima, ar nauseabundo. Ossos ruins, vista péssima, pela frágil. Magérrimos, corcundas, destroçados. Henry Smart olhava para Melody Nash e via o que queria ver.

— Qual é seu nome, mocinha?
— Melody Nash — disse ela. — Como foi que a perna sumiu?
— Não tenho a mínima idéia — disse Henry.

Ele olhou para o chão, para o lugar onde seu pé deveria estar, e saiu da poça de cerveja preta que acabara de vomitar. Não queria nada com a cerveja; agora era um novo homem. Refletiu depressa, fazendo planos. Ela o vira caindo de cara no chão, depois vomitando, uma das pernas faltando — sabia que não devia estar causando boa impressão. Mas havia outras maneiras de fisgar um peixe. Olhou para Melody e depois para o chão.

— Era a melhorzinha das duas — disse ele.
— A melhor?
— Minha perna de domingo.
— Ah... — disse Melody. — Vai acabar aparecendo novamente, senhor, não se preocupe. Talvez a tenha deixado em casa.

Henry ponderou.

— Duvido muito — respondeu ele. — A casa eu também perdi.

Melody sentiu pena dele. Sem perna, sem casa — a única coisa que o sustentava era sua vulnerabilidade. Viu sinceridade. Os homens que Melody conhecia se gabavam ou tratavam-na com desprezo. O Mitchell das contas de rosário, seu pai, todos os homens — eram todos irados e maldosos. Este era diferente. Ela trombou com o coitado do perneta, seu rosto sangrava, não tinha um teto para onde ir, ainda que aos pulos — e não a culpava por nada. Então ela viu: ele sorria. Um sorriso bom, estava oferecendo a ela um meio-sorriso. Ele não parecia aleijado. E ela gostava do vazio onde a perna deveria estar.

— Vamos dar um passeio, então? — perguntou ele.

— Vamos — aceitou ela.
— Ótimo.
Ele limpou a ponta da pá com a manga.
— Vamos deixar brilhando para a dama.
Deixou que a pá saltasse suavemente no caminho. Era música para Melody.
— Agora sim, está tudo em ordem — disse Henry Smart.
Ele estirou o braço e o ofereceu a Melody.
— Espere um pouco — disse Melody.
Ela tirou o seu xale e limpou o rosto dele. Esfregou e acariciou, tirando as manchas de sangue, mas deixou a sujeira — a sujeira era coisa dele, não tinha nada a ver com ela. E não se importava. Sujeira e fuligem eram a cola que grudava as várias partes de Dublim. Ela cuspiu educadamente numa ponta do xale e esfregou as últimas crostas secas de sangue. Depois se enrolou no xale de novo.
— Pronto — disse ela.
Já eram um casal.
Ele se apoiou na pá e ofereceu o braço livre para ela. Ela se apoiou nele e lá se foram, na caminhada que ainda trazia um sorriso ao seu rosto quando se lembrava dela, muitas e muitas luas mais tarde, contando-nos nos degraus das moradias que ocupávamos ou de onde éramos despejados. Um domingo de junho, no ano de 1897, quando Vitória, a Rainha da Fome, ainda mandava e desmandava. Uma gloriosa manhã de verão. Precisaram se acostumar com o ritmo da caminhada. Ele se inclinava para o abismo que era sua perna sumida. Ela, agarrada a sua manga, seguia-o até lá. Mas logo ele se reequilibrava no cabo da pá e seguia em frente. Aos trancos e barrancos, ele a puxava. Não havia espaço para muita conversa. O calçamento era perigoso e virar numa curva era impossível. Assim, continuaram em frente, até alcançarem Drumcondra e o campo.

Quem era ele e de onde vinha? Árvore genealógica de pobre não cresce muito. Não sei nada de substancial sobre meu pai; não sei nem se seu nome era verdadeiro. Nunca houve um vovô Smart, ou uma vovó Smart, irmãos, primos. Ele inventava sua vida enquanto vivia. Onde andava sua perna? Na África do Sul, em Glasnevin, submersa no mar. Ela ouviu tantas histórias, suficientes para enterrar dez pernas. A guerra, uma infecção, as fadas. Ele inventava e reinventava a si mesmo. Deixou uma trilha de Henrys Smart antes de finalmente desaparecer. Um soldado, um marinheiro, um garçom — o primeiro garçom perneta a servir a rainha. Matara dezesseis zulus com seu membro inferior ainda quente, logo depois de separado do resto do corpo.

Seria ele apenas um mentiroso? Não. Não acredito. Era um sobrevivente; suas histórias o mantinham vivo. Histórias eram as únicas coisas que o coitado possuía. Sendo um homem pobre, ele se deu uma vida. E preencheu o buraco com muitas vidas. Seu pai fora um camponês de Sligo devorado pelos vizinhos; e quando acabaram com ele, chegaram a comer a perna do meu pai antes que ele escapasse. Ele desceu o *boreen**aos pulos, a vida esguichando de seu coto, atirando pedras nos vizinhos esfomeados, e continuou pulando numa perna só até alcançar Dublim. Ele era um mascate, um jogador, um cafetão. Sentou-se à beira de uma vala com minha mãe ao seu lado e inventou sua vida.

— Ainda não me disse o seu nome — soltou ela.

— Henry Smart, ao seu dispor.

Seria um nome para compensar a falta da perna, um nome para combinar com o dela? Ele se apaixonou pelo nome de mamãe — Melody melodia Melody Nash — e ela se apaixonou pelo dele.

E se deram as mãos.

Anos mais tarde, olhando para o céu noturno, contando seus filhos. Coitada de mamãe arruinada. Na chuva, no granizo, no calor, ela sentada no degrau. Dava as costas para as casas atrás de nós e olhava para a noite que acalmava. Atrás dela, a umidade, as paredes descascadas, a madeira estragada, o ar úmido, os forros esburacados, despencando. O papel de parede apodrecendo, poças de água parada, ratos farejando o leite de bebê. Enxame de moscas nas paredes molhadas, ruindo. A tifóide e outras mortes

---

* *Boreen*: como os irlandeses se referem a suas estradas secundárias. Também designa uma trilha para vacas. (N.T.)

em cada arfada, em cada superfície. Corrimãos que balançavam ao toque, assoalhos que gemiam e grasnavam, madeira à espera da mínima fagulha. Não havia descanso, um lugar onde ela pudesse deitar e esquecer. Gritos e brigas, ódio e tosse, a tosse — a morte pairando cada vez mais perto. E os cômodos atrás dos degraus ficavam cada vez menores e mais escuros e mais vis. Caíamos cada vez mais. As paredes desmoronavam e fechavam o cerco sobre nós. Seus bebês morriam e se juntavam às estrelas. Cômodos sem janelas, chão do qual brotavam baratas. Chorávamos ao sentir o cheiro da comida nojenta dos outros. Chorávamos com a dor que queimava nossas feridas. Chorávamos por braços que nos protegessem. Chorávamos por calor e por meias, por leite, por luz, por um fim à coceira que não nos deixava dormir de noite. Chorávamos por causa dos piolhos que brilhavam e se aninhavam, zombando de nós. Chorávamos para que nossa mãe viesse nos salvar. A coitada de mamãe. Finalmente, finalmente, fomos arrastados para nosso último cômodo, um subsolo, o mais baixo a que podíamos afundar, um buraco que bocejou e nos engoliu. Deitávamos para dormir no chão alagado com a água do rio Liffey, dormíamos amontoados com as lesmas e os vermes do esgoto. Mamãe sentava nos degraus em ruínas, virando as costas para os fatos suados e horrendos de sua vida, e olhava, através da fumaça mordaz, para as estrelas que cintilavam no céu dublinense.

    Casaram-se numa capelinha na igreja jesuíta da Gardiner Street. Seu pai a levou ao altar (e morreu um ano depois). O padrinho do noivo foi um colega de Henry, um leão-de-chácara chamado Brannigan. A madrinha da noiva foi uma moça magrela chamada Faye Cantrell que se coçava tanto e tão ruidosamente que o padre mandou que ela parasse ou ele não permitiria que sua amiga se casasse. Ela ficou então de braços retos ao longo do corpo e se concentrou tanto nisso que acabou se mijando.
    Faltavam três semanas para Melody completar dezessete anos. Ela flutuou para fora da igreja, levantada pelo aroma das velas, do verniz fresco dos bancos e do mijo de Faye. Havia moleques na porta da igreja, uma horda de cabeças sarnentas, esperando pelo

*grushie**. Henry tirou do bolso um punhado de moedas de um quarto e meio *penny* e jogou-as para cima, por um instante cobrindo o céu de moedas. Os meninos olharam encantados, depois acordaram e correram, empurrando e puxando uns aos outros para pegar o dinheiro. Os que perderam, voltaram para pedir mais. Ficaram parados, o ranho descendo do nariz como cordão, e esperaram para Henry fazer a mágica mais uma vez. Mas não teve outra vez.

A festa foi no cômodo dos pais dela, na Bolton Street. Nada de muito refinado, apenas algumas garrafas e um pouco de música. A mulherada da vizinhança fez fila para passar conselhos sábios a Melody.

— Agora é bom lembrar, meu bem — disse a velha senhora Doody do quarto de trás. — Dê meia garrafa de cerveja preta para o bebê toda noite, para matar os vermes.

— Não vou ter bebê — disse Melody.

— Claro que vai — disse a senhora Doody, uma mulher tão velha quanto a sujeira na casa. — Todas tivemos bebês. Eu tive cinco ou seis.

— Não vou ter bebê. Não *agora* — disse Melody. — E não sei quem lhe disse outra coisa.

— Isso mesmo! — emendou a senhora Doody. — Bebês de uma perna só, isso sim. Um atrás do outro. Vão pular mais do que passarinho saltitante.

E a senhora Dempsey, dos degraus ao lado, contou tudo sobre a sífilis.

— Vai comer seu cérebro, meu bem — disse ela. — Você mesma não vai pegar, é claro, mas ele pode. E então vai passar para você. Assim, é melhor ter cuidado. Corrói o cérebro até você cair de quatro na rua, porque suas pernas não sabem o que fazer. Você morre gemendo e gritando, não há cura. Se tiver sorte, vai ser levada para o Hospital Locke, onde vão sufocá-la com um travesseiro. É assim que fazem com as infelizes que pegam a doença dos marinheiros. Você tem de fazer com que ele venha para

---

* Tradição irlandesa. Imediatamente depois da cerimônia, o noivo joga um punhado de moedas para a meninada local. A correria para pegar as moedas chama-se *grush* ou *grushie*. (N.T.)

casa todas as noites e não vai ter problema. Ou esfregue nele um pouco da cal da parede de uma igreja. Quando o pinto dele estiver em pé, sabe como é... bem, vai logo ficar sabendo, não se preocupe, meu bem.

Melody perdeu a voz; ficou paralisada. Uma após outra, as mulheres sentaram-se ao seu lado, uma em cada lado, e cochicharam segredos mortais nos seus ouvidos de virgem. *Agora, se você sentir cheiro de mulher fogosa no casaco dele, o melhor é fervê-lo com uma cabeça de cavalinha de Malahide.* Ela caminhara para o altar da capela lateral da igreja em estado de inocência sexual, até então apenas beijada por um homem, e nada mais. Sabia que sexo acontecia, como sabia que Deus ficava lá em cima, por trás das nuvens. Sabia que as mulheres iam para dentro de casa por um tempo e saíam depois com bebês. *Dois puxões assim, agora, e ele lhe deixa em paz pelo resto da noite.* Ouviu barulho embaixo dos degraus escuros. *Ele nunca vai sair de cima de você, pode acreditar em mim. Com uma perna de madeira, o sangue precisa achar outro lugar para correr.* Era de uma inocência inacreditável. A mãe lhe dissera que teria de ficar dentro de seu novo quarto por três dias inteiros depois da noite de núpcias. Estava pronta para a breve prisão, mas não sabia a razão. *Uma boa folha de repolho dá conta do recado.* Morava bem no meio de um lugar que vivia da compra e venda de sexo. Estava no ar; as manchas e os gemidos a rodeavam, os gritos, as arfadas e as súplicas, bebês e pirralhos engatinhando em cada metro quadrado, cafetões e marinheiros em cada esquina, por quilômetros ao seu redor e, Deus a proteja, ela nunca notara. E agora estava sendo bombardeada. *Se ele quiser que você faça do jeito que os cachorros fazem, vai acabar tendo gêmeos ou trigêmeos, ou até mais. A não ser que o seu colchão seja da palha de onde um cavalo de padre dormiu.* Ela procurou o marido com os olhos, para ver se via o monstro que as mulheres calmas e amargas pintavam. Não o via, não o ouvia, nem a sua perna de pau. Não conseguia respirar. *Tenho um pote de um negócio que um judeu me arrumou, que resolveu o assunto antes mesmo que pudesse pôr o tampo de volta no pote.* Ela achou que ia morrer, mais alguns cochichos a matariam; sua língua começava a inchar.

Foi salva pela briga que começou quando dois vadios que

ninguém conhecia foram pegos enfiando a mão nas garrafas de cerveja preta.

— Seus penetras imundos!

Vovó Nash pulou para cima de um deles e mordeu-lhe a bochecha. Seus berros de dor salvaram Melody. Fugiu daquelas mulheres. Mas ver sua mãe pendurada na bochecha do coitado do pedinte encheu-a novamente de terror. Seria aquilo parte do casamento? Será que ela também tinha de fazer o mesmo? O homem tentava salvar seu rosto, mas os braços estavam rijos com todas as garrafas de cerveja e os sanduíches enfiados nas mangas. Seu comparsa estava sendo surrado pelo pai de Melody com a perna do marido recém-conquistado. E este estava sentado à mesa, vigiando o resto das garrafas. Os vizinhos faziam fila para terem sua vez com os penetras, mas vovó Nash ainda não estava pronta para largar o seu. Ela rugia e mordia como uma cadela dos infernos; seus dedos imundos cravando-se no rosto do coitado, procurando os olhos para furar. Faye berrava e se coçava embaixo da mesa. A velha senhora Doody batia palmas.

— Sete, OITO, cadê o BISCOITO!

Melody não agüentou mais.

— Vocês estão arruinando o meu dia! — gritou.

Vovô Nash soltou a perna.

— Claro, meu bem! — disse ele. — O dia estaria arruinado por completo se esses aí levassem o resto da cerveja.

Mas a briga chegou ao fim. Os penetras cambalearam porta afora e pelas escadas, gemendo e berrando, deixando um rastro de sangue que os cachorros da redondeza seguiram lambendo. Também deixaram as garrafas, intactas, e quase todos os sanduíches, alguns amassados, mas que ainda puderam ser remontados e comidos. Henry enfiou a perna de volta no coto e se aproximou de Melody. No rosto, uma expressão de bravura e timidez.

— Pronta?

— Estou — respondeu Melody.

Era hora de ir. Despediram-se. Melody não quis beijar a mãe; o sangue do penetra ainda manchava seu queixo, os olhos estavam miúdos e vidrados. Caminharam pouco para chegar à casa nova. Melody, de braços dados com Henry, começou a se sentir novamente feliz. Os ares eram amenos, ela estava casada e indo para seu novo lar. Viraram algumas esquinas, passaram por uns tantos becos escuros.

Até o número 57 da Silver Alley.

Para um quarto no número 57 da Silver Alley. Dois andares para cima, em frente à porta, o quarto de frente. Um quarto só para os dois. Um quarto com uma janela, uma janela em ordem, que se podia abrir e fechar. Havia sido um quarto de bebê no passado. Cem anos mais tarde, os recém-casados Smarts ficaram felizes de tê-lo para si. Era deles; todo aquele espaço e paz, nunca haviam tido tanto. Pararam à soleira da porta, respiraram de novo e olharam para a sua nova casa. Tinham tanto! Tinham paredes grossas e firmes e uma janela. Tinham um colchão, palha fresca, uma cadeira e um banquinho. Um baú para o carvão e outro que servia de mesa. Um peitoril de janela esperando por flores. Tinham um consolo de lareira e, em cima, uma imagem de Nossa Senhora. Tinham duas xícaras não muito trincadas e dois pratos ainda inteiros. Tinham facas, garfos e uma colher. Um balde para água e outro para as goteiras, uma bacia, uma chaleira grande. Um candeeiro de parafina e um sabonete Sunlight ainda novinho em folha. Uma lata de biscoitos vazia para guardar comida e um retalho de gaze para cobrir o leite. Tinham as roupas do corpo e mais uma muda. E um homem que viria buscar o aluguel, um policial chamado Costello, todas as sextas-feiras às seis da tarde, mas isso não os deixava nem um pouco preocupados; teriam o dinheiro pronto embrulhado em cima do consolo da lareira. O assoalho estava limpo; o vidro da janela reluzia. A perna de todos-os-dias de Henry estava num dos cantos. Tinham um lençol feito de sacos de farinha, e sacos de açúcar como cobertor. Tinham pão e uma fatia de queijo na lata e um pedaço de manteiga fresquinha na água do balde. Tinham tudo o que precisavam; e era tudo deles.

Ele se sentou na cadeira, ela puxou o banquinho.

Um quarto só deles. Podiam fechar a porta e dar as costas para o resto da casa. Podiam esquecer a escuridão da escada quando subiam, a sujeira escondida nas sombras que faziam de cada degrau uma aventura. Podiam zombar do corrimão que não estava lá quando tentaram apoiar-se. Podiam ignorar as mangas molhadas quando se encostaram no vão de escada e o fedor que os acompanhou na subida dos degraus. Podiam ou não comentar sobre as tosses sanguinolentas que ouviram no quarto de baixo quando passaram e que ainda podiam ouvir, se quisessem. Podiam ouvir patas arranhando no sótão, acima do teto que cedia, e as patas atrás das paredes. Sentaram-se lado a lado como se estivessem num bondinho e, com uma timidez maravilhosa, agora que estavam casados e sozinhos, fitavam as paredes e a janela.

As paredes eram vivas e os olhavam também. Insetos rastejantes e mordedores, verdadeiras cidades sob as camadas de papel e tinta. Se pusessem as mãos no papel de parede, poderiam senti-los se mexer e rastejar. Melody e Henry achavam que todas as paredes eram assim. Não eram sólidas; não eram de confiança. Havia pêlo de vaca na goma do papel; isso para manter o quarto quente. E o cheiro vinha dos céus e era a descida ao inferno.

Olharam para o vidro quebrado da janela só deles. Viram o jornal amarelado e escuro que tapava o buraco embaixo do parapeito. O quarto da frente no andar superior, um quarto com vista. Podiam olhar e ver o mundo. Podiam ver a fumaça passando, manchas de fuligem do tamanho de gatinhos, uma chuva cinza e fedorenta. Podiam se aproximar da janela e avistar outras janelas a apenas alguns metros à frente, a uma braçada de um homem grande do outro lado do beco. As casas se inclinavam para perto das outras, fazendo do beco um túnel, e podiam desmoronar a qualquer momento. Os tijolos esfarelando e a madeira podre; um bom vento ou um empurrão as levariam ao chão. Réplicas escarnecedoras de seu próprio quarto: ao inclinarem-se para fora da janela podiam ver as casas se acabando. Do lado direito, podiam ver o vazio dos dentes perdidos do beco, três casas que haviam sucumbido num incêndio cinco anos atrás. Três casas e 87 pessoas, as chamas lambendo a janela de Melody e Henry. Podiam abrir a janela e olhar para o beco, para os vira-latas e as crianças, descalças e raquíticas, as surras, os despejos, a dor e a sujeira que escorria. Podiam olhar para o seu futuro. *Ah, claro, Deus vai prover para os dias.* Mas podiam fechar a janela e deixar para fora os mortos e os vivos, os gritos e o sofrimento. Dentro, estavam casados e felizes. Lá fora, condenados.

Henry e Melody sentados na cadeira e no banquinho. Estavam excitados e assustados, assustados e excitados. Meus pais. Mamãe e papai.

Eu estou ali na esquina, juntando forças. Nasci naquele cômodo, ou num cômodo como aquele. Nasci naquele beco, naquela cidade, naquele pequeno pedaço do Império. Estou de olho na porta, tentando achar um jeito de entrar. Está escuro, mas estou quase conseguindo.

Pagavam o aluguel toda sexta-feira à noite. Melody entregava o dinheiro para Costello, o tira da Polícia Metropolitana de Dublim, grande e gordo, que viu Dublim pela primeira vez um dia antes de começar a trabalhar lá. Odiava o lugar, seus habitantes, os sotaques, a sujeira. Mereciam aquelas vielas e cortiços. Arrecadar o aluguel era moleza. Adorava fazê-lo, especialmente se o pagamento não estivesse disponível quando batia à porta. Tinha um bigode enorme, que combinava com o barrigão e os pés, que atravessavam três bairros.

Ele contava o dinheiro que Melody lhe entregava. Pesava as moedas na mão, esperando que estivessem só um pouquinho mais leves.

— Ótimo, então — disse ele, depois de esperar o tempo suficiente para deixar Melody preocupada.

Enfiou no bolso o dinheiro, que se juntou às outras moedas. Molhou a ponta do lápis com a língua.

— Onde está o senhor da casa esta noite? — perguntou, enquanto fingia escrever qualquer coisa no caderninho que segurava delicadamente com as mãos enluvadas.

— Está no trabalho, seu Costello — disse Melody.

— No trabalho — repetiu Costello. — Ele chama aquilo de trabalho, então?

Costello ganhava a vida rachando as cabeças de Dublim. E meu pai também. Ele ficava parado em frente à porta da casa de Dolly Oblong, o maior puteiro, na Faithful Place, bem no meio de Monto. Em seu quarto escuro dentro da casa, Dolly Oblong, uma mulher que poucos já tinham visto, passava o pente fino nos jornais procurando notícias dos movimentos de tropas, valores de ações, resultados das partidas de futebol. Sabia que navios estavam para atracar, as datas das grandes corridas de cavalo, quando cairia a Quarta-Feira de Cinzas, tudo com anos de antecedência.

Em tudo via um negócio; sabia de tudo. Diziam que, nos bons tempos, ainda menina, deixara em fogo os olhos do Príncipe de Gales, levado até ela por uma passagem secreta cavada especialmente para ele. E, imediatamente depois, oferecera seus serviços a um trabalhador braçal desempregado, mal a bunda do Príncipe tinha desaparecido de volta à passagem. Fodeu com todas as classes sociais, todas as cores e todas as religiões, e suas meninas faziam o mesmo. Seu puteiro era aberto a todos os homens. Todos que tivessem dinheiro e modos.

E era aí que meu pai entrava no negócio. Ele ficava nos degraus de entrada a noite inteira para manter a paz. Havia privacidade lá dentro para aqueles que precisavam e licença para aqueles que queriam fazer baderna. A polícia e o clero podiam ir e vir sob o disfarce da noite. Os marinheiros entravam à hora que queriam. Mas todos tinham de passar pelo meu pai. Ele ficava na porta das seis da noite às seis da manhã, a noite inteira. Era quem deixava entrar ou botava para fora. Soldados, açougueiros, políticos — todos precisavam passar pelo seu crivo. Olhava para os homens enquanto subiam os degraus. Procurava alguma coisa no rosto deles: irritabilidade, preocupação, perversidade. Se encontrasse, não passavam por ele. Era um homem de porte, enorme, mas não apenas isso. Para compensar a falta da perna, seu corpo tinha uma agilidade que era prontamente compreendida. Marinheiros que não falavam inglês davam a volta quando viam uma mera inclinação de seus ombros. Autoridades paravam de se gabar quando viam Henry arquear as sobrancelhas. Banqueiros olhavam para o seu peito e sabiam que ele era incorruptível. Os outros já o conheciam; haviam ouvido falar dele. Com um movimento rápido, ele tirava a perna, partia a cabeça, e a perna voltava a seu lugar antes que o dono da cabeça atingisse o chão. Era um leão-de-chácara dos melhores, o rei dos cafetões. Muitas vezes passava uma semana inteira sem precisar tirar a perna. Era educado e ágil. Dava um passo para o lado e deixava os homens entrar, aqueles de rosto limpo, homens decentes procurando uma trepada ou um pouco de diversão na madrugada. Muitas vezes ganhava gorjetas. As meninas também gostavam dele. Pagavam para ele ir comprar cigarros e doces. Dolly Oblong nunca as deixava sair; queria todas com a pele de porcelana e cativas. Todas se chamavam Maria; os clientes gostavam. Ela detestava a rudeza da mulherada que ficava nos degraus no fim da rua e a arrogância dos bordéis mais imponentes, como aquele em que trabalhara por anos.

Ele ganhava a vida. Ia para casa às seis da manhã, querendo cama e a leveza que ganhava quando tirava a perna. Era de confiança, estável, um pai esperando o momento de ter filhos.

— Então ele chama aquilo de trabalho? — comentava Costello. Todas as sextas à noite.

— Sim, seu Costello — respondia Melody.

— Então tomar conta de putas é trabalho?

— Não sei, seu Costello — respondia Melody.

Ele fazia outras coisas também, meu pai. Era de confiança, era previsível. Um homem inventado por seus próprios mistérios sabia muito bem como guardar os segredos dos outros. Fazia coisas para certas pessoas. Às vezes, Henry não se encontrava nos degraus de Dolly Oblong. Estava noutro lugar. Transmitia recados, dava lições. Dava lições que jamais seriam esquecidas.

— E a senhora, dona *Smarty*? — inquiriu Costello. — É uma de suas putas também?

— Não, seu Costello, não sou.

— Não — disse ele. — Mas também quem ia querer você?

— Estou indo — disse Henry para Brannigan.

— Tudo bem — respondeu Brannigan.

Brannigan olhou enquanto Henry pulou pelos degraus. Olhou e ficou ouvindo o toque-toque da perna de Henry sumindo do outro lado da rua, engolido pela escuridão. Ele encheu o peito para preencher o vazio deixado por Henry.

Melody fechou a porta. Paz, finalmente. Por mais uma semana. Ela queria tanto que seu Henry pudesse ficar em casa às sextas-feiras, pelo menos até o seu Costello ir embora. Sempre precisava de horas para se recuperar. Limpava o chão. Tirava o pó da imagem da santa.

Henry esperou. Esperou que o recado chegasse até ele. Não havia algo chamado perna de pau sem barulho. Às vezes, o toque-toque da perna se aproximando já era um recado suficiente; ele andava embaixo de uma janela — toque-toque — e voltava, sabendo que o dinheiro, a promessa seria entregue logo no começo do outro dia, ou até mais cedo. Esta noite, no entanto, Henry precisava de silêncio. Sua perna era a mais conhecida de toda Dublim — toque-toque. Ele precisava de silêncio. Ficou espreitando no escuro. Escutou. Ouviu os gritos e os berros das ruas atrás dele. Um bebê chorando numa janela acima, uma garrafa quebrando, um bando de gatos miando por sexo. Estava esperando ouvir o chiado de peito. A qualquer minuto agora. Qualquer segundo. Conhecia seu homem. Sabia sua semana. Era sexta à noite. A qualquer segundo agora.

Ouviu. O chiado, e uma sola de qualidade no pavimento. O recado. Henry abriu o casaco; desatou a perna. O chiado aumentou, cada vez mais. A qualquer segundo agora. Henry segurou a perna. Mais perto, o chiado, mais perto. Henry levantou a perna.

Costello nunca soube o que o atingiu. O peso do dinheiro dos aluguéis o levou direto para o chão. Estava quase morto. Henry colocou a perna de volta. Ficou parado sobre Costello, um pé de cada lado. Precisou se esticar; era como montar sobre um leão-marinho. Costello com o rosto beijando o chão. Um pouco dele ainda vivia. Henry se agachou e se aproximou de seu ouvido direito.

— Alfie Gandon manda lembranças.

Depois se sentou em cima de Costello, puxou-lhe a cabeça e serrou-lhe a garganta. Com uma faca para couro que afiara naquela mesma tarde. Fundo no pescoço do homem, como uma rabeca e um arco. Henry até cantarolava. Foi um tanto inglório o estertor de Costello; não havia luta nem cólera nele. Grasnou, morreu e pronto.

Henry se levantou. Limpou a lâmina da faca na manga do casaco, a mesma em que minha mãe se apoiara na primeira caminhada pelo campo. A manga mais suja do mundo.

Enquanto isso, em casa, a grávida Melody rezava, enfiava-se debaixo dos sacos de açúcar e tentava dormir.

2

Não. Não era eu na barriga de Melody. Mas estava chegando. Estava chegando.

Henry correu, dando pulos por todo o caminho, mas temia o trajeto rápido para casa e o que encontraria lá. Melody estava para dar à luz. Mais uma vez. Dois bebês nasceram no quarto da Silver Street, mas nenhum deles vingou. Henry e Lil. A última tosse deles ainda ressoava nos ouvidos de Henry. Nenhum chegou ao primeiro aniversário. Houve outras perdas, abortos naturais. Mudaram-se para outro cômodo, em uma outra casa, do outro lado da Silver Street. Melody olhava para a janela do quarto em que morava antes e via o rosto dos filhos pressionados contra o vidro rachado. Mudaram-se de novo, desta vez para uma casa em Summerhill. O quarto era menor, e a casa, pior. Mudar era fácil. Henry tomava emprestado um carrinho de mão e nele colocava o colchão, a cadeira e o banquinho. O resto era enfiado nos dois baús — a imagem de Nossa Senhora, os lençóis e os cobertores, a outra perna. Ainda tinham as facas e os garfos, mas a colher sumira. Não havia nada de novo para pôr nos baús. Henry empurrava seu fracasso pelas ruas de Summerhill. Passava por carroças, algumas apinhadas com camas, farrapos, crianças e avós, outras quase vazias — outros como ele, famílias mudando-se. Henry queria tanto um filho para pôr em cima do carrinho de mão. Subindo escadas escuras, degraus úmidos, entrando por uma porta que não prometia nada. Havia uma janela que dava vista para um quintal atrás da casa. O peitoril da janela ainda aguardava por flores.

Esse era o quarto para onde Henry corria agora. Essa era sua última chance, ele tinha certeza disso. Estava ofegante quando alcançou Summerhill. Estava envelhecendo; 26 anos. Seus cabelos haviam ficado grisalhos, embora ele ainda não tivesse notado. Estava corcunda de tanto carregar o peso da alma de seus filhos. Ainda os sentia nos braços. Ainda os cheirava. O pequeno Henry, a pequena Lil. Seu amor por eles era uma luta interminável no peito. Estava sempre a ponto de vê-los. Não dormia mais.

Henry estava apavorado.

Vovó Nash colocava folhas de jornal sobre o colchão, páginas do *Evening Mail* e do *Freeman's Journal*.

— O neném vai ter muito o que ler — disse a senhora Drake.

A senhora Drake era a parteira local, um pau-para-toda-obra. Uma mulher enorme, uma massa de músculos e carnes que pareciam cabeças de bebês gritando para serem libertados. Melody se perguntava se havia um ali para ela, queria e queria que houvesse. Sentada na cadeira, observava sua mãe deitando as folhas de jornal na cama. Os baldes já estavam prontos, cheios, um com água quente, outro com água fria. A chaleira soltava vapor.

— Dizem que se houver notícias de uma guerra em alguma página, então vai ser menina — disse vovó Nash.

Ela não podia ler as manchetes que espalhava pelo colchão. Agora estava pronto. Os jornais estavam lisos e arrumados e suas mãos ficaram pretas. A senhora Drake se encostara na janela.

— Não abra — disse vovó Nash, alisando pela última vez os jornais — até que esteja deitada em cima das folhas. Senão, vão voar pelo quarto. Agora, jovem dama — disse ela para minha mãe, sua filha. — Levante-se.

Melody se levantou da cadeira. Melody melodia elefante Melody. Era cruel, tudo de novo; passaram apenas onze meses desde a última vez que ela teve de deitar nos jornais. Lutou para chegar até o colchão.

— Muito bem, minha filha — disse a senhora Drake. — Vamos lá!

Melody deitou-se nos jornais — eles farfalharam e estalaram sob seu peso —, e a senhora Drake abriu a janela.

— Dia bonito lá fora — disse ela. — Dia perfeito para se trazer um neném ao mundo.

O vapor atravessou a janela. E a dor atravessou o corpo de Melody.

— Pare de gemer — disse vovó Nash. — Vai acabar fazendo o neném nascer com lábio leporino.

— Chega de besteira — disse a senhora Drake para vovó Nash, enquanto se arrastava até Melody. — A água fica por sua conta. Mais uma idiotice da sua boca e eu a atiro pela janela. E aí sim é que vai ter gemedeira.

E Melody começou a rir. Uma dor maior fez com que levantasse as costas do colchão. Mas ainda ria quando repousou.

Henry esperava na rua. Não queria chegar muito perto. Andava de um lado para outro, enquanto através das janelas centenas de pessoas que conheciam e temiam o seu toque-toque espiavam-no. Mas Henry não conseguia ver ninguém. Não tinha ele mesmo uma janela para espiar; estava do lado errado da casa. Atravessou-a, foi ao quintal e olhou para sua janela. Estava aberta. Ouviu — nada. Não podia ficar ali — sentia-se preso. Seu casaco parecia uma armadura. Seria culpa sua se tudo desse errado de novo, se o bebê não sobrevivesse. Um pensamento que se transformara em idéia fixa no tempo em que levou do bordel de Dolly Oblong até a sua casa. Seria tudo culpa sua. Escutou quando chegou à porta de trás — e ouviu Melody rindo.

Ela fez força.

— Tudo bem, não há pressa. Descanse.

A senhora Drake limpou o suor da testa de Melody com um pano gelado. Vovó Nash espiou entre as pernas de Melody; não precisou se agachar.

— Saia daí, você — disse a senhora Drake. — Vai acabar assustando o bebê.

Melody riu e fez força mais uma vez.

Henry andava de um lado para o outro. Tentou se encostar na grade de ferro, sentar nos degraus, mas não conseguia ficar quieto. Precisava se movimentar. Pensou em ir tomar um trago, uma cerveja ou até algo mais forte; seus nervos estavam desesperados por alguma coisa que os acalmasse, mas não queria sair de seu posto. Ela riu. Fazia anos que ele não a ouvia rir. Ficou com um medo-cão, apavorado de que aquela risada fosse a última coisa que ele ouviria de Melody. E seria culpa sua, porque ele era o que era. Não notou que tinha escurecido. De repente era noite. Um mau agouro, mau agouro — o coitado do Henry tentou ignorar. A noite vem sempre depois do dia — ignorou, simplesmente ignorou.

Melody fazia força.

A perna de Henry ficou cada vez mais curta. Ficou ouvindo o eco do riso de sua mulher.

Melody fazia força.

Tentou ouvir, tentou lembrar. Não notou que estava se inclinando perigosamente sobre os degraus do subsolo.

Melody arquejou; pedras pareciam dilacerar suas costas.

— Quanto cabelo.

— Saia da frente!

A senhora Drake segurou a cabeça com suas luvas mágicas.

— É quentinha — disse ela, suspirando. — É muito forte, isto eu lhe digo. Bem-vindo, meu tesouro.

Melody Melodia fez força de novo.

Henry caiu de costas no poço do subsolo.

Melody fez força e eu...

eu...

Henry Smart Segundo ou Terceiro chegou de cabeça neste mundo num rio de água e sangue que lavou as notícias dos jornais. Melody deixou-se cair de volta no colchão. A senhora Drake me segurou pelas pernas. E me balançou para que todo mundo visse, como um salmão gigante que ela não acreditava ter pescado.

— É um menino, Melody — disse ela. — Deve ter mais de sete quilos. Um meninão e tanto, é o que ele é. O cordão é da grossura do meu pulso.

Ela deu um tapa na minha bunda, e o ar ao nosso redor zuniu. Vovó Nash se benzeu, depois saiu correndo pela porta, para contar ao meu pai.

Henry, meu pai, olhou para cima de onde caíra de costas no lixo amontoado pelo vento da rua. Uma estrela cadente atravessou o céu escuro de Dublim. Henry esqueceu sua dor e gritou de alegria. Viu Vovó Nash espiando pela grade, tentando vê-lo em meio à escuridão e o lixo.

— Eu sei — disse Henry. — Eu sei.

Onde estavam os três reis magos? Onde estavam as ovelhas e os pastores? Tinham perdido isso, os filhos da puta. Estavam seguindo a estrela errada. Tinham perdido o nascimento de Henry Smart, Henry S. Smart, o primeiro e único eu. No dia oito de outubro de 1901, às sete horas e vinte e dois minutos. Tinham perdido. A senhora Drake estava lá. As mãos que seguravam minha cabeça formigaram pelo resto de sua grande, longa vida. Vovó Nash estava lá. Ela pegou o *Freeman's Journal* e descobriu que sabia ler. E meus pais? Estavam felizes. Por um breve momento de suas duras vidas, minha mamãe e meu papai estavam felizes.

Fui um bebê e tanto, a maravilha de Summerhill e arredores. Fui manchete de noticiário, uma lenda local poucas horas depois de aterrissar nos jornais.

— Dizem que ele já nasceu com dentes na boca.

— Ela tem de usar o lençol da cama como fralda para ele.

— Uma mulher que o viu contou que ele tem carne que daria para trigêmeos.

As velhinhas do lugar faziam fila, atravessando o hall, descendo as escadas, na rua, para dar uma espiada em mim. Os degraus rangiam e ameaçavam desmoronar, mas a possibilidade de cair num poço escuro cheio de ratos não tirava a coragem das velhinhas. Precisavam ver o bebê famoso. Não era o meu peso que queriam ver — moleques pesados nasciam aos montes, eram coisa corriqueira —, mas o meu fulgor. Eu era o Bebê Reluzente. Deitado no meu berço, que na verdade era uma velha bacia de zinco, arrumada com panos e cobertores, eu irradiava saúde e vitalidade. Era rosa e creme; cada movimento das minhas mãozinhas ou rosto adorável parecia predizer um futuro brilhante. A mulherada toda olhava para mim, o menino grande de ossos fortes, e sorria. Diziam pouco, mas nada que não fosse agradável. Muitos "oooohs!" e "aaaaahs!" e suspiros que subiam de encontro à luz do sol. Olhavam para mamãe e para a senhora Drake, que ainda tomaria conta dela até que pudesse ir à igreja, e iam para casa contentes. As mulheres que me viam passavam o resto do dia se sentindo ótimas. Velhinhas doentes, acabadas, achavam-se com uma energia nos pés há muito esquecida. Mulheres infelizes sorriam sem razão. Mulheres de luto tentavam cantar e descobriam que podiam. O Bebê Reluzente tinha penetrado nas suas vidas e fazia cócegas em sua miséria com seus dedinhos gordinhos.

Mas eu era apenas isso, um bebê saudável e de bom tamanho. As mulheres nunca tinham visto igual. Olhavam para mim e viam o menino que sobreviveria; não havia sequer a sombra de um dúvida. E isso era um milagre: eu exalava a vida garantida. Nenhuma febre me destruiria; nenhuma tosse me roubaria a última arfada.

Apenas uma semana no mundo e já havia histórias circulando pelas ruas e becos, pelas janelas abertas dos cortiços. Havia uma que contava sobre uma família de ratos sentados na beira da bacia de zinco, olhando para mim, a mamãe rata, o papai rato, os filhinhos ratos e todos os parentes, domados pelo meu brilho, quando minha mãe acordou e os viu. Ela se sentou e gritou, e eles foram embora calmamente, passando pelo buraco no canto da parede. O último olhou para trás e piscou.

— Ela os viu com os próprios olhos, viu mesmo. Todos marchando, como se estivessem a caminho da missa.

E havia a história sobre o jardineiro da Lady Gregory batendo na porta para comprar o que estivesse nas minhas fraldas para jogar no chão ao redor das roseiras de Lady Gregory; um homem numa carruagem carregaria minha merda até Coole, no oeste, todas as noites. Henry Smart Segundo ou Terceiro — Henry, ainda sem nome — ficou famoso.

Henry Smart Primeiro, o meu pai, já era famoso. Lenda ainda maior que seu filho recém-nascido, o toque-toque de sua célebre perna era um barulho mais temido do que o choro da *banshee*. (A *banshee* não era folclore. A *banshee* era uma velha rabugenta, pendurada no telhado das casas, penteando seus cabelos sujos e grudentos, anunciando a chegada da morte. Era uma mulher muito ocupada. Todo mundo já tinha visto e ouvido a *banshee*. Minha mãe a vira muitas vezes. Eu a via toda vez que vovó Nash aparecia na porta.) Depois do meu nascimento, meu pai também nasceu. Um homem refeito — de novo — toda vez que me levantava nos braços e sentia a vida pulsando no meu peitinho, ele se sentia ainda mais renovado. Segurava-me com cuidado, fazendo de suas mãos enormes uma cadeira de balanço para mim. Ele sentado em sua cadeira e eu sentado nele. Ele respirava comigo. E cantava para mim. *Oh, the bridge it broke down and they all tumbled in.* Este bebê não foi arrancado dele, nunca seria arrancado dele. *We'll go home be the water, says Brian O'Linn**. Meu pai me adorava.

— Olha só os dois, não são uma pintura? — disse a senhora Drake.

— São — respondeu minha mãe.

— Dois homens sem igual — disse a senhora Drake.

— Sem igual — respondeu Melody.

O quarto transbordava de comida, presentes deixados pelas visitas. Havia uma cabeça de ovelha, pés de porco, um grande pacote de mariscos; havia bananas, maçãs, uma laranja; pão especial e dois pães doces roubados da padaria do Bewley. A senhora Drake pelava um coelho.

— Este aqui estava correndo pelos campos hoje de manhã — disse ela. — Dá para sentir o vento nos pêlos dele. Está sentindo o cheiro do vento?

— Não — respondeu Melody.

— Eu estou — disse Henry, mas o cheiro que ele sentia era o meu.

Minha mãe ainda estava de cama, sete dias depois do meu nascimento. A senhora Drake ainda não permitia que ela se levantasse. Até porque meu pai estava sentado na cadeira, e o banquinho, perdido em algum lugar debaixo da senhora Drake — Melody não tinha onde sentar. Não era para ela cozinhar nada até aparecer na igreja e se ajoelhar frente ao padre; não devia cortar pão, descascar batata, nada. Ela contaminaria a comida e nos envenenaria a todos se botasse um dedo sequer no alimento antes que a bênção do padre a purificasse. Melody gostava dessa regalia. Pela primeira vez na vida, não fazia nada.

---

* A ponte desabou e todos tombaram no rio. / Vamos para casa pela água, diz Brian O'Linn.

A senhora Drake estava colocando o coelho limpo dentro da panela. Meu pai se levantou e me levou para os braços de mamãe, segurando-se como se fosse um presente comprado para ela com dinheiro que guardou a vida inteira. Eu deixei suas mãos seguras e passei para as dela.

— Aí, pode mergulhar — disse a senhora Drake para o coelho. — E vê se não come a cenoura toda.

Meu pai sentou-se na cama. O ar a seu redor cheirava a limpeza e esperança, e logo também a guisado. Sentia-se forte, saudável. Nos meses pouco antes do meu nascimento, uma idéia surgiu e se grudou na parede de seu estômago: a culpa era dele. A idéia se desenvolvera, alimentando-se dele. Cresceu e se infiltrou no seu corpo: eram culpa sua as mortes de todos os seus filhos. A idéia se enraizou em cada célula. Seus filhos tinham sido arrancados dele e de Melody por causa das coisas que ele fizera. Todos os recados que passara. Todas as pessoas que ele amedrontara apenas com suas passadas, o toque-toque, todo o dinheiro que ele espremera das pessoas sem um centavo. Todos os crânios que sua perna esmigalhou, todos os homens que matara, e as mulheres também. Seus filhos tinham sido o preço pago pela tirania e pelas mortes, aquela maldade toda. E os corpos que ele tivera de fazer desaparecer, fazendo-os deslizar pelas águas que se arrastavam por Dublim, fazendo-os deslizar ou simplesmente jogando-os. Houve um homem chamado Traynor jogado no Tolka, dividido em quatro partes iguais. E um chamado Farrell, pego exigindo dinheiro de três meninas de Dolly. Houve homens cujos nomes e crimes ele nunca soube. Todos para dentro do Liffey e do Tolka e tantos outros rios escondidos que corriam sob a cidade roendo aos poucos o seu chão, ou rios que corriam por cima, encurralados em muros altos e esquecidos, através de lugares que não levavam a parte alguma e onde ninguém procurava. Eram os rios secretos de Dublim e meu pai sabia de todos. O Poddle e o riacho do Hangman, o Bradoge e o esgoto do Cemitério. Conhecia todos; sua perna descobria todos. Os rios recebiam as oferendas e aceitavam todas. Havia também outros corpos, desaparecidos sem a ajuda da água. Havia Costello, o tira gordo. Costello, o tira ganancioso. *Alfie Gandon manda lembranças.* Costello acabou como ração de porco num sítio perto de Tallaght, um sítio de onde se tinha uma vista maravilhosa da cidade. Houve outros homens que acabaram como ração de porco e no outro dia de manhã estavam nos pratos dos negociantes e mentirosos da cidade, nos pratos de suas mulheres e de seus filhos mimados. Comiam os recados de Henry. Houve um homem chamado Lynch e outro chamado O'Grady. Houve um com um enorme sinal de nascença no pescoço e outro tão belo que Henry quase o deixou viver. E as mulheres. Houve duas. Duas das meninas. Dera cabo delas por razões que ele desconhecia, e pelas quais também nunca perguntou. Uma delas já morta, embrulhada em lençóis ensangüentados, um pacote esperando na cama. A outra ele matou, levou-a para um passeio. Ela contou a ele sobre a cidade em Galway, onde nasceu, a última cidade antes de Boston, e sobre sua família e a irmã, uma freira, e o irmão, um pescador, e como nenhum deles sabia onde ela estava ou o que fazia, e foi aí que ele a matou. Susie, e a outra se chamava Antoinette, mas ambas foram rebatizadas de Maria. As duas acabaram na água. Não tinha nada contra ninguém, as mulheres ou os homens. Fizera o que lhe mandaram fazer. Fizera um trabalho bem-feito, profissional, nunca se envolvendo. Fazia o que centenas de outros na cidade faziam ou esperavam para fazer. *Alfie Gandon manda lembranças*. Uma vez, apenas uma, por alguma razão que ele não entendeu direito, sussurrou uma coisa diferente, questão de variar. *Alfie Gandon diz adeus.*

Os olhos de Melody estavam cerrados. A senhora Drake cantarolava baixinho. O guisado cozia sem pressa; o coelho emergia, afundava, desmanchando-se em tiras e pedaços que faziam a boca de Henry se encher de água. Ele aspirou a regalia fresca, aspirou a certeza de que seria alimentado. Havia mais do que o necessário na panela, o suficiente para dois dias. Nada com o que se preocupar, mais bóia naquele quarto do que jamais houve. O bebê dormia, sob o peito de Melody. *Eu* dormia sob o peito de Melody. Henry estava sentado no colchão. Ia colocar a perna dali a um minuto, mas agora queria desfrutar sua felicidade. Só um pouco mais. Só um pouquinho mais.

Eu gorgolejei. Ele olhou para mim. Queria me segurar nos braços de novo, mas teria de perturbar Melody e não queria fazer isso. Ela precisava do descanso; ela parecia jovem e incólume cochilando ali. Henry sorriu e gorgolejou para mim. Meu caldeirão da memória está cheio dos gorgolejos de meu pai. Vejo um rosto satisfeito no canto da cama. Sinto os seios de minha mãe pressionando minha cabeça. Posso sentir o cheiro de seu leite. Posso sentir o gosto. Suas borbulhas estão nos meus lábios.

Meu pai era um homem feliz.

— Já já eu saio do seu caminho — disse a senhora Drake.

— Não tem pressa — disse Henry.

Henry gostava da senhora Drake. Tinha muito por que lhe agradecer. Ela fizera o meu parto com a mesmas mãos que ele agora observava tirando os fiapos do xale, as mãos que ainda formigavam sete dias depois do meu nascimento. E vovó Nash tinha medo dela; fazia dias que não via a velha bruxa. Ele olhava a senhora Drake se movendo pelo quarto, graciosa e enorme, tocando nas coisas como se estivesse dando ordens de ficarem quietas naquela manhã, como a lhes assegurar de que voltaria. Ela mandaria naquele quarto por mais dois dias. Henry observou-a levando os pratos até a panela. Logo ele colocaria a perna. Tinha uma perna nova, uma beleza, um pedaço de mogno de dar orgulho. A velha perna gasta de tanto andar estava sobre o consolo ao lado da Virgem Maria. Colocaria sua perna nova. Conversariam por alguns minutos, depois daria um beijo de despedida em Melody e no seu filho ainda sem nome e iria para o trabalho.

Vi sua forma no canto da cama e outra forma se movendo atrás dele, a senhora Drake, uma sombra sólida, precariamente iluminada. O seio de mamãe descansava na minha cabeça. Eu ouvia e sentia as batidas de seu coração; meu ouvido direito estava em cima dele — um ritmo de batidas aveludado que dava vida às formas ao meu redor. Eu estava pronto para cochilar. As formas e os ruídos me amavam. Senti um arroto subindo em direção ao leite deixado na minha boca. Fazia um progresso agradável e coceguento. Eu estava gostando da sensação, gostando do que estava por vir.

Arrotei.

— Olha só que arroto — disse a senhora Drake. — Que beleza de bebê.

Meu pai se inclinou e limpou minha boca com a manga de seu casaco. *Aquela* manga do casaco. Minha mãe abriu os olhos e viu Henry passando seu dedo pelo grande desfiladeiro que dividia meu queixo. Ele sentiu o amor terno em seus olhos e se inclinou um pouco para dar um beijo no seu seio. Ela afastou sua cabeça, mas estava encantada; um empurrãozinho que era mais como um puxão. Estavam apaixonados como nunca. Era uma nova vida. E eu no meio deles, o pequeno que dera início a ela.

— Estou indo — disse a senhora Drake.

— Muito obrigada, senhora Drake — disse Melody.

— Obrigado de verdade — disse Henry e mostrou com a cabeça os pratos cheios que os esperavam em cima do baú de chá.

— Não há de quê — respondeu a senhora Drake. — É apenas um pouco de água com um coelho nadando dentro.

— Tem um cheiro delicioso — disse Melody.

— Era um coelho muito bonito — explicou a senhora Drake.

Eu gorgolejei para a senhora Drake. Dois fios de baba desceram sobre meu queixo, especialmente para ela.

E ela se foi. Adeusinho, senhora Drake. Melody massageou minhas costas e me deitou no berço de zinco. Senti falta de seu peito. Olhei para o rosto, depois para o grande espaço cinza que era o teto. Meus pais sentaram junto ao baú e comeram o guisado.

— Meu Deus do céu, Melody — disse meu pai com a voz entrecortada. — A mulher é um gênio.

— É mesmo — concordou minha mãe.

Comeram as cenouras da sopa e chuparam os ossos do coelhinho. Tossiram e encheram a boca com pedaços de batata que derretia na língua. Não havia lugar para conversa. Ouvi a música dos garfos nos pratos e os gemidos ferozes e felizes dos dois enquanto enfiavam pela garganta a comida feita pela senhora Drake, gargantas que nunca haviam testemunhado algo tão delicioso. Os seios de mamãe me chamavam. Meus lábios os procuraram.

Os gemidos e as garfadas diminuíram e pararam. Um ruído — de uma cadeira arranhando o chão. Meu pai se pôs a caminho. Eu me contorci e arquejei. Meus lábios tocaram o ar — agora era minha vez. Meu pai fixou a perna nova.

— Ela tem um brilho tão lindo — disse Melody.

— Só podia ser do melhor — disse meu pai.

Ela olhou para ele, admirada com a rapidez e a eficiência. Depois falou de novo.

— Que nome vamos dar a ele, Henry?

Eu era o Bebê sem Nome. Fui batizado rapidamente, na hora; a água tocou minha cabeça antes mesmo que o leite chegasse até minha garganta. Deus não esperava por nenhum bebê nos cortiços. Levava-os de volta assim que os entregava, mas jogava-os fora se suas almas ainda estivessem manchadas. Entregava-os sujos, mas esperava-os imaculados. Era uma corrida. Cada dia de vida era uma luta e um triunfo, uma corrida sem fim para se ficar alguns centímetros à frente da mão gananciosa de Deus. O presente de Deus, o pecado original, precisava ser lavado da alma se por acaso Deus também mandasse mais um de seus presentes — febre tifóide, coqueluche, varíola, pneumonia ou ratos. Assim fui batizado. Estava sem pecado. Mas também não tinha nome.

— Neném Smart — disse a senhora Drake.

— Mas isso não é nome — disse o padre.

— Eu sei, padre — respondeu a senhora Drake.

— Não posso dar o sacramento a um bebê sem nome — retrucou o padre.

— Claro que pode, padre — disse a senhora Drake. — É apenas temporário. Eles não estão em condições de dar um nome ao pequeno no momento. Olhe só o estado deles.

O padre olhou. Uma hora depois que eu nasci. Minha mãe dava risadinhas enquanto dormia. Meu pai era perneta, sangrava e se pendurava no consolo tentando fazer sua perna ficar em pé ao lado da Virgem; a felicidade se derramava de dentro dele em ranho e lágrimas. Vovó Nash lia os classificados no *Freeman's Journal*, admirando-se com cada palavra e seu significado — havia ternos finos por 35 *shillings*, e um papagaio, com garantia de que falava, por 12 *shillings* e 6 pence. Ficou imaginando quanto custaria o papagaio sem a garantia.

— Qual é o seu nome, padre? — perguntou a senhora Drake.

— Cecil — respondeu o padre.

— Depois eu lhe aviso — disse a senhora Drake.

Cecil, o padre, olhou para mim e para os braços da senhora Drake. O que viu foi um bebê magnífico, um bebê com um fulgor que oferecia imortalidade. Ele viu Cecil, o Bebê Imortal. Viu a história de seu nome sendo passada de vizinho para filha, e assim por diante, a história do padre Cecil e o bebê. Assim, ele foi convencido e me batizou com água de uma das xícaras, e eu virei Temporário Smart, Neném Smart, o menino sem manchas. Ele murmurou seu vodu-asneiras e pingou a água na minha cabeça enraivecida. O Bebê Imortal agora estava pronto para a morte.

Uma semana depois, eu ainda estava vivo e des-Cecilizado. Continuava sendo o Neném. A senhora Drake não havia mencionado uma vez só o nome do padre para minha mãe ou meu pai. Ela tinha um primo chamado Cecil, um capeta pirralho cheio de pus que fizera da vida uma miséria até o dia em que foi atropelado por um bonde. Até mesmo depois de morto, ele ainda metia medo. Cecil não era nome para o seu bebê. (Cecil Smart? Muito obrigado, muito obrigado, senhora Drake.) A senhora Drake mentiu para o Cecil padre; aceitou o pecado e o engoliu.

Meu pai deixou as calças caírem sobre a nova perna. E mamãe disse:

— Que nome vamos dar a ele, Henry? — perguntou ela.

Meu pai olhou para mamãe e sorriu. Aquele era o seu momento.

— Henry — respondeu ele.

Se estivesse em seus braços, ela me teria deixado cair.

— Não!

Meu pai ficou surpreso, e a irritação veio rápida. Segurou sua raiva, sentiu-a surrando o peito.

— Por que não?

Minha mãe estava tentando não ficar tonta. Não conseguia falar ainda. Ainda não. Não havia nada à sua frente; mover-se significava cair. Mas ainda estava pronta a acreditar: era a imaginação. Tinha sido um erro qualquer, uma distorção causada pelo vento. Esperou para ser salva.

— Então? — disse meu pai. — O gato comeu sua língua, ou o quê?

Ele estava com raiva, mas não queria estar; não havia qualquer prazer nisso, ou triunfo. Era uma briga em que não queria entrar. Desejou então não ter mencionado o nome. Teria voltado atrás os últimos minutos e começado de novo, diferente, se pudesse. Havia outros nomes. Mas não parara de pensar a semana inteira. Tinha imaginado o momento, um presente para Melody,

entregando-o a ela. Henry. Tinha certeza de que ela adoraria a idéia. Estava certo disso. Henry. O nome flutuou entre os dois. Os dois sozinhos. Um momento perfeito.
 Apenas os dois? E eu? Fiquei com raiva, fiquei com muita raiva. Estava me contorcendo, respirando agitado. Havia duas coisas crescendo, dois soluços sufocantes, arrastando-se um sobre o outro dentro de mim, duas sensações com as quais eu teria de me acostumar — fome e descaso. Mas naquele instante eu ia proferir uma torrente de berros e ganidos com a certeza de que os resultados seriam imediatos, mãos me levantariam.
 — Então? — perguntou meu pai. — Melody?
 Silêncio ali, além do berço. Mas não por muito tempo. O Bebê Sem Nome seria ouvido. Estava me contorcendo, inquieto, preparando-me para um perfeito estado de explosão em berros.
 — Melody?
 — Sim.
 — Você está bem?
 — Sim.
 — Não acha que é uma boa idéia?
 Ouvi um soluço. Minha mãe me venceu por alguns instantes. Fiquei furioso, roubado e ignorado.
 — Então?
 Ela soluçou de novo. Depois, silêncio.
 — Então?
 — Não.
 — Não o quê?
 — Não, não acho que é...
 Soluços, uma profusão deles, e depois silêncio.
 Eu comecei com minha própria profusão, uma tira de lingüiças cheias de protesto e ranho, o choro abafado de um homenzinho cheio de raiva.
 — Por que não?
 E eu?
 Ouvi sua respiração, medindo sua tomada de ar.
 — Já temos um Henry.
 Mandei ver mais lingüiças explodindo. O berço de zinco estava me prendendo.
 — Mas ele está morto — disse meu pai.

Ouvi um arquejo. Minha mãe balançou a cabeça e se escondeu atrás dos seus cabelos.
— Ele está morto, meu bem — disse meu pai.
Não estava sendo insensível, não estava sendo cruel. Os últimos choros de seus filhos mortos estavam nos seus ouvidos; podia ainda sentir o peso deles nos braços. Mas estavam mortos. Irrecuperáveis para ele e Melody. Meu pai não acreditava em paraíso ou em reuniões depois da morte. Seus filhos tinham ido embora. Dar o nome de Henry serviria para dissipar a dor e o peso; seria um novo começo para eles. Serviria para incluir os mortos na vida nova. Um presente para minha mãe.
Agora eu chorava, com toda a força; meu choro transmitia tudo.
— Ele não está — disse minha mãe.
— *Está* — retrucou meu pai. — Pelo amor de Deus, meu bem. Onde ele está? Está morto. E os outros pequeninos também. Estão todos mortos.
E eu? E *eu*?
Eu era um uivo de bochechas rosadas à espera de braços e leite. E estava sozinho.
Minha mãe sacudiu a cabeça. Olhou para o teto, para seus filhos além do teto esperando por ela. Olhou para o primeiro Henry. Seu primeiro e único Henry.
E *eu*!
Meu pai olhou para cima e viu o teto, apenas o teto. Nada além do teto cinza, desmoronando, quebrado, manchado.
— As estrelas são apenas estrelas — disse ele. — Melody?
Minha mãe olhou para o teto.
E *euuuuuu*!
— Não finja que vê alguma coisa lá em cima, meu bem — disse meu pai. — Olhe para mim: está me ouvindo?
Meu pai estava com raiva e não tinha interesse em parar.
— É apenas uma porra de um teto! — gritou ele.
Precisou gritar mesmo. Eu fazia tanto barulho que tudo mais foi abafado. Eu mesmo virei o barulho. Somando-se a sua raiva. Estava sufocando, berrando. Desaparecendo.
— É apenas uma porra de um teto, e as estrelas são apenas estrelas, e o nome do menino é Henry, está me ouvindo?
Fui nomeado.

— Seu nome é Henry! Henry! Portanto, pode ir se acostumando. Levantou-se, a cadeira tombou. Aproximou-se do berço. Ouvi o toque-toque. Olhou para mim. Vi uma forma enraivecida, uma fúria tremeluzente.

— Ouça — disse ele para mamãe. — Está me ouvindo? Inclinou-se — senti seu calor — e urrou na minha cara roxa.

— Henry! Henry! Cale a boca! Cale a boca, Henry! Cale a boca, Henry!

Minha mãe continuou sacudindo a cabeça, tentando mandar para longe o nome com seus cachos úmidos.

— Cale a boca, Henry!

Fui obediente? Obedeci ao meu pai? Uma porra. Berrei de volta na cara dele, minhas bochechas roxas ficando pretas. Enfiei o terror na cara dele. E ele parou. Parou de gritar comigo. Viu que eu morreria antes de parar, berraria até acabar com a vida, em vez de vê-lo ganhar. E *euuuu*? Assim ele parou. Ficou ereto e olhou para mim de uma distância segura. Procurou algo em mim, tentando atravessar meus berros. Suas mãos me abraçaram devagar, ficando mais sólidas. Levantou-me. Deixei o berço.

— Pronto, pronto.

Levou-me ao seu ombro.

— Pronto, pronto.

Procurei uma teta no seu casaco. Meus lábios só encontraram poeira e sangue. Senti o gosto de seus segredos medonhos. Bati as pernas e me contorci. Lutei para me desvencilhar de seus cuidados e mãos. Ele me levou logo para mamãe. Toque-toque-toque. Passei de mãos para outras mãos menores — mãos trêmulas, medrosas. Rostos medrosos me olharam, enquanto eu achava a teta, mamava e caía no sono.

Eu era o outro Henry. A sombra. O impostor. Ela ainda me dava de mamar, me segurava, cuidava de mim. Mas quando o marido estava no quarto, ela começou a sentir os lábios pontiagudos de um cuco em seus seios. Parou de se alimentar. Não havia mais a senhora Drake para entulhá-la de comida, e a vovó Nash estava com a cabeça cheia demais de *Knocknagow* e *Bleak House* para se preocupar com si própria, quanto mais da filha meio retardada.

Meu pai viu a comida deixada no prato, viu-a definhando. Amaldiçoou a vaidade e o sentimentalismo que o forçara a dar a mim seu velho nome. E odiou o céu acima de Dublim por não ser sujo e pesado o suficiente para esconder as estrelas; odiou o vento que fazia das nuvens noturnas cortinas abertas. E olhou para mim e viu uma criança diferente. Começou a ver o bebê que estava levando sua mulher embora aos poucos. Vez ou outra queria me segurar, chegava até a se inclinar sobre mim, mas não conseguia levantar os braços para fazê-lo.

Eu era Henry, mas nunca me chamavam assim. Ela não queria chamar; ele não podia. Mas ainda assim eu era Henry, muito tarde agora para qualquer outro nome. Assim, eles não me chamavam de nada. Eu era o menino. O moleque. Ele mesmo. Ele. A criança. O berço de zinco ficou pequeno demais para mim; meus joelhos e cotovelos amassavam as laterais. Eu chorava e me esticava. Meu fulgor transformou-se numa crosta, e a pele ficou ressecada e furiosa. Minha mãe era, ora gorda, ora esquelética. Cada semana era uma mulher diferente. Passei do peito para os sólidos, direto para as batatas e pedaços de cartilagem; mordia com dentes roubados de um cemitério. Mastigava e engolia tudo o que via à frente. Mordia a perna do meu pai até ele precisar deixá-la no corredor antes de entrar no quarto. Lutei e comecei a andar, jogando-me pelo quarto. O teto mudou sua pele cinza; nevou o dia inteiro em cima de nós. Não havia mais visitas, nem mais "ahhhs!" e suspiros, nem comida de presente. Tomei posse do colchão, marquei meu território com minha sujeira. Interrompi o sono deles; interferi no sexo deles, o esforço desconjuntado de salvar o amor entre eles. Engatinhava sobre as pernas e bunda e mordia tudo o que parecia macio. Eles me levantavam, faziam um carinho, batiam na minha bunda, me davam comida, me amavam, me limpavam — mas nunca me chamavam de Henry. Inundei o quarto com meu fedor e minhas ceras. Berrava e gritava meu direito a um nome.

Expulsei minha mãe para a escadaria. Ela precisava se livrar das paredes. Já gorda e grávida do próximo, arrastou-se pela escada escura, tentando me segurar nos seus quadris sofridos. Sentou-se no degrau frio e suava. Esperou o crepúsculo e a noite. Eu bati nela. Escalei seus cabelos. Pendurei-me em seios que não mais me pertenciam. Cocei minhas feridas e sangrei para ela. Ela me sacudiu e me apaziguou, esperando pelas estrelas. Esfriou mais e escureceu mais. Eu arranhei seu rosto. Encharquei seus ombros e colo de vômito branco. Ela me ninava e me ninava. Ela olhou para o céu e esperou que o cinza virasse preto. Embrulhou-me no seu xale. Prendeu minhas mãos e pernas. A Estrela do Norte apareceu. Eu lutei contra seus braços. Mais estrelas apareceram piscando. Ela me segurou firme. E olhou para as estrelas. Vagou de uma a outra. Embrulhou-me apertadamente no seu xale e levantou sua mão livre. Lutei para escapar; arfei, sacudi e cuspi. Ela levantou sua mão e escolheu uma estrela. Seu dedo indicador fez voleios, depois enrijeceu.

— Ali está ele — disse ela.

Eu esperneei e me sacudi. Berrei como um bezerro desgarrado.

— Aquela ali é o meu pequeno Henry.

A estrela cresceu e cintilou. O sangue escorreu do meu nariz, com um ímpeto que não conseguiu chocá-la. Ela tapou meu nariz com o xale e continuou fitando sua estrela. Não é que estivesse sendo vingativa. Não havia crueldade em seu gesto de apontar. Queria que eu o visse, e ele a mim. Henry, este é Henry. Ela gostaria que fôssemos amigos, que amássemos um ao outro. Ela sorria e eu gritava. Foi isso que meu pai viu no momento em que nasci; uma estrela cadente que era o meu irmão mais velho atravessando às pressas o céu num acesso de ciúme celestial. Se meu pai pudesse ter ouvido, se a vovó Nash não tivesse interrompido, teria escutado o grito da estrela cortando os céus:

— Ma-*mãããããããããe*!

Ela virou minha cabeça para a estrela e segurou-a firme assim.

— Está vendo? Está vendo?

Anos mais tarde, deitado sob um cobertor num campo solitário, empanturrado de feijão e mágoa, ou tremendo sentado numa pedra no deserto de Utah, eu olharia para o céu infinito, frio e preto-azulado e acharia a estrela — sempre com seu piscado zombeteiro, ela nunca conseguia se esconder de mim. Eu fixaria meus olhos nela e me recusaria a deixá-la se misturar às outras milhares de estrelas irmãs, paradas ou cadentes. Olharia para a minha estrela até estar certo de que tinha conseguido. Faria uma corda de cobre com meu olhar e a pegaria no meu laço, a estrela maldita. Depois gritaria:

— Meu nome é Henry Smart!

E a veria reluzir e se vexar. Minha voz forte, confiante, triunfante, dura como a pedra em que me sentava, fria como o ar que me rodeava. Ninguém para me ouvir. Meu vizinho mais próximo estava tão distante quanto as estrelas acima de mim.

— Meu nome é Henry Smart! O primeiro e único Henry Smart!

E veria seus gases se chocarem e morrerem.

— Meu nome é Henry Smart!

Gritaria até não poder mais ver sua sombra sobre o azul da noite, até que não houvesse mais nada por lá. Eu matava meu irmão toda santa noite.

3

Ele ia trabalhar sempre no início da noite. Beijava mamãe. Beijava-me. Ajeitava o casaco e nos deixava. Sentava-se no chão do corredor do lado de fora do quarto e colocava a perna. Depois ia embora.
Para o trabalho.
Henry Smart, o homem do toque-toque. Ficava em pé do lado de fora do puteiro de Dolly Oblong. Henry, o Perna. Na semana depois do meu nascimento, ele foi trabalhar com novo entusiasmo e vigor. Meu nascimento o libertou. Não haveria mais punições; nunca houve. As mortes prematuras tinham sido falta de sorte. Azar apenas. Crianças mortas, jogadas por cima das crianças mortas da cidade. Henry olhou para a certeza que corria nas veias dos meus braços e pernas e decidiu que podia fazer o que fosse que lhe desse na cabeça. Nos degraus da casa de Dolly Oblong, outra vez um novo homem. Um novo homem com uma perna nova. Os navios derramavam os arruaceiros e os bêbados dos confins selvagens do mundo, homens amargurados, cansados de foder os companheiros. Invadiam a cidade com os bolsos volumosos, loucos para gastar, e encontravam meu pai nos degraus do puteiro, entre eles e as mulheres por quem babavam. Apontavam para a perna dele e riam, dizendo coisas em línguas que meu pai nunca ouvira. Começavam a subir as escadas, os filhos da puta de cabeça dura, e de repente a perna desaparecia e, ainda mais de repente, estavam no chão, berrando de dor. Depois viam meu pai colocando a perna de volta. Viam a luz morna das lanternas de

rua iluminar a madeira e o rosto do meu pai refletindo o mesmo calor. Iam embora e levavam a lenda da perna de volta para os distantes entrepostos de madeira rangente de onde tinham navegado. Os idiotas de Stoneybatter recebiam o mesmo tratamento. Homens que não haviam estado no mar a vida inteira, nem mesmo feito um passeio às docas para vê-lo, homens cuja língua consistia de uma dúzia de palavras inglesas proferidas pelo nariz, arrastavam-se dos degraus de Dolly Oblong com o crânio quebrado e o pau murcho. Apenas os mais humildes e os mais dóceis e, é claro, os assíduos fregueses ricos passavam pelo crivo de meu pai naquela primeira semana da minha vida. Ele fazia sua perna nova rodar com uma consciência tão limpa quanto meus olhos azuis.

E depois, depois que me chamara de Henry, continuou quebrando crânios, cada vez mais crânios. Baixava a perna e arrancava nacos das cabeças. Batia e surrava. Uma coisinha tão simples, um nome; um erro minúsculo e aquela semana tão bela se tornou uma lembrança zombeteira. Melody chorou e fechou o rosto para ele; enterrou-se no xale. Começou seu luto uma semana depois do nascimento do bebê mais saudável que qualquer um já vira. Meu pai a encontrou de madrugada nos degraus em frente a casa, olhando para cima, através do nevoeiro, para um lugar onde não se via nem uma estrela sequer. Estava tremendo, ensopada, comigo enrolado no seu xale, lutando contra ela. Henry me pegou e olhou para mim. Meu fulgor agora era uma crosta de pele descascando, em carne viva com a coceira, o frio criando rachaduras. Meus olhos azuis eram agora de um negro furioso, jogando ultraje, vingança, para ele. Eu era o bebê dos olhos injetados. Ele beijou minhas bochechas duras e tentou me chamar de Henry. Levou-nos para o nosso quarto. Fingiu que sua mulher o via, fingiu que a ira de seu filho era uma birra de menino.

— Pronto, pronto, pronto, pronto.

Colocou-nos na cama e sentou-se na cadeira. Tirou a perna. Gritou e jogou a perna na lareira. Ela voltou como um pino e rolou pelo chão, parando ao seu pé, como um cachorro querendo um afago. Pôs a perna de volta, pegou-me nos braços e tentou cantar para mim. *Oh the bridge it broke down**. Ouvi os soluços

---

* Oh! a ponte veio abaixo.

partirem a canção ao meio. Ele parou de cantar e derramou grandes lágrimas sobre a minha cabeça.

Pôs-me de volta na cama ao lado de mamãe. Andou sem fazer ruído pelo quarto enquanto dormíamos. Esperou para que as coisas voltassem ao normal, esperou pela volta daquela semana maravilhosa. Esperou que tudo retornasse. Todo dia. Nunca dormia. Ficava nos vigiando o dia inteiro e esperava. E ia trabalhar sempre no início da noite, às dez para as seis. Beijava mamãe. Beijava-me. Ajeitava o casaco e nos deixava. Sentava-se no chão do corredor e colocava a perna. Depois ia embora.

Para o trabalho.

E só então dava vazão à violência e à dor. Ele se enfurecia e mandava ver a perna. Urrava e assobiava. Com os poucos que ainda tinham coragem de aparecer nos degraus e enfrentar a sombra do furor torrencial do meu pai. Ele defendia os degraus com tanta eficiência que até houve uma noite em que ninguém conseguiu passar por ele. Nem mesmo tentaram. E uma das meninas abriu uma fresta da porta e chamou-o para dentro.

— Madame quer vê-lo.

E ele entrou. Para os cheiros e insinuações que levavam homens a meter a mão no bolso e pagar. A escuridão e as promessas. Subiu a escada até o quarto de Dolly Oblong. Pisando o chão acarpetado, onde seu toque-toque não ameaçava ninguém. Estava tudo muito quieto. Nem gemidos, nem risos, nem suspensórios se rompendo ou camas rangendo. Só o piano no térreo, tocando uma música que Henry não conhecia, nem gostava, um plim-plim que exigia muita bebida na cabeça para ser apreciado. Ele não bebia havia anos, desde o dia em que conheceu Melody. Agora estava nervoso. Atravessou o corredor escuro; atrás de cada porta fechada, uma menina solitária.

Chegou. Bateu na porta de Dolly Oblong. Era uma porta boa, sólida; sua batida soou pouca coisa naquela madeira densa.

— Entre.

Abriu a porta.

— Entre.

Entrou no quarto de Dolly Oblong pela primeira vez. Era escuro. Notou a fresta de luz entre as cortinas desencontradas da janela, onde o tecido não se superpunha, e as linhas severas dos móveis.

— Feche a porta.
Ouviu a cortina da porta voltar ao seu lugar. Parou no escuro e esperou. Não ouvia nem respiração. Um aparador, uma cadeira. Começou a se familiarizar com o quarto. Ainda não havia cores. Estava pisando um tapete que roçava o seu calcanhar.
Uma tossidela.
— Como está o tempo?
— Ótimo — respondeu Henry. — Não está mau.
— E como vai a família?
— Ótima — respondeu Henry.
Agora divisava mais cadeiras, poltronas grandes e uma cama alta e larga bem à frente, mas não encontrava a mulher que falava com ele.
— E o bebê?
— Ótimo — respondeu ele. — Esbanjando saúde.
A cama gemeu.
— O bebê tem as duas pernas?
— Tem.
— Ótimo. E um cérebro?
— Tem.
— Ótimo. Mas então o senhor não deve ser o pai. Um idiota como o senhor não poderia fazer um filho assim.
A cama gemeu de novo, e uma montanha negra cresceu à frente de Henry. Uma cabeça se formou, depois os ombros. Uma cabeça agigantada por cabelos que poderiam pertencer a cinco mulheres ou mais. Era uma peruca. Henry sabia. Era uma das coisas que ele sabia sobre a patroa: ela era careca. Uma das pouquíssimas coisas que ele sabia.
— Que espécie de palerma o senhor é? — perguntou ela.
Ele avaliou seriamente a questão. Ficou quieto. Começou a vê-la, não apenas o seu perfil. Estava sentada. A peruca era imensa e castanha. Estava usando um robe vermelho ou algo parecido. Ela se mexeu, e o talco logo atingiu as narinas de Henry.
— Então? — insistiu ela.
Uma outra coisa que ele sabia sobre ela: tinha 25 anos. Ela parecia e se movia como um monumento, mas era mais nova do que ele. Era dela o bordel desde que Henry virara o seu leão-de-chácara; ela não devia ter muito mais de quinze anos quando tomou posse do lugar.

— Então sua língua foi para o mesmo lugar que sua perna?
— Não.
— Que bom.
Ela suspirou. A bala de hortelã se juntou ao talco.
— Sou uma mulher de negócios — disse ela.
Havia algo de estrangeiro nas suas palavras, de vez em quando. Nada tão forte como um sotaque, apenas um desvio ou uma quebra sutil numa frase. Ou as palavras bem pronunciadas, que alguém do pedaço cortaria pela metade.
— Uma mulher de negócios — disse ela. — Sim. E o senhor... me diga o seu nome.
— Henry.
— Henry de quê?
— Smart.
— Então, senhor Smart, o que é o meu negócio?
— Ehhh...
— Os homens vêm à minha casa, comem minhas meninas e vão embora com o bolso mais leve. Esse é o meu negócio. Concorda?
— Concordo — respondeu meu pai.
— Tomam um pouco de gim e escutam o pianista assassinando o meu piano, mas o principal é foder as meninas. Certo?
— Certo.
— Certo — repetiu ela. — Prostituição. É esse o meu negócio.
Parou. Ele tinha certeza de que ela esperava alguma resposta dele.
— É — respondeu ele.
— É. Éééé. Os homens ficam contentes, minhas meninas ficam contentes, eu fico contente. Diga *É*.
— É.
— Não é. Não estou contente. E por que não?
— Ehhh...
— Porque não tem havido qualquer negócio na minha casa. Porque você não deixa acontecer. Não deixa os homens entrarem para foder minhas meninas. Não há um homem sequer nesta casa agora. A não ser o senhor. E o senhor não conta, senhor Smart.
— Desculpe-me — disse Henry.
— Aceito seu pedido de desculpas — disse ela. — Mesmo assim, tenho de me desfazer do senhor.

Como? ele se perguntou. Pensou contar sobre seus filhos mortos, o nome de seu filho vivo, sua luta com Deus. Mas não conseguia.

— Eu pago quanto ao senhor?

— Quinze *shillings* por semana — respondeu Henry.

— Pagarei quinze *shillings* e mais quinze *shillings*, e o senhor se manda. O senhor não faz bem para o meu negócio.

Estava sendo despedido. Não ia ser jogado no Liffey ou para os porcos para lá de Tallaght. Estava sendo mandado embora. Havia outros trabalhos. Havia sempre trabalho para quem recorria à força, ou outro tipo de trabalho.

— No entanto... — continuou Dolly Oblong.

Henry esperou. Agora se sentia forte. Sabia: ele não seria nem mesmo despedido.

— No entanto... — disse ela de novo. — No entanto, senhor Smart, tenho outros negócios. E o senhor sabe deles. Tenho sociedades.

Era um mulherão, pensou Henry. O vermelho lhe caía bem. Especialmente no escuro.

— O senhor Gandon fala muito bem a seu respeito — disse ela. — O senhor é eficiente. Tem a cautela de não fazer perguntas, é estúpido o suficiente para não se importar. E é assim que ele gosta.

— Que bom — disse Henry.

Estava sendo insolente, ele sabia disso. Mas não muito insolente. Um novo sopro de hortelã alcançou suas narinas. Ele gostou.

— Sim — disse Dolly Oblong. — Fico contente que tenha dito que é bom. O senhor Gandon me conta que o senhor faz um trabalho muito profissional. E isso me deixa feliz.

Optou por ser menos insolente. Fora estupidez da primeira vez, agora usou da cautela. O senhor Gandon conhecia o homem que tinha.

— Isso mesmo — continuou Dolly Oblong. — Existem dois senhores Smarts. Um deles me deixa infeliz e o outro muito feliz. Com qual deles estou falando agora? Hein?

— Sempre admirei o senhor Gandon — disse Henry.

Nunca vira o homem cara a cara, disse a si mesmo. E, depois, ainda para si mesmo: *ela* é Alfie Gandon. Isso o fez sorrir. Era brilhante; deixava-o excitado. Gostava ainda mais dela.

— Ótimo — disse ela. — Ótimo.
Queria servi-la.
Ela bateu palmas. O talco e o pecado dançaram na frente dele. Ele decidiu fazer a barba. E escovar o casaco.
— Muito bem, então — disse ela.
E encerar a perna.
— Não vou me desfazer do senhor.
Esperou por mais.
— Vou lhe dar uma segunda oportunidade — disse Dolly Oblong.
— Muito obrigado — disse Henry.
— Mas vai ter de deixar os homens entrarem na minha casa para gastar dinheiro.
— Pode deixar.
— É assim que funciona a sociedade. Com dinheiro. Ganhando dinheiro, recebendo dinheiro, gastando dinheiro. Sem dinheiro, não somos nada, nem mesmo animais. Não temos engenhosidade suficiente para sermos animais, senhor Smart; assim, em vez disso, ganhamos dinheiro. Certo? O senhor precisa dar a oportunidade para que os homens gastem o dinheiro. E isso gera mais dinheiro. É bom para a sociedade. É bom para a cidade, para o país, para o Império. Para todo mundo. Comida, roupas, telhados sobre nossas cabeças. Tudo porque os homens gostam de foder meninas bonitas. Agora pode ir.

Que mulher, apesar de tudo. Ele se aproximou da porta. Uma líder, genial e devassa. Estava quase desmaiando, quase caindo. Dolly Gandon, Alfie Oblong. E dúzias de outras misturas, era bem provável. E, quem sabe, seu nome na louça também. A porta aberta trouxe um pouco de luz para dentro.
— Senhor Smart?
— Ehhh...
Virou-se para ela.
— Sim. Sim?
Agora podia ver mais dela. Um ombro que ele quis beijar, cabelos nos quais quis se afogar ou apenas tocar. Uma peruca — que lhe importava? Ninguém sabia ao certo. Parecia de verdade, até melhor que de verdade. Os dentes — que dentes ela tinha! Queria se ajoelhar ao lado da cama e chorar. E se ofere-

cer. Entregar-lhe sua perna para ser flagelado por ela.
— Sim? — disse ele, segurando a porta.
— O senhor nunca fodeu minhas garotas.
— Não.
— Por que não?
— Sou um homem casado — respondeu ele.

Ela sorriu. Ele viu dentes e mais dentes. Falsos, como seus cabelos? Não tinha importância. Os lábios eram verdadeiros e absurdamente escarlates, enormes e abertos.

— Que maravilha — disse ela. — O senhor é uma coisa rara, senhor Smart. Agora pode ir. Tem outra coisa.

Ele esperou.

— De agora em diante, vou pagar doze *shillings* por semana.

Meu pai fechou a porta. Um homem renovado. De novo e de novo. Um escravo agora. Que mulher! Ele estava flutuando. Ela tinha força até para competir com Deus. Ela *era* Deus. Era sua própria invenção — como ele, mas bem-sucedida —, os cabelos, os dentes, o nome, tudo dela e ao redor dela. Criou um mundo próprio e o fez acontecer. Mandava e desmandava de sua cama — Henry quase desmaiou com o pensamento —, e Dublim tremia a seus pés. As pessoas morriam, ou viviam, enquanto ela chupava balas de hortelã. Ela era a rainha da cidade e ninguém sabia. A não ser ela mesma e, agora, meu pai. Meu pai estava apaixonado.

De mãos dadas, enfrentariam Deus e venceriam. Dominariam o mundo. Nunca mais deixaria que um nome destruísse sua vida de novo. Inventariam e mudariam os nomes quando lhes desse na telha — Dolly Gandon, Alfie Oblong, Dolly Smart. Ele seria a marionete nos cordões de Dolly Oblong. Pinóquio Smart. Já possuía uma perna de pau. Se fosse um bom menino para ela, viraria de carne e osso.

Havia um homem nos primeiros degraus. Henry abriu caminho, e o homem subiu, abaixou-se e passou por ele.

— Estão lá dentro esperando pelo senhor — disse Henry.

Sabia que Dolly Oblong tinha ouvido a porta se abrir, depois ouviria a porta se fechar. Ouviria a porta de dentro sendo aberta, dinheiro sendo gasto. Ficaria satisfeita. Pensaria nele. Já estava pensando nele. Havia mais homens, vindo da rua. Mais dinheiro para Dolly Oblong. Não havia raiva dentro dele, nadinha, nem amargura, nem passado. Era realmente um homem renovado.

Cresci.

Cresci e me estiquei, minha fúria tomou conta do quarto, preenchi o lugar com meus socos e pés. Tirei os joelhos do chão e andei. Agarrei-me às paredes. As roupas ficavam pequenas e se rasgavam no meu corpo. Chorei e xinguei, palavras ruins voavam pela janela para dentro do quarto. Só parava para engolir ranho e alguma comida que aparecia à minha frente. Mamãe engordou com o ar que eu deixava para ela. Eu dormia onde caía.

Mais jornais tinham sido colocados para forrar o colchão, cuidadosamente e devagar enquanto vovó Nash lia as colunas, fazendo muxoxos e zombando. Rasgava os cantos, deixava buracos bem-feitos no meio das páginas e escondia os recortes por baixo do xale. Os gemidos de mamãe atravessavam as nuvens de vapor. Eu corri e arranquei as páginas do colchão. Tentei derrubar os baldes. Gritei e esperneei, enquanto as mãos que formigavam e que me trouxeram ao mundo me pegaram e me puseram com cuidado no corredor do lado de fora.

— Fique aqui um pouco, homenzinho.

Uma corda foi amarrada ao redor da minha cintura e ao corrimão da escada. Puxei e puxei, esfregando-me nas fibras de cânhamo da corda até ficarem ensopadas com meu sangue. Mas era tarde demais. Um novo choro tomou conta do quarto do outro lado da porta. Alexander chegou primeiro e, antes que eu me acostumasse com aquela invasão, Susie se juntou a Alexander e eu já era o mais velho. O homenzinho da casa. Senti o cheiro do leite que deveria ter sido meu e enlouqueci.

Alexander isso, Susie aquilo, era o dia todo assim, os nomes ressoando, a única coisa que meu pai e minha mãe ainda tinham em comum. Isso vez por outra, quando ele se lembrava quem era e vinha para casa. Faziam-me um afago quando conseguiam me pegar, mas e para dizer meu nome? Uma palavrinha, duas sílabas, tão fácil de lembrar. *E eeeeu!* Depois não houve mais nome nenhum. Ela se fechou, arrumando as malas para se juntar às estrelas. Ele também se foi, sempre rachando cabeças para Dolly Oblong, deixando o coração enorme e estúpido falar mais alto sob seu casaco manchado de sangue. Não estava mais conosco. Não houve o toque-toque na rua quando Alexander e Susie estavam nascendo. Tinha um compromisso importante, entregando cartas de amor de Dolly a Alfie. Vinha para casa de vez em quando, onde quer que fosse a última casa. Nunca tirava a perna; não tinha tempo e sabia que eu enfiaria meus dentes na madeira na hora em que a tirasse. Assim, entrava na cama com a perna e tudo, fazia seus ruídos, emprenhava minha mãe e ia embora. Para sua vida nova. E, às vezes, olhava para trás e me reconhecia. Sorria e ia embora.

Eu me libertei do quarto, arranquei a porta de suas dobradiças e ataquei a casa. Enfiei meus calcanhares nos degraus, quebrei o corrimão. Desci rolando pelas escadas e pelos degraus da frente e alcancei a rua. Gritei para o céu.

— Para onde está indo, Sonny Jim?
— ODA-SE! — berrei.

E invadi Dublim. Por baixo de cavalos e rodas eu fui, por entre poças e vendedores ambulantes, esterco e carroceiros, o barulho e a fuligem, de pés descalços que se tornaram tão duros quanto as pedras debaixo deles.

— Sete ameixas por um *penny*! Sete por um *penny*!

Invadi as ruas de má fama de Dublim, um terremoto de três anos de idade, uma bomba explodindo, um fedelho completo e formado.

— Maçãs mais baratas! Maças ainda mais baratas!

Infestado, esfomeado e desamado, caí na multidão. Andava de um lado para o outro na frente da casa, um lobo numa jaula enferrujada. Deslizei por pernas adultas e subi pelos gradeados. Olhei para rostos de mulheres, mulheres que passavam e mulheres nos outros degraus. Lembram-se de mim? O Bebê Reluzente. O bebê que as fez sorrir. Olhavam para mim e viam o moleque berrador do andar de cima do quarto de trás do número 7, o molequinho que fez da vida de sua mãe um purgatório ardente muito antes de sua hora chegar. Ou nem olhavam nada. Já tinham o suficiente com que se preocupar, berros próprios para acalmar.

Mas eu adorei a rua, desde o instante em que pisei nela. O movimento, o barulho, os cheiros — bebi tudo com sofreguidão e fiquei sedento por mais. Estava diante de uma miséria que se comparava à minha. Sentia-me em casa nos farrapos e na escassez, na sujeira e na fraqueza. Mas também havia coisas novas, cores, risadas, caos e fuga. Era glorioso. Era meu mundo e poderia ser tão pequeno ou tão grande quanto eu quisesse fazê-lo. Havia uma esquina e, além dela, mais esquinas. Havia corredores e mais portas dentro dos corredores. Havia carroças e tílburis, e a música do sino dos bondes vinda além das casas entulhadas, de algum lugar que eu ainda não via, mas era perto, algumas esquinas e pouco mais adiante. Havia os gritos dos vendedores de rua e os sotaques estrangeiros, e os novos cheiros se misturando aos velhos. Ouvi uma sereia de nevoeiro e sabia que havia outros lugares ainda mais distantes.

— Onde está sua mãe, homenzinho?
— ODA-SE!
— Santo Deus! Como você se chama?
— HEN'Y.

Lá ia eu, perfeitamente em casa, um moleque de rua instantâneo, bem-vindo e ignorado. Lutei pelo meu canto. Olhei e aprendi. O apito de um policial, a corneta de um vendedor de sorvete, rodas tirando lascas dos paralelepípedos, mulheres gritando com seus filhos, uma mulher discutindo o preço de uma escova:

— Você chama isso de cerdas?
— Cerdas de boa qualidade, sim. Pode tocar, se quiser.
— Posso ver daqui, muito obrigada. Quase não é escova nenhuma. Parece um pedaço de madeira velha precisando ser lixado. Se eu desse um *penny*, seria apenas para abrigá-la em algum lugar.
— É uma escova boa. Eu mesmo uso.
— Estou vendo. Claro, a coitada está quase aos pedaços.

Um leiteiro encheu uma jarra do bico de um tonel na traseira de sua carroça. Ele inclinou a concha e deixou mais leite derramar sobre o leite que já estava na jarra.

— Uma gota a mais para o gato.

Entregou a jarra para uma mulher, e a jarra e o leite se foram direto para baixo de seu xale. Puxou o cavalo até a porta seguinte onde as mulheres da casa esperavam pelo leite. E também já havia sexo no ar. Eu olhava para todas as mulheres. Segui-as e me esfregava nelas. Afogava-me no cheiro delas e esperava para que se aproximassem. Apaixonava-me quinze vezes por minuto. Segui-as até suas portas. Ouvia o barulho e o alvoroço; ouvia-lhes o choro. Uma mulher chorando — e havia muitas — me deixava furioso e excitado. Você precisa de *miiiiim*. Quero seu colo; dou um jeito nas suas lágrimas. E ficava de pernas bambas quando as via juntas, rindo, reclamando, brigando; precisava me encostar nas grades para continuar de pé. Mulheres juntas. Os sons que faziam, o jeito como andavam, os xales que as embrulhavam e escondiam. Meu Deus, aqueles xales. Eu queria subir e me enfiar neles e me acabar ali. Via o jeito como elas olhavam para os homens. Acompanhava os olhos enquanto se enrolavam ainda mais nos xales e ficavam paradas. Queria sentir olhos assim. Queria subir até os olhos delas. Eu me sentava na rua e ardia todo em desejo.

Ficava fora até começar a cair no sono e, quando voltava para o número 7, minha mãe já estava nos degraus. Subia no seu colo e via rostos raivosos como o meu. Cuspia e goivava. Brigava pelo colo, pelo meu lugar de direito embaixo de seu xale. Ficávamos assim até o toque-toque de papai nos fazer uivar. E quase sempre, sempre, era o toque-toque errado, o toque-toque de outra perna. Algum velho, veterano de alguma guerra antiga, arrastando-se para casa depois de uma noite contando vantagens e se lamentando. Dublim de repente se encheu de pernetas, suas pernas arrancadas nos campos de batalhas do Império ou pelas alavancas rangentes e as rodas que moviam a fraca indústria dublinense. E todos passavam pela nossa porta. Eu sabia distinguir o toque-toque deles do de meu pai, a distância entre os toques, seu poder e sua magnificência, mas o som de qualquer madeira nas pedras da rua me enchia de uma esperança cruel.

Mudamos para outra casa. Fui colocado numa carroça com Alexander, Susie, mais um neném novo e a vovó Nash. Estávamos em cima para dar peso, para não deixar a palha escapar do colchão. Estávamos nos mudando de Summerhill para algum lugar perto do rio. Minha mãe puxava a carroça, e vovó Nash navegava ao sabor das páginas das *Confissões* de Rousseau. Eu segurava a perna de meu pai, aquela puída por ele na noite em que eu nasci. Tinha receio de que ele não pudesse nos encontrar. Cuspia no chão em cada esquina na esperança de que ele viria nos procurar antes que a chuva caísse e lavasse minhas marcas. Vovó Nash levantou a mão ossuda, apontou para a direita e deixamos Summerhill para trás. Minha mãe segurou firme na carroça enquanto velejávamos em direção ao Liffey, até um buraco escuro onde os sapos se encontravam para fornicar.

E para um quarto menor e mais escuro. As paredes eram úmidas. O cheiro da terra e da morte subia do assoalho de madeira. A janela era um buraco que não oferecia coisa alguma.

Nosso lar.

Mas estávamos de volta na carroça para o beco de Standfast, uma ruazinha de nada, um lugar para se esconder ou para se passar reto, muito estreita para carroças, pobre demais para negociantes; nem a luz do dia dava as caras. Para dentro de outra casa caindo aos pedaços, descendo degraus, em vez de subi-los, descendo para o subsolo. O cheiro esperando-nos, desafiando-nos a continuar. Minha mãe atrás de mim, chiando, tentando controlar a tosse. Ouvi a água se acalmar e a casa acima de nós gemer como um barco lutando contra uma corda, opondo-se à nossa presença.

Nosso lar.

Meu pai deve ter nos encontrado, porque chegou mais um neném, depois de dois funerais. Dois Victors. Ficaram por um ou dois dias — não vi nenhum dos dois —, depois foram para as estrelas e se penduraram um em cada lado do Henry faiscante. Minha mãe se balançava enquanto tentava escolhê-los.

— Ali. Está vendo?

Agarrava nossos cabelos e nos fazia olhar.

E o novo bebê também se chamava Victor. Minha mãe não fez objeção. Não soluçou, nem se escondeu atrás de seus cabelos. Havia quatro filhos, uma porção de fantasmas, e minha mãe, engordando e morrendo, todos enfiados no único canto do quarto que não ficava inundado, e todos lutando por um espaço no coitado do velho colchão. Não tínhamos nada para queimar, e não havia consolo para colocar a perna do meu pai e a Virgem Maria. Ficávamos todos juntos, apesar de furiosos demais para nos abraçarmos ou termos qualquer conforto. Não entrava luz pela janela, o beco de Standfast não merecia sua própria lanterna de rua. Ficávamos agachados no escuro, e todos os pernetas do mundo inteiro desfilavam o seu toque-toque pela rua, acima de nós.

61

Caí fora dali. Passei por cima da família e remei para fora daquele cortiço. Tomei cuidado subindo os degraus. Era uma escuridão sem tamanho, como emergir de águas profundas. Senti alguma coisa do meu lado. Era Victor. Tinha me seguido, subido os degraus sozinho; nada mau para um menino de nove meses cujo único alimento era a memória do leite que existira nos seios vazios de nossa mãe. Peguei-o no colo.

— Venha — eu disse. — Vamos dar uma volta.

Eu tinha cinco anos.

4

Ele era o moleque de recados mais dedicado de Dolly Oblong. *Alfie Gandon manda lembranças.* Ele entregava recados por toda Dublim. E dormia num buraco sob a escada dos fundos. Encostava o ouvido no assoalho e dormia ouvindo os sons da casa. Tomava conta da casa enquanto dormia. Deu a vida a Dolly Oblong. Visitou o quarto dela apenas duas vezes nesses anos todos e, uma vez, abriu caminho quando ela saía da casa e entrou num tílburi. Ficou tão impressionado com sua magnificência, com seus olhos alargados pela beladona, com o cheiro de hortelã que se perdia de sua boca e encontrava a dele, que acabou se esquecendo de correr para abrir a porta do tílburi até ouvir o som das rodas morrendo na luz da lanterna da rua. E amaldiçoou a própria estupidez. Era a oportunidade de ajudar, de tocar sua manga, e a deixou escorrer das mãos. O barulho dos cascos do cavalo era como o de pregos cravados no seu coração idiota e transbordante.

As visitas ao quarto dela foram breves. Uma vez, ela lhe entregou duas libras e o nome de um homem.

— O senhor Gandon não gosta desse homem — disse ela. — Ele não é bom para os negócios.

Na segunda vez, ela entregou cinco libras e dois nomes num pedaço de papel. Ele não olhou para os nomes; sabia que, se olhasse, no mesmo instante em que pousasse os olhos na caligrafia dela ficaria de pernas bambas.

— Esses dois homens não gostam um do outro, Henry —

disse ela. — O senhor Gandon acha que é assim que gostariam que fosse feito.

Henry. A voz dela fez flutuar o nome em frente aos seus olhos. Acariciando e dando-lhe um tapa. Ele pegou a nota de cinco libras e saiu apressadamente do quarto. Parou do lado de fora e, de novo, amaldiçoou a si mesmo pela sua língua dormente e inútil. Era muito tarde para voltar atrás, para começar de novo. Tinha o dinheiro, tinha os nomes. Dois nomes num pequeno pedaço de papel. A mancha oleosa perfeita deixada por seus dedos — tinha a forma de coração; dava para notar — onde ela segurara a ponta do papel, ali para ele ver e guardar. E a letra dela — ela estava dentro das linhas e das curvas, a tinta vinha de dentro dela. Guardou os nomes na memória, dobrou o papel e, com cuidado, colocou-o no fundo do bolso de dentro de seu casaco, tão perto do coração quanto possível.

Dois nomes. Dois irmãos solteiros morando numa casa. Coisa fácil. Os Brennans. Desmond e Cecil. Coisa facílima. Entrou pela janela da cozinha, sem um chiado ou interferência. Subiu a escada. Sem um rangido secreto ou um brinquedo escondido. Entrou no quarto. Amarrou os dois em cadeiras postas frente a frente, para que um visse o outro sangrar. Cortou a garganta de um, depois a do outro. Limpou a faca na manga do casaco e saiu do quarto para que os irmãos desfrutassem os últimos momentos juntos. Desceu e achou uns biscoitos.

Precisou de três noites para dar fim aos corpos. Jogou os pacotes em rios por toda Dublim. Um coração foi parar no riacho de Scribblestown, um torso no Little Dargle. Chegou a descer pelas sarjetas e entrar em cavernas de granito. Foi mais longe e aproveitou rios novos. O rio Naniken e o riacho de Creosote. Foi cuidadoso e justo. Nenhum rio recebeu mais que o outro. Se um braço ia para o norte, o outro ia para o sul. Foi um trabalho e tanto, e ficou cansado. Sentiu-se como um homem que tivesse caminhado por toda Dublim.

Estava no caminho de volta, para o vão embaixo da escada de Dolly Oblong, quando virou a esquina e se deparou com uma multidão enorme. As bandeiras, muitas bandeiras, muito vermelho, branco e azul, um pouco de verde e ouro, de algum lugar uma banda arranhava "The Minstrel Boy". A multidão tomava conta da avenida, atravessava Ballsbridge, passava pelo canal, indo até o centro. Havia um rugido que ficava cada vez mais alto, como se estivesse se aproximando.

— Estão chegando! Estão chegando!

Viu tirarem os chapéus em forma de respeito, viu jogarem os chapéus ao alto. As bandeiras tremulavam sem parar. Os ecos de "The Minstrel Boy" chegando cada vez mais perto, começando a soar como música bem tocada. Henry não se aventurou para dentro da multidão; o povo tão comprimido fazia-o sentir-se como um homem de uma perna só. Ficou para trás. *Deus salve o nosso rei*: uma faixa no meio da rua explicava tudo. Eduardo VII estava em Dublim. Henry tinha esquecido: era feriado. Seria uma noite movimentada nos degraus. Precisava descansar.

Não conseguia ver, mas podia sentir pela agitação tomando conta da multidão que o rei e a rainha estavam passando. As pessoas ficavam na ponta dos pés, apoiavam-se nas costas de estranhos para avistar por um segundo a carruagem. Havia crianças nos ombros de seus pais. Criados penduravam-se nas janelas superiores das casas. Muitas crianças agarravam-se aos postes das lanternas. Muitas palmas e gritos de vivas. As garotas ficariam deitadas na cama a noite inteira, enchendo os cofres de Dolly Oblong. Algumas das mais velhas ainda falavam da última visita da rainha Vitória; ainda diziam "Deus salve a rainha" toda vez que se coçavam. Também avistou as plumas dos cavaleiros. Ficou observando a multidão, os ombros e cabeças se virando para ver a carruagem passar.

— Vá se foder!

A multidão ao redor prendeu a respiração. Henry viu as pessoas procurando o dono do brado obsceno e traiçoeiro.

— Vá se foder!

E viu quando os homens seguraram as pernas de um molequinho agarrado ao poste da lanterna, um molequinho com outro ainda menor pendurado nos seus ombros.

Quem era aquele homenzinho tão irado lutando pela vida?

— Vá se foder você e seu chapéu!

Era eu, os calcanhares arranhados, as calças sendo arrancadas de mim. Era eu com cinco anos de idade — julho de 1907. Chutei as mãos que me agarravam e tentei grudar meus dedos ao ferro pintado de verde do poste. Victor esperneava e cuspia; estava fazendo o que podia para nos salvar. Mas, polegada a polegada, deslizávamos para o meio da multidão. Os súditos irlandeses leais ao rei admiravam nossa valentia, mas mesmo assim ainda queriam nos dar uns tabefes. Estávamos deslizando para as mãos deles.

— ODA-SE — disse Victor. E fiquei tão admirado com ele que naquela hora soltei o poste para abraçar suas pernas. E caímos no meio da multidão raivosa.

Por que fiz aquilo?

Agora estávamos sob os pés da multidão, mas eu estava longe de me render. Victor já estava com os dentes, três agulhas afiadas, numa perna. Ouvi o grito acima de nós. A perna com meia subiu, e Victor subiu com ela.

Por que eu havia mandado o rei da Grã-Bretanha e Irlanda se foder? Será que eu era um pequeno feniano? Um *Sinn Feiner**? Nada disso. Não sabia nem que eu era irlandês. Vi o cortejo do meu canto no topo da lanterna e vi um gordão no meio de tudo. Vi a riqueza e a cor, o rosto avermelhado e brilhoso, o bigode e a barba mais bem cuidados do que os próprios cavalos, e sabia que ele não era de Dublim. Não sabia que era o rei ou que a perua ao seu lado era a rainha. Não sabia nem o que era um rei; ninguém nunca lera um conto de fadas para mim. Ele parecia um paspalho, mesmo assim milhares de pessoas o saudavam e acenavam para ele. Fiquei furioso. Ali não era o lugar dele. Olhei para sua carruagem e me lembrei da carroça que nos levara de casa em casa até chegarmos ao subsolo. E estavam subindo um em cima do outro só para dar uma olhadela nele. E me lembrei das mulheres, rosto após rosto, olhando para mim no meu berço de zinco, rostos sorridentes, cheios de sorrisos e carinho, e minha mãezinha e meu papai ao lado deles. Essa imagem ficou na minha mente por um segundo, menos de um segundo, e se esvaneceu. E eles ainda gritavam vivas e sorriam para o estrangeiro gordo. Foi por isso que mandei ele se foder.

E agora estava pagando o preço. Protegi minha cabeça com os braços e procurei Victor entre as pernas adultas. Não conseguia vê-lo, mas podia ouvi-lo a distância. Um pé com uma ponta

---

* Membro do Sinn Féin, partido independentista na Irlanda. (N.T.)

de metal arranhou a batata da minha perna. Mãos me agarraram. Eu estava sendo dragado, a começar pela cabeça. Então ouvi a madeira batendo na calçada, a madeira fazendo *toque-toque* na calçada. O toque-toque parou e, de repente, minha cabeça era minha de novo, as mãos a soltaram e ouvi a canção de uma nota só de uma perna de mogno cortando o ar.

Um golpe surdo e um ganido alto, e eu estava em pé olhando para o meu pai. Ele se equilibrou sem precisar pular e baixou a perna no chapéu de um homem parado ao meu lado. Ouvi ossos se quebrando, gritos e o apito de um policial. Meu pai enfiou a perna embaixo do casaco. Com menos de dois passos ele já tinha a perna no lugar e eu em seus braços. Mais apitos de polícia.

— Onde aprendeu a ter a boca tão suja?
— Não sei.

Segurei-me no pescoço dele. Senti o cheiro de seu casaco e nunca mais quis caminhar de novo.

— Você é um terror — disse ele. — Vamos andando.
— Victor — eu disse.
— Que Victor?
— Meu irmão.

Foi quando vi Victor e apontei. Ele tinha sido deixado na calçada. Estava deitado de costas, segurando um sapato preto no peito e uma meia cinza na boca.

A multidão se dispersara. Vi os tiras se aproximar, avistei-os por cima dos ombros de meu pai. Nunca vi tantos num só lugar. Agitavam os cacetetes no ar. Empurravam e abriam caminho pelo povo que ficara na rua. Estavam doidos para nos pegar, vermelhos de raiva.

— Olha só o que você aprontou — disse meu pai, enquanto pegava Victor no colo. — Não pode sair por aí dizendo essas coisas para o rei. Ele é visita.

Victor soltou o sapato e pôs os braços ao redor de meu pescoço, do mesmo jeito que eu fazia com meu pai. Vi um cacetete levantar acima da cabeça do meu pai, e saímos em disparada. Senti o rastro do cacetete quando passou perto do meu rosto. Depois senti o ar se deslocar enquanto meu pai preparava nossa fuga. Tomou um caminho maluco através da aglomeração de tiras. A perna de pau o fazia dar círculos e giros loucos, para todo lado, menos para a frente. Os cacetetes batiam no ar e até mesmo em outros tiras. Comecei a rir.

— Isso mesmo, menino — disse meu pai. — Não tem nada mais lento do que um gordo da Polícia Municipal de Dublim, principalmente quando acha que está sendo enganado.

E Victor começou a rir.

— Isso mesmo — disse meu pai. — Pode rir bem alto. Deixe eles virem.

Passamos pelo último dos cacetetes. Ele ainda corria, de início na direção dos tiras, depois para longe deles, pela alameda Elgin. Mas os tiras ainda nos perseguiam. E meu pai estava diminuindo o passo. Ouvi um chiado áspero em sua respiração. Seu peito doía; eu o sentia através do casaco.

— É o mogno velho — disse ele. — Não vale nada em longas distâncias. Segure firme.

Levantou-nos no ombro e deixou livre seu braço direito. Usou-o como um pistão e recuperou um pouco de sua velocidade. O braço livre também lhe ofereceu direção: agora ele podia ir reto, para longe dos tiras. Não parávamos de rir deles, mas estavam se aproximando cada vez mais. Chacoalhávamos no ombro do meu pai, e eu me agarrei ao colarinho, enquanto ele virava para a rua Clyde. Quase tropeçou quando dobrou a esquina embaixo da sombra de uma árvore e atravessamos a rua. Olhei ao redor. Não havia multidão para nos despistar, não havia nenhum lugar para nos escondermos. De repente, senti medo. Onde estavam o movimento, todas as pessoas, as carruagens? Para onde havia ido o barulho? Essas casas deveriam estar cheias, as pessoas se espremendo nelas. Os grandes degraus da frente ansiavam por bundas e conversas de mulheres. Mas não havia ninguém, além de nós e os tiras. Tudo o que ouvi foi a madeira e a sola do sapato do meu pai, sua respiração entrecortada e a risada que Victor ainda soltava enquanto sacolejava no ombro oposto do meu pai. E as botas dos tiras — podia ouvi-las também, em alto e bom tom.

Estávamos passando por um beco agora, com o chão em desnível. Nada era mais lento do que nós. Eu estava escorregando do ombro do meu pai.

— Segure firme aí em cima — disse meu pai, e, antes que eu pudesse entender o que ele queria dizer, fomos arrancados de seus ombros e jogados para um muro alto. Ele segurou uma bunda em cada mão e nos juntou lado a lado. Eu levantei, alcei vôo, bati contra o muro, e me segurei. Arranhei o queixo. Senti o gosto de sangue e as mãos de Victor no meu pescoço. O silvo do apito de um tira subiu conosco. O terror fez meus pés encontrarem apoio. Meus dedos, depois meus cotovelos, escavaram o muro enquanto eu subia rapidamente. O muro sacudiu quando meu pai o atingiu. Quase caí, mas seus dedos seguraram o resto de mim e eu continuei para cima, no momento em que outros dedos gordos se aproximavam de meus calcanhares. Fui puxado pela cabeça, por cima do muro, e caímos em cima do famoso casaco e de meu pai, que estava dentro dele.

— Meu Deus, meninos. Vocês parecem dois sacos de batata. Saiam de cima para que eu me levante.

Estávamos num jardim. Havia uma casa à direita, um palácio de tijolo vermelho e vidro. Havia um gramado liso e o que parecia um coreto em miniatura. Tínhamos aterrissado embaixo de um salgueiro.

— Vamos.

Podíamos ouvir os tiras do outro lado tentando galgar o muro.

— Por que não tentam derrubá-lo? — gritou meu pai. — Seus putos do inferno.

Ele sabia para onde ir. Seguimos seus passos atravessando o gramado. Eu nunca sentira uma coisa tão macia sob meus pés; estava descalço, é bom lembrar. Olhei para o muro oposto. Tremia só de pensar em subi-lo. Esse e outros depois desse. O sangue ainda escorria na minha língua. Mas segui meu pai, e ele nos levou na direção do muro. Vi rostos nas janelas da casa, olhando para nós, rostos indignados e assustados, e um sorriso enorme num fedelho da minha idade com roupas de um homenzinho importante. Victor os viu também e ofereceu a saudação dos Smart:

— ODA-SE.

— Pare com isso agora mesmo — disse meu pai. — É proibido a gente passar aqui.

Virou na direção oposta ao muro, à esquerda, para fora do gramado, para um pedaço do jardim que tinha sido deixado de propósito sem cuidados. Estávamos atrás de arbustos e árvores, e eu não via mais a casa.

— Venham aqui — disse ele.
O chão tremeu: os tiras pulavam de cima do muro.
Ele levantou Victor e eu. Sentávamos em cada um de seus braços e nos segurávamos no seu colarinho. Mais tiras caindo desse lado do muro. Estávamos cercados.
— Riam — mandou ele.
E rimos.
— Isso mesmo.
Foi para trás de um arbusto grosso. Cutucou o chão com sua perna.
— Ótimo — disse ele.
Deu um empurrão no arbusto com sua perna de carne e osso, e ajeitou-o com o joelho.
— Segurem-se firme agora, meninos — recomendou ele e entrou no meio do arbusto.
E caímos.
Caímos na escuridão e no nada. A única coisa que existia era o pescoço do meu pai e seu casaco. Não havia qualquer outra prova de que eu existia, nada para sentir ou ver. Estávamos caindo para fora de nossas vidas.
Mas pousamos. Senti o choque quando paramos e ouvi a pancada na água. Meu pai gemeu. Meus pés estavam próximos de água gelada; sentia o frio sob meus pés. Agarrei-me ainda mais ao seu pescoço. Ouvi outros barulhos, mas nada que pudesse reconhecer. Estava deitado contra a cabeça do meu pai, mas não podia vê-lo. Meu rosto presionava o seu pescoço, mas meus olhos não me ofereciam nada. Ouvi alguém respirando e rezei para que fôssemos nós. O suor do meu pai esquentava meu rosto. Senti sua cabeça se movendo.
— Perfeito — disse ele.
Estava olhando para cima; senti seu pescoço puxando a cabeça para cima. Imitei-o. Precisei mandar minha cabeça subir; não havia nada para ver, nada para ajudar os olhos na subida. Olhei para cima e não vi nada.
— Nunca vão encontrar o buraco — disse ele. — Não vão nem procurar. Vão tentar subir o muro e escorregarão no próprio sebo.
Eu ouvia a água.
— Bem-vindos ao rio Swan, meninos — disse meu pai.

Victor ia começar a chorar, um choro molhado, como um motor começando a funcionar.

— Pronto, pronto — acalmou meu pai. — Está tudo bem.

Ainda não havia nada além do barulho da água corrente. Fiquei surpreso de como era forte a minha voz. E gostei.

— É fundo? — perguntei.

— Os seus pés estão molhados?

— Não.

— Está respondido.

Ele deu um passo para a frente — pelo menos achei que foi para a frente. Deu o primeiro passo com a perna de pau, porque foi o segundo passo dele que fez barulho na água.

— Mas os meus estão molhados o suficiente — disse ele. — Vamos indo.

Andamos pela escuridão gelada e gotejante. Ele percebeu que estávamos tremendo de frio e parou. Abriu o casaco e nos enfiou dentro; gostei do cheiro de animais e sangue que emanava do tecido que agora me abraçava — não sabia que estava inalando anos e anos de violência e assassinatos. E então ele começou a andar de novo. Cantarolando trechos de canções. *We'll go home be the water*. E conversando conosco o caminho inteiro.

— Uma das grandes vantagens de ter uma perna feita de madeira — disse ele. — Congelo só pela metade.

Continuou andando na água.

— Onde estamos? — perguntei.

— Debaixo de Dublim — respondeu ele.

Levou-nos para longe de Ballsbridge, ao longo da Pembroke Street, por baixo da Northumberland Street, Shelbourne Street e Havelock Square. Mas nos carregava em meio a uma escuridão sem tréguas. Agachou-se, diminuiu o passo, levantou-se, descansou. Pelos seus movimentos e paradas, eu podia sentir perto do rosto a proximidade dos muros e a altura do teto. Senti as pedras molhadas e escorregadias contra minhas pernas. Ouvi o rio abaixo de mim, rápido e lento. Ouvi outros ruídos fracos, que podiam ser qualquer coisa — garras na pedra, pele molhada de animal avançando na água, asas secas sacudidas acima da minha cabeça. Sentia o cheiro da água, tão ruim e frio no meu nariz como as bofetadas de um morto. E, quando o teto ia se aproximando de minha cabeça e os muros quase se encontravam, quando senti como se meu pai estivesse se enterrando na terra, fui invadido por um bafejo do lixo que vinha do oeste com o rio, a merda e a podridão de Kimmage e Terenure, de Rathmines e Ranelagh.

— Vou contar uma coisa, meninos — disse meu pai. — Onde houver água, você vai sempre achar um engraçadinho querendo mijar. Se eu pudesse trocar a minha perna por um nariz de madeira, seria um homem feliz.

A água gotejava e subia em esguichos provocados por seu pé verdadeiro, as nossas tosses e fungadas, as batidas de seu coração quando eu encostava minha cabeça no seu peito. Não havia sons acima de nós, nem carruagens, nem gritos, nem gaivotas. Nem tiras barulhentos. Dublim desaparecera, e todo o resto com ela. Havia apenas nós e a água. Nada mais. Eu, meu pai e Victor.

— Agora estamos passando por baixo de Beggars Bush, meninos. Não há muito o que ver lá em cima; então é até melhor ficar onde estamos.

Inventava um mundo acima de nós.

— A casa em cima da gente agora pertence a um médico que dá fim aos bebês.

— Como?

— Com dinheiro — respondeu ele. — Pode fazer isso com dinheiro. É uma casa triste, meninos. Cheia de fantasmas e lágrimas. E sua mulher está no manicômio.

— Por quê?

— Porque é doida — respondeu. — Tomou uma refeição sem fazer o sinal-da-cruz, e um pedaço de batata ficou enroscado na goela. Ela tossiu e tossiu, dias, semanas, até seus miolos caírem no prato à sua frente. Ela tem barba e um rabo que balança cada vez que ela tosse. E são tantas vezes, por sinal, que os pêlos crespos do rabo já deram sumiço no resto de bunda que tinha.

Nós três rimos e nos transformamos em dezenas, centenas de meninos e homens, porque o teto acima da gente refratava nossas risadas e as fazia multiplicar-se.

— E aqui, agora...

Ele parou.

— Estamos embaixo da casa do homem que ficou rico fazendo caroços para laranjas. Ouçam.

Ouvimos.

— O que estão ouvindo?

— Nada.

— Exatamente. E sabem por quê?

— Não — respondi. — Por quê?

— Porque ele morreu.

— Morreu como?

— Um dia ficou de saco cheio e parou — respondeu meu pai.

— Isso acontece de vez em quando. Estamos quase chegando. Precisamos subir, senão seremos empurrados para o Dodder, e não é um rio como esse, no qual se pode caminhar.

Vimos um feixe de luz acima de nós.

— Chegamos — disse meu pai. — Bath Avenue. Segurem-se, meninos.

Parou de me segurar e começou a subir um muro que era formado de tijolos lisos, pelo que pude ver. Victor e eu podíamos nos ver, lado a lado, dentro do casaco. Victor começou a rir.

— Segurem-se — disse meu pai. — Ainda não. Fiquem quietos um minuto para eu ver se o caminho está livre.

Um lado de seu rosto estava encostado às barras enferrujadas da tampa de bueiro. Empurrou a tampa até poder esticar a cabeça e ver o mundo. Olhou para a direita e para a esquerda.

— Pronto — disse ele. — O senhor primeiro.

E me empurrou para a rua. Rolei para um lado e logo Victor se juntou a mim, nós dois deitados na sarjeta. Virei para ver o meu pai subindo. Mas ele não subiu. E eu soube então imediatamente que ele não subiria. E soube, enquanto o terror e a fúria se misturavam no meu estômago, antes mesmo de ter palavras para decifrá-los, soube que eu jamais o veria de novo.

Soube logo que o ouvi falando conosco, sua voz vindo do chão.

— Adeus, meninos. Sejam bonzinhos com sua mãe.

Suas palavras explodiram e desapareceram na minha frente, enquanto eu me arrastava para espiar através das grades para tentar vê-lo. Mas não havia nada. A memória de sua voz ainda estava lá; ela flutuou na frente do meu rosto, e eu pude ouvir as batidas na água enquanto ele se distanciava de nós.

Encostei a cabeça na pavimentação da rua. Levantei e abaixei de novo.

Queria que ele não me tivesse visto. Apenas uma hora, talvez duas horas antes. O cortejo real, eu pendurado no poste — tentei tirá-los da cabeça. Suas mãos me segurando, a louca fuga, sua risada, suas mãos quando me levantou, suas mãos quando me levantou — bati a cabeça nas pedras da rua, uma, duas, várias vezes. Tornei tudo escuro para que ficasse igual à escuridão que tivemos lá embaixo, mas nada veio com ela. Estava completamente sozinho.

Mas então ouvi Victor chorando, sentindo falta de uma coisa que nunca teve. Podia ouvi-lo agora, mas não queria. Fiz tudo para esquecer as últimas horas e minutos. Movi-me e bati no bueiro com minha testa e tentei matar o rosto do meu pai, suas mãos e sua voz. Bati e bati até não poder ver mais nada e tudo o que ouvi foram os gritos de Victor, meu sangue escorrendo, e sabia que estava pingando através dos buracos do bueiro, embora não pudesse vê-lo, caindo nas pedras e no rio Swan e indo para o Dodder e para a baía e para o mar. Pude sentir quando batia na água. Pude senti-lo afundando e se misturando às águas.

E então estive morto por um tempo. Não havia absolutamente nada. Estava morto, mas não cheguei a lugar nenhum. Até que alguém me arrastou pelo colarinho, me puxando de modo que tive de respirar, levantar a cabeça e baixá-la, e lá estava a dor de novo. E fiz tudo de novo. Era Victor. Pude ouvi-lo antes mesmo de vê-lo.

— ENY — gritava ele. — ENY.

E eu o amava demais. Consegui me levantar, suportando a dor e a cegueira. Balancei a cabeça — luzes e flocos voavam do meu crânio. Urrei. Balancei a cabeça de novo para mandar embora a dor. Deixei o sangue voar. Mas agora podia ver de novo. Tirei minha camisa arruinada e apertei-a na minha testa, apertei-a até sentir o sangue se retraindo.

Victor estava ao meu lado.

— Vamos — eu disse. — Vamos passear.

— CO-LO — pediu ele.

Queria subir nos meus ombros.

— ENY, CO-LO.

— Foda-se — eu disse.

Fomos para casa. Para o buraco fedido, cheio de fumaça e molhado do subsolo e nosso canto no pobre colo de mamãe.

Tomei o caminho, espiando entre o sangue seco e a agonia, a dor de cabeça que era como uma pequena morte a cada passo para longe da tampa enferrujada do bueiro e do rio embaixo. Com Victor agarrado às minhas calças.

Meu pai era um imbecil.
Voltou para a casa de Dolly Oblong e dormiu pesado por algumas horas, com a perna do lado pronta para qualquer eventualidade. Acordou, espreguiçou-se, encostou o ouvido no chão e ficou ouvindo a música do assoalho. A casa já estava movimentada. Havia camas rangendo, movendo-se para o meio dos quartos. Amarrou a perna e se levantou. O dever chamava-o.

Passou pelo corredor. Ouviu o piano e o barulho sobre sua cabeça, o gemido entrecortado de um homem se aliviando e o encorajamento letárgico de uma das garotas. Uma das garotas do interior. Maria da Leiteria, chamavam-na as outras.

— Que bom, que bom; mais um na gaveta.

Parou e apanhou uma bituca apagada do capacho de dentro. Depois abriu a porta. Na hora em que uma multidão tentava se enfiar dentro. Uma multidão de tiras. E os tiras ficaram loucos quando viram Henry. Antes que ele tivesse a chance de fugir, antes que tivesse tempo de pensar sobre o assunto, os tiras já estavam em cima dele, surrando-o com os cacetetes até ele cair no granito dos degraus. A fúria deles, impronunciável. Somente quando começou a afundar por baixo dos peitos e barrigas dos uniformes azuis é que Henry se lembrou da diversão daquela manhã.

— Devagar, rapazes — disse ele.

Mas um cacetete o atingiu no meio do rosto, e ele compreendeu duas coisas: palavras eram inúteis, e ele queria viver. Gritou e empurrou com os ombros e a cabeça enorme os corpos e se desvencilhou daqueles que ainda o seguiam. Seu rosto estava quase tocando o chão, mas ele não desistiu e continuou empurrando. Ignorou as botas, os murros e bordões. Viu os degraus abaixo de seus olhos, seu peito estava no chão. Livrou-se de mãos que tentavam agarrá-lo e deslizou pelos degraus, por baixo dos tiras, e alcançou a rua. Tirou a perna. Madeira batendo em osso e agora ele tinha espaço. Podia ver os uniformes individualmente. Segurava-se num gradeado. E manteve distância dos tiras com a simples insinuação de sua perna. Fez a perna assoviar no ar à sua frente.

— Venham. Venham!

Mas começavam a rodeá-lo de novo. Ele viu um coisa voando, e uma pedra o atingiu na têmpora. Precisava escapar, não podia se imaginar sem nunca mais poder voltar, jamais poder servir Dolly Oblong novamente. Fugir era a única coisa que importava para ele. Olhou para os rostos dos tiras enquanto se aproximavam cautelosos, testando o seu alcance, testando a si mesmos. Estavam prontos para matá-lo. Outra pedra o atingiu e rolou pelo vão do subsolo atrás dele. Mais um golpe furioso — o ar ao seu redor zuniu — e, enquanto os corpos caíam para trás, ele pulou e fixou a perna. Saiu em disparada.

Estava livre. Quase livre. Os bastões atingiam sua cabeça e as costas, mas não eram nada. Havia ar fresco à sua frente. Usou os cotovelos e os ombros para passar pela última barreira, rasgando com as unhas, furando com os dedos. Seus ombros trabalhavam e se abaixavam. Estava livre. Apenas o peso dos que haviam ficado para trás, segurando-se nele; levantou-se e puxou os ombros quebrados e deslizou para fora do casaco. Suas palmas chegaram ao chão e o ajudaram a se levantar. Sem o casaco, estava mais leve e correu. Nada nem ninguém o deteria. Correu para a escuridão, e os que ainda os seguiam logo desistiram. Seu toque-toque desesperado ecoava nos muros e retornava para os becos e depois em todas as direções.

Mas tinham o casaco. Quatro deles o seguravam. Seguravam como se Henry ainda estivesse dentro, ou pelo menos uma parte perigosa dele. Outros vieram olhar. Seguraram a respiração enquanto cutucavam as mangas e o colarinho com um cacetete. Um tira segurou um ombro e, ao sentir a imundície pegajosa, soltou-o imediatamente. O casaco caiu como um objeto sólido, e outro tira deu um chute nele.

— Caramba, que fedor!
— Igual ao dono.

Todos queriam chutar o casaco. Um deles acendeu um fósforo e se agachou para botar fogo. Outro chutou o casaco para longe e alguma coisa no casaco tilintou.

— Espera aí.
Um tira com luvas pegou e sacudiu o casaco. Achou o motivo do tlim-tlim e tirou a faca de Henry de um dos bolsos. Segurou-a. Passou a faca para outro tira e deu mais uma sacudida no casaco. Nada. Sua luva entrou em mais um bolso e voltou vazia. O tira estendeu o casaco na rua e procurou mais bolsos. A luva vasculhou e encontrou um, mas saiu vazia. Ele tirou as luvas e tentou de novo com a mão. E a mão saiu segurando um pedaço de papel.

Os outros tiras seguiram-no para baixo da lanterna de rua. Fizeram um círculo ao seu redor.

Ele desdobrou o papel. Nomes.

— Brennan.
— Só isso?
— Desmond, Cecil.
— Meu Deus.

A carta de amor de Dolly Oblong. Fizeram fila para lê-la. Conheciam os nomes. Sabiam do caso. A casa vazia. O sangue. A chaleira quente e as migalhas. As cadeiras e as cordas ensopadas de sangue no chão. Olharam para a escuridão por onde meu pai tinha desaparecido. Juntaram-se e começaram a recitar nomes. E outras casas vazias. Os desaparecidos. Um deles lembrou-se de um outro nome, um nome de anos atrás.

— Sargento Costello.
Nunca mais vi meu pai.

5

— Conte de novo — pedia ele.

Estávamos enrolados num canto, embaixo de uma caixa ou lixeira qualquer da qual pudéssemos tomar posse, e eu nos esquentava contando a ele histórias do tempo de antes dos tempos ruins. Contei a ele sobre a senhora Drake, as mulheres que vinham me visitar, sobre as mãos do meu pai e como ele as transformava em um balanço.

— Eu já era vivo? — perguntou ele uma vez.

Pensei e decidi.

— Era — eu disse. — Você ainda era bebezinho.

Dividia tudo com Victor, até mesmo as histórias que eram somente minhas. Ele estava no berço ao meu lado. Eu nunca estava sozinho; era sempre nós dois. Dormíamos onde caíssemos e comíamos o que era possível achar ou roubar. Sobrevivíamos.

As ruas eram nosso domínio. Ninguém nos tocava. Conhecíamos cada som e aviso, cada rota de fuga. Pegávamos o que era preciso e corríamos. Sem olhar para trás, sem precisar olhar para a esquerda ou para a direita, sabíamos e esperávamos tudo. E podíamos escapar sem precisar nos mexer. Nossa sujeira se misturava às ruas. Éramos feitos da imundície de Dublim.

Sobrevivíamos. Roubando e ajudando, inventando e pedindo esmola. Éramos pequenos, difíceis de agarrar. Éramos de dar pena — nossos olhos cheios de remela arrancavam quartos de *penny* e meios *pennies* das bolsas e carteiras. Havia milhares de moleques de rua como nós; era impossível nos encontrarem. Éramos pequenos príncipes das ruas, pequenos pacotes de esperteza e iniciativa. Quase sempre passando frio, sempre com fome, mas não desistíamos — continuávamos.

    Ajudávamos os pedintes. Empurrávamos os carrinhos com cesta para eles quando se cansavam, homens acabados vestidos de macacão e mulheres de aventais azul e rosa, as cores desbotando para um mesmo tom, uniformes dados pelo senhor Lipman, um judeu russo. Cantarolavam de manhã, quando começavam, ao sair do pátio, empurrando as cestas vazias. *My hat is frozen to my head. My body's like a lump of lead.* Caminhavam o dia inteiro, iam até onde moravam os ricos, até as cidadezinhas do campo, Lucan e Dundrum, Sutton e Man o' War, para juntar as roupas e utensílios que não queriam mais, as panelas e as garrafas, as jarras e tudo mais. *My shoes are frozen to my feet from standing at your window*[*]. Jogavam tudo dentro das cestas, que se tornavam pesadas, e eu e Victor ficávamos esperando por eles no último trecho do caminho, no último quilômetro até o quintal de sucata do senhor Lipman. Gostavam do Lipman. Ele era justo. Um homem decente. E gostavam de nós também. Éramos pontuais. No fim do dia, quando o frio começava a lembrá-los de que a primavera também podia ser tão filha da puta de cruel quanto o inverno, aparecíamos de trás de um muro no fim de uma das pontes do canal e nos oferecíamos para empurrar os carrinhos de cestas até em casa, ou até a esquina da Hill Street com Great Britain Street ou o último pedaço da North Circular. As pontes e as ladeiras da cidade pagavam nosso salário. Subíamos com dificuldade, um de cada lado do carrinho; não víamos a frente, mas não tinha importância — conhecíamos cada pedra do calçamento e os sulcos de cada rua. Sabíamos quando empurrar para subir ou segurar para descer. E, quando as ruas foram cobertas com alcatrão para os automóveis, sabíamos onde estávamos pelas bolhas escuras e pelas pedras embaixo dos pés.

    — Vocês fazem um par magnífico, meninos. Meu queixo teria caído na rua se não fosse por vocês.

---

[*]   Meu chapéu congelou na cabeça. Meu corpo virou chumbo. / Meus sapatos se grudam como gelo nos meus pés de tanto esperar em frente à sua janela.

Éramos pagos com comida que recebiam nas portas de cozinha de gente rica ou com punhados de moedas após serem pagos pelo senhor Lipman.

Tocávamos a corneta do sorveteiro depois que seus lábios apodreceram; atraíamos os fregueses, mas nunca experimentamos o sorvete. Pegávamos ratos para os donos de cães de briga. Vendíamos ossos para Keefe, o homem dos restos. Eu era um assistente de mendigo, e Victor era o meu assistente. Rafferty era o nome do mendigo.

— Pode me chamar de senhor Rafferty. Está me entendendo? Estou por baixo, mas ainda exijo respeito.

Ele ficava sentado do lado de fora do Coffee Palace, e nós juntávamos as moedas que lhe eram jogadas, porque escondia suas pernas sob o casaco.

— Ajude um pobre soldado e seus filhos, minha senhora.

Mas Dublim era uma cidade pequena. Não se podia ser deficiente físico e ainda caminhar para casa sem ser descoberto. Ele foi embora à procura de cidades maiores e ficamos sozinhos de novo. Vendíamos jornais que roubávamos. Roubávamos as flores que tínhamos acabado de vender. Comíamos durante as fugas, correndo; dormíamos de pé. Eu estava aprendendo a girar a perna de meu pai, aquela que ele deixara para trás. Costurei uma lâmina na aba de meu chapéu. Sabia costurar coisas. Não havia nada que eu não soubesse fazer.

Eu tinha charme e imaginação. As mulheres viam o Henry do futuro, sob as camadas de crostas, e se derretiam; viam o futuro pelo qual ansiavam desesperadamente naquele instante e que sabiam jamais viria. Queriam me tocar, mas não podiam, em vez disso afagavam o pequeno Victor para compensar.

— Ele não é uma gracinha?

— Que Deus o abençoe, um doce de menino.

Mas sabia de quem estavam falando e o que realmente queriam. Nunca fui uma criança. Podia ler nos olhos delas. Podia sentir a vontade insatisfeita e a dor. Eu me esfregava contra elas, para confundi-las, atormentá-las. O sentimento de culpa abria as carteiras. E a vergonha jogava as moedas para nós. Éramos os mendigos que jamais pediam dinheiro.

Às vezes eu aparecia sorrateiro em casa para ver se minha

mãe ainda estava viva. Deixava comida, quando eu tinha, ou até mesmo uma garrafa de gim. Agora sempre havia uma garrafa embaixo do monte de filhos. Ela abocanhava o gargalo como se a vida estivesse lá dentro. Chorava quando uma gota se derramava no queixo ou em seu xale; os dedos esfregavam e espremiam a gota e ela ficava triste, choramingando em soluços discretos e gemidos mortais. Se estava nos degraus, eu me aproximava e a cumprimentava. Ela me reconhecia; sorria. Abria os braços, e eu me enfiava no seu colo, com Victor, sobre as outras crianças, só por um minuto. Ela chorava e às vezes eu também.

— Você. Está. Ficando grande.

Eu observava sua boca lutando, recordando as formas. Precisava olhar para cada palavra.

— Você. Está. Sendo bom?

— Sim, mamãe.

— Bom. Menino. O que. Você. Trouxe para mim?

Eu ficava no seu colo alguns minutos, mas nunca me permitia descansar. Pegava Victor e ia embora. Se fosse cedo, ela ainda despejaria mais algumas palavras atenciosas.

— Fique. Longe de. De problemas.

— Sim, mamãe. Adeus.

— Adeus. Diga. Diga ao seu pai. O chá está pronto.

Resistíamos e levávamos a vida, sobrevivíamos e crescíamos, lado a lado ou com Victor nos meus ombros. Sobrevivíamos, mas nunca progredíamos. Nunca haveríamos de progredir. Era nossa a liberdade das ruas — ninguém dava a mínima —, mas nunca, jamais, nos seria permitido subir os degraus lustrosos para dentro do conforto e do calor atrás das portas e janelas. Eu sabia disso. Sabia disso toda vez que saía da frente de uma carruagem ou automóvel, toda vez que enchia minha boca chorosa com comida estragada, toda vez que via sapatos nos pés de um menino da minha idade. Sabia disso toda vez que um estranho me oferecia dinheiro ou comida para dar um passeio com ele. Sabia disso, e essa sabedoria alimentava meu cérebro. Eu era a chama mais viva numa cidade cheia de chamas brilhantes e desesperadas.

Reinventei a arte de caçar ratos. Não íamos atrás dos ratos; eles vinham até nós. Achávamos o ninho, pegávamos e fervíamos os filhotes, depois nos esfregávamos o caldo nos braços e nas mãos. (Nunca comíamos. Você pode rir ou zombar, mas é porque nunca passou fome.) O cheiro — aquele cheiro, meu Deus — deixava furiosos os pais dos filhotes. Sacudíamos as mãos em frente dos buracos, e eles vinham até nós, ainda sonhando, como se tivessem acabado de ver os cães que os destruiriam. Guinchavam pelos filhotes que cheiravam em nossas mãos enquanto eram enfiados no saco. Carregávamos o saco berrante e chocalhante para os jogadores na rinha. Eles adoravam nossos ratos. Pagavam dobrado para que eu enfiasse minhas mãos no saco. Eu sempre fazia, mas não deixava Victor arriscar seus dedos. Adorava observar a fisionomia dos homens na roda; via o desprezo, a compaixão e a admiração. Em particular os ricos, aqueles que já se sentiam culpados de estarem ali, com a ralé mais baixa da escória social; olhava nos olhos deles e enfiava minha mão no saco e sentia a fúria no dorso dos ratos, e os homens viravam o rosto. Deixava-os ver como um menino se arriscava a perder as mãos para a diversão deles. Deixava minha mão lá dentro quase até desmaiar, podia sentir o coração se preparando para morrer; sentia os ratos endoidecidos farejando os filhotes no meu pulso e nos dedos e deixava ficar alguns segundos a mais — antes que os ratos soubessem que estavam lambendo a mão do assassino. Ficavam todos olhando para mim, os homens e os meninos na rinha; eu era mais importante agora do que os cachorros que rosnavam e cavavam o chão. Adorava o silêncio que eu podia comandar com os olhos. Era o verdadeiro poder. Até mesmo os cachorros percebiam e ficavam quietos. Então esperava o auge e levantava o meu pulso segurando o rato guinchante. Esticava o braço no meio da rinha, o rato se contorcendo para enfiar os dentes nas minhas veias. E ouvia os aplausos e gritos. Segurava por um momento, olhando ao redor, deixando todos saberem que era eu quem estava oferecendo a diversão daquela noite para eles. Só então soltava o rato. Não me importava com o que aconteceria depois. Não me interessavam os cachorros ou as apostas ou as matanças. Nunca ficava para assistir. Os donos dos cachorros me pagavam, os *bookies* me pagavam, os ganhadores me pagavam. Os ricos esticavam a mão fechada e me deixavam tirar o dinheiro. Voltávamos para a cidade no escuro, eu e Victor. Lembrávamos de lavar o cheiro dos ratos dos nossos braços e mãos antes de procurar um lugar para dormir. Deitávamos juntos, e eu nos esquentava com as histórias que contava. Nunca dormia até ter certeza de que Victor estivesse dormindo. Depois me juntava a ele. Sempre estávamos um no sonho do outro.

Fomos até Kingstown para ver o Lusitania. Enfiávamo-nos no meio do povo à procura de bolsos abarrotados. Os bolsos eram a especialidade de Victor. Ele sabia esvaziar um bolso sem tocá-lo. Esvaziávamos bolsos enquanto os donos olhavam para o cometa Halley. Ouvi um homem contar a outro que o cometa se chocaria com a Terra. Olhei para ele, o cometa, para ver se estava ficando maior, mas não fiquei com medo. Era apenas uma estrela grande, o irmão morto de alguém.

Ajudávamos os boiadeiros. Íamos ao encontro deles em Lucan, os homens cobertos de barro com suas varas e cigarros, levando o gado do interior do país para o mar. Jogávamos pedras nas vacas, cercando-as, e as mandávamos correndo para Dublim. E os boiadeiros gostavam. Viam a cidade no vale esperando por eles e aqueles com saúde começavam a correr conosco também, com suas botas esburacadas. Ficavam agitados; já estavam gastando dinheiro. Riam quando uma pedra bem atirada fazia a vaca levantar as patas de trás e ela deslizar. Achavam a gente demais, éramos os meninos das sarjetas de Dublim. Corríamos na frente para fazer as vacas dobrarem as esquinas. Havia vinte ou mais meninos, às vezes mais do que vacas. Todos formando um muro para mandar o gado para os currais de Cowtown, ou mais longe, até as docas, se já estivessem vendidas. Era um estouro de boiada, meninos e caipiras atravessando o rio na Kingsbridge, atrás das casernas reais, correndo por ruas grandes e por becos, tirando lascas das paredes das casas de esquina, mandando as mulheres e os homens correndo para cima dos degraus por segurança, jogando merda e poeira no ar. Sentia o chão sacudindo sob meus pés. Roubávamos o gado quando os boiadeiros eram lentos. Quando tínhamos tempo e espaço, podíamos mandar um novilho beco adentro atrás de Four Courts e fazê-lo se perder.

— O senhor quer comprar uma vaca?

Nenhum açougueiro de Dublim podia resistir à oferta.

Ou nós mesmos a abatíamos. Cercávamos as vacas em um dos nossos cantos e batíamos na cabeça delas com pedaços de tijolo e varas; subíamos no muro para alcançar-lhes a cabeça. Eram estúpidas, mas acabavam morrendo. Eu descosturava os pontos do meu chapéu e tirava a lâmina. Os outros meninos olhavam e riam, e um ou dois choravam. Mas tinham fome e sabiam de onde vinha a carne. E era o que eu lhes dava. Cortei a garganta de um novilho enquanto ele ainda corria e eu correndo embaixo dele. Senti o sangue quente na minha cabeça antes de me safar e ver a vida se esvanecendo e a morte derrubando-o. Fiz riscos com o sangue no meu rosto, e Victor me copiou. E os outros meninos também. Fizemos uma fogueira com madeira que os outros meninos acharam e arrastamos a carcaça para cima do fogo. Rodeamos a fogueira e nos embriagamos com a fumaça.

Mas logo os boiadeiros não ficavam mais tão felizes de nos ver quando emergíamos dos arbustos em Lucan. Suas varas e a raiva não surtiam efeito conosco, assim acabaram nos pagando para vigiarmos o gado e nos certificarmos de que nenhuma vaca ou ovelha se perdesse. E os açougueiros de portas abertas e bolsos fundos nos pagavam para ter certeza de que algumas das bestas se desvencilhariam do resto. Gado era dinheiro. A polícia juntou-se a nós. Os agiotas do interior pagavam os tiras, seus irmãos caçulas, para escoltar o gado, para fazer com que chegassem aos currais e aos navios para a Inglaterra. Mas nada nos detinha. Ouvíamos os cascos dos cavalos dos tiras montados lutando nas pedras molhadas e escorregadias da rua e ríamos. Por fim, os boiadeiros pararam de fazer o caminho que passava por Lucan. Iam pelo norte e pelo sul e tentavam trazer o gado e as ovelhas para a cidade pelos atalhos e ao longo de diferentes rios. Mas estavam perdendo tempo. A cidade era nossa. O destino era o mesmo, e não nos importávamos de esperar. Havia outros portos na Irlanda, mas também estavam cheios de meninos com fome e açougueiros bonzinhos. Eles tinham de cruzar o nosso caminho.

E o gado fornecia ainda uma outra fonte de renda. Os homens se aproximaram enquanto comíamos o novilho assado. Tinham barba e olhos duros, dois deles, homens de porte, agigantados pelos casacos que usavam. Estávamos prontos para correr ou brigar — segurei Victor —, mas fizeram menção de não quererem mal, e um deles nos mostrou o dinheiro que levava. Estávamos acostumados com homens estranhos nos oferecendo dinheiro; geralmente pareciam preocupados e acanhados, e era uma moleza confundi-los e roubá-los. Mas esses eram diferentes. Tinham aparência séria. Olhavam nos nossos olhos; não temiam o que estivesse atrás deles. Fiquei firme no lugar, e os outros fizeram o mesmo.

— Vocês amam a Irlanda, rapazes? — perguntou um deles.

Não respondemos.

Não compreendemos a pergunta. A Irlanda era uma coisa de canções que velhos bêbados choramingavam enquanto se equilibravam, apoiando-se nas cercas às três da madrugada, fáceis de roubar; era isso, e mais nada. Eu amava Victor e minhas lembranças de outras pessoas. Era tudo o que eu entendia de amor.

Esperei por mais.

O outro falou.

— Querem ganhar alguns *shillings?*

Seu sotaque não era de Dublim. Ou do interior. A voz soava como inglesa, mas a cabeça e os ombros definitivamente eram irlandeses.

Um dos meninos maiores respondeu.

— Talvez.

Tinha tirado as palavras da minha boca. Assim, fiquei quieto.

— Dinheiro fácil — disse o segundo dos homens.

— E nobre — disse o primeiro.

— O que quer que a gente faça?

— Dar um golpe pelo pequeno fazendeiro irlandês.

— O quê?

Queriam que nos juntássemos na luta contra os grandes fazendeiros, proprietários invisíveis filhos da puta que estavam botando o pequeno fazendeiro para fora da sua terra, e ajudá-los a ganhar de volta a terra que fora roubada de nós. Queriam que fôssemos aos currais para aleijar o gado. Com alcatrão e penas, e eles nos pagariam por cada rabo. Ajudaram-nos a pular as cercas e entramos nos cercados, no meio do gado. Ficávamos de ouvido em pé, atentos para os vigias, subíamos nas porteiras e jogávamos baldes do negócio preto sobre a cabeça e costas das vacas imbecis. (Sempre gostei do cheiro do alcatrão. É o cheiro da vida.) Reagiam lentamente, mas quando começavam a berrar, não havia fim. Era o mundo das vacas desmoronando. Esperneavam e debatiam-se umas contra as outras. Aquilo não era lugar para criança. Joguei Victor por cima do muro e amarrei os rabos ao redor da cintura. Escorreguei entre a merda e os cascos, cortei e pendurei mais alguns rabos por cima dos ombros. Pelo pequeno fazendeiro. Pela Irlanda. Por mim e por Victor.

Escutei, espiei, cheirei e cresci. Coisas acontecendo. Falsifiquei uma licença para vender jornais, bati com um martelo num pedaço de metal de uma lata de biscoitos que um dos negociantes me deu. Vendia jornais velhos com notícias da semana anterior. Ouvia os homens e mulheres lendo as manchetes enquanto iam embora, antes de perceber que já tinham lido antes. Mencionava-se uma coisa chamada Sinn Féin. O nome Carson era seguido de xingamentos ou cuspidas. E o Ato de Autonomia. Para aqueles que não tinham casa, aquilo não queria dizer nada, mas eu ouvia e tentava compreender. O rei Eduardo morreu e não vi ninguém chorando quando a notícia se espalhou por Dublim. Quiseram me matar quando insultei o rei, mas agora que o homem estava morto, apenas davam de ombros e continuavam sem caminho.

Eu tinha oito anos e sobrevivia. Fazia três anos que vivia nas ruas e embaixo de caixas, em corredores ou em monturos. Dormia na grama ou sob a neve. Tinha Victor, a perna de meu pai e nada mais. Era inteligente, mas analfabeto; cheio de energia, mas sempre doente. Era bonito e imundo, os farrapos de roupa apertados no meu corpo. Sobrevivia.

Mas isso não era suficiente. Queria mais.

— Venha, Victor — eu disse. — Precisamos nos aprimorar.

Lavei-me e dei um banho em Victor com um balde no quintal da casa da vovó Nash, e fomos até a escola nacional que ficava por trás de grades enormes. Estávamos no final da manhã; o pátio estava vazio. Fomos até um amplo salão. Parei na primeira porta. Deu para ouvir as crianças recitando alguma coisa do outro lado. Bati e esperei. Segurava a mão de Victor.

— Sim — disse a voz que pertencia a uma mulher.

Não olhei de imediato. Por não olhar, esperava que o rosto fosse sorridente e bonito. Podia esperar. E continuei falando.

— Viemos para receber nossa educação — eu disse.
— É mesmo? — disse a voz.
— É.
Olhei para as botas marrons, cujas pontas continham os dedos bem delineados da mulher.
— Que idade tem?
— Quase nove — respondi.
— Você não tem isso — disse a voz.
— Tenho sim — retruquei.
— Você realmente é um rapaz simpático — disse ela. — Mas, sabe, você está quatro anos atrasado.
— Estava ocupado — eu disse.
— E o homenzinho ao seu lado?
— Meu irmão — respondi. — Ele também quer ser educado. Aonde eu vou, ele vai.
— É mesmo?
— É — respondi. — Quando estiver convencida disso, não vai ter qualquer problema com nenhum de nós dois. Estamos aqui para aprender.

Ela começou a rir. Eu olhei. Ela me olhava, um menino grande e sujo, com olhos marrons de remela seca e velha, e os cabelos que se esticavam para fugir das lêndeas. Mas eu tinha um sorriso que fazia as mulheres sonhar. Usei-o. Sorri para ela e esperei o resultado.

Ela piscou e tossiu. Levantou a mão para nos tocar, depois se conteve. Mas em mim ela tinha de tocar; isso eu sabia. Levantou o braço de novo; criou coragem e tocou no meu cabelo. Olhei direto nos seus olhos.

— Qual é seu nome? — perguntou.

Vi os olhos castanhos e umas mechas de cabelo a escapar de seu coque, que brilhava como uma lâmpada na nuca. Havia pequenos botões marrons, em dupla, correndo ao longo do vestido marrom, como as cabeças de pequenos animais marrons subindo lentamente para o seu pescoço.

— Henry Smart — respondi.
— E o homenzinho?
— Victor Smart — respondi.
— Onde você mora, Henry?

— Ali — respondi, mas não apontei. — Qual é o seu nome?
— Miss O'Shea — respondeu ela. — Você tem amigos na minha sala?
— Não — eu disse.
Segurei a perna do meu pai para que ela visse. Era minha certidão de nascimento. Ela olhou direto para a perna. Os olhos pareciam mais novos do que o resto de seu rosto. Ela olhou para a perna; pude ver o choque e a surpresa.
— O que é isso? — perguntou.
— Uma perna feita com madeira — disse Victor.
— Pertencia ao nosso pai — completei. — Mas agora ele foi embora.
E Victor começou a chorar.
Abracei-o, enquanto seu choro virou uma tosse, e sorri para ela de novo, embora sentisse a tosse de Victor através do meu braço, era de verdade. Ela sorriu para mim e passamos no teste.
Gostei dela.
— Entrem — disse ela. — *Tar istigh*. Quer dizer "entrem, vocês dois".
— *Tar istigh* — repeti.
— Muito bem — disse ela. — Você é rápido.
— Eu sei. Nunca fui pego.
No fim do primeiro dia, eu já podia ler com alguma dificuldade as primeiras quatro páginas de um livro sobre uma mulher feliz lavando os degraus da frente de sua casa, e Miss O'Shea tinha se apaixonado por mim. Numa sala que era mais quente do que qualquer outro lugar em que eu já estivera, cheia de fungadas e gente aprendendo coisas de cor, hinos religiosos e poeira brilhante e limpa. Victor adormeceu ao meu lado. Tossiu, mas não acordou. E ela estava ao meu lado também. Lutando contra a vontade de me afagar de novo. Eu podia ouvir suas juntas gemendo, pedindo para ela não se conter.
— Dois mais dois? — perguntou ela.
— Não sei — respondi. — Dois mais dois de quê?
— Vacas — disse ela.
— Quatro — respondi.
— Mas essa é muito fácil — reclamou um menino atrás de mim.
Virei-me, e ele se encolheu.

— Vinte e sete mais vinte e sete? — disse ela.
— De quê?
— Garrafas.
— O que tem nelas?
— Cerveja preta.
— Cinqüenta e quatro.
Ouvi o cotovelo dela se rendendo e senti seus dedos no meu ombro.
— Será que você não seria um gênio? — perguntou ela.
— O que é um gênio? — eu quis saber.
— Um menino com um cérebro grande — respondeu ela.
— É muito provável — eu disse.
Aprendi que os melhores sanitários vinham de Stoke-on-Trent e que Deus era nosso pai no céu, criador do céu e da terra. Então, alguém lá fora passou no corredor batendo uma sineta, e todos os outros meninos se levantaram. Cutuquei Victor e o segurei, enquanto me levantava com o resto. A carteira subiu comigo; minhas penas ficaram emperradas no vão. Fiquei reto e a carteira voltou ao chão. Ouvi as risadas atrás de mim, mas pararam quando levantei um ombro. Todos rezaram uma prece que eu não sabia — eu não sabia nenhuma. Depois marcharam para fora, fileira por fileira.
— Sua mãe vai estar esperando por vocês? — perguntou Miss O'Shea quando passamos por ela na porta.
— Vai — eu disse. — Podemos voltar amanhã?
— Mas é claro! Aqui é o seu lugar.
— É gostoso aqui — disse Victor.
Dormimos perto da escola. A lembrança do calor nos acalentou durante a noite. A tosse de Victor diminuiu. Segui seu ritmo de respiração e peguei no sono. Ele me acordou.
— Ela é boazinha, não é? — disse Victor.
— É — respondi.
— Você vai se casar com ela?
— Não sei — respondi. — Talvez.
Levantamos para o novo dia. Eu queria mais. Menos preces, mais informação. Era para isso que estava lá. E para ler. Queria ter o poder de ler.
Estávamos duas horas adiantados. Mesmo com fome, não que-

ríamos sair dali. Ficamos no pátio, do lado da rua do gradeado, até que a vimos aproximar-se. Ela carregava um cesto transbordando de livros. O casaco estava aberto, e ela usava o mesmo vestido marrom. Chegou à porta, e nós a seguimos. Virou-se quando meu pé deixou a porta aberta.

— Espere até a sineta tocar — disse ela. — Não acha que está com muita pressa?

— Estou sim — respondi.

— A senhora é casada, dona? — perguntou Victor.

Uma certa irritação se manifestou em seu rosto, mas não por muito tempo.

— Não — respondeu. — Você acha que eu estaria aqui, se fosse?

Fechou metade da porta antes que Victor pudesse responder.

— A sineta — disse ela. — Não vai demorar.

E fechou a porta.

— Nunca faça perguntas, Victor — eu disse, enquanto nos virávamos para ver o que se passava no pátio.

— Por que não? — ele quis saber.

— Se você apenas observar e ouvir — expliquei —, vai receber respostas melhores. Eu mesmo poderia ter lhe dito que ela não era casada.

— Como?

— Não usa anéis. Nem um anel nos dedos.

— Ah, sim.

— Ah, sim, está certo. Observe e ouça e as respostas caminham até você. O que você deve fazer?

— Observar e ouvir.

— Muito bem.

E assim observamos as brincadeiras no pátio da escola. Os meninos brincando. Correndo, pulando, puxando uns aos outros. Aquilo não tinha sentido para nós. Mas havia outros como nós, nos lados do pátio, olhando ou ignorando as brincadeiras de pega-pega. Havia dinheiro trocando de mãos num canto. Vi os rostos, os pés descalços, a prontidão para correr. Não estávamos sozinhos no pátio.

Sagrado Senhor, abençoado seja o Vosso nome. Senhor de todos, ajoelhamo-nos diante de Vós. Cantamos durante quase toda a manhã. Fiquei irritado, mas Victor gostou. Ele decorava rápido as rimas e berrava as palavras para o teto. Mas não era para isso que eu estava ali. Podia cantar quando quisesse — já tinha cantado por dinheiro na frente do salão de concertos Antient. Não precisava da escola ou de uma professora para me ensinar a cantar. Nem das canções — hinos, como ela os chamava. *Anjos, santos e nações cantam. Abençoado seja Jesus Cristo, nosso Rei.* Sabia que não ganharia um *shilling* com aquela merda, se fosse cantar nas ruas. Mas estava quente na sala, e nos esgoelávamos toda vez que Miss O'Shea passava pela nossa fileira, o que acontecia muito mais vezes do que com qualquer uma das outras.

Finalmente, ela bateu o diapasão duas vezes na sua escrivaninha e nos sentamos.

— Agora — disse ela —, para o quadro-negro. — Somas. Henry?

Levou um tempo até que eu percebesse: ela estava falando comigo.

— Sim?

— Sim, Miss O'Shea.

Não entendi. Esperei.

— Diga: "sim, Miss O'Shea" — disse ela.

— Sim, Miss O'Shea.

— Muito bem. Levante-se, por gentileza.

— Acabei de me sentar.

Mais risadas no fundo da sala.

— Levante-se, Henry.

Ela usou um tom meigo, assim levantei da minha carteira, tentando segurá-la no chão enquanto me levantava. O peso de Victor ao meu lado ajudou.

Ela pegou um pedaço grande de giz e escreveu "6 + 6 + 14 – 7 =" no quadro-negro. Escreveu sem olhar para os números; seus olhos passeavam pela sala. Depois, batendo no quadro em cada número, voltou a falar:

— Agora, Henry. Responda. Se um homem tem seis cachorros muito valiosos e seis cadelas muito valiosas, e os dois têm catorze cachorrinhos, mas o homem vende sete deles porque está um pouco atrasado com o aluguel e o senhorio o ameaça de despejo, com quantos cachorros ele vai ficar?

— Dezenove — respondi.

— Correto. Seis mais seis, mais catorze cachorrinhos, menos sete para o aluguel, é igual a dezenove. Estão vendo? É fácil, não é? Obrigada, Henry. Agora, quero que vocês usem a cabeça como Henry.

Victor bateu na minha perna. Estava admirado. E eu também. Meu primeiro elogio.

— Pode se sentar agora, Henry.

Deslizei facilmente pela carteira.

Alguém levantou a mão na minha frente.

— Sim, Cecil?

— Para quem ele vendeu os cachorrinhos, Miss?

— Gente diferente, Cecil. Agora vamos.

Ela limpou o quadro.

— Ei, Miss O'Shea, meu tio comprou um desses cachorrinhos.

Passamos o resto da manhã comprando e vendendo cachorrinhos e dividindo fatias de bolo. Eu tinha muito mais fatias do que o resto, e Victor também não era nenhuma lesma; podia quase ver a geléia no seu queixo. Eu não estava aprendendo nada de novo. Mas estava feliz. Sabia que era capaz de qualquer coisa.

Mas aquilo não podia durar.

Estava escrevendo minha primeira frase, MEU NOME É HENRY SMART, num quadro do tampo da carteira e com um pedaço de giz só meu, e Victor estava ocupado ao meu lado, MEU NOME É VICTOR SMART, as letras dele retas e uniformemente brancas. A sala estava quieta, apenas os ruídos de 57 meninos se concentrando e o riscado de 57 pedaços de giz, quando a porta se abriu e, antes que eu pudesse levantar os olhos para ver quem entrava ou saía, uma voz anunciou o fim da nossa educação.

— Dois meninos estranhos.

O giz de Victor escorregou no seu quadro. Eu não podia me mover. Era muito grande para minha carteira. Estava emperrado, capturado como que por uma armadilha.

A freira na porta nem mesmo olhava para nós. Estava olhando para Miss O'Shea em pé, ao lado de sua escrivaninha, ereta e tremendo, como um coelho encurralado. Assim, a primeira coisa que vi da freira foi o perfil. Um nariz em forma de vela e tão branco quanto. O resto de seu rosto estava escondido atrás do hábito. O nariz apontava para Miss O'Shea.

— Temos dois estranhos conosco hoje — disse a freira.

— Sim, madre — disse Miss O'Shea.

— Então agora também tomou a tarefa de fazer matrículas, Miss O'Shea?

— Não, madre.

A voz de Miss O'Shea soava como a de uma menina; éramos eu e Victor contra a freira.

— Ótimo — disse a freira. — É uma tarefa onerosa e ingrata. Mais adequada a uma velha rabugenta como eu.

Moveu-se e virou-se como um barco na água. Dirigia-se a nós. Olhando. Dois olhos negros divididos por um bico branco. Vinha em nossa direção.

— Vamos ver quem são os meninos estranhos.

E de repente estacionou acima de nós.

— Você tem um nome, menino maior?

— Sim.

— Sim, madre.

— Não sei de nenhuma madre.

— Acha que vou ficar com raiva, não é? Acha que vou perder a paciência, não é?

— Não.

— Não, madre.

— Não sei de nenhuma madre.

Victor tossiu.

— Cubra a boca quando tossir, menino menor — disse a freira que se chamava de madre. — Estamos todos marchando para nosso descanso eterno sem precisar da ajuda de gente como você. Seu nome, menino maior?

— Henry Smart — respondi.

— Você é inglês, com um nome desses?

— Não.

— Até onde você possa saber. Conhece o seu pai, Henry Smart?

A perna do meu pai estava embaixo da carteira.

— Sim — respondi.

Ela fungou. Seu nariz e olhos pousaram em Victor.

— E você, menino menor. Como o chamam?

— Não me chamam de nada — disse Victor. — Henry mataria qualquer um que me chamasse de alguma coisa.
— Sim — disse a freira. — Tenho certeza de que o faria. Quem mandou vocês para cá?
— Nossos pais — respondi.
— Quem são eles, quando estão em casa?
— São nossa mãe e nosso pai.
— Está sendo atrevido, não é? Pois não acho que vão ficar aqui. Não, não acho. Foi aceito por um erro. Este não é lugar para vocês. Deve ter doze anos — disse ela.
— Tenho oito — eu disse.
— Quase nove — acrescentou Victor.
— Não, não tem — retrucou ela. — Não, não acho que vocês vão ficar conosco.
Eu não me importava mais. Não havia porquê. Sentia-me mal na minha pele, enorme e muito velho para minha carteira — talvez ela tivesse razão quanto à minha idade —, assim, fiquei parado. Decidi não dizer nada até ficar com muita raiva. Confiava na raiva. E responder a ela sem a raiva somente me faria sentir um tolo.
— Já ouviu sobre o Nosso Senhor?
Estava falando com Victor.
— O quê?
— Nosso Senhor. Sabe quem é Jesus?
— Sei sim — respondeu Victor. — É aquele ali, aquele cara pendurado acima do quadro-negro.
Ela agarrou o braço dele.
— Pagãos. Os dois. É no Santa Brígida que vocês deveriam estar — chiou ela. — Eu sabia!
O Santa Brígida era um orfanato na Eccles Street. Eu sabia tudo o que era para saber sobre o Santa Brígida.
Levantei e saí da carteira segurando a perna do meu pai. A carteira tombou aos pedaços, e Victor caiu, mas ela o agarrou.
— Solte meu irmão! — gritei.
Não esperei por uma resposta. Levantei a perna e desci no nariz dela. Ela alçou vôo, escorregou passando por três carteiras e caiu feito um monte preto em cima de uma dúzia de meninos gritando. Mas deixou Victor para trás.
— Vamos, Victor.

Corremos para a porta. Segurei sua mão. Ele tossia de novo. Miss O'Shea nos deixou passar. Virei na porta aberta e gritei para a sala de aula.

— MEU NOME É HENRY SMART!

Cutuquei Victor.

— MEU NOME É...

E tossiu. A tosse veio de algum lugar escuro de dentro dele. Vi a cor desaparecer do seu rosto enquanto ele esperava que o ar voltasse para poder respirar.

— VICTOR...

Aspirou o ar de novo.

— SMART.

— Não esqueçam esses nomes, todos vocês — eu disse.

Olhei para Miss O'Shea.

— E você, lembre-se de que foi a mulher que ensinou Henry Smart a escrever seu nome.

Ela corou e sua boca tremia. Eu queria ficar, mas a freira estava de novo em pé. Um pouco desequilibrada, mas voltando a pensar. E se aproximou de nós.

— Mande ver, Victor — eu disse.

Victor encheu a sala com seu urro.

— FOOOOODA-SE!

E demos no pé. Para a rua e para longe. Corremos até ter certeza de que estávamos salvos, apenas dois moleques de nariz ranhento e sem lar, como milhares de outros. Corremos para o nosso lado da cidade.

Para longe do Santa Brígida.

Eu tivera dois dias de educação escolar. Mas era suficiente. Sabia que tinha o dom. Podia aprender o que quisesse. Era provavelmente um gênio. Victor começou a chorar e eu sabia por quê. Era o calor, a cantoria, formar palavras, o giz no seu quadro, a mulher que o fizera sentir-se querido. Eu também sentia falta, mas não derramava lágrimas. Sentamo-nos na muralha da ponte da Baggot Street e nos escondemos do mundo.

O fato é que tínhamos ido muito além dos nossos limites. Miss O'Shea fora apenas um pouco de sorte. Um toque de sorte que batera em nossa porta. A freira, sim, era o normal. Madre, queria que a chamassem. Nunca. Nem mesmo Irmã. Que se foda.

Sua religião também. Já a odiava. *Sagrado Senhor, abençoado seja o Vosso nome.* Foda-se ele. E o homem na cruz acima do quadro-negro. Que se foda ele também. Aí estava uma coisa, fruto de todo o abandono: não tínhamos religião nenhuma. Éramos livres. Éramos abençoados.

— Ei, Victor — eu disse. — Venha cá que eu lhe digo uma coisa. Não comemos nada há três dias. Você não está com fome?

— Estou.

Fiquei de pé.

— Então venha. O que quer comer?

— Pão.

— Tudo bem. Só isso?

— É.

— Você é fácil de satisfazer. O que significam as letras V-I-C-T-O-R?

— Victor — respondeu Victor.

— Muito bem.

Fomos à procura de um lugar que vendia pão, com uma porta larga para podermos fugir e com um velho míope atrás do balcão. Era o que não faltava em Dublim.

E então Victor morreu.

No mesmo dia em que o novo rei foi coroado. Eu acordei, mas Victor não. Na verdade, ele acordou. Ele me acordou. Com sua tosse. Eu estava acordado. Aterrorizado, como se nunca tivesse dormido. Como se tivesse acabado de nascer; vazio. Estava tão escuro. Senti alguma coisa sobre mim e levantei a mão. Toquei alguma coisa e lembrei onde estava. Estávamos embaixo de um encerado, atrás das docas do Grand Canal. Havíamos nos enfiado embaixo dele, para nos protegermos da chuva, na noite anterior. Victor tossiu de novo e eu me lembrei do barulho que me arrancou do sono. A tosse nunca esteve tão ruim. Era do tipo que quebrava os ossos, uma tosse seca que destruía o que tivesse pelo caminho.

— Victor?

Não podia vê-lo, embora soubesse que ele estava bem ao meu lado, onde sempre ficava quando dormíamos. Podia senti-lo. Apalpei-o e esperei por mais uma tossida.

— Victor. Pare. Sente-se.
Tentei acordá-lo, para fazê-lo sentar-se. Mas não pude. Não pude segurá-lo direito. Toquei seu rosto e massageei suas faces. Tudo o que queria era ouvir mais uma tossida. Ainda não podia vê-lo. Procurei pela ponta do encerado, para lhe dar um pouco de ar. Para vê-lo. Rolei embaixo do encerado e continuei rolando até conseguir sair de baixo. Levantei e espiei para dentro.

Agora podia vê-lo. Deixei a luz matinal entrar ao levantar o encerado com minhas costas. Sabia que ele estava morto, mesmo voltando para baixo do encerado. Sua boca estava aberta e seus olhos fixos na escuridão. Havia um rastro, onde uma linha de sangue ralo correra de sua boca passando pelo ouvido. Limpei com minha manga. Não havia nada nos seus olhos agora, apenas o que achava ser a lembrança de sua última agonia e terror — a última tosse e a escuridão a seu redor. Eu estava bem ao lado dele. Ele estava branco e petrificado. A boca esticada, os lábios rachados e inchados perdiam a cor enquanto eu olhava. Estava mudando na minha frente, ficando duro, indo embora. Bati no seu peito e não tive resposta. Estava morto. Bati de novo. Senti seu rosto. Estava morno. Pus minha bochecha na boca dele, esperei para sentir uma respiração, com esperança, uma respiraçãozinha qualquer. Nada. Pressionei minha bochecha em sua boca, tentando ir mais fundo à procura de qualquer sinal de vida no meu irmão. Empurrei; tentei ir para dentro dele. Senti o molhado na minha bochecha. Eram minhas lágrimas. Victor estava morto.

Segurei-lhe a mão. Esperei que seus dedos se enrolassem nos meus. Para provar que eu estava errado. Arrastei-o para fora do encerado, puxando-o por um atalho de escória de carvão. Minha sombra por cima dele. Saí da frente dos primeiros raios do sol. Eu ainda tinha esperanças. O calor faria com que ele amolecesse, enviaria um sopro de vida ao seu corpo. Os dedos se esticariam, se enrolariam e apertariam os meus. Ele se sentaria e sorriria para mim. E tossiria.

O sol fez da geada no atalho uma camada molhada, e as plantinhas não fizeram nada por Victor. Seu pescoço estava torcido, como se tivesse sido enforcado.

Deixei-o ali.

Estava morto. Não me deixaria enganar pensando em outra

coisa mais palatável. Não o veria lá em cima com outras estrelas, com o primeiro Henry — gás combustível, um peido celestial — e todos os irmãos e irmãs, piscando lá em cima num lugar mais feliz. Ele estava morto. Eu não ia nem olhar para o céu.

A cidade estava quieta. Nenhuma das atividades loucas da manhã que em geral nos punha de pé e prontos antes mesmo de nos lembrarmos exatamente onde estávamos. Nós. Nós dois. Não precisava mais daquelas palavras.

Caminhei.

Havia alguns gatos-pingados na rua. Eu ouvia o motor de um carro a distância e um homem gritando com um cachorro ou para uma criança. Passei por uma mulher que esperava uma loja abrir. Queria ser a primeira, ter o balconista todo para ela por um minuto, para implorar um aumento em seu crédito. Sabia disso pelo jeito como ela se escondia no xale e pelos olhos agressivos que dirigiu a mim. Continuei andando. Pus minhas mãos nos buracos que um dia haviam sido bolsos. Será que ela podia ver que eu tinha acabado de deixar para trás o meu irmão morto? Pus as mãos para fora de novo.

As bandeiras estavam desfraldadas, havia um conjunto delas novinhas em folha no meio de Grafton Street. Lembrei-me então: o novo rei estava sendo coroado, lá em Londres. Era feriado. Era por isso que o dia não tinha começado ainda. Íamos para Kingstown para bater carteiras da multidão ao redor do coreto no quebra-mar do Leste; era esse o plano — idéia de Victor; ele adorava os barcos e a música.

Andei pela cidade toda. Longe das ruas principais e das pontes não havia bandeiras, nem faixas. Coroação de George V. E Dublim não dava a mínima. E meu irmão estava morto num atalho de escória de carvão atrás das docas do Grand Canal e ninguém dava a mínima para isso também. Uma criança morta a mais. Havíamos encontrado dúzias delas nas nossas aventuras, eu e Victor. Não havia nem recompensa por elas.

Andei o dia todo. A cidade se encheu. As pessoas saíam para passear. Era um dia quente, com uma brisa gostosa, que fazia as bandeiras bater nos mastros. O que matara Victor? A tuberculose, provavelmente; eu não sabia — eu tinha apenas nove anos. Foi a tosse. Agora eu o sabia. Havia ficado mais seca e mais profunda;

ele expelira sangue nos últimos meses. Mas nunca falávamos sobre isso. Era apenas uma tosse. Na calada da noite, quando andávamos sozinhos pelas ruas, quando os cavalos estavam nos estábulos e os vendedores ambulantes em casa, era quando ouvíamos — a cidade tossindo. Era tudo o que ouvíamos às quatro da manhã, antes que as gaivotas tomassem o horizonte e começassem o grasnido, cutucando a cidade para se levantar. Silêncio, profundo e mortal, a não ser pelas milhares de tossidas, um ritmo constante e terrível que vinha dos quartos acima de nós e dos subsolos, crianças e adultos sendo estrangulados pela pobreza. Eles estavam atrasados; podíamos ouvir a dor nos ruídos, podíamos sentir a vida se agarrando desesperadamente. Era assim que se media a noite nos cortiços, em tosses sangrentas e chocalhos da morte. E Victor estivera tossindo com eles, e eu me recusara a ouvir. Tinha apenas nove anos. Era só eu e Victor. Éramos tudo o que importava. Ele nunca sairia do meu lado. Sua tosse era diferente. Era apenas uma tosse. Era o que se fazia quando se respirava o ar dublinense. Quando se dormia no chão. Quando não havia o que calçar. (Não muitos anos mais tarde, quando quebrei a janela do Correio Central e comecei a atirar, os sapatos eram o meu alvo, na vitrine do outro lado da rua, na loja Tyler's.) Você tossia quando comia algo estragado ou quando não comia nada. Quando não vestia um casaco. Quando todo mundo ao seu redor tossia. Quando não tinha uma mãe para lhe dar remédio ou um pai para correr ao médico. E nenhum médico viria, de qualquer maneira. Quando não tinha nada, a não ser o seu irmão mais velho. Que tinha apenas nove anos. E muito medo.

A cidade matou Victor. E, hoje, o rei estava sendo coroado. Numa outra cidade. Em Londres. Será que tossiam até morrer em Londres? Será que os reis e as rainhas tossiam sangue? Será que seus filhos morriam embaixo de encerados? Imaginei a mim mesmo numa rua em Londres e Victor ao meu lado, conversando e olhando tudo. Mas alguém esbarrou em mim, trazendo-me de volta a Dublim, sozinho.

Estava acontecendo alguma coisa. Uma multidão se formou, e outros correriam para se juntar a ela. Era na College Green, ao lado da estátua do rei Billy. Alguém na multidão gritou vivas e pude ver uma briga abrindo caminho para a extremidade da aglomeração. Fui ver, saí da sombra do banco e cheguei até a frente.

Dois homens e uma mulher, de costas para o gradeado do Trinity College, olhando para a multidão apertada de talvez uns cem homens e algumas mulheres, infestada de pequenos ouriços como eu mesmo. A mulher segurava um archote aceso; as chamas eram escuras e nervosas, brigavam entre si. O homem segurava a bandeira da Grã-Bretanha.

— É uma vergonha — disse alguém.
— Logo num dia como hoje.
— É uma vergonha absoluta.

Um homem de rosto vermelho saiu da multidão e caminhou com uma bengala no ar, mas outros homens o agarraram e o puxaram de volta. E então a mulher encostou o archote na bandeira. As chamas pegaram e devoraram o tecido. Alguns na multidão gritavam excitados, alguns vaiavam e, quando os dois homens soltaram a bandeira, restava bem pouco do tecido. A mulher ficou parada e indiferente. Ouvi os apitos da polícia, mas a mulher não se mexeu. Os outros correram; outros, ainda, gritaram vivas.

— Vocês estão na maior enrascada agora, seus fenianos filhos da puta.

A mulher e os homens não se moveram, enquanto a rua se enchia de tiras, dispersando a multidão. Fiquei para assistir. O vento soprava nas pequenas chamas do tecido queimado e espalhava os pedaços ao nosso redor. Peguei um, esperando me queimar. Mas não senti dor. Pensei que não tivesse pego de verdade e abri a mão. Estava lá. Meu fragmento era vermelho; uma ilhazinha vermelha deixada no meio de um triângulo queimado.

Os tiras chegaram, mas não havia muita coisa para eles.

— É a filha da puta da condessa de novo — disse um deles.
— Deus, essa mulher é terrível. E Griffith, o puto.

Os tiras rodearam os dois homens e a mulher a quem haviam chamado de condessa e os levaram embora. Seguraram os braços da mulher e a empurraram para a frente, mas ela não disse nada, nem olhou para trás. E desapareceram. Pronto. Eu estava sozinho de novo.

Queria o colo da minha mãe. Apenas por um instante. Queria sentir seu xale contra o meu pescoço. Por um tempo, uma hora ou duas — um minuto. Mas ela tinha ido embora, e as crianças também. Não estava nos degraus e não estava no subsolo. Ali não havia ninguém, nada. Tinham sido despejados de novo. Era o que eu esperava; que ainda estivessem na cidade, vivos. Sentei nos degraus por um tempo. Por horas, talvez; não sei. Ignorei a noite acima de mim; não olhava para ela. Depois me levantei e fui procurar minha mãe.

PARTE DOIS

6

Cobri os olhos com o braço esquerdo e quebrei o vidro da janela. Ouvi o vidro se estilhaçar na calçada do lado de fora. Vidro se partindo ao meu redor e mais vidros voando dos dois andares acima, passando pela janela, vidro caindo em cima de vidro. Arranquei os cacos ainda grudados na janela com o cabo do meu fuzil. Não havia nada lá fora, além das janelas quebradas e das colunas, a não ser a rua e os ruídos que lhe são comuns — bondes gemendo, crianças gritando, os pregos dos sapatos na calçada ou nas pedras, mulheres do mercado de Pillar gritando os preços e as variedades de suas flores. Apenas o choque e as reclamações das pessoas driblando o vidro quebrado na calçada davam importância àquela manhã.

Dentro, atrás de nós, era muito diferente. A voz do comandante Connolly ressoava acima do resto dos barulhos.

— Façam barricadas nas janelas com malotes do correio, máquinas de escrever, qualquer coisa que estiver à mão.

O salão principal estava sendo transformado. Homens uniformizados dos Voluntários e do Exército de Cidadãos, e muitos outros vestidos de qualquer jeito, com uma ou outra peça de um uniforme, carregavam sobre os ombros sacos de areia, mesas, cadeiras, livros de contabilidade, malotes de correio e sacos de carvão, empilhando tudo para fazer um muro de defesa nas portas principal e laterais e todas as janelas. As mulheres da *Cumann na mBan** carregavam

---

* Literalmente, em gaélico, "a organização, ou clube, das mulheres". Era a facção organizada das mulheres do movimento republicano. (N.T.)

baús e caldeirões, mesas desmontáveis e cestas até as escadas que levavam ao subsolo. Outros homens carregavam provisões e armas, martelos de forja e cestas de roupa até o pátio. Outros ainda foram enviados até o Metropole Hotel e até o Imperial Hotel, do outro lado, para pegar roupas de cama, suprimentos e qualquer coisa que pudessem angariar. As ordens eram berradas, berradas de novo e obedecidas. Havia moleques correndo de um lado para o outro entre os oficiais, entregando e devolvendo mensagens. Moviam-se freneticamente, excitados até o último fio de cabelo, enquanto os mais velhos, os homens e os futuros homens, mostravam a calma de quem sabe que está testemunhando o momento mais importante de suas vidas.

Um tiro nos levou ao chão. Cacos de gesso do teto caíram sobre nós; senti um pedaço atingindo minhas costas.

— Quem atirou?

— Eu — disse alguém do outro lado do salão. — Deixei cair a arma e ela disparou.

— Então é bom ter mais cuidado. Não queremos matar ninguém.

Um homem descomunal estava demolindo um dos balcões; serrava a teca vermelha como se partisse um bolo. Precisava da madeira para o fogo da água da chaleira que estava no chão, a seus pés; o comandante Clarke tinha pedido chá. Um outro homem, sem uniforme, segurava e passava um rolo de arame de cobre ao redor das pernas de uma mesa, de uma cadeira e de um monte de máquinas de escrever, para reforçar a barricada. Os empregados do correio saíam correndo pela porta principal, e eu podia ouvir o resto deles descendo a escada para escapar antes que o prédio fosse completamente fechado e bloqueado pelas barricadas.

— Serão bem-vindos se ficarem, camaradas — disse Paddy Swanzy para eles, enquanto limpava a poeira branca de seu uniforme do Exército de Voluntários e Cidadãos. — Jesus! Olhe só! Já estou imundo e nem começamos ainda. Minha mãe me mataria se me visse assim.

— Isso no caso de você saber quem ela é — disse Seán Knowles.

— Olhe aqui — gritou Paddy para ele. — Se eu morrer hoje, posso dizer pelo menos que cheguei a conhecer a *sua*.

— Abaixem o volume, rapazes — disse um oficial que eu não conhecia, um Voluntário. — E deixem as mães fora disso aqui, pelo amor de Deus. Se o comandante Pearse ouvir, vocês ficarão sem as orelhas antes mesmo de a luta começar. E do jeito que estamos, já somos bem poucos.
Bem poucos.
Segunda-feira de Páscoa, 1916.
Um dos mensageiros aproximou-se do oficial. Enxugando o nariz com a manga, passou a mensagem.
— Tem muito dinheiro nas caixas registradoras atrás do balcão, chefe.
— Muito bem, O'Toole, muito bem. Melhor procurarmos um lugar seguro para guardá-lo.
Muito bem, O'Toole. Idiota de merda. Olhei para suas calças quando ele se foi com o oficial e não vi nenhuma saliência de maço de notas ou uma puxada de perna a revelar alguém carregando moedas ou mesmo alguns florins[*]. Babaca. Dava para ver pela nuca que ele era um dos meninos da Irmandade Cristã, ali para dar a vida pela Irlanda, morrendo de vontade de agradar seus superiores. Com um rifle pequeno que tinha pertencido a um escoteiro mirim americano amarrado nas costas com um pedaço de cordão. Eu mesmo estava pronto para morrer — de fato, estava apostando nisso —, mas ainda tinha esperanças de meter a mão em algumas libras, caso o pior acabasse acontecendo e eu ficasse vivo. Estávamos presos no maior prédio de correios do país e, mesmo sendo agora o coração da nova República, continuava sendo o prédio do correio, um mundo de oportunidades, um prédio imenso cheio de dinheiro. E eu queria um pouco dele. Minha consciência não me deixava ignorá-lo. Vi O'Toole carregando as gavetas das caixas registradoras para a escada, o brio escorrendo com seu ranho. Sua mamãe lhe escovara os cabelos naquela manhã, antes de ele sair para suas manobras pela Irlanda. Tinha dezessete anos. Três anos mais velho do que eu. E uma vida inteira mais jovem.
— Façam barricadas diante dessas malditas janelas! Rápido!

---

[*] Florim: denominação de moeda equivalente a dois *shillings*, cunhada em prata. (N.T.)

— Não quero ouvir mais esse vocabulário aqui!
— E alguém vá lá fora espalhar os cacos de vidro na rua. É bom para deter a cavalaria.

Eu tinha catorze anos. Nenhum deles sabia ou teria acreditado. Eu tinha um metro e noventa de altura e os ombros de um menino com disposição para carregar o mundo. Eu era provavelmente o cara mais bonito em todo o Correio Central, mas comigo ninguém se engraçava. Meus olhos eram formidáveis adagas azuis que advertiam o mundo para manter distância. Era um dos poucos soldados ali; não tinha nada a temer e nada no mundo para me fazer mudar de idéia.

Paddy Swanzy e outros homens pularam o balcão e voltaram com livros e mais livros de contabilidade, tudo o que achavam que poderia ser usado para a barricada — arquivos, malotes de correio cheios pela metade, banquinhos, caixas registradoras vazias, blocos de ordem de pagamento, mais livros contábeis, escrivaninhas e formulários de telegrama.

— Isso tudo vai ficar inútil depois que tomarmos o poder — disse Charlie Murtagh. — Vamos pôr a harpa* em tudo.

— Você quer dizer o arado estrelado em tudo — disse Paddy Swanzy. — Até mesmo na bundinha de recém-nascidos.

Fiquei vigiando, enquanto a barricada começava a subir até as janelas, e aproveitei para embolsar algumas ordens de pagamento e um carimbo de data.

Felix Harte estava na janela comigo.

— Quanto tempo acha que vamos durar, Henry?

— Ainda nem sabem que estamos aqui — respondi.

E ficamos esperando o Império acordar.

Era segunda-feira, 24 de abril. Um pouco depois do meio-dia. Um feriado bonito, sem vento. E Henry Smart, perfeito e magnífico em seu uniforme do Exército Irlandês de Cidadãos, estava pronto para a guerra. No uniforme que ele comprara aos poucos, com dinheiro que roubara e extorquira. No uniforme do exército de trabalhadores. Estava completíssimo: bandoleira com os bolsos cheios de munição, cinturão de pele de cobra que lhe assentava perfeitamente na cintura, calças de equitação que nunca haviam

---

* Símbolo da Irlanda. (N.T.)

chegado perto de um cavalo. Eram somente para os oficiais, mas ninguém reclamou quando apareci com as minhas.

— Não acha que é muita calça para um mero corneteiro? — comentara Michael Mallin, o segundo comandante.

— Não sou mais corneteiro — retruquei.

Eu tocara "The Last Post" no enterro de O'Donovan Rossa no ano anterior. Os livros de história vão lhes dizer que foi William Oman, mas não acreditem: ele estava em casa, de cama, com gripe.

O lado esquerdo da aba larga do meu chapéu era seguro por um broche com o símbolo da mão vermelha do Sindicato dos Trabalhadores em Transporte e Gerais da Irlanda. Eu era membro do sindicato, embora nunca tivesse trabalhado. Eu era uma dinamite ambulante naquele uniforme.

A Sackville Street estava vazia. A cidade começava a perceber. Havia uma multidão ainda grudada à área em frente à coluna de Nelson e do lado de fora do Correio Central, esperando para ver o que ia acontecer.

— Lembrem-se: atirem em qualquer um de uniforme.

— O quê? — exclamou Paddy Swanzy. — Até nos carteiros?

— Não seja atrevido.

A rua e a cidade inteira estiveram cheias; as pessoas passeando ou a caminho das corridas em Fairyhouse e até mesmo das praias em Sandymount e Malahide, ou do Show da Primavera na Associação Real de Dublim. Soldados de folga pairavam nas esquinas. Vi as pessoas do outro lado da rua, na esquina com a North Earl, olhando para os homens no telhado, os antigos alunos da St. Enda, a escola de Pearse. Eu queria estar lá em cima com eles. Podiam ver tudo e, quando a noite chegasse, se ainda estivéssemos ali, poderiam apontar seus rifles para as estrelas e atirar. E saberiam antes de nós quando a guerra tivesse começado. Melhor ainda, eu poderia ter ficado lá fora, no topo da coluna de Nelson. Com o idiota de braço único protegendo minha cabeça, eu poderia ter comandado a cidade; poderia ter assistido à transformação do lugar inteiro num monte de escombros.

Éramos bem poucos.

Era assim que eu gostava. "Não servimos nem ao rei, nem ao Kaiser". Era o que dizia a faixa pendurada em frente ao Liberty Hall, a sede oficial do Sindicato dos Trabalhadores em Transporte e

Gerais da Irlanda. Se fosse por mim, acrescentariam "Nem a ninguém", em vez de "Somente à Irlanda". Eu não dava a mínima para a Irlanda.

Agora podia ouvir tiros. Provavelmente da padaria do Boland, ou de Four Courts. E um ruído surdo que podia ser uma explosão; o Magazine Fort no parque. Ou talvez fossem os rapazes do Exército de Cidadãos tomando o Castelo de Dublim*. Era difícil saber exatamente de onde vinham os tiros. A revolução começara. Mas lá fora ainda era feriado.

Connolly e Pearse, mais Clarke, preparavam-se para ir lá fora.

Apenas quatro ou cinco horas antes eu estava sentado nos degraus do Liberty Hall, deixando o sol me esquentar o sono. O Hall tinha sido minha casa nos últimos três anos. Fiquei de pé a noite inteira. O sol era quente e tolerante; seu calor já estava na pedra — podia senti-lo subindo ao meu redor. Estava sentado ali desde a madrugada. Tinha visto o comandante Pearse chegar de uniforme completo, com pistola, munições, espada, tudo embaixo de seu casacão, pedalando sobre a ponte Butt, o comandante-em-chefe do Exército da República Irlandesa e presidente eleito, fazendo um esforço danado e suando como um filho da puta. E o irmão mais novo e cão de estimação, Willie, pedalando atrás dele. Os outros oficiais chegaram depois. Alguns deles tinham ido direto para os pontos de encontro dos batalhões ao redor da cidade, levando alguns dos homens consigo; o resto permanecia dentro do Hall. Logo começaríamos a nos mover. Mas por enquanto a agitação daquele dia e dos seguintes ainda estava bem longe do alcance da minha imaginação. Meu chapéu de aba larga parecia estar pressionando a minha cabeça no meu peito. As gaivotas acima planavam em silêncio, e eu sentia o cheiro de bebida podre que em dias quentes emanava do rio. Fechei os olhos e tudo desapareceu.

Gritos eufóricos me acordaram, e o primeiro choque foi me deparar com o número de homens ao meu redor. De repente estavam ali, bem ao meu lado, sentados, começando a se levantar, dezenas de homens, a maioria do Exército de Cidadãos, mas também alguns estranhos que eu nunca vira. Fiquei imaginando se

---

* Famosa prisão e delegacia no centro de Dublim. (N.T.)

alguém ia aparecer depois do decreto de Eoin MacNeill, no dia anterior — *Ficam proibidos passeatas, marchas ou quaisquer outras ações dos Voluntários Irlandeses. Cada Voluntário deve obedecer estritamente a esta ordem* —, mas havia uma boa quantidade de homens naquele momento do lado de fora do Hall; não eram os milhares que precisávamos para ganhar, mas era suficiente para começarmos. Os milhares, o país inteiro, viriam a seguir. Esse era o plano. A esperança. Os homens gritavam eufóricos com a chegada de um carro, um De Dion Bouton novinho em folha. Reconheci o motorista. Era The O'Rahilly, uniformizado de oficial voluntário; meio mundo andava dizendo que ele não ia aparecer. A traseira do carro e o banco do passageiro estavam transbordando de armas. Ele desceu do carro e prestou continência. O bigode encerado não escondia o seu sorriso.

Uma multidão havia se formado, do outro lado, no muro do píer e à sombra da ponte da Loop Line. Não tinham idéia do que estava por acontecer, apesar das armas e dos uniformes. E muitos dos homens uniformizados também não sabiam; julgavam ter sido convocados para fazer manobras. Havia mais gente olhando do que rebeldes. E os rebeldes, o novo Exército Republicano Irlandês (IRA), formado pelos Voluntários e pelo Exército de Cidadãos — muitos também nem sequer desconfiavam da sua existência — eram de dar pena. Alguns deles tinham apenas o chapéu. Outros, nada mais que uma bandoleira. Outros, ainda, possuíam as calças ou a jaqueta, mas — a não ser pelos oficiais e comandantes — Henry Smart era o único que tinha tudo. A arma mais comum era o Mauser de tiro único, proveniente de um carregamento do Asgard, um fuzil muito bom quando fora lançado, cinqüenta anos atrás, mas muito lento numa luta contra um império, além de tender ao superaquecimento. Mas havia muitos que não dispunham de arma alguma.

Uma voz nos pôs em movimento.

— Formação!

Reunimo-nos em frente ao Hall, o maior ruído agora sendo o de nossos pés procurando a posição, até que Willie Oman começou a tocar a corneta. E não havia como parar o filho da puta, uma vez que começara; deve ter morrido com calos nos lábios. Para mim, haviam sobrado marretas para carregar.

— Pode agüentar as duas?
— Claro que ele pode, o machão.
Connolly estava nos degraus, e Pearse ao seu lado. Os outros oficiais saíam do Hall. Um bando de homens de porte: Clarke estava lá, tão velho e frágil quanto a própria Irlanda; MacDiarmada, o lado esquerdo aleijado pela pólio, apoiava-se na bengala; Plunkett tinha o pescoço enrolado com ataduras e parecia petrificado pela morte.

Uma mulher subiu correndo os degraus e gritou para Pearse.
— Volte para casa!
Pearse virou-se de costas para ela. Falou com Mick Collins atrás dele.
— Quem é aquela? — perguntei a Paddy Swanzy, que estava parado ao meu lado.
— Não sei se a conheço — respondeu Paddy. — Mas ela bem que deixou o Pearse corado, olhe só a cara dele.
— É a irmã dele — disse Seán Knowles.
— Iiih! — exclamou Paddy. — Podem se preparar. O Jimmy está puto.

Estava falando de Connolly e tinha razão. Connolly estava furioso. Ele berrou alguma coisa virando-se para trás. Collins berrou para não sei quem. E logo ouvimos as ordens.
— Esquerda, volver! Marchar!

E a irmã de Pearse ficou sozinha nos degraus, enquanto os generais desciam correndo antes que marchássemos sem eles. Foram para a frente. A multidão gritava vivas e vaiava enquanto passávamos.
— Olha só os soldadinhos de chumbo!
— Bang-bang.
— Será que as mamãezinhas deles sabem onde estão?

Não havia muitos de nós — talvez não mais do que duzentos, depois que os outros marcharam com os oficiais para os outros postos espalhados pela cidade —, mas o barulho de nossos pés em uníssono, como ecos estranhos que precedem as balas ou o tique-taque segundos antes de alguma coisa monumental acontecer, fez-me estremecer e a multidão, calar-se. Duzentos homens marchando, e Winnie Carney, a secretária de Connolly, com sua máquina de escrever enorme numa caixa e um revólver Webley, quase tão longo quanto sua perna, no coldre. A aparência não era grande coisa, mas o som que fazíamos era potente.

Na esquina da Abbey Street com a Marlborough Street, Paddy Swanzy tentou se esconder dentro da jaqueta.

— A patroa — disse ele. — Não estou aqui.
— Paddy! Paddy! Estou vendo você!

Ele desistiu.

— O quê é?
— Vai estar em casa para o chá?
— Silêncio, tropa!
— Duvido muito, meu bem — gritou Paddy para a mulher. — Mas não dê o *bacon* para ninguém, por via das dúvidas.
— Você não contou para ela? — indagou Walt Delaney.
— Silêncio, tropa!
— De jeito nenhum — respondeu Paddy. — É uma porra de unionista, que Deus a abençoe.

Marchamos através da Sackville Street. Atrás de mim, os cavalos puxavam dois vagões cheios de picaretas, pés-de-cabra, marretas — armas para uma guerra de trabalhadores: o que Connolly imaginava como estratégia militar urbana era cavar um túnel atrás do outro, derrubando paredes, ofensiva e defensiva sem precisar sair na chuva — nossos poucos fuzis e pistolas de reserva, caixas de munição, baionetas, machadinhas, cutelos. Marchamos bem no meio da rua larga e sentimos nosso poder quando paramos os bondes e os carros, e as pessoas olhavam e se admiravam. Havia oficiais britânicos do lado de fora do Metropole Hotel. Estavam acostumados a ver os *Paddys*[*] marchando. Deram risadas. Um ou outro até acenou.

— Podem rir à vontade, seus babacas.

Depois viramos habilmente para a direita e nos deparamos com nosso destino.

— Companhia, alto! Esquerda, volver!

Estávamos na frente do Correio Central, bem embaixo do pórtico. Era colossal, blocos de granito empilhados e apoiados por colunas que permaneceriam assim para sempre. Eu podia ver Victor escondido atrás de uma delas e um homem entrando para

---

[*] *Paddy*: de Patrick, ou Padraig em gaélico. Apelido genérico que os ingleses dão aos irlandeses. (N.T.)

comprar selos com dinheiro que não estava mais no seu bolso.
Então ouvi a voz de Connolly.
— O Correio Central. Atacar!
E eu corri. As marretas pularam no meu ombro, o fuzil bateu contra minhas costas. Alguns homens atiraram para o ar. Passei correndo por Plunkett, que era carregado por Collins e um outro oficial, seus braços envolvendo o pescoço dos dois, dois anéis enormes nos dedos. Por um segundo, pensei que ele tivesse sido atingido por um tiro — havia sangue escorrendo sob a atadura de seu pescoço — e me agachei, como que esperando ser arremessado para o chão por uma bala. Mas olhei para trás e vi os sinais; os mesmos que já vira em Victor e em milhares de outros: o homem tinha tuberculose. Corri para o salão principal, e minhas botas misturaram-se ao caos, em tempo de testemunhar o choque no rosto dos empregados e clientes.
De novo, Connolly estava no comando.
— Todo mundo para fora!
Alguns dos empregados, homens que nunca haviam treinado na vida, pularam e escorregaram pelo balcão.
— Santo Deus, olhem só para eles — disse Paddy Swanzy. — Homens, mulheres e crianças primeiro.
E agora, apenas alguns minutos depois, Pearse e Connolly estavam prestes a voltar para a rua, Clarke com eles. Ouvimos os gritos: a multidão do outro lado da rua olhava a bandeira verde, branca e laranja da República sendo hasteada na ponta do mastro acima de nós. Batiam palmas e gritavam. Fiquei imaginando a bandeira sendo desfraldada pelo vento, uma cor de cada vez. E a colcha da condessa Markievicz também se agitava no mastro, com as letras em dourado e mostarda — "República Irlandesa". Eu também aplaudi; não pude me controlar.
Connolly, Pearse e Clarke saíram. Não dava para vê-los agora, mas logo ouvi a voz de Pearse.
— Ele está lendo — murmurei.
— Lendo o quê?
— O *Mensageiro do Sagrado Coração* — disse Paddy Swanzy.
— Silêncio nas fileiras, soldados!
Declaramos ao povo irlandês o direito à posse de sua pátria, a Irlanda, ao controle irrestrito sobre os destinos da Irlanda, e a ser

soberana e imbatível. Houve vivas e risadas, alguns aplausos, mas em certos momentos não havia ruído algum. Sua voz era suave; flutuava no calor, quase como se não estivesse ali. Os homens a meu lado estavam ouvindo a Proclamação pela primeira vez. Fiquei observando seus rostos enquanto as palavras os atingiam. Eu assistia ao orgulho e à euforia. Vi seus olhos brilhar e ficar molhados... *Assim, proclamamos a República Irlandesa um país soberano e independente, e oferecemos nossa vida e a vida de nossos companheiros de luta à causa de sua liberdade.*

Paddy Swanzy não abriu a boca por um minuto sequer.

— São palavras de luta — disse ele.

A República assegura a liberdade religiosa e civil.

— Vá para casa!

— Vá para casa você. Deixe o homem falar.

E declara sua determinação de buscar a felicidade e a prosperidade de toda a nação e todas as suas partes, amando os filhos da nação igualmente...

Minha parte. Minha contribuição. Meu presente para Victor.

E tudo na noite anterior.

Connolly pôs as folhas de papel na frente do meu nariz. Estávamos no Liberty Hall. Eu sentado num banco do lado de fora de seu escritório, esperando para levar a Proclamação pronta para os gráficos do *Worker's Republic*, no subsolo. Os corpos adormecidos dos homens do Exército de Cidadãos, bem como suas bicicletas e mochilas, espalhavam-se por todo canto. Pude ver que Connolly estava nervoso; ficava na ponta dos pés o tempo todo.

— Aqui, meu filho. Leia e me diga o que você acha.

Fui o primeiro homem, depois de Connolly e Pearse, a lê-la. A Proclamação de Independência. (Foi Connolly quem finalmente me ensinou a ler. Ele me dera um tapa, três anos antes, durante o grande locaute*, quando me ouviu contando para as mulheres na cozinha que eu não tinha nada a ganhar ao aprender a ler e escrever. Empurrou-me para uma sala e enfiou meu rosto nas páginas de um livro.

---

* Greve patronal em Dublim, em setembro de 1913, dirigida contra os sindicatos da Irlanda, especialmente o Sindicato dos Trabalhadores em Transporte e Gerais, liderado por Connolly, e que resultou no conflito conhecido como o *Bloody Sunday* [Domingo Sangrento]. (N.T.)

— Por enquanto isto é grego para você, meu pequeno Henry — disse ele. — Mas quando eu estiver pronto com você, vai ser mais precioso do que pão e água.

Ele afrouxara as mãos sobre minha cabeça antes que me afogasse nas palavras. Três anos depois, senti meu coração saindo pela boca quando cheguei à segunda página. Sabia que Connolly me acompanhava com atenção. Sabia exatamente quando cheguei ao ponto final.

— O que acha? — perguntou.

— É isso aí — respondi.

— Está perfeita?

— Bem... — eu disse.

— Pode falar — disse Connolly.

— Deveria haver alguma coisa nela sobre os direitos das crianças.

Ele olhou para mim. Viu minha dor, a dor de milhões de outros. E a dele mesmo.

— Tem razão — disse ele. — Mas em que parte?

— Aqui — eu disse. — Entre esta parte aqui e a outra sobre o governo estrangeiro. É ali que cabe.

— Está bem — disse ele. — Vou sugerir, então.

Olhou direto nos meus olhos.

— Vou insistir nisso. O que mais?

— Eu tiraria todo esse troço sobre Deus.

— Não se pode fazer isso, meu filho. Precisamos Dele do nosso lado. E de todos os Seus seguidores.

Acenei com a cabeça para a Proclamação na sua mão.

— Posso assiná-la? — perguntei.

— Não — respondeu ele. — Não. Você é jovem demais. Vai ser requisitado para outras coisas.

Virou-se para retornar à sua sala, mas parou.

— Obrigado, meu filho. Está pronto para amanhã?

— Estou, sim, senhor.

— Sei que está.

Colocamos a causa da República irlandesa nas mãos de Deus supremo, cuja bênção invocamos, e rezamos para que ninguém que sirva esta causa seja desonrado por covardia, desumanidade ou rapina.

— O que é rapina quando7 acontece no próprio país? — quis saber Paddy Swanzy.

— Molestar a mulherada — disse Charlie Murtagh. — Com um pouco de roubo para disfarçar.

Pearse leu os nomes dos homens que haviam assinado a Proclamação. Demos vivas quando ouvimos o nome de Connolly. Ele terminou de ler, e a multidão caminhou para a frente, a fim de dar uma olhada pela primeira vez na Proclamação que estava sendo afixada em uma das colunas.

— Bem-vindos à nova República da Irlanda, meus caros — disse Charlie.

— Tudo isso está uma maravilha — disse Paddy Swanzy. — Mas não ouvi nada sobre a situação dos trabalhadores.

— Isso virá depois, companheiro. Segure o seu fuzil.

— Céus! — disse Paddy. — Definitivamente não vou chegar em casa para o chá das cinco.

Pearse e Connolly voltaram, e as pesadas portas se fecharam com um baque ressonante que nos deixou quietos por alguns segundos. Depois os homens começaram a arrancar os pôsteres de recrutamento das paredes — "Os irlandeses nas trincheiras precisam de VOCÊ" — colando a Proclamação em seu lugar. O entrincheiramento e a espera continuaram. E Kitchener e George V foram colocados como escora para uma das barricadas; alguém os tinha roubado do Museu de Cera na esquina da Henry Street. O tiroteio distante continuava pipocando pela cidade.

Connolly marchou pelo prédio. E nos encheu a todos de terror. Empurrou uma das barricadas. A madeira e os papéis voaram para o chão.

— De que serve isso para nós? — gritou ele. — Vocês acham que isso vai deter as balas? Alguns de nós não estamos brincando aqui, que fique claro. Quero barricadas de verdade!

Os homens corriam para os quatro cantos, homens crescidos se borrando de medo. Ele era adorado e temido. Era severo, sempre alerta, nunca satisfeito com nada. Mas tudo o que fazia e dizia, em tudo o que batia, suas explosões, tudo o que ele era, era por nós. E os homens sabiam disso. Aproximou-se rosnando e bateu na minha barricada com o pé. Ela não se moveu, a não ser por algumas folhas soltas que voaram pela janela. Piscou para mim e foi para a frente.

— O exército está chegando!

O aviso vinha de fora e ecoou pelas paredes até o teto do salão principal, subindo até os outros homens, seus pés de repente estremecendo a madeira do assoalho e o piso, e oficiais gritando ordens por todo lado. Subi em um banco que havíamos usado na barricada e fui assistir à chegada do inimigo. Meu fuzil percorreu a rua, seguindo os pedestres que se retiravam, procurando os sinais dos homens sorrateiros em uniformes cáqui. Poucas pessoas ficaram por lá, embaixo da coluna, incluindo uma família com um cachorro na coleira. E alguns empoleirados nos postes da rua. Alguns padres também estavam lá, de solidéu na cabeça, movendo-se em fila, tentando dispersar a multidão. Era perda de tempo. A multidão os deixava passar e imediatamente se aglomerava de novo.

Os soldados poderiam estar se aproximando de qualquer uma ou de todas as direções, da North Earl Street bem à nossa frente — os bondes estacionados bloqueavam a minha visão. Da Sackville Place ou da Abbey Street um pouco mais à frente. Das ruas atrás de nós, ou do Rutland Square, ao norte. Ou atravessando o rio, ao sul. A cidade estava repleta de casernas militares; estávamos completamente cercados. Procurei os uniformes cáqui, os cavalos, o brilho ou o ruído de metal, cascos, motores — qualquer coisa que me permitisse declarar guerra.

Ficamos atentos a qualquer barulho vindo de cima, qualquer confirmação ou alvoroço. Inclinei-me, esticado até mais não poder por cima dos livros de contabilidade empoeirados e dos sacos de areia e mirei as vitrines da Tyler's, do outro lado da rua. A arma estava destravada. Meu rifle era uma combinação letal, um bastardo das mais diversas marcas, dos Estados Unidos à Alemanha, Lee-Enfield, Mauser — *Waffenfabrik Mauser* — e uma baioneta velha e cruel vinda de longíquas terras russas. Estava mirando a Tyler's, a sapataria, com suas vitrines cheias de sapatos de pé único expostos, com um canto especial para as botas infantis. Sabia para onde iria minha primeira bala. Esperei a ordem, o primeiro tiro, a visão de um maldito *tommy** ou um oficial com a espada desembainhada.

---

* *Tommy*: como os irlandeses designam um soldado inglês. (N.T.)

Mas não havia nada lá fora.

Apenas o calor e o silêncio — nem mesmo os tiros distantes —, e o inimigo escondido se arrastando para cada vez mais perto.

— Podem vir.

— Estão se esquivando, isso sim — disse Paddy Swanzy.

— Podem vir. Podem vir.

Precisei piscar; o suor fazia meus olhos arderem. Meu dedo no gatilho estava doendo, minhas panturrilhas e o ombro no qual apoiava a minha arma doíam; cada músculo e tendão que eu possuía estava ficando dormente, berrando. Uma indicação, uma coisa pequena ou um som haveriam de salvá-los e libertá-los de toda a fúria e ódio que eu guardara para hoje. Queria demolir cada pedaço de vidro e tijolo à minha frente. O rangido de couro esticado, uma bota na calçada, o reflexo do sol num broche, qualquer coisinha serviria para libertá-los.

Mas o mundo lá fora estava completamente paralisado. Nada. Absolutamente nada. E aqui, ao meu redor. Nada. Vindo de cima ou de qualquer lugar. Não tínhamos nenhuma chance. Estávamos esperando que o mundo caísse em cima de nós.

Foi então que ouvimos as risadas, e mais risadas se seguiram. Do lado de fora. Da coluna.

— Disse só de brincadeira!

Minha arma ainda apontava para a Tyler's, mas olhei para o covarde que deu um passo para a rua à nossa frente. Com sua quadrilha de amigos atrás. Um paspalho com cara de imbecil e um boné enfiado na cabeça.

Uma explosão de alívio ecoou pelo prédio, seguida de gritos de fúria e decepção.

— Sai da frente que eu quero atirar no filho da puta!

Era muita, muita tentação. Ele estava parado bem à nossa frente, com um sorriso zombeteiro no rosto.

— Pelo menos vocês não entraram em pânico — gritou ele.

— Tiro meu chapéu para vocês.

— Peço permissão para atirar, comandante.

— Permissão negada — disse Connolly, enquanto descia da barricada, depois de espiar o filho da puta que deixava a República de pernas bambas. — Não podemos desperdiçar munição.

De repente alguma coisa atingiu a rua. Uma granada. Uma granada caseira das nossas. Um dos rapazes no telhado a atirara. Uma lata cheia de restos de metal com uma porção generosa de dinamite gelatinosa. Caiu, com uma pancada ameaçadora e seca, em frente ao imbecil e seus comparsas. Viram o estopim de um lado da coisa e saíram em disparada, escondendo-se atrás da coluna de Nelson. O estopim apagado. E ouvimos a voz de Ned Mannix lá de cima.

— Pelo menos vocês não entraram em pânico!

Connolly ficou uma fera. Seu rosto estava para lá de roxo. Cuspiu e bateu os pés. E urrou para o teto.

— Mannix!

Urrou para nós.

— Bando de imbecis! Bando de idiotas inúteis! Eles podem estar ali justamente para nos distrair!

Olhei para fora de novo. Connolly tinha razão; fiquei esperando ver fileiras apertadas de tropas avançando, cobrindo, engolindo a rua, já subindo pelas barricadas, em cima de nós. O que eu vi foi o covarde de merda.

— Agora é que vocês estão fodidos! — berrou ele.

Parou bem longe da granada.

— Lá vem coisa bem pior que o exército! — berrou ele de novo.

Connolly se acalmou.

— Alguém vá recuperar a granada, antes que um daqueles idiotas lá fora decida usá-la contra nós.

A porta principal foi aberta — o covarde de merda saiu correndo de novo —, e Frank Lawless foi para a rua e apanhou a granada. Estava voltando quando as mulheres chegaram. Ele correu mais rápido para dentro do saguão e as portas se fecharam na cara das mulheres.

— Abram!

Começaram a dar pancadas na porta; vinte, trinta, um monte de punhos raivosos causando estrondos na madeira.

E o covarde de merda tinha voltado.

— Não lhes disse? Agora vão ter de se render!

As mulheres não desistiam. Eu podia ver algumas delas subindo por cima de outras para alcançar a porta. Um bando de enturbantadas* é o que eram, de todas as formas e idades por baixo do capuz preto; tinham vindo de Summerhill, e eu sabia o motivo. Estavam ali para receber suas pensões. Os maridos estavam na França, ou mortos debaixo da lama. E as enturbantadas queriam o seu dinheiro.

A porta estremecia.

— Queremos entrar!

Pearse falou.

— Digam para elas voltarem para casa.

— Ele está falando sério? — perguntou Paddy Swanzy.

Seán Knowles estava na janela mais próxima das mulheres. Subiu na barricada para que elas pudessem vê-lo.

— Vocês precisam voltar para casa — gritou ele.

As batidas pararam e, por alguns segundos, aqueles que não atinavam direito — alguns dos caipiras, os poetas e O'Toole — acharam que as mulheres tinham obedecido Seán e estavam a caminho de casa.

Seán caiu da barricada, e uma barragem de cuspe e vidro quebrado veio atrás dele. Senti um caco de vidro chamuscar minha cabeça quando caí sobre os ladrilhos atrás da barricada.

As palavras se seguiram ao vidro.

— Queremos nosso dinheiro, seus filhos da puta!

O vidro continuava voando ao nosso redor, sua poeira grudando como açúcar em nossas roupas e pele.

— Preguiçosos de merda! Brincando de soldados.

— E nossos maridos longe, lutando na guerra de verdade.

— Filhos da puta!

Os oficiais chegaram e nos arrancaram do chão com chutes.

— Os *tommies* vão curtir suas bundas como couro!

Senti minha jaqueta apertar quando fui levantado. Era Collins. Ele me colocou de pé.

— São apenas mulheres! Levantem-se.

As enturbantadas não tinham mais cacos de vidro para atirar. Vimos a cabeça de uma acima da barricada; estavam vindo para cima de nós. Collins sacou sua Browning automática do coldre e pulou no banco. Pôs a arma no rosto da mulher.

---

* Em inglês, *shawlies*, de *shawl*, pano preto que encobria a cabeça e o pescoço, principalmente nas mulheres de extração popular. (N.E.)

— Desça, dona, agora mesmo. Estamos em guerra.
— Sei que estamos numa porra de uma guerra — retrucou a mulher para Collins. — Lá na França, onde está o meu Eddie.
— Isto aqui é uma porra de um correio — disse outra, que estava subindo atrás da primeira.
— Não podem entrar — disse Collins.
— Quem vai nos deter?
— O Exército da República Irlandesa.
— Da Irlanda o quê?
— A República.
— Não queremos nenhuma república.
— Isso mesmo. Deus salve o babaca do rei.
— E vocês têm coragem de dizer que são homens? Para mim, não passam de uns maricas.
— Esperem até o exército de verdade chegar.
— Vão engolir metal, isso sim.
— Já é hora de irem embora, minhas senhoras — disse Collins.
— Vão precisar de mais do que um caipira de orelhas grandes para me fazer ir embora.
— O que tem embaixo do chapéu, meu bem?
Collins desistiu.
— Atire na primeira que tentar entrar — ordenou ele para mim. — Vá lá e defenda seu país.
Subi de volta no meu canto e olhei para fora.
— Ah, agora *isso* que é homem.
— Como vão, meninas? — eu disse. — Qual é o problema?
— Só queremos nosso dinheiro — disse uma delas.
— Têm razão — concordei. — Desçam de cima dos livros para não se machucarem.
— Então podemos pegar nosso dinheiro ou o quê?
— Vou ver o que posso fazer — respondi.
Collins estava perto.
— Peço permissão para sugerir algo, chefe.
— Vá em frente — disse ele.
— Estas mulheres têm filhos para alimentar — eu disse.
— E a si próprias também — disse ele.
Porra, eu detestava os Voluntários. Os poetas e os caipiras, os filhos da puta donos de loja. Detestavam os cortiços — o sotaque

e a sujeira, o jeitão dublinense. Quando foi a última vez que Collins tinha passado fome? Sabia a resposta só de olhar para sua cara rósea bem alimentada.

— Está cheio de dinheiro lá em cima, chefe — eu disse. — Nas caixas registradoras.

— E daí?

— E daí que, já que não tem ninguém lá fora com quem lutarmos, então por que não tomamos a primeira decisão da República e pagamos as pensões das mulheres?

— Por que seus maridos estão no exército britânico, talvez?

— Trabalho é trabalho, chefe — retruquei. — Alguns dos homens aqui estiveram no exército. E a maior parte dos militares aquartelados em Dublim são irlandeses.

— Isso vai acabar em tumulto.

— Um tumulto de apoio — eu disse.

Eu sabia das histórias sobre Collins.

— Tem mulher bonita ali, chefe.

— Vou falar com o comandante Pearse — disse ele.

E dez minutos mais tarde eu estava em cima da minha barricada com a gaveta de uma das caixas registradoras, entregando montinhos de moedas de prata e cobre para uma fila ordenada de enturbantadas agradecidas, voltando para casa contentes e republicanas com o dinheiro embaixo do xale — menos meus dez por cento — e com os maridos muito longe de sua mente, enterrados até as sobrancelhas na lama de Verdun e Ypres.

— O que vai fazer depois do levante, meu bem? — perguntou uma delas.

Segurou tão firme a minha mão que não pude pôr o dinheiro na sua palma.

— Fui eu quem o viu primeiro — disse outra.

— Ele dá conta de nós todas.

— Onde posso encontrá-la? — perguntei.

— Chegue em Summerhill e pergunte por Annie — disse ela. — Todo mundo me conhece.

— Annie do Piano — disse outra atrás dela. — Ela vai tocar um concerto na sua espinha, filho.

Annie tirou a mão.

— Que tal um beijo de até mais ver?

— Segure meus pés, Paddy — eu disse para Swanzy atrás de mim, e deslizei até a beira da barricada, passando pelos últimos cacos de vidro, escorregando até Annie, para ver o que tinha debaixo do xale; ela era jovem, não muito mais velha do que eu, e linda, agora que sua boca estava fechada e escondia os cacos de dentes. Seus olhos eram famintos, ávidos e negros, mais negros ainda quando me aproximei. Segurei meu chapéu e Paddy agarrou firme nos meus calcanhares; senti outras mãos segurando minhas pernas e pés. Estava sendo sustentado por três homens — talvez achassem que eu estava desertando e talvez eu estivesse mesmo — na hora em que pus meu rosto no de Annie e lhe entreguei meus olhos...

— Deus do céu, onde foi que achou olhos assim?

E toquei seus lábios, rachados mas maravilhosos, com os meus — e ouvi alguma coisa. Definitivamente ouvi alguma coisa.

Patentes.

E cravos na pedra. Levantei os olhos e vi os cascos tirando faíscas nos trilhos do bonde.

— Levantem-me! — gritei.

— Aaah! — exclamou Annie quando meu rosto subiu e ela ficou apenas com sua pensão na palma da mão.

— Vou procurá-la, Annie — eu disse. — Não se preocupe.

Continuei olhando para ela até ser puxado para cima da barricada, e logo estava dentro.

— Estão vindo — eu disse.

— Já sabemos — disse Charlie. — Os Lancers.

— Um cavalo é um alvo filho da puta de grande — disse Paddy.

Eu estava pronto.

Finalmente.

Apontei meu fuzil para a vitrine da Tyler's.

Ouvi o primeiro tiro quebrar um tijolo. E então atirei. Ouvi, depois vi o vidro quebrar e desaparecer enquanto o gatilho empurrou meu dedo para a frente. Puxei o pino de volta e o cartucho vazio voou por cima dos meus ombros. Apertei o gatilho de novo e atirei nas botas e pantufas expostas. Depois atirei na vitrine da Noblett's e os bolos e doces pularam das prateleiras. O'Farrell's. Os cacos de vidro caíram por cima dos charutos e do tabaco. Os cartuchos dançavam ao meu redor, os coices da arma me arrancavam o ombro, mas não parei. Minha pontaria era precisa e meticulosa; cada bala era importante. Duas para a Lewer's & Co. e seus pequenos ternos, casacos e knickerbockers para meninos. Senti meus dedos queimar; o cano da arma estava esquentando. Mas continuei atirando. Uma bala para a Dunne & Co., e os chapéus dançaram no vidro. Uma para a sede do Registro de Servidores da Irlanda — não ia mais haver necessidade dele na nova República. E para a Cable & Co., e mais e mais sapatos. E, do outro lado, para o Pillar Café — eu tinha sido enxotado de lá antes mesmo de chegar à porta, eu e Victor; ainda podia sentir o hálito da gerente — e despedacei cada janela do café com uma precisão e um ritmo que me impressionaram, mas não me surpreenderam. Atirei e matei tudo o que me fora negado, todo o comércio e o esnobismo que haviam zombado de mim e de outras centenas de milhares atrás de vidro e cadeados, tudo que era injustiça, iniquidade e sapatos — enquanto os outros rapazes tiravam nacos dos militares.

Meteram suas balas nos dragões — o Sexto Regimento de Cavalaria da Reserva, da Caserna Marlborough, como descobri anos mais tarde, quando consolava uma de suas viúvas — e nos seus corcéis gordos e lustrosos. Quando acabei com as vitrines das lojas, havia cavalos estrebuchando ou mortos por todo o calçamento da Sackville Street, e seus cavaleiros por baixo ou mancando e se arrastando para longe deles, de volta à Cavendish Row. As balas ainda zuniam e ricocheteavam, e os lados da rua devolviam o eco. Apontei para um fodido que tinha perdido o capacete e cujo bigode lhe dividia o rosto em dois com as pontas para cima, esticadas como duas velas pretas. Ele parecia encalhado, tentando controlar seu cavalo e segurar sua lança; o cavalo rodopiava nas patas traseiras, totalmente aterrorizado. Esperei até que cavalo e cavaleiro mostrassem o perfil para mim. E mandei um tiro que penetrou a perna do cavaleiro, e o cavalo foi direto ao chão.

Estavam derrotados. Uma massa de carne e merda espalhada pela rua. Gritamos eufóricos e cumprimentamos nossos companheiros ao lado. Eu nunca estivera tão próximo das pessoas como agora. Só de Victor. Estava dividindo o mundo com aqueles homens. Confiava neles; seu calor me iluminava.

Tinha sido tão fácil. Ocupamos um bloco maciço de granito de Wicklow e eles mandaram um bando de soldadinhos de chumbo para nos tirar de lá. A constatação nos deixou tontos; eram mesmo imbecis. O Império estava desmoronando à nossa frente. Eu ainda tinha o resto do dinheiro da caixa registradora no meu bolso, por isso não participei da dança de vitória; não queria dar na vista com o tilintar. Paddy e Felix rodopiaram até ficar perigoso e Connolly soltar um urro. Estava furioso novamente. Ele apontou trêmulo para nós.

— Por que não esperaram até que os tivéssemos todos em nossa mira? — gritou ele. — Isso não é nem o começo.

— Meu Deus — disse Paddy. — Não há como agradar esse homem.

Voltamos aos nossos postos e esperamos. Um bando de Voluntários chegou num bonde confiscado. Os homens de Kimmage dormiam todos num palheiro na fazenda do conde Plunkett, depois de fugir da Inglaterra, para evitar o recrutamento. Passavam os dias ajudando na fazenda e fabricando bombas caseiras.

— Desculpem o atraso — disse um deles, depois de subir pela janela.

— Pagaram a passagem? — perguntei a ele.

— O caralho que pagamos! — respondeu.

Era o último bonde daquela semana. Os homens de Valera entraram na usina elétrica de Ringsend e arrancaram algumas de suas peças vitais. Os bondes ficaram encalhados ao redor da coluna. Alguns deles viraram barricadas; eram muito fáceis de tombar.

Alguns dos nossos homens, chefiados por um oficial dos Voluntários, atravessaram correndo a rua e ocuparam o Imperial Hotel. Ficamos olhando quando nossa própria bandeira, o Arado Estrelado, a bandeira do Exército de Cidadãos, foi hasteada no mastro do hotel, propriedade de William Martin Murphy, o filho da puta que liderou o locaute de 1913.

— Espero que aquele fodido de merda esteja vendo.

— Se não estiver, alguém vai contar.

Fiquei olhando a bandeira dançando ao vento que trazia o crepúsculo para Dublim. E veio a noite e nós ainda esperávamos.

Dormi naquela noite. No piso do subsolo do Correio Central, entre Paddy e Felix, os três enrolados num pedaço de carpete que arrancamos de um escritório no andar de cima. Já tinha caído no sono antes mesmo de me deitar de fato. Acalmado com dois pratos de um guisado da *Cumann na mBan*, enrolado e completamente inconsciente para o mundo. Sonhei com nada e acordei revigorado e me perguntando onde me encontrava. Ainda estava escuro.

— Có-có-ró-co-có! — fez Paddy Swanzy ao meu lado.

Apurei os ouvidos para tiros e gritaria, mas não ouvi nada, nem ruídos fortes ou de alvoroço lá de cima. Procurei no escuro minhas botas e sacudi as pernas para fazer o sangue circular; tinham ficado dormentes sob as calças. Havia luz em um salão do lado esquerdo, de onde emanava um aroma delicioso.

— Mingau — disse Paddy. — Isso vai dar uma pausa no tiroteio. A coisa está pegando fogo lá na prefeitura. É o que contam. O Quarteirão do Diabo está submerso em sangue e vísceras.

Apurei os ouvidos de novo, mas ainda não ouvia nada.

— Sangue de quem? Nosso ou deles?

— A maior parte importado — disse Paddy.

Paddy estava brincando. Sabia tão bem quanto eu: a maioria dos soldados britânicos eram irlandeses. Irlandeses que precisavam de trabalho. E, de qualquer maneira, não tínhamos nada contra ingleses, ou escoceses ou galeses. Estávamos numa guerra de classes. Não estávamos na mesma batalha que o resto dos insurgentes. Logo haveriam de descobrir isso.

Levantei-me, afivelei a bandoleira e entrei na fila de homens ainda sonolentos e de cara amassada da noite anterior. O cheiro do mingau no ar fez minha barriga roncar. Peguei uma tigela de uma mesa de jogos e estiquei-a para que enchessem.

— Dois mais dois?

Estava olhando para duas botas marrons cujas pontas continham os dedos bem delineados da mulher.

— Não sei. Dois mais dois de quê?

— Garrafas.

— O que tem nelas?

— Cerveja preta.

Olhei para ela.

— Quatro.
— Sabia que era você — disse Miss O'Shea.
— Pode apostar que sou eu. E sempre vou ser.
— Continua o mesmo, com as respostas na ponta da língua.

Os olhos castanho-escuros e as mechas ondulantes escapavam de seu coque atrás da cabeça. Cinco anos se passaram desde que eu a vira pela última vez, desde que a Madre Freira entrara na sala de aula e pusera um ponto final à minha educação. Não tinha mudado em nada; os cinco anos não haviam provocado qualquer dano. Mas eu mudara, é claro. Estava muito mais alto que ela agora e, ali parado, podia me lembrar de como eu era quando bati na sua porta, com Victor. Podia sentir Victor a meu lado; podia sentir o suor dele nas minhas mãos. Henry, o menino pequeno, imundo, naquele tempo muito grande para a sua idade, era agora um homem, e era grande para qualquer idade. Alto e largo, com a pele e os cabelos alimentados com sangue bom e vida saudável. As rachaduras e as crostas me abandonaram. Eu era um jovem lustroso; brigava todo dia para me manter limpo. Meus olhos eram turbilhões azuis fascinantes; podiam sugar as mulheres ao mesmo tempo que as avisavam para manter distância, uma combinação de opostos que as deixava enlouquecidas por mim. Eu sabia exatamente o que meus olhos eram capazes de fazer.

E Miss O'Shea nem tinha chegado até eles. Estava se deliciando com minhas calças de equitação. Fiquei parado, esperando. Ela estava perplexa. Olhei para baixo e percebi o coque que, da última vez, estava acima de mim. Era uma massa de cabelos castanhos finos, cabelos sem fim, morrendo de vontade de que dedos os penteassem. E, abaixo deles, a nuca. Meus olhos desceram para apreciar o seu uniforme da *Cumann na mBan*. E o broche no peito, o rifle segurado por letras ondulantes. *C na mB*. Ela me olhou e corou, e eu me lembrei disso também.

— Ainda tem sua perna — disse ela.

Estava no meu coldre, a perna do meu pai, encerada e pronta para quebrar os crânios pela Irlanda.

— Tenho — eu disse. — Até uma hora dessas.

E a deixei ali, suspensa no ar. Fui para um canto e abocanhei meu mingau. Era de manhãzinha. Haveria mais mingau e, com um pouco de sorte, ferimentos para limpar e pôr ataduras. Nós nos veríamos de novo. Miss O'Shea não estava indo a lugar nenhum. E eu também não.

Mais um dia de espera. Dia Dois da Revolução, e eu já estava entediado. Olhando para a rua vazia e para a chuva. Ouvindo os tiros distantes, esperando que chegassem mais perto. Esperando para ser surpreendido. Querendo ser surpreendido. Querendo muito. Querendo atirar, estraçalhar, matar e arruinar. Mas Dublim, aquela parte em frente à minha janela, não queria acordar de jeito nenhum. Nenhum bonde, quatro trilhos vazios, nenhum vendedor ambulante, quase ninguém, ou um sinal de que sabiam que estávamos prontos e querendo briga. Apenas um grupo aqui, um indivíduo ali, paravam perto da janela. A maioria estava entediada, alguns com raiva por não poder ir trabalhar. Lembravam-se da fome do locaute e nos culpavam por ela.

— Vocês são um bando de irresponsáveis.

— Mick Malone está aí dentro? Ele ficou com a chave da tipografia e não podemos entrar.

— Não passam de um bando de irresponsáveis.

— Digam a ele que vamos ter de arrombar a porta ou perder um dia de salário, e o capataz diz que o conserto da porta vai sair do salário dele, isso se ainda tiver emprego quando voltar.

— Cadê Mick Malone? — gritei.

— Com de Valera — respondeu Felix Harte.

— Ele está na padaria do Boland — eu disse para o rapaz lá fora, embaixo da minha barricada.

— O que está fazendo lá?

— Comendo todas as rosquinhas de figo — disse Paddy Swanzy.

As mulheres da *Cumann na mBan* estavam pedalando por toda a cidade e voltando com notícias. As histórias voavam, fatos e rumores e outros detalhes que nós mesmos inventávamos para passar o tempo. Uma guerra aberta acontecia em Ashbourne; Thomas Ashe e Dick Mulcahy estavam até os joelhos em sangue e vísceras de saxões e merda de vaca. Michael Mallin e a condessa Markievicz tinham tomado o Stephen's Green; a condessa estava treinando os patos nos aspectos mais refinados de guerrilha urbana. Havia barcos e barcos de armas e metralhadoras atracando nas praias de Kerry, além de outras máquinas gigantes de matar, já a caminho de Dublim. Navios alemães cheios de armas para nós; tinham atravessado o bloqueio britânico. Os ingleses baixaram a guarda depois que o *Aud* foi afundado na enseada do porto de Queenstown, em Cork. Pensaram que tinham a coisa sob controle, mas o *Aud* era apenas o primeiro de muitos, apenas a proa de um longo comboio. Havia até mesmo tropas alemãs dentro dos navios, pelotões de soldados, gêmeos e até mesmo trigêmeos; já tinham marchado através de Tralee. Agora marchavam pela Naas Road. E a Brigada Irlandesa com eles, irlandeses com saudades de casa que vinham dos campos de prisioneiros de guerra alemães, marchando em nossa direção. E os navios de ianques irlandeses já estavam no Atlântico, também rumo à Irlanda, com suas armas novas e seus músculos; Jim Larkin aportara em Sligo com uma esquadra de reconhecimento. O país inteiro se movimentava, Wexford, o oeste, Kerry. Os regimentos irlandeses estavam desertando para o nosso lado, e os homens da Ordem de Orange já tinham marchado por Balbriggan na noite anterior, a caminho de Dublim, para nos escorraçar; em Ballybough, iam se juntar com os cadetes da Escola de Mosqueteiros de Dollymount. Mas isso não nos preocupava. De Valera e o Terceiro Batalhão estavam bloqueando todos os exércitos no Sul, e Ned Daly e Éamonn Ceannt faziam o mesmo no Oeste. Tinham invadido e tomado a South Dublin Union e armado os doentes e os loucos. Os doidos de Dublin estavam bloqueando o exército do Império. E fazendo um bom trabalho; não víamos um soldado sequer ou ouvíamos um tiro desvairado o dia inteiro. Nem mesmo um tira barrigudo para nos distrairmos. Só tínhamos o tédio e a zombaria para combater.

Mantive sob firme vigilância todas as esquinas e ruas e deixei Miss O'Shea povoar meus sonhos. Estava lá embaixo, esperando por mim, com um prato de guisado, fatias grossas e quentes de pão integral, ou talvez duas costeletas de carneiro. Estava lá embaixo, sonhando comigo. Enquanto meus olhos esmiuçavam as vitrines quebradas das lojas do outro lado da rua, lambi uma orelha de Miss O'Shea. E ela sentiu, lá embaixo no subsolo, sei que sentiu, enquanto mexia com a colher de madeira o caldeirão de batatas. Sua orelha nunca fora lambida, nem mesmo por um cachorrinho ou uma irmã. Eu podia sentir sua pele se arrepiando sob minha língua, senti o calor terno de seu rubor quando passei pelas dobras atrás de sua orelha, três rios pequenos, e cheguei ao seu coque — ia soltar-lhe os cabelos e me deitar neles. Sabia exatamente o que queria. Eu não era um menino qualquer. Eu era experiente e calmo, uma máquina bem azeitada de dar prazer, minhas mãos perfumadas com o negócio que fazia o meu fuzil cantar. Movi mais um centímetro, e seus cabelos derreteram em minha língua. Esfreguei-me na barricada.

— Olhem só para aqueles babacas.

Era Paddy, e não poderia ser em melhor momento; eu quase tinha empurrado a barricada para fora da janela. Havia uma perna a mais nas minhas calças, lutando por mais espaço e razão de ser. Uivando por uma república.

— Que babacas? — perguntei.

Pus meus olhos na rua e minhas bolas sobre o saco de areia.

— Aqueles ali — disse ele.

Não precisei olhar de novo; podia ouvi-los. Alguns dos Voluntários tinham sacado os rosários e estavam ajoelhados, rezando o terço.

— Os revolucionários — disse Felix. — Olhem só para eles!

Plunkett estava junto. Quase não conseguia ficar de pé; passava a maior parte do tempo em um colchão. O homem estava para morrer, um desperdício de munição, mas tinha a energia para bater no peito e enfiar os joelhos no piso.

— Primeiro mistério doloroso — disse Paddy. — Como foi que acabamos no meio desse bando de babacas?

Como num "agora vinde todos a mim", a reza foi acompanhada por outros homens, e mais outros de cima e de baixo no prédio; alguns dos nossos camaradas também, com seus joelhos socialistas no chão. Tirei meus olhos da rua por alguns segundos e observei Connolly do outro lado do salão, os dentes cerrados; quase os ouvi trincar acima do burburinho do rosário. Pearse estava em um canto, numa banqueta alta, a cabeça enfiada num caderno de anotações; também murmurava. Mas Collins, sejamos justos com ele, estava pronto para chutá-los e trazê-los de volta à realidade.

Olhei para fora. A sombra do Correio Central tinha atravessado a rua e subido as paredes do Imperial Hotel, até as barricadas nas janelas protegendo nossos homens. E mais para cima, no topo, o Arado Estrelado ainda se deleitava com os raios brancos do sol. O último calor do dia estava no suor no canto dos meus olhos, e a escuridão agora à minha frente — eu não acreditava no que via. Não havia nada lá, mas eu não podia ter certeza. Havia sombras se movendo, mas não eram nada. Virando as esquinas, sobre o rio, no cais, a cidade fervilhava; eram os rangidos e gemidos costumeiros, mas também poderia ser o Exército se aproximando. Uma centelha atrás de uma janela que podia ser o cano de um rifle. Um craque surdo e solitário que podia ser uma Vickers recebendo seu pente de munição. Tudo estava quieto, mas talvez aquilo fosse um silêncio apavorante. E, às minhas costas, meus colegas e camaradas, meus companheiros revolucionários, estavam de joelhos — e assim haviam estado boa parte do dia — com os olhos cerrados, a cabeça inclinada e as costas acovardadas voltadas para as barricadas. Que tipo de país íamos criar? Se fôssemos atacados agora, estávamos fodidos. Eu não queria morrer num mosteiro. Tinha decidido pular fora.

Mas logo pensei ter visto alguma coisa — um vestígio de fogo atrás do vidro do outro lado da rua, além da esquina da Abbey Street. Estava olhando para lá, esperando que se tornasse alguma coisa mais definida, quando os fogos começaram. Fogos de artifício — rojões e fontes —, estribilhos de feriado, inocentes, estalantes, e logo depois o cheiro da pólvora, como fósforos riscados na frente do nariz. As faíscas e os zunidos vinham do fim da rua, perto do rio, assim iluminavam o canto do meu campo de visão — eu não podia ver os responsáveis, ninguém correndo ou acendendo pavios — até que os estalos começaram a vir de cima de nós. Rojões zarpavam no que agora era noite, e explodiam derramando suas cores. Fiquei observando-os derreter-se e desaparecer, e esperei pela próxima explosão.

A maioria dos homens correu para seus postos, mas alguns dos carolas do rosário pareciam achar que os fogos de artifício eram um sinal de que suas orações estavam sendo rejeitadas. Começaram a gritar as respostas; suas testas quase lambiam o chão, e esfregavam-se tanto nas bandeiras que as tornavam reluzentes.

— Levantem-se!
— Homens, estamos em guerra!

Pularam ou foram chutados para cima; agarravam as contas de rosário como se fossem os dedos da mamãezinha. Collins estava lá com as botas, e era chute para todo lado.

— Larguem os rosários e peguem os rifles!

E as explosões de fogos cessaram na Sackville Street. As lanternas da rua haviam sido quebradas, e estava mais escuro do que antes. A não ser pelo último suspiro flamejante de um foguete, não havia nada para ver. E se eles finalmente estivessem se aproximando, arrastando-se por baixo dos foguetes e rojões, arrancando-nos dali com explosões de fogos em vez de cartuchos e balas? Seria o pistolão a prova de seu desprezo por nós? Já estavam celebrando a certeza da vitória. Arrastando-se cada vez mais perto, fantasiados e bêbados. Iam passar por cima de nós.

Mas eu sabia o que realmente estava acontecendo um pouco depois de os fogos começarem, clareando a rua e iniciando sua destruição. As chamas iluminaram as formas, e estas viraram pessoas — meninos e homens, mulheres, meninas e silhuetas estranhas por baixo de montes de móveis e roupas.

Ouvi o estado de choque na voz dos Voluntários.

— Comandante, estão saqueando tudo lá fora!

Os meninos tinham arrombado a loja de brinquedos e material esportivo Lawrence, e eles é que haviam soltado os fogos. Agora que estava escuro e seguro, com os tiras enfiados em algum lugar, os cidadãos de Dublim pegavam tudo o que podiam levar. E, uma vez mais, senti que eu estava do lado errado da barricada. Tudo o que podia fazer era assistir ao espetáculo.

Um pequeno exército de moleques de rua esforçava-se para carregar um cavalo de balanço sobre a cabeça. Viraram na North Earl Street e transpuseram uma barricada; com muito esforço, arrastando o cavalo, a cabeça dele desaparecendo enquanto pulavam para o outro lado da barricada. Foram seguidos por mais um bando, este empurrando um piano, com um moleque em cima. O menino reluzia na escuridão, coberto de iodo para matar a tinha favosa. Outro menino, vestindo os farrapos de um blusão de golfe cinco vezes maior que ele, passou correndo, com as costas quase paralelas à rua, o peso de uma sacola de golfe cheia dificultando-lhe a fuga. Um velhinho, já bêbado com a promessa das garrafas fechadas de uísque que carregava, cambaleava na direção da Cavendish Row, seu pescoço esquentado por um boá de plumas se arrastando por metros atrás dele. E havia as cenas ordinárias também, as pessoas fugindo com tudo o que podiam carregar. Entrando e saindo das vitrines das lojas, esmagando os cacos de vidro, adentrando ainda mais nas lojas e nos cofres dos fundos. No bojo do cavalo de tróia. Votando com os pés e as costas; dando as boas-vindas à nova República. Carrinhos de bebê e de mão cobertos de casacos de pele e estolas, calçolas e meias de seda. As sugadas e chupadas me diziam que os meninos tinham tomado a loja de doces Lemon.

Os fogos de artifício terminaram ou se renderam aos verdadeiros, que começavam a destruir o lado mais distante da rua. Ouvi a sirene dos caminhões de bombeiros, e meu coração soltou um grito quando a Tyler's, à minha frente, se iluminou e se juntou ao incêndio. Quase imediatamente, meu nariz registrou o cheiro acre e revigorante de couro queimado.

Um voz cheia de ultraje gritou perto de nós.

— São lojas irlandesas que eles estão roubando!

— Bom para eles — disse Paddy Swanzy para o Voluntário dono da voz.

— É tudo propriedade irlandesa!

— Continuará sendo irlandesa também depois de tomada.

Sem dizer nada, sem mesmo olhar um para o outro, nós — os homens do Exército de Cidadãos — de repente sabíamos que deveríamos proteger o povo lá de fora. Meu fuzil ainda apontava para a rua, mas eu estava pronto para me voltar contra os Voluntários que estavam morrendo de vontade de salvar a propriedade irlandesa.

Um dos oficiais dos Voluntários, um cara de rosto avermelhado chamado Smith, veio como um furacão para o nosso lado. Estava fuçando seu coldre, mas a fúria deixava seus dedos inúteis.

— Temos de lhes dar uma lição — gritou ele. — Senão, vamos morrer de vergonha diante das nações do mundo.

Virei-me da janela e apontei meu rifle para Smith e esperei que ele e os outros que o seguiam vissem. Paddy Swanzy e Felix fizeram a mesma coisa.

— Se é uma lição que está procurando — disse Paddy —, continue o que está fazendo e vai ver o que acontece.

— E que vão à puta que pariu as nações do mundo — eu disse. Os Voluntários viram nossos canos apontados para eles e, antes que pudessem responder ou fazer qualquer coisa, o chão ao nosso redor ficou repleto de generais, comandantes e poetas, quase todo o Governo Provisório da República. Cinco segundos que quase chocaram o mundo — a revolução, a contra-revolução e a guerra civil estavam prestes a acontecer naquele espaço de cinco segundos no Correio Central, enquanto Dublim lá fora ardia em chamas. Apontei meu fuzil para Pearse. Não sabia o que estava acontecendo em cima, no telhado, ou lá embaixo com Miss O'Shea — ela ainda dançava na minha língua, mesmo enquanto eu me preparava para atirar no comandante Pearse —, mas onde estávamos nenhuma barricada estava guarnecida, nem mesmo um par de olhos na rua. Durante aqueles rastejantes cinco segundos, a Inglaterra deixou de ser o inimigo. Pearse viu meu fuzil e viu minhas intenções em meus olhos, virou-se um pouco, oferecendo-me seu perfil, escondendo seu estrabismo; estava pronto para uma morte elegante.

E então Connolly falou.

— Irlandês nenhum vai atirar em outro irlandês esta noite — disse ele.

— Como vamos lidar com eles? — perguntou Smith.

— Não vamos — eu disse, ainda com Pearse na minha mira.

— Mandaremos um pelotão tirá-los da rua — disse Connolly.

Pronto. Estava terminado. Olhamos ao redor e escondemos a raiva para um outro dia. Encontrei os olhares duros dos caipiras e dos donos de loja. Encontrei e os devolvi com a mesma intensidade. Mas por enquanto estava terminado. Voltei a ouvir os bombeiros atrás de mim e os tiros de franco-atiradores vindos do Trinity College. E, acima da cabeça dos homens, à porta da escadaria, vi Miss O'Shea. Quanto tempo estivera ali? Olhamo-nos. Ela esfregou a nuca, bem atrás da orelha em que escondia as pequenas dobras do mundo. E franziu as sobrancelhas para mim.

— Vamos fazer tudo com cuidado e zelo — disse Connolly.

— Aquelas chamas vão ficar perigosas.

— Vou eu — eu disse.

— Não, não vai — disse Connolly. — Quero você aqui.

Os obstáculos foram afastados da porta, e Paddy Swanzy e os

outros homens saíram. Olhei para a porta da escada. Miss O'Shea não estava mais lá.
— Você não teria voltado.
Connolly estava ao meu lado, seu bigode quase dentro da minha boca.
— Está me ofendendo, comandante — eu disse.
— Bom rapaz. Estamos rodeados de imbecis, Henry.
— Eu sei, comandante.
— Católicos e capitalistas, Henry. É uma combinação medonha.
— É, comandante.
— Você fique perto de mim, Henry.
— Pode contar comigo, comandante.
E eu estava sendo sincero.
— De volta ao seu posto agora — disse ele. — Mas não tire a mão da perna de seu pai.
— Deixe comigo, comandante.
Eu podia ouvir o silvo maligno enquanto a chuva e as mangueiras dos bombeiros sufocavam as chamas. As pessoas corriam para fora dos apartamentos acima das lojas. Fiquei olhando o fluxo ininterrupto de gente carregando nas costas pedaços e nacos de propriedade irlandesa. Dois homens passaram rolando um tonel de cerveja preta. Umas vinte pessoas marchavam com um longo rolo de carpete sobre os ombros; devia ter sido arrancado de um dos hotéis e, com as chamas de pano de fundo, a procissão parecia uma centopéia enorme e sem cabeça. Palha e papel de embrulho rolavam na rua, a palha chamuscada espalhando pequenas faíscas pelo ar. Um bando de mulheres usava panelas na cabeça. E batiam nos seus novos chapéus com pás e espátulas — *Oh thunder and lightning is no lark* — cantavam para as chamas — *when Dubellin City is in the dark*. Um moleque passou escorregando, segurando um bolo de casamento de quatro camadas. *If you have any money go up to the park*. Quatro outras mulheres passaram com uma cama nas costas. *And view the zoological gardens*. Um homem tentava pará-las; estava apontando para trás com seu guarda-chuva, obviamente pedindo a elas que levassem a cama de volta para o lugar de onde haviam tirado. Uma mulher começou a esgrimir com ele, uma concha contra um guarda-chuva. O homem não me era estranho.

— Quem é aquele?
— Sheehy-Skeffington — disse Charlie Murtagh. — Skeffy. É um pacifista; assim, é mais seguro apostar na assanhada com a concha.

Eu não sabia dizer de onde tinha vindo o tiro, mas do outro lado da rua à minha frente, vi um homem ser baleado. Ele enrijeceu; prostrou-se devagar de joelhos, agarrou-se a um poste e ficou assim, ajoelhado. Por uns dois dias. Mais para cima na rua, dois bêbados começaram a vomitar nos pés de pedra do Padre Mathew, e uma mulher fez de um dos cavalos mortos uma cadeira de balanço; ela se embrulhou, protegendo-se do vento e da chuva em cortinas de veludo, e se aconchegou entre as pernas do cavalo. A loucura se apoderava do lugar. E, no meio de tudo isso, um discurso de Pearse. *Dublim, ao se levantar em armas, redimiu sua honra negada em 1813, quando falhamos em apoiar a rebelião de Robert Emmet.* Olhei para Dublim se levantando. E lá estava ela, em meio a todo o caos, surgindo das chamas mais escuras, a puta velha desalmada, vovó Nash. Carregava uma muralha de livros, dois deles abertos no topo da pilha, e ela lendo, um olho em cada livro, enquanto caminhava por Sackville Street. Parecia chamuscada e quase destruída, mas se movia como uma criança sonhadora a caminho da escola. E eu a aplaudi. Gritei com toda a força, mas ela não tirava os olhos dos livros. *O país se levanta para atender ao chamado de Dublim.* E aguardamos. Aguardávamos para avançar ou atacar. Perguntávamo-nos o que acontecia nos lugares onde ressoavam os tiros que ouvíamos ao longe. Não sabíamos que estávamos cercados, que os militares agora controlavam a linha ao longo do rio e as terras ao norte. Ou que havia homens mortos espalhados por toda a cidade, soldados, rebeldes e inocentes pegos no fogo cruzado. *Os regimentos irlandeses se recusaram a agir contra seus compatriotas. Os saques foram feitos apenas por simpatizantes do Exército Britânico.* Não sabíamos que a artilharia pesada estava vindo de Athlone, destruindo tudo pelo caminho. Ou que eles estavam retomando tudo, as estações de trens, o Stephen's Green, pedaços e lotes da Irlanda que tínhamos libertado no dia anterior. Estávamos sozinhos e cercados e não sabíamos.

Alguém voltou para dentro do salão com notícias de uma ofensiva; iam atravessar a ponte a qualquer momento.

— Pronto, homens, chegou a hora — disse Connolly.

Esperamos.
— Preparem as baionetas.
E esperamos pelo ataque. O velho Clarke veio até minha janela para espiar.
— Nossa hora chegou — disse ele.
Eu jamais vira um homem tão feliz.
O rosário reapareceu às pressas. Esperamos a noite inteira. O tempo todo procurando, escutando. Escutando.

— Que porra foi isso? — perguntou Paddy.
Algo diferente. O tiroteio se intensificou durante a madrugada; fomos acordados por um barulho súbito e próximo. As paredes e a rua pareciam estar sendo demolidas por metralhadoras e tiros de franco-atiradores, e ouvimos os primeiros estrondos terríveis dos canhões de algum lugar do outro lado do rio, do lado oposto da Custom House, ou coisa parecida. A história que correu pelo prédio era de que as armas alemãs estavam se aproximando, mas a mesma história morreu logo que sentimos a rua estremecer, que ouvimos os primeiros telhados e paredes desmoronando, nada longe, e sabíamos que não eram ataques vindos para apoiar ninguém. Havia atiradores de elite e metralhadoras nos telhados do Trinity, no Burgh Quay Music Hall, no hospital da Jervis Street. Ao nosso redor, na torre da estação da Amiens Street, no telhado da McBirney's — um filho da puta atirou num ceguinho com uma bengala branca e no homem da ambulância que correu para ajudar o coitado —, no telhado do Rotunda, prontos para destruir a nós e nossas posições na ponte. A quincalharia Kelly's na esquina da Bachelor's Walk e a Hopkins & Hopkins, a joalheria; tínhamos alguns homens nesses dois locais, fingindo que eram batalhões completos. Estávamos cercados e sabíamos que o fim se aproximava pela rua; o bombardeio era um céu bocejante acima de nós, pronto para cair. O rosário virou corrida e havia uma fila lá em cima para ver o padre. As balas e os silêncios estavam chegando mais perto, e o ar era apenas poeira de tijolos.

Mas aquilo era diferente. Um enorme som metálico. Como se o gongo do mundo tombasse. O fim, e seu eco. Nada para o que pudéssemos estar preparados. Uma arma nova, terrível. A fúria subindo das entranhas da terra.

— Que porra foi isso? — perguntou Paddy.

Ele foi o único que conseguiu falar. Os demais esperavam pelo próximo rugido e as conseqüências, esperando poder compreender do que se tratava.

Mandaram um recado do telhado. Uma bomba tinha atingido a ponte da Loop Line. Estavam bombardeando o Liberty Hall de uma canhoneira atracada no rio, e a ponte de ferro, na trajetória, fora atingida por engano; na verdade, era um barco de patrulha pesqueira, mas *canhoneira* nos fazia sentir melhor. Estavam jogando fogos e bombas incendiárias no Hall para expulsar os rebeldes de dentro. Não sabiam que Peter Ennis, o zelador, era o único que ficara no prédio. A sede do Sindicato dos Trabalhores em Transporte e Gerais, meu lar e o berço de nossa revolução, ia ser reduzido a escombros.

E Connolly estava exultante. Batia palmas e dava socos no peito.

— Agora sim estão nos levando a sério! — gritou ele da cúpula. — Mexemos com eles.

— E não foram só eles — disse Paddy.

O que eu respondi para Paddy? Nada. Morrendo de medo? Muito ocupado? Não. Apenas eu não me encontrava lá quando ele disse aquilo. Eu estava no subsolo, em um pequeno quarto sufocante com muito mais poeira do que oxigênio. Ouvi a bomba que atingiu a Loop Line? Ouvi o tremor? Ouvi, mas pensei que o barulho vinha de dentro de mim. Estava deitado de costas quando aconteceu. Eu havia sido empurrado do topo da minha cama alta de blocos de selos, folhas e mais folhas de selos, colunas e mais colunas do negócio, tudo com o lado da cola para cima. Fiquei colado ali com minhas calças grudadas nos calcanhares, enquanto Miss O'Shea agarrava meus joelhos e subia em cima de mim.

— Esta saia — disse ela. — Espere.

Ouvi um rasgão que fez minhas bolas se baterem uma contra a outra.

— Agora sim — disse ela. — Assim é melhor.

Seus dedos aterrissaram com perfeição na minha cintura.

— O que vai dizer sobre a saia? — perguntei.
Não agüentava o silêncio.
— Vou dizer que a rasguei pela Irlanda — respondeu Miss O'Shea. — E não deixa de ser verdade.
Seus cabelos me cobriam. Eu estava dentro de sua boca tão rápido — Caramba, a quentura! E os dentes, e a língua! — e fora de novo, antes mesmo que tivesse tempo de respirar. E de novo, agora por mais tempo, e fora, então ela subiu pela minha jaqueta. Tentei agarrar seus cabelos, ou tecido, qualquer coisa — estava um breu lá dentro, apenas calor e dedos —, mas ela me deu um tapa nas mãos, e bateu ainda mais forte quando revidei.
— Ainda sou sua professora, Henry Smart — disse ela.
— Sim, senhora — eu disse.
Suas mãos ainda estavam no meu pescoço; ela deslizava e apalpava, procurando maneiras de me torturar. Eu não tinha a mínima idéia do que acontecia. Ela jogou meu chapéu contra a parede.
— Não vamos precisar dele.
E agora estava bem na altura do meu rosto. Beijou minha coroa, encheu a boca de cabelo e puxou. Soltou e se levantou. Ouvi um puxão, um tilintar e senti a carne quente na minha cara, a pele de veludo se balançando sobre mim, depois me pressionando. Uma teta tapou meus olhos enquanto uma das mãos segurava o meu guerreiro rebelde, e ele deslizou dos dedos dela e ela o agarrou de novo. Saiu de cima de mim, e meu olho se agarrou à memória daquela teta. E não sentia mais seu peso. Estava pronto para gritar, um urro — nunca fiquei tão furioso, tão descontrolado —, mas de repente estava dentro dela, sem mais nem menos, o calor ardia! — e ela estava em cima de mim de novo. E agora me deixava abraçá-la e encontrá-la.
— Não se mova, Henry — mandou ela.
Fez cócegas nas minhas bolas, e dei um pulo que quase me fez bater no teto. Esbofeteou minha coxa.
— Faça o que lhe mandam — disse ela.
Abaixei as pernas de novo e ela cavalgou sobre mim devagar, num ritmo que era cruel e maravilhoso e nunca poderia ser acompanhado de música. Insultava-me e me surpreendia, puxava-me e me enchia. Fazia-me sentir o rei do universo e o mais completo dos idiotas.

Henry Smart, o guerreiro libertador, descera ao subsolo com conquista em mente. Havia novos territórios para explorar, rios não cartografados atrás de pequenas orelhas. Estava chegando ao pé da escada quando ela me avistou. Olhou para os lados, viu que o terreno estava livre e me puxou pela bandoleira para dentro da despensa.

E agora pressionava meus ombros contra os blocos de selos, subindo e descendo, alguma coisa úmida dando o ritmo e grudando minha bunda contra os selos. Ela quebrava o ritmo de vez em quando, descia até meu rosto, para me lembrar que ela ainda estava ali, o inventor e torturador, se era isso que queria ser.

Senti sua boca em minha orelha.

— E se eles chegassem agora, Henry?
— *Quem?* — perguntei. — As outras mulheres?

Ela grunhiu.

— Pearse e Plunkett?

Lambeu meu ouvido.

— Os *britânicos?*
— Ai, Deus.
— Os Dublin Fuziliers?
— Ai, *Deus.*
— Os Royal Norfolks?
— Sim.
— Os Royal Irish Rifles?
— Si*iiiimm.*

Logo eu não teria mais batalhões. Ela puxou minha orelha com os dentes. E rosnou.

— Os Scottish... oh, caralho... os Scottish Borde*reeeers?*
— *Maithú*, Henry!
— Os Sherwood Fo-fo-foresters?
— *Maithúúúú...* oh... *maithú...*
— Os porras dos Bengal Lancers!

E gozamos juntos — embora eu não o soubesse — numa espuma que nos cimentou os dois aos selos e quase me deixou em pânico, porque jamais acontecera uma coisa dessas comigo e não sabia se ela estava morrendo ou rindo em cima de mim. Ela me batia contra a goma. (Minha testa ainda traz duas marcas de tetas como se fossem de varíola.) Bateu no meu peito. Cortou meu pescoço. Deu-me uma surra da qual nunca mais me recuperei. Fungava e cantarolava enquanto eu engolia seco e arfava, meus dentes estalejavam. Jorrei tudo para dentro dela e ela se desvencilhou e tombou ao meu lado. Estávamos congelados, sem poder respirar e ensopados de suor, porra e goma de correio.

— Meu Deus — disse ela. — Que sujeira.

Eles nunca tinham visto as paredes tremerem, nunca haviam visto tiros de uma canhoneira, e agora também os projéteis dos dois canhões de nove libras do outro lado do rio no Trinity lembravam-lhes que não estavam lutando apenas contra números superiores; não tinham sequer uma bomba para revidá-los. As metralhadoras Vickers e os franco-atiradores estavam se acercando, mas era impossível localizá-los. Brincando de esconde-esconde com os homens no telhado, usando e abusando de todos os pontos de vantagem ao nosso redor. Os borrifos de chumbo dos Anzacs* no telhado de Trinity e outros pontos temporários eram agora constantes e se aproximavam cada vez mais.

O Correio Central não tinha eletricidade, nem rádio, nem telefone. O único contato com o mundo externo era um barbante que atravessava a rua por cima dos trilhos dos bondes, até o Imperial Hotel, e as mensagens eram passadas numa lata que um franco-atirador já tinha acertado. Os forros estavam desmoronando, e os canos, totalmente furados. O odor do gás vazando fazia os homens se sentirem encurralados e, para completar, Connolly os fizera fortificar as barricadas, bloqueando-os dentro.

— Estão trabalhando duro lá em cima — eu disse, quando pensei que podia confiar novamente na minha voz e minha coluna havia parado de ganir.

— Está surpreso, Henry? — perguntou ela.

— Surpreso com o quê?

— Comigo. Está surpreso comigo?

— Não — respondi. — Na verdade, não.

A maior mentira de toda minha vida. Ainda estava tão surpreso que me encontrava quase inconsciente.

— Não vim aqui só para cozinhar, Henry — disse ela.

E suspirou. Parecia irritada.

---

* Batalhões de **a**ustralianos e **n**eozelandeses no exército britânico. (N.E.)

— Nunca lhe pedi comida — eu disse.
Suspirou de novo.
— Estou aqui pela minha liberdade. Assim como você e os homens lá em cima.
— Evidente — respondi.
— Também quero minha liberdade — disse ela.
— Evidente.
— Para fazer o que eu quiser.
Na ponte da Mount Street, os Sherwood Foresters, recém-chegados da costa inglesa, pensando por um momento que tinham desembarcado na França ou até mesmo na Rússia, estavam sendo estraçalhados pelas balas de treze Voluntários escondidos que vigiavam a ponte. Era a única ponte na cidade ainda em posse dos rebeldes, e os comandantes inimigos, armados com mapas que haviam arrancado de guias turísticos de hotéis, continuavam mandando-os para a frente. Marchavam por cima do sangue e das vísceras e dos gemidos de adolescentes à beira da morte, chamando suas mamães, e do vapor que emanava daqueles já mortos. O Helga e os canhões de dezoito libras estavam acabando com a Sackville Street e suas travessas, tentando abrir um caminho direto para o Correio Central. O Wynn's Hotel estava desmoronando e, acima do prédio do *Freeman's Journal*, as chamas brincavam de gato e rato com os flocos chamuscados das resmas de papel para impressão. Connolly mandou alguns homens fazerem um túnel para os prédios do lado e atrás de nós e, do outro lado do rio, de Valera libertou os vira-latas e os gatos de rua do abrigo de animais abandonados.
— Está entendendo o que eu quero dizer, Henry?
— Sim — respondi. — Você quer se comportar como um homem.
— Isso — disse ela. — Acho que você me entende.
— Mas nunca vão deixar — eu disse.
— Quem?
— Aquele bando lá em cima.
— Eu sei — disse ela. — Sabia disso no instante em que começaram a gritar pedindo chá.
— Detesto esse pessoal — eu disse.
Ela não parecia ter me escutado.

— Mas pelo menos — disse ela —, não estou perdendo meu tempo completamente.

Nossas cabeças bateram quando começamos a nos agarrar de novo e já era escuro do outro lado da porta quando nos separamos e eu subi as calças. O bombardeio tinha parado, mas a rua em chamas era um alarido que não permitia dormir ou descansar. As paredes ruindo perto do rio eram como passadas gigantes e furiosas. Barricadas foram fortificadas contra o fim iminente. Agora havia homens chorando; o cheiro insuportável de verniz queimado ardia nos olhos, e o odor de cordite fazia nossos dedos escorregar nos gatilhos. Era difícil resistir ao rosário com o gás que escapava dos canos e arrancava tosse de pulmões obstruídos, e o gesso do teto caía em pedaços cortantes e perigosos. Até as canções dos rebeldes eram cantadas como hinos — *whether on the scaffold high or on the battlefield I die**— murmurou alguém num canto.

— Ainda bem que está escuro lá fora — disse ela. — Nosso estado deve ser deplorável.

— Primeira Lição no seu caminho para a liberdade — eu disse. — Sempre dê valor à maneira como se apresenta, mas nunca, jamais, se importe com o que as outras pessoas pensem a respeito disso. A não ser que lhe seja conveniente. O meu chapéu está direito?

— Você se importa.

— Porque me convém.

— O chapéu também.

— Eu sei.

— Onde aprendeu a pensar assim?

— Parei de me importar. Você pode trepar com quem quiser o quanto quiser. Se não se importar com o que as pessoas pensam a respeito disso. Incluindo também aquela com quem se trepa. Agora vou lá em cima para morrer.

Ela fizera de mim um homem. Beijamo-nos até sangrar.

Pearse tentou se erguer. Era gordo e seus braços só tinham músculos para a poesia. Conseguiu alçar a cabeça sobre a barricada e espiar para fora. Viu as chamas.

---

* Que eu morra no andaime lá em cima ou no campo de batalha.

— O senhor poderia fazer o favor de se abaixar, comandante? — pediu Felix.
— Claro — disse ele.
Desceu da barricada e foi embora.
— Bem, Henry — disse Paddy. — Vejo que voltou da guerra. Você sobreviveu ao bombardeio.
— Contei com ajuda — respondi.
— Que bom — disse Paddy. — Sabe usar uma picareta?

Tiramos nacos da parede com marretas e picaretas. Estávamos nos fundos do prédio, no andar de cima, escavando para a Henry Street. Lascas de alvenaria sólida, o melhor granito de Wicklow, ricocheteavam e nos atingiam. O bombardeio cessara durante a noite, mas isso tornava nosso trabalho ainda mais urgente. Ninguém dormia lá fora. Os franco-atiradores estavam espalhados por todos os andares. Homens com granadas rastejando sob nossa janela. E agora também caminhões blindados, livres para ir aonde quisessem, carregando homens e sacos de areia para as barricadas, arrastando canhões para nos matar, bem diante do nosso nariz. Tinham sido feitos em Inchicore, nas oficinas da ferrovia; eram caldeiras de locomotivas com buracos para os canos das armas nas laterais e falsos buracos pintados para nos iludir. As caldeiras estavam dispostas atrás de caminhões da Guinness. Nós cavávamos e derretíamos em camadas de poeira e argamassa; atravessamos a parede e alcançamos um apartamento abandonado atrás do Correio Central.
— Fiquem longe das janelas!
Havia tropas lá fora, atrás de suas próprias barricadas, no meio da Moore Street. Eu desviava do zunido das balas, mas não via um soldado sequer. O céu acima dos telhados, na direção da Bolton Street, estava vermelho como um sol se pondo três ruas à frente; as casernas de Linenhall estavam em chamas.
— Ainda podemos ganhar essa parada, rapazes. Os britânicos não têm experiência com esse tipo de guerra. Estão acostumados com planícies. E com castelos.
Abrigamo-nos e já estávamos no próximo apartamento. Meus braços doíam, minhas costas também; meus olhos estavam pre-

gados e ardiam desesperadamente. Mas a agonia me manteve acordado; ninguém dormiria mais. Entramos na Henry Street pelo lado de dentro.

Martelamos e escavamos através do gesso e da rocha. Nem sabíamos mais por que; havia apenas a parede à nossa frente, e a dor. E o calor nas nossas costas. E o interminável crepitar das vigas em chama dos telhados da cidade.

— Os alemães estão chegando, turma. Já há submarinos na lagoa de Belfast.

— E os ianques.

— E os porras dos esquimós.

E voltamos para baixo, para as barricadas. Não havia mais ar fresco; o incêndio do lado de fora engolira tudo. A cordite, a cerveja fermentada e os cavalos mortos travavam a luta dos fedores. Nos poucos cantos calmos atrás de nós, os homens trocavam cigarros e rosários e as fatias de bolo continuavam vindo do subsolo. Por ali, entre cavar e comer, a quarta-feira emendou com a quinta: não houve noite. O incêndio iluminava o céu, e o ar que chegava à nossa janela era vermelho. As chamas lambiam as nuvens; mais paredes desmoronaram. Continuamos na mira das Lewis, das Vickers e das Maxims, do Gresham, da Rotunda, do outro lado do rio, de cima, de todo lugar. Atirávamos cada vez que víamos a faísca de uma arma e esperávamos morrer toda vez que espiávamos pela janela. O vidro derretido formava um riacho na rua, as centelhas fodiam acima de nós, e o calor arrancava pedaços do meu rosto. O fogo estava atravessando as ruas, ao longo de nossas barricadas. Não havia carros de bombeiros; os britânicos atiravam em qualquer coisa. E lá estava eu — minhas mãos em carne viva e queimadas, mas continuei atirando, atirando sem parar. Apenas algumas horas antes eu estava enlaçando Miss O'Shea com a minha língua; esta mesma língua se achava agora morta em minha boca, sufocando-me enquanto se transformava em cinzas. Inclinei-me na barricada.

— Meu Deus!

Queimava, chamuscando, os sacos de carvão, os livros e tudo o mais pronto para me arrastar. Pulei para trás e berrei para Paddy e Felix.

— Saiam da frente! Uma mangueira aqui! Rápido!

Aproximaram-se de joelhos, com medo das balas, puxando

uma mangueira estragada e vazando onde as balas e o vidro quebrado tinham feito buracos. Mais mangueiras e mais baldes. Tudo foi irrigado e ensopado. E o velho Clarke estava de repente em todo lugar, gritando e dando ordens sobre os trabalhos. O teto rangeu, água preta escorria pelas paredes.

Ordens novas, de The O'Rahilly: era para levarmos as bombas e a munição para o porão; as faíscas estavam diabolicamente próximas. Mais trabalho, mais músculos doloridos, carregando caixas e caixotes — o elevador era perigoso, um furacão de faíscas e redemoinhos —, enquanto desviávamos das balas e tentávamos não escorregar no molhado. Plunkett levantou-se de sua cama quando passamos por ele.

— Esta é a primeira vez desde Moscou que uma capital está sendo incendiada — disse ele.

— Muito interessante — disse Paddy, enquanto Plunkett caía na cama de novo.

Procurei Miss O'Shea enquanto subia e descia, mas não a vi. Os feridos se amontoavam, homens estavam deitados por toda parte e os mortos jaziam num único canto. E estávamos no andar de cima de novo, quebrando as paredes. Através de duas lojas, passando por um telhado pequeno, subindo uma escada. Mais uma parede. Escavando. Até o interior, os campos. E havia homens no subsolo, tentando cavar por baixo da Henry Street, e outros foram enviados aos esgotos. Foi então que veio a notícia: Connolly fora atingido. Ficamos estupefatos.

— Não.

Paramos de trabalhar.

— Na Prince Street. Um ricochete.

— Mas não está morto, está?

— Não. Não está, mas vai perder a perna.

— E a língua ainda funciona?

— Funciona.

— Então tudo bem.

Mas aquilo meteu medo em todos nós. Tivemos de nos forçar para trabalhar e voltar ao nosso ritmo; parecia ser perda de tempo. A imagem de Connolly sangrando já nos abalava. Ele não era apenas um homem; era todos nós. Precisávamos todos dele. Ele nos fez acreditar em nós mesmos.

— Tem alguém melhor que você, Henry?
— Não, senhor Connolly.
— Correto. Ninguém no mundo. Você alguma vez olhou nos seus olhos, Henry?
— Não, senhor Connolly.
— Então deveria, meu filho. Aí tem inteligência, posso vê-la faiscando. E criatividade e tudo que quiser. Está tudo aí. E minha filha me diz que você é um rapaz muito bonito. Olhe-se nos próprios olhos todo dia de manhã, meu filho. Isso vai lhe fazer bem.

E eu olhei. Todas as manhãs. E vi o que ele tinha visto, queimando, debatendo-se para sair. Ele me alimentara, vestira-me, deixara-me dormir no Hall. Ensinou-me a ler. Fez com que eu ficasse sabendo que gostava de mim. Explicou por que éramos pobres e por que não precisávamos sê-lo. Disse-me que eu tinha o direito de estar com raiva. Estava sempre ocupado e distante, mas sempre piscava ou sorria quando levantava os olhos de seu trabalho ou passava por mim. Ele me queria lá.

Com Paddy e Felix era a mesma coisa, e com o resto do Exército de Cidadãos. Todos eram obra de Connolly e Larkin. Aprenderam que tinham importância, que as coisas poderiam ser diferentes. E deveriam e seriam diferentes. Que aquilo estava em nossas mãos. Poderíamos mudar o mundo. Que tudo o que precisávamos fazer era mudá-lo. Tínhamos o tempo do nosso lado, e os números, e Deus, se quiséssemos, mas principalmente nós mesmos. Era por nossa conta.

E agora tínhamos medo.

— Sempre disse que duas pernas em Jimmy era um desperdício — disse Paddy.

Ele martelou com uma força feita de terror e de fúria. Atingiu a parede com uma pancada mortal e, lá fora, como que inflamada pela ira de Paddy, uma explosão sacudiu a cidade e mudou a cor do ar. Ficou repentinamente branco, senti meus olhos arderem. Uma onda de calor insuportável passou por nós; minha pele enrugou e rachou. Ouvimos os vidros se estilhaçando e as vigas desabando entre assoalhos e gesso. Depois ouvimos um estalo metálico e depois outro. Com cautela, espiamos pelas janelas e vimos os barris de óleo, dezenas, caindo da escuridão da noite no meio da rua. E o óleo que escapava caindo com eles. E mandava faíscas e fagulhas de fogo por tudo quanto era canto.

— Estão atacando a Hoyte.

A fábrica de óleo no fim da rua estava sendo atacada com bombas incendiárias. Ficamos olhando os barris caindo. Um deles derramou o óleo em cima de um dos caminhões blindados, que derrapou e capotou, como um gato de costas ardendo em chamas. Parecia-nos que a chuva de óleo estava a nosso favor. Mas a luz era infernal e incendiava a madeira das janelas à nossa frente. O óleo se espalhava por todo lugar, tentando entrar; o fedor estava nos alcançando. Meu chapéu pegou fogo. Arranquei-o da cabeça e joguei pela janela. Bati na cabeça para matar algum vestígio de chamas. As labaredas puxaram os cabelos de Paddy para trás. Suas sobrancelhas haviam desaparecido.

— Olhe só para aquele fodido lá fora.

Seguimos a direção de seus olhos e vimos Nelson, no final da rua, em seu poleiro bem acima da fumaça e intocado pela guerra.

— Cadê meu rifle para eu dar um jeito nele?

Voltou à janela e, enquanto as balas zuniam por todo lado, enterrando-se na janela e ricocheteando no peitoril de granito, ele atirou em Nelson.

— Acertei o olho bom do filho da puta. Agora, rapazes, de volta ao trabalho.

Voltamos para o nosso buraco na parede, longe das janelas e dos tiros.

— Um pouco de paz e sossego.

E continuamos escavando. Viramos máquina de novo. Através da parede, fizemos um buraco pelo qual podíamos passar. Espiamos primeiro, cautelosos, esperando achar rostos duros e mortíferos nos olhando.

Vimos espelhos, veludo, garrafas.

— É o Coliseum — disse Felix. — O teatro. Eu sei. É o bar.

— Última rodada, cavalheiros — disse Paddy.

Eu nem bem tinha passado a bunda pelo buraco quando ouvi uma voz atrás de mim.

— O comandante Connolly quer falar com o soldado Smart.

Era O'Toole, o escoteiro honesto.

— Que tal um drinque, companheiros? — gritei em direção ao bar. Tirei uns trocados do bolso e joguei para eles.

— Muito obrigado, grandalhão — disse Paddy.

Empurrei O'Toole para passar e saí sacudindo o resto das moedas no bolso.

Quatro homens tinham ido ao Metropole, ao lado. Quando a primeira bomba atingiu o hotel, os quatro estavam empurrando uma cama de bronze com sólidas rodinhas nos pés, assim Connolly poderia continuar a dar as ordens. Eu segurei uma ponta, seu guarda-costas, Harry Walpole, segurou a outra e, juntos, empurramos a cama por todo o prédio do correio. Ao lado de Connolly, enquanto ele era empurrado para aqui e para ali, estava sua assistente, Winnie Carney, tomando nota dos pensamentos e ordens e gritando para as pessoas saírem do caminho. Ela corria para sua máquina de escrever, e as marteladas nas teclas faziam os homens se agachar. *Coragem, rapazes, estamos vencendo e, na hora de nossa vitória, não esqueçamos as mulheres formidáveis que, por todo lugar, nos deram apoio e aplauso.* Ficou meio doido, eu acho, de umas horas para cá. O prédio em chamas desmoronava ao nosso redor. Seu rosto estava amarelado e sugado. Devia estar agonizando. Eu podia ver onde o osso tinha atravessado a pele no calcanhar; as ataduras e os pinos não escondiam os pontos sangrentos. E também fora atingido por uma bala no braço esquerdo.

Empurrei-o para longe dos oficiais confusos.

— Leve-me agora até o Clarke, filho — disse ele.

Quase não o ouvia, tal era o barulho do tiroteio e das explosões. Ouvimos, depois sentimos as pedras caindo por cima de nós. Uma bomba atingira o balaústre, o primeiro impacto direto. Continuei empurrando a cama, enquanto as bombas passavam por nós e atingiam o Metropole e o Eason's, mais além. Havia um canhão de dezoito libras ao lado do monumento a Parnell apontando direto para nós e, atrás dele, um par de morteiros, testando a distância, brincando conosco.

— Agora estamos na mira deles — disse Connolly.

— Até que demoraram.

— Verdade.

Outra bomba atingiu o telhado. Esperei que pedaços do forro caíssem sobre nós, momentos terríveis, e as balas continuavam a zunir e ricochetar nas paredes ao nosso redor. Os homens, driblando as balas no topo de escadas, abriam buracos através do forro e do assoalho, para puxar as mangueiras até o teto.

— Nunca seremos esquecidos, Henry — disse Connolly, enquanto eu empurrava a cama até os pés de Clarke.

Lá fora, as pessoas presas na área isolada pelos militares começavam a passar fome. Não havia ninguém para lhes trazer pão ou ordenhar uma vaca. Até mesmo os pubs estavam fechados. Os tiros não cessavam. Atirava-se em qualquer coisa que se movesse; quem quer que estivesse numa janela era um franco-atirador. Nossas últimas posições estavam isoladas e se rendendo. Havia doze mil soldados na cidade e mais quatro mil a caminho, e uma cova gigante fora cavada em Arbour Hill para os corpos dos rebeldes, com uma pequena montanha de cal ao lado: não haveria funerais para republicanos.

As bombas caíam num fluxo firme e contínuo. As metralhadoras não paravam. E o jantar estava servido.

— Não vou comer isso.

Vi um Voluntário virar as costas para um prato oferecido por uma das mulheres da *Cumann na mBan*, agachada para evitar os tiros e vestida com um uniforme de enfermeira.

— Por que não? — perguntou ela.

— Não como carne às sextas-feiras.

Já era sexta-feira. Para onde tinha ido a quinta?

— Dê para mim — eu disse para ela.

Fiquei de pé no salão principal e comi o jantar do Voluntário, o melhor pedaço de frango que já experimentara. Senti o calor das balas zunindo, um estilhaço foi parar numa das batatas e esfriou, mas comi tudo, até a última garfada. Ficaram me olhando, esperando que uma bala perdida de Deus me mandasse para o inferno. Mas enquanto dois dos Voluntários boquiabertos eram atingidos pela chuva de balas de uma metralhadora e caíam gemendo no chão molhado, eu ergui a cabeça, levei o prato vazio para diante do rosto e lambi o resto. Depois entreguei-o para a mulher.

— Muito obrigado — eu disse. — Isso veio em boa hora.
— Não tem de quê — disse ela.
Ela tentava esconder um sorriso.
— Meus parabéns à cozinheira — eu disse.
— Ela vai ficar tonta de orgulho — respondeu ela.
— Que bom.
Estávamos cercados e cozinhando. O vão do elevador estava em chamas, mandando o fogo para o subsolo. E, enquanto o Governo Provisório ficava feito barata tonta ao redor da cama de Connolly, The O'Rahilly me mandou para o telhado, na tentativa de manter as chamas longe dos túneis de ventilação.

Arrastei-me por baixo da fumaça sufocante com uma mangueira amarrada na cintura. Havia outros homens, mas eu não conseguia vê-los. As bombas continuavam caindo atrás de mim; mas eu sobrevivia. Fui me arrastando. Atravessei a estrutura que antes servira para segurar a cúpula, até chegar ao abrigo. Numa brecha da fumaça, vi uma estátua, uma das três mulheres de pedra que ficavam no topo do prédio do correio. A Fidelidade, eu acho. Aconcheguei-me atrás de sua saia. Eu estava bem na beirada do telhado. A Sackville Street tinha desaparecido, enterrada em chamas, e fumaça preta. Havia uma clareira em meio à fumaça e vi a Clery's: só havia a fachada, sem fundos, laterais ou telhado; o fogo consumira toda a parte central, deixando as vigas mestras de aço dependuradas e inúteis. O Waverly Hotel tinha desmoronado e não sobrara nada do prédio da Rádio Dublim. O entulho se espalhava em pilhas pela rua. Desamarrei a mangueira. Se o túnel de ventilação não fosse alagado logo, o Correio Central seria consumido pelo meio, do telhado ao subsolo, os explosivos, a munição e Miss O'Shea. Apontei a mangueira.

Não saía água. Nem um pingo, uma gota sequer. Cortaram a água. Estilhaços de pedra arranhavam minha pele, cacos arrancados da Fidelidade pelas balas. Estava de bruços de novo. Deslizei através da água preta que começava a ferver. Não podia levantar o rosto. Rolei pelas telhas que já trincavam e derretiam enquanto meu peso voava sobre elas. Parei no concreto quente, e a porta estava bem ao meu lado. Foi fechada no momento em que cheguei perto dela. Bati e chutei.

Vi Collins.

— Você não vai me deixar aqui fora não, amigo — eu disse. Empurrei-o e desci a escada estreita. The O'Rahilly estava lá também. Puseram areia na fresta da porta e molharam-na com água de um balde.

— Vocês podiam mijar em cima que ia dar no mesmo — gritei, mas não me ouviam. Eu mesmo não me ouvia. O fogo devorava qualquer som. Havia um vento alimentando as chamas e um rugido terrível e preso que vinha do elevador. Ouvi um gemido lento, crescendo para explodir numa coisa maior; as colunas do lado de fora estavam prontas para ceder. Desci os degraus em disparada.

As mulheres foram levadas por uma porta lateral, para a Henry Street. Algumas estavam temerosas, mas a maioria tinha raiva. E vi Miss O'Shea. Estava sendo arrastada por duas mulheres e gritava para trás:

— Posso atirar tão bem quanto qualquer homem!

Uma das mulheres à frente usava um chapéu da Cruz Vermelha, e todas estavam sendo levadas por um padre com uma cartola.

— Pelo amor de Deus! Elas vão ser mortas lá fora!

Mas ninguém me ouviu. A porta foi desobstruída e aberta, e as mulheres saíram. Miss O'Shea não olhou para trás. Não me viu. A última coisa que vi foi a sua nuca e pronto. Agarrei o corrimão. Só depois de alguns segundos percebi que ele estava queimando; tentava ouvir se o tiroteio lá fora havia cessado.

A maioria dos homens agora arrumava as salas nos fundos e no pátio coberto, onde os cacos de vidro choviam em cima deles. Encontrei Paddy e Felix.

— Qual é o plano? — perguntei.

— Vamos atravessar a barricada no topo da Moore Street e depois passamos para a Williams and Woods.

A fábrica de doces. Muitas vezes eu enfiei minha boca embaixo do cano e engolia os restos despejados pela Williams and Woods; muitas vezes isso foi meu almoço e meu jantar.

— Depois vamos atravessar de novo e vamos para o norte do país.

— Assim, sem mais nem menos?

— Isso mesmo.

Saímos sob a chuva de cacos de vidro. No salão principal, na última mesa do Correio Central, havia um monte de comida. Açúcar, chá, toucinho e mais bolos.

— Encham as mochilas!

Eu podia imaginar o toucinho derretendo e se encolhendo no calor intenso. Pearse estava sentado na última cadeira e fazia um discurso que eu não podia ouvir. Kitchener e George V derretiam, confundindo-se com o chão. Logo The O'Rahilly e Collins estavam conosco e havia movimento. O lugar inteiro começou a se fechar sobre si mesmo.

Éramos o primeiro grupo, cerca de trinta homens.

— Preparem as baionetas! — Connolly gritou da cama.

Alguns homens berraram vivas.

— Henry — disse Connolly. — Pegue a perna de seu pai.

— Sim, senhor — respondi.

Tirei a perna do meu pai do coldre e levantei-a no ar. O Exército de Cidadãos já a vira antes, e também o que ela era capaz de fazer; ela já havia quebrado dezenas de cabeças e dedos de milicianos durante o locaute. Gritaram eufóricos.

— Pela República! — gritei.

The O'Rahilly estava à frente.

— Chegou a hora, homens.

Olhou para Connolly.

— Até logo — disse ele.

— Agora!

O portão se abriu e estávamos fora. Atravessando a Henry Street. Numa fila única. Pulei. Um homem caiu à minha frente. Seu corpo estava crivado de balas que teriam sido para minhas pernas. Caí meio sem jeito, mas o terror me deu impulso para continuar no ritmo e agora Paddy estava na minha frente. Os homens adiante jogavam para o lado partes de nossa barricada e corríamos pelos vãos da Moore Street. E finalmente eu vi o inimigo. No fim da rua. Finalmente, os uniformes cáqui. Fizemos duas fileiras, para a esquerda e para a direita, e continuamos correndo naquela direção, e de repente parecia estar tudo em silêncio, depois o barulho ensurdecedor, ecoando contra as paredes da rua. Não ouvi mais nada, mas Paddy caiu diante de mim, estava morto, o cérebro e os cabelos espalhados na minha jaqueta e nas minhas mãos, mas continuei correndo. The O'Rahilly foi atingindo, mas não parou, corria num ziguezague que atraía as balas. Felix caiu e o deixei para trás, e eu era o único, o último homem ainda de pé na rua. Eu via as balas zunindo, o ar era uma chuva de tiros e, numa fração de segundo, veio-me uma idéia e me enfiei num recuo de porta e fiquei ali escondido.

Quatro ou cinco homens arrastando-se e agachando-se, tentando desviar da enxurrada de balas. Os demais tombados no chão; o sangue já parecia uma camada de óleo azeitando a rua. O escalpo de Paddy estava na minha mão, como se o tivesse arrancado com a perna de pau. Eu não sabia chorar. Não podia vê-lo propriamente, mas via Felix e sabia que ele estava morto também; seu corpo ainda recebia chumbo grosso, mas ele não se importava mais.

As balas arrancavam lascas da parede, junto à porta, aos poucos me deixando exposto. Abandonei meu fuzil, pus a perna no coldre e deslizei. Agarrei-me à parede da casa e me arrastei até a Moore Lane. Todas as balas do mundo passavam por mim, pela minha cabeça, pelos meus pés. Faziam buracos na parede, um centímetro acima de mim. Fraturavam, trituravam a calçada ao meu lado. Mas continuei, centímetro por centímetro, meu rosto colado à parede, podia ver uma esquina e logo a dobrava. E para cima. Corri até uma porta e ela se partiu na minha frente. Caí para dentro e ouvi os gritos no andar de cima. Afastei-me da porta, fui até a janela da frente em tempo de ver o segundo grupo de homens sair para o beco. Plunkett, apoiado em dois homens, tentando segurar a espada para cima, uma única espora torta pendurada numa das botas. Ele me viu. Parou, e os dois homens pararam no meio da chuva de balas. E gritou para mim.

— Saia daí e lute, seu covarde, informante do rei!

E lá se foi ele. Connolly passou em frente carregado por quatro meninos. Corri para a porta, de volta para a rua. Podia ver os homens nas vielas e recuos de portas, mas havia muito mais corpos no chão. Corri até a Cogan's, a loja de secos e molhados na esquina. E atravessei-a — o cheiro de presunto cozido! — com os outros sobreviventes. Até um pequeno chalé no pátio nos fundos. E ouvi gritos e gemidos, e uma menina morta na entrada, com o rosto no piso de terra, um tiro na cabeça — obra de um dos nossos, não havia inimigo aqui. Homens jaziam por todo canto.

Eu não ouvia nada. Mas minha mente trabalhava. Estava tentando compreender. Encostei na parede do chalé. Paddy, morto. Felix, morto. Esperei para ver se sentia alguma coisa.

— Vamos dar uma olhada nessas bestas.
Acenderam um fósforo e encostaram contra o meu rosto.
— Você é um dos líderes?
Não respondi.
— Um dos cabeças?
Não respondi e olhei através das chamas para rostos que eu não conseguia ver.
— Você usou balas dundum, seu porra do caralho.
Não respondi.
— Não usou?
Era sábado à noite e tínhamos nos rendido. Depois de horas movendo-se de um lado para o outro com bandeiras brancas em nossa última posição, a peixaria Hanlon's na Moore Street, até a barricada do exército no fim da Great Britain Street. Os passos de Elizabeth O'Farrell na rua lá fora eram a primeira coisa que ouvia desde o dia anterior, quando vi Paddy, Felix e The O'Rahilly caírem. Ela passou pela janela a caminho da barricada com sua bandeira branca firme na mão, enquanto os últimos tiros eram disparados e seus passos ecoando foram substituídos pelos gemidos dos nossos feridos e pela tosse dilacerante de um homem no andar de cima, com uma bala no pulmão. E uma prece murmurada atrás de uma parede em algum lugar lá fora. *Jesus, Maria e José me acudam em minha última agonia.* Aguardamos um tiro ou grito de advertência. O silêncio machucava meus ouvidos; forçava-me a lembrar. Ouvi os passos de Elizabeth voltando e, dessa vez, Pearse estava com ela.

— Vamos? — disse ele e pôs a espada para trás, de tal maneira que Elizabeth não precisasse pular sobre ela. Seguiu Elizabeth para a rua. Nunca mais o vimos.

Mais horas. Clamores e gemidos; o cheiro de sangue fresco e peixe podre. A tosse lá em cima silenciara. Ela voltou sozinha, com um papel. *A fim de evitar mais derramamento de sangue dos cidadãos de Dublim, e na esperança de salvar a vida de nossos seguidores cercados e completamente excedidos em número pelo exército, os membros do Governo Provisório presentes no quartel-general concordaram em se render incondicionalmente.* Assinado, Pearse.

Marchamos, de quatro em quatro, pela Moore Street. Os olhos à frente, os braços caídos. Passamos pelos *tommies* silenciosos; pareciam tão exaustos quanto nós, os olhos vermelhos, os rostos sujos de pólvora. Mais um dia glorioso e claro. Tempo ideal para rebeliões. Marchamos pela Henry Street, passamos pelos mortos e pelas cinzas, pelas paredes e janelas salpicadas de balas, através da poeira de tijolos e do calor, no meio do fedor dos cavalos e da fumaça, em direção à Sackville Street ou o que sobrara dela. E, pela primeira vez após vários dias — uma vida inteira — eu me senti vivo de novo. Senti o sangue correndo nas veias: eu tinha acabado com o lugar, não deixando pedra sobre pedra. Queria possuir Miss O'Shea. Naquele instante. No meio da rua. Queria celebrar e gritar. Felix e Paddy. Tínhamos realmente acabado com o pedaço.

Rodeamos a coluna de Nelson e viramos à esquerda. A bandeira da República ainda estava lá em cima, queimada e esfumaçando nos restos do telhado, balançando em um mastro que pendia sobre a rua.

Paramos em frente ao Gresham. Os militares esperavam por nós, no monumento a Parnell.

— Dêem cinco passos para a frente e depositem suas armas!

Deitamos nossas armas no meio da rua.

— O que tem no seu coldre, Paddy?

— A perna do meu pai — respondi.

— Pode colocá-la com o resto das armas.

— Não.

Senti o cabo de um rifle atingir minhas costas.

— Largue-a.

— Não.

Senti o cabo de novo. E de novo. Eles me bateram e me surraram até eu perder os sentidos. Não caí. Mas a perna se foi, jogada em uma das fogueiras ao redor. Fui empurrado e carregado com o resto, subindo a rua até o gramado da Rotunda. E ficamos ali a noite toda, sem comida ou água e sem permissão para mijar. A noite mais fria. Virei estátua. Rodeado de soldados que esperaram escurecer para nos roubar. Meu carimbo de data e as ordens de pagamento, a comissão das enturbantadas.

— Você tem marcos alemães no bolso?

Não opus resistência nem me movi; fiquei completamente inerte. Meu cinturão de pele de cobra, meu coldre, minha bandoleira. Os homens choravam, acordados ou dormindo, continuando a morrer nos seus sonhos, choravam pela mãe ou por Deus. Cagaram-se e ficaram na merda, com medo dos comandantes bêbados que mantinham o Mooney's aberto a noite inteira. Todos os lampiões da rua estavam quebrados, era uma escuridão que apenas aqueles que haviam nascido no campo conheciam. E os soldados à nossa volta e no meio de nós. Surrando e bolinando, com sotaques estranhos para nossos ouvidos. Prometendo vingança. A noite toda. Fiquei inerte e reto, numa roda de baionetas e metralhadoras.

A madrugada surgiu e, com ela, os *G-men**e outros filhos da puta, passando por nós e olhando depreciativamente para os *tommies* que nos vigiavam. Pegaram Clarke e o levaram com eles. E Daly. Dois homens que nunca mais vimos. E, um por um, o resto foi levado.

— Nome? — perguntou um tira gordo.

Ele nunca usava uniforme, mas eu o conhecia das muitas vezes que passava em frente ao Liberty Hall ou parava no muro do cais. Um tira gordo tentando se passar por cidadão comum.

— Nome? — perguntou novamente.

— Brian O'Linn — respondi.

Olhou para mim.

Eu tinha passado por ele uma dúzia de vezes, entrando e saindo do Hall, mas ele nunca me vira.

— Endereço? — perguntou.

— Nenhum — respondi.

— Está sendo engraçado, por acaso?

— Não.

— Tem calças de equitação, mas não tem onde morar.

— Não tinha condições de ter os dois — respondi.

Ele sorriu e com isso poupou-se uma morte lenta e dolorosa.

— Pelos céus — disse ele. — Onde você estava com a cabeça?

---

* *G-men*: investigadores encarregados da repressão na Irlanda. (N.T.)

— Era feriado — eu disse. — A gente tem de fazer alguma coisa especial num feriado.
— Tem razão — disse ele. — Pode ir.
Fomos levados em marcha pela cidade até a caserna de Richmond. Sem água ou comida, ainda sem permissão para ir ao banheiro. Brian O'Linn estava explodindo e morrendo de sede. Mas caminhou de cabeça erguida através dos entulhos e insultos, os gravetos e pedaços de tijolo jogados em nós, enquanto atravessávamos Dublim. Os moleques e as enturbantadas, os mendigos e os trabalhadores saíram e encheram as ruas. Cuspiam e xingavam, seguindo-nos através do mercado de cereais e da James's Street, o caminho todo. Marchamos no meio deles. Carne podre, pedras da rua, o conteúdo de penicos.
— Filhos da puta.
— A forca ainda é boa demais para vocês!
Odiados. Éramos furiosamente odiados. Eu sentia o calor do ódio que emanava deles. Os britânicos nos protegiam. Eu não culpava as mulheres. Era o primeiro aniversário da Batalha de Ypres; muitas delas estavam de luto pelos maridos. E eu não culpava os outros. Estavam morrendo de fome, alguns deles sem teto para morar, e um cortiço é melhor do que teto nenhum. Queriam nos estraçalhar com as próprias unhas e dentes. Havia homens ao meu lado aos prantos.
— Fizemos tudo por eles. Será que não sabem disso?
E outros cantavam. *She's the most distressful country that ever yet was seen.* Continuei marchando. *For they're hanging men and women for the wearing of the green**. As pedras passavam raspando por mim. O cuspe de um pobre coitado atingiu minha bochecha. Senti o hálito furioso da cidade. Continuei marchando. Vi outros homens mais distantes, e as mulheres, rostos por trás de rostos furiosos. Rostos tristes, olhando para nós. Parados ali para que soubéssemos: eles não nos odiavam. Eu os vi.
Entramos na caserna de Richmond e nos mandaram parar no meio do pátio. Mais xingamentos e chutes. Mais *G-men* e tiras. Chamadas. Buscas, roubos e empurrões.

---

*   Ela é a nação mais sofrida que já existiu. / Porque agora enforcam homens e mulheres apenas por usarem o verde.

— O'Linn, Brian.
Ninguém riu.
— *Anseo*.
— Um passo para a frente.
Uma cara colada na minha cara, desafiando-me a me esquivar ou contrair.
— Em inglês, filho da puta.
— Presente — respondi.
E de Valera marchou para dentro da caserna, o Espanhol em pessoa, escoltado por dois Foresters de bicicleta, rodeado por outros soldados que pareciam felizes da vida por estarem longe das ruas. Um homem perto de mim aclamou-o e foi surrado até cair. De Valera caminhou direto para nós. Tinha o olhar vazio e fixo, os olhos de alguém que não dormira durante anos e sabia que nunca mais voltaria a dormir.
— A solitária para este aqui — disse uma voz em inglês ao meu lado direito.
— Uma fotografia primeiro, comandante. O último dos *shinners*.
A famosa foto. O último homem a se render. As mãos nas costas, um *tommy* de cada lado, um outro atrás. Eu estava lá, à esquerda de de Valera (nunca o chamei de Dev). O fotógrafo era um fodido chamado Hanratty. Um toquinho de gente cavernoso com uma loja na Capel Street e ligações com o Castelo. Eu estava ao lado do grande homem, mas Hanratty não me via. Tinha acabado de colocar minha vida nas mãos do Império ao responder com uma das poucas palavras irlandesas que eu sabia — *Anseo* — ainda desafiador, ainda orgulhoso e impenitente. Mas eu não era importante. A primeira vez que vi a foto, meu cotovelo estava lá, mas em versões posteriores nem isso. Não havia lugar para o cotovelo de Henry. Apenas o corpo inteiro de de Valera e seus guardas, os três rapazes ingleses apenas maiores que seus rifles. Se Hanratty tivesse movido sua máquina fotográfica um pouquinho só para a direita, coisa de centímetros, eu teria aparecido na foto. Você teria visto meu rosto, saberia quem eu sou.
— Sorria agora — disse Hanratty, antes de desaparecer por baixo do pano preto. Eu sorri. Não comia havia uma semana, estava mancando e machucado, vira meus amigos tombarem, mas ainda sorri para ele. E ele não me viu. Aquela se tornou a foto de

Éamon de Valera. Tornou-se prova, parte da lenda. Lá estava ele, o soldado, o pai do Estado. Quase meio metro mais alto que seus guardas. Sério e corajoso, indômito e reto. Eu estava lá. Ele usava meias vermelhas e cheirava a merda. Levaram-no embora.

Fomos enfiados em celas e tirados delas. Mais chamadas. Os *G-men* passeavam entre nós e escolhiam. Hoey, o maior dos filhos da puta, apontou seu dedo. E MacDiarmada se foi. Nunca mais seria visto. Havia ainda franco-atiradores recusando-se a render-se. Cada tiro ao longe trazia um enxame de uniformes cáqui para cima de nós. Mas alguma coisa estava acontecendo comigo; eu começava a tremer. Sentia o sangue correr por dentro, começava a latejar. Estava sendo arrastado para o pátio. Por alguma coisa que eu não conseguia ver ou ouvir. Alguma coisa dentro de mim.

— Nome?
— O'Linn.

O *G-man*, um novo, me encarou. Ele sabia quem eu era, mas não me importava. Havia alguma coisa mais urgente; podia senti-la — a água. Por baixo de mim. Correndo por baixo da caserna. E estava me puxando. Cada osso meu se inclinava para ela, tremendo, prometendo se quebrar se não me movesse.

— Smart — disse o *G-man*.

E meu sangue fervia também, berrando, recusando-se a esperar. Gritei; era agonia.

O *G-man* entendeu mal o meu grito.

— Peguei-o — disse ele.
— Uma porra — eu disse.

E não precisei procurar muito pelo bueiro. Sabia exatamente para onde correr. Atravessando o pátio, estava lá sem precisar me mover e meus dedos, embaixo da tampa. Uma parte perdida de mim se lembrou que havia outros homens, e eu me esforcei para parar — meus ossos; nunca sentira tanta dor — e gritei.

— Venham, rapazes!

A tampa se deslocou como uma folha de papel, e eu a levantei no ar, um escudo contra as balas que zuniam. Dei um passo para trás, para dentro do buraco. Joguei a tampa girando contra o *G-man*.

E caí.

Para a escuridão e para o nada. Caí, e a dor me deixou; e antes que atingisse a água, no segundo que durou a minha queda, senti o cheiro doce do casaco do meu pai e pude sentir seu pescoço perto do meu rosto, enquanto o segurava, e ouvir a respiração excitada e aterrorizada de Victor do outro lado.

Caí no rio Camac. Emergi da água. *The bridge it broke down and they all tumbled in.* Minhas pernas sentiam o fundo, e minhas mãos acharam uma parede. *We'll go home be the water.* Levantei-me, escondi-me da abertura e da luz que vinha com ela. Caí na água e deixei-me levar para longe das balas que zarpavam no rio. Não via nada. *Says Brian O'Linn.* Mergulhei — tinha ar nos pulmões para me levar a qualquer lugar — e subi. Usei as pernas e a correnteza. Não vi nada e só sentia o cheiro da água, a água de esgoto. Bem embaixo de Inchicore. E da Goldenbridge. Sabia exatamente o que havia acima de mim, para onde era levado. Vi uma luz, e o rio me empurrou para o dia, mas sabia que estava seguro; os arbustos e as ervas me protegiam do perigo. Passei pela Lavanderia Metropolitana. A espuma e a merda dos ricos imundos ardiam nos meus olhos, mas uma mão que eu sentia me levantou a cabeça, depois me abaixou para água limpa e eu submergi de novo na escuridão. Luz de novo, atrás da prisão de Kilmainham, rente à parede e para longe. Novamente sob a cidade. A ponte Bow e o Royal Hospital, por baixo da St. John's Road e entrei em mais um esgoto, senti os dedos embaixo do meu queixo — salvo, salvo, salvo — segurando minha boca por cima do líquido imundo e gosmento. A estação de Kingsbridge, bem abaixo dos amortecedores de trem, senti as locomotivas, sob os trilhos e pedras de balastro e fui jogado no Liffey. Do outro lado da fábrica de munições: senti o refugo quente queimando meus olhos enquanto nadava para a superfície.

Estava sozinho de novo. Sentia nos ossos; era eu, somente eu e mais ninguém. Salvo, enquanto soubesse cuidar de mim. Agarrei-me ao muro do cais, escondi-me em alguma sombra ou saliência que pudesse me abrigar. Embaixo da ponte Bloody, não fiz espuma, não bati as pernas uma vez sequer. Deixei a correnteza me levar. O cais da Rainha Vitória, a ilha de Usher. Nenhum rosto olhando para a água. A ponte de Whitworth. Nem rodas, nem pedestres. A lei marcial estava em vigor por todo o país; o toque de recolher das sete e meia se aproximava. O cais dos Mercadores, o cais Wood, sob um buraco interditado no muro do cais, e o rio Poddle despejou sua carga de merda em cima de mim. Atravessei o rio sob a ponte Grattan e ouvi os últimos berros do vendedor de jornais.

— Oficial do Castelo atacado por uma tampa de bueiro!

Estava escurecendo agora, ele ia para casa, para longe das ruas. Vendendo pelo caminho inteiro.

— Oficial atacado por tampa de bueiro!

Agora, que escurecera o suficiente, emergi do rio na ponte Metálica. Corri pela Liffey Street e fui procurar Annie do Piano. O rio me tingira. Tirei a jaqueta e joguei-a no caminho. Agora não tinha mais uniforme. Era apenas um menino alto com calças de equitação marrons, apanhado na rua após o toque de recolher.

Na quarta-feira, 3 de maio, na prisão de Kilmainham, Pearse, Clarke e MacDonagh foram levados até o pátio da Pedreira e executados. De madrugada. E do outro lado da cidade, em Summerhill, Henry Smart não conseguia tirar as calças.

— Foram soldadas em você.

Annie agarrou a cintura.

— Venha cá. Um. Dois. Trêêês!

Juntos, empurramos e puxamos minha calça até as coxas. Annie agarrou minha bunda antes mesmo que ela tivesse tempo de se refrescar.

— Nossa senhora, o que é isso?

Era uma folha de selos de dois *pennies*, ainda grudada na minha bunda, uma semana depois que Miss O'Shea me jogara para cima da pilha de selos.

— Selos — eu disse.

— O que fazem aqui?

— Foi a única maneira que achei de contrabandeá-los. Agora você pode escrever para seu marido, Annie.

— Mortos não podem ler — disse Annie. — De qualquer modo, ele não sabia ler mesmo quando era vivo.

— Ah! — eu disse.

— Ah! É isso mesmo.

Levaram os corpos para o outro lado do rio para Arbour Hill e os jogaram na vala e cobriram de cal. *Bárbaros, bárbaros, bár-*

baros. Houve aplausos e berros na sessão do Parlamento inglês quando foi dada a notícia.
Annie jogou minhas calças pela janela, na Langrish Place.
— Não faça isso — implorei, mas era tarde. — Oh, Annie.
— Estão fedendo.
— Não dava para você lavá-las?
— Vá se foder. Venha cá.
As calças já não tinham serventia mesmo no estado em que estavam, e agora cobririam a bunda de outra pessoa, assim tirei a camisa a caminho do colchão.
Annie pôs os dedos sobre os nós da minha espinha. Soprou dentro do meu umbigo, como se estivesse limpando.
— Você também fede — disse ela. — Mas eu gosto. E seus machucados.
Tamborilava minha espinha dorsal com os dedos.
— Agora — perguntou ela —, o que você quer que eu toque?
— Você conhece "The Boys of Wexford"?
— Conheço todos eles — disse ela.
Atravessamos nosso toque de recolher trepando, e dormimos e trepamos de novo. Abraçamos, gememos, rimos, fizemos cócegas, mordemos e choramos.
— Mais quatro execuções! Mais quatro execuções!
Ned Daly, Plunkett — este se casara com Grace Gifford na noite anterior, na capela da prisão —, Michael O'Hanrahan e Willie Pearse. Para dentro da cova com os outros três, e outra camada de cal.
— Para que quer isso? — perguntou Annie.
Ela estava olhando para a perna de pau. Eu a colocara no consolo da lareira. Estava preta, calcinada, mas ainda era uma perna. Antes de chegar aos degraus de Annie, havia passado a noite vasculhando o entulho queimado da Upper Sackville Street procurando pela perna. Tentando enxergar no escuro, através do gesso e das paredes ainda quentes. Desviando-me dos olhos amedrontados dos *tommies* e dos tiras. Deitei nos tijolos quentes e deixei que eles me secassem do rio.
— Para relembrar os velhos tempos — expliquei. — A perna me ajudou muito.
— Então a perna de verdade cresceu no lugar?

— Espero que sim — eu disse.
— Mais uma execução! Mais uma execução!
John MacBride. *Espera-se, disse o general Maxwell, que esses exemplos sejam suficientes para coibir novas intrigas e mostrar claramente que o assassinato de légios súditos de Sua Majestade ou outros atos perpetrados com o intuito de pôr em perigo a segurança do Reino não serão tolerados.*

A cabeça de Paddy se desintegrou na minha frente. Continuava acontecendo, não havia trégua; seu cérebro e os nacos secos de seu crânio voaram contra meu rosto, meu nariz, boca e olhos. Havia um olho na minha boca, crescendo, deslizando, de que eu não conseguia me livrar. Morrendo, afogando, o grito que poderia me salvar e que eu não conseguia arrancar da garganta. Minha boca, aberta, esticada, tentava alcançar o ruído. Mas eu estava me afogando.

Annie me salvou. Lutou comigo, bateu nos meus braços e pés; levantou-me, abraçou-me forte com seus braços e pernas, mais apertado ainda.

— Pronto, pronto.

Sabia que era ela. Era Annie. Paddy tinha ido embora. Olhei ao redor do quarto, procurando por ele. Tinha ido embora. Eu estava certo de que tinha ido embora. Estava morto e enterrado. Agora eu podia mexer minha boca.

— Pronto, pronto — disse ela. — Está tudo bem agora.

Ela também chorou. Senti suas lágrimas no meu rosto; eram mais quentes que as minhas.

— Coitadinho do Henry. Coitadinho, tadinho, tadinho, tadinho do Henry.

E sentiu o outro coitadinho do Henry crescendo entre suas pernas.

— Está se sentindo melhor?

— Estou, Annie, muito obrigado.

In the merry month of May. Seus dedos tocavam minha espinha de novo — *from my home I started* —, subindo e descendo — *left the girls of Tuam* —, tocando de leve e pegando ritmo — *nearly broken-hearted** —, enquanto sussurrava no meu ouvido.

---

* No festivo mês de maio / de minha casa saí / deixei as mocinhas de Tuam / quase desconsoladas.

Saluted father dear, kissed me darlin' mother. Agora eu estava completamente acordado; não chegara a dormir. *Drank a pint of beer my grief and tears to smother.* Estava em cima de Annie agora, pronto para o refrão, doido por ele, levando-a a ele e depois para o sono regenerador e negro que se seguiria. *On the rocky road to Dubellin, one two three four five**.

— Mais quatro execuções!

Heuston, Mallin, Con Colbert, Éamonn Ceannt. Annie tinha saído para caçar. Abri os sacos que ela usava como cortinas e olhei pela janela no topo da casa. Os bondes circulavam de novo; podia ouvi-los subindo o fim da rua, em Summerhill. A meninada estava no pátio da escola, na outra ponta. Minha velha escola. Fiquei pensando: Miss O'Shea estava lá, tomando conta deles, ou na cadeia? Ou escondida, ou morta? Tirei a língua e lambi os pequenos rios na janela. Mas tudo tinha o gosto do ar cinzento e da sujeira do vidro, que ficou preto quando minha respiração embaçou a janela. Nada mudara lá fora. O mesmo velho jeito de comprar ou roubar, os vira-latas e as crianças, os pés descalços e as feridas, as pernas finas como varetas e o raquitismo. Tijolos esfarelando-se e madeira podre, imundície e tosses dilacerantes que vinham das janelas abertas. Mas havia um rapazinho novo na esquina. Inclinei-me mais para ouvi-lo. Estava vendendo alguma coisa.

— A última foto dos rebeldes! O último dos rebeldes executados!

E havia uma pequena fila, formada por aqueles que haviam jogado pedras e merda em mim uma semana antes. Agora compravam as fotos de Pearse, Clarke e Plunkett com dinheiro que não tinham. E Annie me trouxe as histórias. O tiroteio de madrugada. O massacre da North King Street. O assassinato de Sheehy-Skeffington. As últimas palavras e cartas dos homens mortos. *Minha amada esposa, razão do meu viver, este é o fim de tudo nesta terra.* Mechas de cabelos do amado, botões de jaquetas e camisas. *Beijo este papel que vai para você... Eu e meus colegas acreditamos que demos o primeiro passo decisivo para a liberdade.* Uma

---

* Dei adeus a meu pai querido, beijei minha adorada mãe. / Tomei um copo de cerveja para afogar a mágoa e as lágrimas. / À estrada de pedras para Dubellin, um, dois, três, quatro, cinco.

noite de núpcias na capela da prisão iluminada por uma única vela. *Meu querido filho, lembre-se de mim com ternura... a Irlanda mostrou que é uma nação... Slán leat. Não se aborreça.*

E aventurei-me pela cidade com as calças de um morto, e a mulher do morto nos meus braços.

— Ele não era muito grande, era, Annie?

Sentia o vento soprar nos meus calcanhares.

— Tinha tamanho suficiente — disse Annie.

Cada mulher que encontrávamos, cada xale preto me dava vontade de fugir correndo. Viram-me pendurado na janela do correio, beijando Annie na segunda-feira após a Páscoa. Annie pressentiu o que se passava na minha cabeça pela maneira que eu me retraía. E apertou meu braço.

— Você não tem com que se preocupar — disse ela.

— Estão do nosso lado agora?

— Eu não estou do seu lado, querido, e você está perfeitamente seguro comigo. Gostariam muito de lhe dar uma surra na bunda, mas nunca o entregariam para aquele bando de assassinos. E vou dizer mais uma coisa...

— O quê?

— Estão imaginando que tipo de carta de amor você me escreveria se estivesse para ser executado.

— Uma carta e tanto — respondi. — De qualquer forma, poderiam descobrir se me delatassem.

— Pelo amor de Deus — disse Annie. — Vocês são todos iguais. Podem sair por aí atirando com seus brinquedos de matar e marchar até a bunda tocar o chão, mas nunca vão compreender uma história de amor.

Atravessamos a Gloucester Diamond.

— Nunca vão entregá-lo — disse ela. — E tem mais: farão os maridos se juntar aos rebeldes, se por acaso voltarem da guerra.

— Mesmo sem acreditar na causa?

— Mesmo assim — disse Annie.

Atravessamos a Tyrone Street e continuamos. Era de manhã, mas não havia espaço para o sol na Faithful Place. Os brigões já estavam nos degraus dos prostíbulos; a cidade fervilhava de soldados, bem longe de casa, irados e vitoriosos. Eu passara horas e noites ali, com Victor, esperando que meu pai voltasse. Sentira

todas as botas e olhares; encolhíamo-nos em tudo que era buraco. Era o único lugar do mundo que me metia medo.
Annie parou em frente ao bordel de Dolly Oblong.
— É para onde eu vou depois que a guerra acabar. Se já não estiver muito velha.
— Por quê, Annie?
— Não vai ter outro lugar para mim. Não vai ter mais pensão quando a guerra acabar e for vitoriosa. Ou perdida. De qualquer jeito que acabar. Os alemães não vão nos pagar, e vocês, republicanos, não vão distribuir dinheiro para as viúvas das forças de Sua Majestade, não é mesmo?
— Já fizemos isso. Você esqueceu?
— *Você* fez, Henry. Mas jamais farão de novo.
— Estarei com você, Annie.
— Não quero que você comece a mentir para mim, Henry — disse ela.
— Não estou...
— Cale a boca.
Estávamos caminhando de novo, para longe da Faithful Place, passando a serraria e o moinho de milho. Sua poeira misturada fazia redemoinhos ao nosso redor.
— Não sei muita coisa, Henry — disse Annie. — Mas uma coisa eu sei: os tempos nunca vão melhorar para gente como nós.
Ela puxou meu braço.
— Mas pelo menos — prosseguiu — tem épocas em que não pioram.
Passeamos pela Amiens Street, por cima dos montes de detritos, até a Beresford Place. Olhei para o Hall escondido por trás de uma pilastra da ponte destruída da Loop Line. Havia soldados e policiais do outro lado. Não sabia o que estavam fazendo lá. Não era mais que um escombro agora; não havia ninguém dentro e ninguém voltando para lá.
Ouvi passos. Muitos. Marchando.
Annie me cutucou antes que eu começasse a procurar fantasmas.
— Ali estão todos os seus camaradas — disse ela.
E eram eles. Atravessando em marcha a ponte Butt. Várias centenas de homens dos Voluntários e do Exército de Cidadãos,

rostos conhecidos, nada de fantasmas, embora estivessem cobertos de pólvora e sujeira e terrivelmente magros. Marchavam entre duas linhas de tropas armadas e outros soldados de bicicleta, comandados por um oficial nervoso sobre um cavalo branco. Dobraram à direita, por baixo da ponte, e eu estava ao lado deles. Pisquei para Charlie Murtagh. Ele me viu, sorriu e depois parou. Inclinou-se e cutucou o homem ao seu lado. Seán Knowles. Ainda vivo, ainda vivo. E Collins estava lá também, entre os Voluntários, meia cabeça acima dos outros, como se estivesse passeando.

A multidão que os seguia pressentia que a hora deles estava chegando; os homens iam ser embarcados num navio, assim as enturbantadas e os maltrapilhos corriam para alcançá-los ou rodeá-los. O desfile saiu de debaixo da ponte, passou a Alfândega, em direção à Muralha Norte e ao navio de transporte de gado que os esperava. Havia os que os apoiavam também, as pessoas recém-convertidas pelas execuções, e começou o alvoroço na multidão. Soltei Annie e fui atrás deles. Apanhei uma pedra boa enquanto corria. Os soldados se agachavam para evitar as pedradas que eram para os rebeldes. Corri para a frente de Collins, virei-me e atirei. A pedra o acertou bem na orelha e resvalou para o ombro. Ele levou a mão à orelha e olhou para trás — me viu e parou. Os homens quase o atropelaram.

— Você toma conta do gato até eu voltar? — gritou ele.

Ele foi empurrado até a passarela de embarque.

Acenei com a cabeça e ele continuou. Fiquei para trás, caso houvesse olhos do governo entre a multidão. Mais pedras o atingiram, mas ele não dava a mínima. Observei-o entrando no barco. Annie tinha ido embora quando voltei para a ponte da estrada de ferro.

Na manhã de sexta-feira, 12 de maio, James Connolly, um moribundo de pijama novinho em folha, foi trazido do hospital no Castelo de Dublim até o pátio da Pedreira, na prisão de Kilmainham. Foi amarrado a uma cadeira e executado. MacDiarmada fora executado minutos antes, os últimos dois corpos jogados na cova.

Annie enlaçou as pernas em mim. Agarrou meus cabelos, puxou-me da janela e dos gritos do vendedor de jornais. Arrastou-me para seu lado na cama, arrastou-me e soltou quando percebeu que eu não estava resistindo. Suas pernas ficaram agarradas a mim.

— Você o conhecia? — perguntou ela.

— Não — respondi. — Não muito. De todo modo, já estava à beira da morte.

— Pobre Henry — disse ela.

Ela esfregou a parte de trás de minhas pernas.

— Agora nada poderá detê-lo — disse Annie. — O país vai precisar de novos heróis, agora que os ingleses estão matando os mais velhos. Precisarão de homens novos para amar e matar.

Ela me enlaçou ainda mais forte com as pernas.

— Você vai escrever aquela carta para mim, não vai?

— Agora mesmo, se você quiser — eu disse.

— Não, não — retrucou ela. — Vai estar muito ocupado.

Ela se ergueu para cima do meu peito.

— Vamos — disse ela. — Deite-se e pense na Irlanda.

PARTE TRÊS

7

Três anos em cima de uma bicicleta roubada. Driblando vento, a chuva e as balas. Henry Smart deu cacetadas estranhas e fatais pela Irlanda e depois sumiu.

Não fiz nada no início, após as últimas execuções. Fiquei com Annie. Até arrumei emprego. Annie foi à luta e voltou com pão embaixo do xale e um trabalho para mim. Lá nas docas.

— É só ir falar com o chefe dos estivadores. Diga que foi a Annie do Piano que o mandou.

— Como é o nome dele?

— Não sei. Mas ele tem olhos encantadores.

Procurei pelo homem dos olhos encantadores no cais da Alfândega e achei um anão gordo de pé numa cadeira gritando os nomes por cima das cabeças dos estivadores que esperavam encostados no muro do cais.

— Annie do Piano me mandou.

— Tudo bem — disse o anão. — Qual é seu nome?

— Fergus Nash.

Rabiscou meu nome no fim da lista. Estávamos na mesma altura, com a ajuda de sua cadeira. Seus olhos não me pareciam encantadores. Estavam bem escondidos atrás de seus cabelos e das pestanas. Fiquei pensando no que Annie teria feito para que os mostrasse a ela.

— Pronto — disse o estivador. — O'Malley! — gritou ele.

A voz era muito maior do que o resto dele. Os navios e barcos pareceram ranger mais forte quando o som bateu em seus cascos e as gaivotas voltaram para o mar num bater de asas. A voz laçou um homem que caminhava para longe de nós, na direção do cais George. Ele parou na hora e virou-se.

— Não vamos precisar de você, afinal — gritou o estivador. — Vá para casa, descanse e volte amanhã. Agora, o senhor — disse ele para mim. — O cais de dentro. Pode ir. Tem um ótimo navio chamado *Aristotle*. Procure Kavanagh e ele lhe dará uma boa pá.

Passei por O'Malley. Ele parecia velho, pronto para deitar-se, mas ainda tinha o suficiente nele para fazê-lo cuspir no chão quando cruzei com ele.

— Patife.

Continuei caminhando.

— Patife.

Fiquei irado, eu estava pronto para ir atrás dele e enchê-lo de porradas, mas o fato é que não o culpava de nada. Eu tinha lhe roubado o emprego. Mas fora de uma maneira justa. Toda manhã, por boa parte de um ano eu ia até o cais da Alfândega e entrava na fila com centenas de outros e esperava para que o estivador anão se lembrasse do meu nome. Não havia emprego vitalício, ou mesmo por uma semana que fosse. Todo dia era um novo começo, uma espera terrível até que o estivador anão lembrasse ou esquecesse o seu nome. Vi O'Malley todas as manhãs e, foram muitas as vezes, especialmente durante o inverno de 1916 para 1917, ele ia direto para casa, onde quer que fosse. Já era um velho de uns 38 ou 39 anos, e eu e os outros rapazes éramos quem o fazia envelhecer. E um dia, em fevereiro, numa manhã gelada que não ia esquentar nem com o passar das horas, O'Malley não apareceu. Era o fim dele. Seus dias como homem tinham acabado.

Os homens mais velhos odiavam os mais novos, até mesmo os próprios filhos. Quando viam um novo moleque subindo e sentando a bunda num turco, esperando ser visto pelo estivador anão, sabiam que seus dias de trabalho estavam praticamente chegando ao fim. Os estivadores eram os homens mais fortes de Dublim, mas ex-estivadores velhos não passavam de velhos, nada mais, eram velhinhos, como todos os outros homens velhos e envergados que se arrastavam pela cidade. Ficavam olhando os mais jovens chegando, tímidos mas fortes, esticando-se dentro de suas roupas de meninos, doidos para queimar energia, e eles sabiam: estavam mortos. E me odiavam mais do que qualquer outro rapaz, porque podia fazer o trabalho de três deles; eu não tinha escolha. Viam nos meus ombros, antes mesmo que eu apanhasse a pá; viam no meu andar, nos meus olhos, no jeito como meu boné amava a minha cabeça. Meu nome era o primeiro a ser pronunciado pelo estivador anão todas as manhãs daquele ano. Muitas vezes desejei que fizesse o favor de me ignorar, mas nunca o fez.

O Aristotle era uma barcaça velha cheia de carvão de Lancashire, e me mandaram com mais dez homens para o fundo de seu coração enferrujado. O dia inteiro, numa dieta de pó de carvão e chá frio de uma garrafa térmica, enchemos as tinas que desciam balançando acima de nós e bloqueando a pouca luz que ainda conseguia se infiltrar onde estávamos. Engoli nuvens de pó; levei comigo para fora do navio o suficiente para acender uma lareira. Podia sentir o gosto, senti-la acomodar-se na minha barriga, rolando para os meus pulmões. Mas, depois de quatro ou cinco horas, descobri que ainda podia falar enquanto enchia a pá, pequenos rompantes que não deixavam minha boca escancarada por muito tempo.

— O estivador — eu disse.
— Que tem ele?
— Como?
— Como ele chegou a estivador-chefe?
— É.
— Encolheu — disse o homem ao meu lado, um cara de uns vinte anos que ainda estava se exibindo com a pá.
— Encolheu?
— Juro por Deus.
— Como?
— Isso eu não sei.

Voltamos para o carvão, enquanto a tina cheia era içada das entranhas do barco. A luz iluminou o pó, e a tosse ao meu redor se intensificou; era mais fácil respirar no escuro.

— Contam histórias por aí — disse meu novo amigo.
— Conte.
— Muita boceta — disse ele.
— Continue.
— Tirou-lhe toda a seiva.

Eu tinha catorze anos, é bom lembrar: para mim aquilo fazia sentido, embora a idéia de que pudesse haver demais de alguma coisa, especialmente sexo, ainda era algo totalmente obscuro, muito além de minha experiência ou imaginação.

A tina vazia estava dependurada sobre nós, descendo em direção a nossa cabeça.

— Gastou todo o seu tutano — contou ele. — E foi bem feito. Ele trepou com a mulher de todos os homens que estão trabalhando aqui hoje. Com exceção da minha.

— E da minha — eu disse.

— Tudo bem — respondeu ele. — Somos dois, então. Um clube muito pequeno, amigo.

Baixou a voz sob o ruído da tina sendo içada e de todos os outros sons que constantemente agitavam o porto.

— Foi assim que todos eles conseguiram trabalho aqui — disse ele.

Enchemos outra tina juntos.

— E os moleques — prosseguiu —, metade dos filhos da puta são dele. Não, mais da metade.

— Eu não — retruquei.

— Ah, isso eu sei — disse ele. — Posso ver. Mas pense nisso.

E me deixou pensando, enquanto empurrava a sua pá para baixo de um monte de carvão, jogando-o dentro da tina.

— Dublim inteira e quase tudo da maldita Irlanda está recebendo seu carvão e tudo o mais com o suor dos filhos da puta daquele anão. Não tem outro jeito de tocar um país, tem?

— Como foi? — perguntou Annie quando cheguei em casa naquela noite.

— Ótimo — respondi. — De que cor são os olhos dele, afinal?

— Uma cor que não tem nome — disse ela. — Olhe só para você.

O suor seco e o pó de carvão haviam feito uma crosta em meu rosto, pescoço e mãos. E eu gostei.

Annie deu um tapinha na minha bochecha.
— Nossa — disse ela. — Você está aí dentro?
— Estou, Annie — respondi. — Doido para sair.

No dia seguinte, o Aristotle se fora, outra barcaça de carvão tomara seu lugar, e nós descemos até ela e a esvaziamos. Um dia, era carvão de Tedcastle que eu empurrava, enchendo meus pulmões com pó, outro dia era um barco cheio de piche, e os olhos ardiam como se fossem saltar do meu rosto; piscar era uma tortura. Mas os cereais eram piores. O pó de carvão vinha a cada inalação, mas o dos cereais permanecia no ar, roubando o oxigênio enquanto se insinuava na boca. Não havia mais nada para se respirar. Eu fiquei em pé, rodeado de montanhas de trigo de Alberta ou Dakota, na escuridão de um graneleiro em ruínas que nunca deveria ter atravessado o Atlântico, e desejei que tudo ficasse completamente imóvel por alguns segundos, a pá dos outros, o barulho, o balouçar do barco contra o cais, os outros barcos enfileirados e os rebocadores fazendo ondas, as gaivotas aterrissando na água, o farelo girando em torno do meu rosto, por um segundo, ou até mesmo por meio segundo, que parasse, senão eu desmaiaria e morreria. Sufoquei o dia inteiro, lutei contra a morte usando a pá.

E então foi a vez da fosforita. A fosforita deixava seus olhos em paz, ou melhor, não causava mais estragos que o piche, mas atacava os dentes sem qualquer piedade. Um dia nas entranhas de um navio cheio de fosforita era um recado do inferno e do estivador anão. Uma bocada rápida do maldito negócio era uma lição da qual não se esquecia jamais. Cavando, como se para escapar, mas em verdade me afundando cada vez mais, enquanto sentia minhas gengivas sendo corroídas, uma dor e uma coceira que aumentavam, os dentes pensando que eu os rangia. Diziam que a Guinness era o café da manhã, o almoço e o jantar dos estivadores, e isso era a mais pura verdade para aqueles enterrados de vez nos barcos de fosforita. Aqueles sem gengiva. Os homens de rosto arruinado. Não podiam comer, não tinham gengiva nem para engolir o mingau; a cerveja preta era o que os mantinha vivos. Eu via homens assim e era fácil acreditar que seus corpos haviam sido destruídos. Eram homens enormes com cabeças pequenas e encolhidas. Arruaceiros e desordeiros que se fazia derreter no inferno.

Meti-me numa briga. Com o único outro homem cuja mulher não tinha sido comida pelo estivador anão. Enfrentamo-nos com ganchos para fardos. Esbarrei nele enquanto empurrava um caixote solto de rolamentos alemães para longe do caminho de um reboque. Ele revidou e começamos.
— Venha! — gritou ele.
Deixei-o vociferar.
— Venha, seu puxa-saco de anão!
Ele avançou. Foi um avanço sem muito cuidado, cheio de fúria. Agarrei seu braço no momento em que se retraía e puxei-o para mim, acertei-lhe a cabeça com o gancho. Segurei-o pelos cabelos que saíam de seu boné e estava pronto para lhe dar mais um golpe, de modo a deixá-lo esparramado de vez no chão. Seu gancho envolveu minha perna. Eu lhe dei um soco que lhe fez perder alguns anos e vários centímetros. Ele caiu para trás com gancho e tudo e gancho também, além de um pedaço das calças do marido de Annie e um naco da minha perna. Caí em cima dele decidido a matá-lo. Ajoelhei e mordi o que achava pela frente, enquanto procurava um bom pedaço de carne para enfiar o gancho. Então, de repente, ouvi um berro estranho — parecia que havia mais alguém no meio da briga. O estivador anão. Estava entre nós. Não sei quanto tempo fazia que ele estava ali e quanto ele mesmo havia apanhado. Seus dedos entraram no meu nariz e nos meus olhos. Seu rosto estava tão perto do meu que notei que Annie tinha razão: não havia palavra para descrever a cor de seus olhos. E compreendi outra coisa também: ele era belo.

Pulei para longe dele. Dois outros estivadores interromperam minha fuga pelo cais para dentro da água; não me importava para onde estava indo.

O estivador se levantou. Desembarcou de cima do estômago do único homem cuja mulher não foi comida pelo estivador anão e deixou que ele levantasse também.

— Para casa — disse ele. — Os dois.

Não havia qualquer sinal de esforço, nem mesmo uma arfada ou uma mancha.

— Foi ele quem começou — disse o único homem.

A fúria ainda fervia dentro dele.

— Vão para casa — disse o estivador. — Voltem amanhã.

E foi exatamente o que fizemos: fomos para casa e voltamos no dia seguinte, e o único homem foi mandado de volta para casa para se acalmar por mais um dia, e eu fui enviado para desembarcar fosforita nesse dia, e no outro, e no outro depois. Foi minha última briga nas docas; aprendi a lição muito rápido. A grana do trabalho no meio de uma nuvem de fosforita era o dinheiro mais duro que eu já ganhara. Quando chegava o fim de um dia de fosforita, eu não sabia nem quanto dinheiro estavam me dando. Não conseguia ver, minha boca era um negócio disforme e corroído, minhas mãos vermelhas e ardendo, quase incapazes de segurar a cerveja. Éramos pagos no *pub*, toda noite; e uma cerveja por conta do salário para o estivador anão, todas as noites. Um veterano da fosforita me ajudou a pôr o copo nos lábios. Segurou meu punho e guiou o copo até meu lábio inferior.

— Obriga'o — eu disse, ainda com medo de deixar a língua tocar meus dentes.

Era comido vivo pela fosforita, perdia substância a cada pá que enchia. Mas no sexto dia o estivador anão hesitou depois de gritar meu nome, e acabou me mandando para a Doca Antiga, para descarregar bananas. Annie deve ter dado duro com ele para conseguir isso; deve ter olhado longa e seriamente dentro daqueles olhos.

E eu adorava. O trabalho. Cada minuto. Adorava a sujeira que grudava no meu corpo. Adorava o barulho e o perigo, o cheiro e a sensação de coisas estrangeiras, até o carvão ou mesmo a fosforita. Adorava o mistério das caixas e dos engradados, das origens nas etiquetas — Caxemira, Dresden, Lille, Bogotá. Eu os via. Eu os cheirava. Café, óleo para cabelos, juta, tabaco. Borracha, lápis, cobre, cana-de-açúcar e o óleo que lubrificava as partes da maquinaria, a poeira invisível do mármore embrulhado e o aroma selvagem do mogno. E tudo aquilo que podíamos surrupiar — chapéus-coco, relógios-cuco, todo tipo de mercadoria manufaturada e frutas. E o peso e a importância do aço e do minério de ferro. Eu estava no coração do mundo. E adorava a fuga à noite, o cansaço e seu fim, o primeiro copo e depois o abraço de Annie em casa. Eu estava vivo de dia e de noite. O metal renitente guinchando, o peso de uma carga nos ombros, perfurando o saco e a jaqueta que me cobriam, o progresso miserável e lento dos carrinhos carregados. O gado e as ovelhas escorregando no gelo, o barulho de seus cascos na passarela, os gritos e sotaques dos vaqueiros. A molecada correndo, fazendo dos restos montes para levar para casa ou vender, do carvão que era triturado embaixo das rodas, fazendo o que eu e Victor costumávamos fazer, desviando dos cascos dos cavalos e das botas do estivador.

— Seu anão da porra! Seu anão da porra!

Tudo aquilo.

O cheiro da água, o jeito com que batia contra a eclusa que mantinha a maré alta do rio longe das docas. E os jovens estrangeiros dos barcos, homens de todo lugar; gritavam uns para os outros e me deixavam loucos, porque eu não entendia uma palavra. Chineses, escandinavos, homens escuros de todo tom de pele. Escoceses, espanhóis e irlandeses viajados. E as garotas de plantão esperando os estrangeiros no cais da Muralha Norte, do outro lado da ponte suspensa, enfrentando o sol e o vento, e as gaivotas grasnando no céu acima delas. Toda aquela vida e dureza, miséria e possibilidades. O cais da Alfândega tornou-se meu lugar predileto no mundo. Meu lugar era ali.

E eu gostava de trazer coisas para Annie. Ela conhecia a vida melhor que qualquer pessoa que eu já encontrara. Nunca era suficiente — bom, ruim, dor, prazer, era pouco ou era demais —, Annie aceitava tudo e que fossem à merda as conseqüências, dia após dia.

Ergui um abacaxi. Este me dera orgulho; fora preciso muito mais tato do que com as bananas que eu carregara na noite anterior. Annie estava sentada no meu peito.

— O que é isto? — perguntei. — Dou três chances.

— Um abacaxi — respondeu Annie.

— Você sabia — eu disse, decepcionado. Tinha certeza de que seria algo novo para ela; era a coisa mais estranha que meus olhos já tinham visto pela frente.

— Fique sabendo, guri — disse ela —, que eu já trazia para casa abacaxis, e bem melhores que este, muito tempo antes de botar meus olhos ou minhas mãos em você. Mas tudo bem: mande para cá.

Ela jogou o abacaxi por cima dos ombros e lambeu as pequenas marcas que os mamilos de Miss O'Shea deixaram na minha testa.

— Alguém chegou aqui primeiro do que eu — disse ela.

Rolamentos, grandes nacos de carvão, laranjas, uma caixa de agulhas para o gramofone...

— Agora só precisamos de um gramofone.

Meias de linho, chá, um gramofone — contrabandeado em prestações durante quase um mês. Escondi o que faltava em um canto do Armazém de Tabaco, um depósito da Doca Antiga que continha o suficiente para alimentar, vestir e dar a volta ao mundo. Escondi as peças em um canto alto, entre as vigas, ao lado de outras coisas que os estivadores colocavam ali.

Annie e eu ouvíamos e, com a janela aberta durante todo o verão e o outono, toda Summerhill ouvia também John McCormack cantando a mesma canção — *The little toy dog is covered with dust but sturdy and staunch he stands* — até acabarem as agulhas da caixa.

Annie corria os dedos de cima a baixo por minhas costas.

— Vai ser o que esta manhã? — perguntava ela.

— John McCormack, por favor, Annie.

Ela tangia os nós da minha espinha. *The little toy soldier is red with rust* — com os calcanhares, dava um empurrão encorajador na minha bunda, coisa de que eu não precisava — *and his musket moulds in his hand**.

A corrente de arame que protegia o guarda-comida, a franja de um tapete persa, qualquer coisa que eu conseguia enfiar embaixo da jaqueta de seu marido morto, de uma vez ou em suaves prestações, tudo acabava na casa de Annie. A cada cem caixas nós abríamos uma com os ganchos e repartíamos o conteúdo. Enchíamos os bolsos com chá e, em dias de chuva, como se misturava ao suor da nossa labuta, o chá manchava nossa jaqueta com um tom arroxeado e então vestíamos os sacos bem abaixo dos ombros até termos passado com segurança pelo estivador anão com seus muxoxos. Para casa, para Annie e seu gramofone. Isso quando eu ia para casa.

Os estivadores eram os homens mais durões do mundo. Suas entranhas eram forradas com pó de carvão e piche. Vinham para o trabalho armados com navalhas, barras de ferro, ganchos para

---

*   O cachorrinho de brinquedo está coberto de poeira, mas continua forte e de pé. / O soldadinho está vermelho de ferrugem e sua espada mofa em suas mãos.

fardos e suas luvas de metal. Bebiam para acordar de madrugada em suas casas antes de chegar ao trabalho. E bebiam durante o trabalho, enxaguando sujeira e pó e alimentando as dores de cabeça. E bebiam depois do trabalho quando recebiam o salário, no Paddy Clare's ou no Jack Maher's, os pubs dos estivadores, bebiam o que sobrara nas mãos depois de o estivador anão ter feito suas contas. Enquanto seus filhos morriam de fome — e as mulheres também, além de ser fodidas pelo estivador anão depois que este havia bebido sua parte do salário ou vendido a bebida de volta para Paddy Clare —, os estivadores bebiam até o ponto de brigar e olhavam a seu redor para achar um bode expiatório para o lugar do anão estivador. Os copos de uísque se juntavam aos de cerveja preta. E que Deus ajudasse o coitado que atravessasse o caminho de um estivador a rosnar e com seu cinto rodando. Homens inocentes acabavam no meio do rio, e alguns deles nunca mais saíam de lá. Eram dragados para o dique, refeição para as tainhas. Os estivadores estavam acima da lei. Não conheciam regras, a não ser as deles e as do estivador anão. Eram uma companhia inspiradora para um rapaz que fora deixado para trás pelos mortos. E comecei a segui-los no mesmo ritmo.

Assim se passou a maior parte do ano. Trabalho, bebida e Annie. Sabia que havia coisas acontecendo, que o fósforo que tínhamos acendido na Páscoa estava começando a virar uma fogueira. Houve eleições no país, vitórias para o conde Plunkett e Joe McGuinness, Joe, o prisioneiro.

— Puseram ele no Parlamento para tirá-lo da cadeia — disse Annie quando me viu chegar.

E houve a volta de alguns homens do levante da Páscoa dos campos e prisões da Inglaterra e do País de Gales. Eu sabia que estavam de volta, mas não vi nenhum, nem fui procurar ninguém. Eu estava com Annie, e tinha comida e lembranças de Miss O'Shea; possuía minha força, meu suor e a companhia de homens durões. Os estivadores não tinham muito tempo para republicanismos; viviam perto da água, imagino, e passavam a maior parte de seus dias de costas para o resto do país. Collins havia voltado, assim como outros grandalhões, mas não recebi recado de nenhum deles. O Liberty Hall era um monte de escombros duas vezes por dia no meu caminho. Eu não era parte de nada agora.

Aquele era o único ano da minha vida que se arrastava, e o ritmo me agradava perfeitamente. Annie, trabalho e bebida. Voltava para casa depois de uns copos, para o jantar e John McCormack.

Mas a comida não me interessava, por causa da bebida dentro de mim. Perambulava pela cidade e rosnava para as estrelas, quando tinha a chance de vê-las. Caía no quarto de Annie no fim de minhas andanças porque até mesmo eu precisava dormir de vez em quando, e me deitar no chão sob o céu me fazia pensar muito em Victor. Às vezes, ela me deixava entrar e, quando não deixava, eu caía no sono contra sua porta murmurando em direção a seu quarto.

— Ele tinha uma perna de pau, Annie. Já lhe contei isso?

— A perna está na porra do meu consolo.

Ela me trancava fora, mas nunca me deixava inteiramente sozinho.

Até que, uma vez, havia uma cadeira travando a maçaneta, do lado de dentro. Assim, chutei e caí e chutei de novo com a sola da minha bota e gritei para Annie me deixar entrar, que estava muito frio no corredor e que eu destruiria a porta e toda a casa se ela não me fizesse entrar.

Seu marido morto abriu a porta e ficou parado, olhando-me de cima, enquanto eu me virava de onde tinha caído.

— Caralho, quem é você? — perguntou ele.

Estava de uniforme cáqui, um Dublin Fusilier. Não havia nada de soldadinho de chumbo ou enferrujado em seus ares, embora o atiçador de brasas que trazia na mão já tivesse visto melhores dias.

— Caralho, e você, quem é? — eu disse.

O atiçador pairava acima de minha cabeça, e eu ali usando sua jaqueta e calças. Fiquei sóbrio rapidinho e rezei para que ele não se lembrasse delas.

— Sou o marido de Annie — disse ele. — E você, caralho, quem é?

— E quem é essa Annie do caralho? — eu disse.

Meu braço salvou meu rosto do atiçador. Para um morto, ele até que era rápido.

— Annie é aquela ali — disse ele, e apontou com o atiçador para ela. Annie estava sentada no colchão. Não parecia preocupada ou com medo. Ela me conhecia: sabia que eu não a decepcionaria. Olhei para o consolo e vi que a perna do meu pai não estava mais lá.

— Cadê Nellie? — perguntei.

— Ela está no quarto dela, atrás do papel de parede — gritou ele, e se preparou para me golpear de novo.

Ficou longe por três anos; voltara da França, voltara do mundo dos mortos, precisava estar no comando. E lá estava eu, prova da infidelidade de sua mulher, da perda de todos aqueles anos na lama, contorcendo-me embaixo dele no chão, pego em flagrante e idiota, um rapaz alto e magro, vestindo uma jaqueta que exalava um odor familiar quando ele batia com o atiçador, enquanto ele estivera longe, jogando fora sua vida por tudo quanto é país exceto a Irlanda.

Eu poderia tê-lo matado. Estava preparado para isso. Mas fiquei no chão e lhe dei a oportunidade de rejeitar a prova que jazia a seus pés. Fiz a coisa decente; agi como um idiota. Salvei Annie e salvei o marido.

Olhei ao redor de mim.

— Esta não é a casa de Nellie — eu disse.

— Quem é Nellie?

A voz estava mais suave, agarrando-se à oportunidade.

— Eu a mostraria para você — eu disse. — Se ela estivesse aqui. Estou na casa errada.

— Em que casa deveria estar? — perguntou ele.

— Nunca mais vou beber — eu disse. — Esse é o problema. Não acerto bem as casas quando tomo umas e outras.

Ele se afastou para me deixar levantar. Eu cambaleei, embora nunca tivesse estado mais sóbrio.

— Desculpe o incômodo — continuei. — Olhe só, acabei tirando vocês da cama?

E foi então que notei que a mão que não segurava o atiçador faltava. Soube então que ele viera para ficar e eu me achava de novo no olho da rua.

— Qual é a cor da porta aí em frente? — perguntei.

— Preta — respondeu Annie. — Isso quando se pode ver a cor.

— Então, veja só — eu disse. — A de Nellie também.

— A maioria das portas em Dublim são pretas — disse o marido; agora éramos amigos. — Vai ter um trabalho danado, meu amigo, para achar a sua Nellie.

— Não há problema — eu disse. — Ela vai saber onde estou. Em qualquer lugar, menos onde deveria estar. Vou esperar até minha cabeça parar de rodar e eu atinar o que é o quê.

— Aqui você não vai ficar — disse ele.

— Não, não — respondi. — Estou indo. Desculpe por ter perturbado. Se acontecer de novo, já saberão que sou eu.

— Até logo — disse Annie.

— Até logo — respondi, e rezei para que ela tivesse escondido a perna do meu pai num lugar muito bom, um lugar onde um homem de uma mão só jamais a encontrasse.

E me pus a caminhar.

Andei pela cidade até a hora de ir para o trabalho. Andei em círculos, pequenos e depois maiores, passando pelos destroços da Páscoa que ainda não tinham sido retirados, por cima dos rios escondidos que fizeram do meu sangue aço líquido, através de Cowtown, ao longo dos canais. Naquela noite, e nas noites seguintes, passei por cada centímetro quadrado de Dublim e procurei minha mãe em cada degrau. Não a via fazia anos. Procurei por todos os porões. Um dia ela estava onde sempre esteve, o rosto esticado para o céu negro, no outro, tinha desaparecido, sem deixar um vestígio ou uma criança para trás. Eu estaria me enganando se pensasse que meu pai tinha voltado para buscá-la. Mesmo assim, ainda procurei, às vezes nas horas mais estranhas antes do amanhecer, quando ainda estava dormente e incapaz de pensar de maneira coerente. Eu dobrava esquinas, esperando vê-la, uma massa indistinguível nos degraus e sufocada pelos filhos. Procurava sua sombra nas janelas da sede da South Dublin Union. Subi até o cemitério de Glasnevin e tentei descobri-la enquanto me arrastava por entre os túmulos dos pobres. E, nas noites em que precisava me deitar, visitava até mesmo vovó Nash.

— Onde está mamãe, vovó?

— Só Deus sabe, aquela idiota.

A cabeça enfiada no livro. O nariz deslizando pelo vale no meio das páginas. *Dom Quixote de La Mancha. Confissões de um comedor de ópio inglês.* Procurando palavras de feitiçaria.

— Você a viu?

— De jeito nenhum.

Ela não me viu deitado no chão.

— Não devia ter se casado com aquele homem sem a perna.

Ela precisava levantar a cabeça para virar a página. Ouvi o papel arranhando-lhe a ponta do nariz.

— Ele e seu Alfie Gandon — comentou ela.

— Quem é Alfie Gandon? — perguntei.

— A causa de todos os problemas dos dois — disse ela. — E os dois nunca souberam, os idiotas.

E foi tudo o que disse. Voltou a enfiar o rosto no livro e, quando chegou a hora de virar a página de novo, já tinha se esquecido de que eu estava ali.

Comecei a lhe trazer livros. Pegava-os das bancas que as livrarias colocavam na calçada e corria. Balançava os livros na cara dela e tentava arrancar alguma coisa. Ela lia o título na lombada. Depois colocava o livro em cima dos outros a seu lado ou jogava-o por cima do ombro.

— Este eu já li — dizia.

Ivanhoé acabou indo de encontro à parede acima do fogão.

— E este aqui?

Pus o livro na sua frente. *Mountain Charley, ou as aventuras da senhora E.J. Guerin, que passou treze anos vestida como homem.*

— Este serve — disse ela e colocou o livro em cima de sua pilha.

— Quem é Alfie Gandon, vovó? — perguntei.

— Ele achou que era uma mulher — disse ela.

— Quem achou?

— O idiota do Smart — respondeu ela. — O homem da perna de pau.

— Quem ele achou que era mulher?

— Gandon.

— Que mulher?

— Oblong.

— Dolly Oblong?

— Só tem uma mesmo.

A puta, a madame, dona do melhor e maior puteiro de Dublim. Ex-patroa de seu genro.

— Gandon se vestia como Dolly Oblong?

— Não quando o vi — respondeu ela. — O homem da perna de pau era um imbecil. Gandon passava na frente dele todas as noites da semana e ele nunca o viu.

Não estava entendendo nada, mas sabia que estava chegando lá. Aonde, eu também não sabia. Levava comigo as indicações que ela me dava, misturava tudo e colocava tudo em ordem enquanto perambulava pelas ruas e becos, esperando a hora de ir trabalhar. E, antes de virar para as docas, quando os ruídos da cidade que acordava me diziam que era hora de ir, muitas vezes fiquei em pé encostado no gradeado da grande escola e esperei para ver se Miss O'Shea chegaria mais cedo. Passara-se um ano desde que eu a vira, desde que ela saíra do Correio Central para a Henry Street. Mas nunca a vi. E, nos dias em que o estivador anão não me queria, eu voltava para o gradeado e ficava olhando as crianças e ainda as professoras, freiras, padres e mães. Mas nunca vi o vestido marrom, nem os botões, nem o coque ou o cesto cheio de livros. Ela havia ido embora. Estava morta. Ou trabalhando em algum outro lugar. Comecei a procurá-la nas noites em que caminhava pela cidade. Fui mais longe. Rathmines, Clontarf. Rathfarmham, Killester. Lugares onde uma professora rebelde poderia estar morando.

Agora que Annie estava aquartelada, os olhos do estivador anão pulavam o meu nome a cada quatro ou cinco dias. Tinha outras mulheres para trepar, filhos para empregar. Assim eu perambulava pela cidade durante o dia e esperava. E toda noite, sem falhar, acabava na porta de Dolly Oblong. Ficava olhando os marinheiros e os homens do pedaço entrando e saindo, os arruaceiros sendo jogados para fora, os culpados valendo-se da escuridão, as sombras nas janelas.

Vi uma mulher enorme e gloriosa, Madame Oblong em pessoa. Vi quando ela deslizou pela escada para um carro à sua espera.

— *Uma vindicação dos direitos da mulher* — leu vovó Nash.
— Com este eu fico — disse ela. — O homem da perna de pau era apaixonado pela Oblong.

Eu não precisava perguntar mais: uma dica contra um livro — era o nosso trato. Passava o livro; ela me passava a informação. Arrombei uma casa no Merrion Square e saí pela porta da frente às cinco da manhã com duas malas repletas de livros, todos escritos por mulheres.

Madame Oblong entrou no carro que a esperava. Havia um homem com ela, e este homem era, pelo que me contou o leão-de-chácara do puteiro do outro lado da rua, o famoso senhor Gandon. (Meu pai, como sempre, tinha errado. Dolly Oblong e Alfie Gandon nunca foram a mesma pessoa. — O senhor Gandon fala muito bem de você — ela lhe dissera. — Você é eficiente. Tem a cautela de não fazer perguntas, é estúpido o suficiente para não se importar. E é assim que ele gosta.

— *Ela* é Alfie Gandon — decidira ele.

Ali mesmo. Aquilo o deixava estonteado. Ele era dominado por ela e pelo quarto quando chamado de seus degraus do lado de fora; o carpete, a cama, aquela montanha de mulher maravilhosa à sua frente, os cabelos que davam para cinco ou seis mulheres, um vestígio de sotaque estrangeiro na voz, a hortelã que navegava de sua boca para a dele. Ela se movera na cama como um monumento. Ela não podia ser assim tão sensacional sem ser ao mesmo tempo brilhante e perversa. Ele virara devoto de uma mulher formada na sua própria cabeça, tão falsa como os dentes e cabelos dela. Apaixonara-se pelo nome de minha mãe, uma mulher que nunca foi minha mãe; depois se apaixonou por outra de suas criações, a Dolly Oblong que era também Alfie Gandon, uma mulher que nunca existiu. "Sou uma mulher de negócios", dizia para ele. E era. Seu negócio era o puteiro, um bom negócio, e ela ia juntando uma fortuna. Mas não era Alfie Gandon. Alfie Gandon era Alfie Gandon. Ela apenas passava os recados de Alfie Gandon para o seu leão-de-chácara perneta, mas nunca o havia inventado. Sabia como ganhar dinheiro, mas era apenas uma puta velha com preguiça demais para se levantar da cama mais do que uma ou duas vezes por semana.

Meu pai era um imbecil.

Mas quem era Alfie Gandon?

O senhor Gandon era um homem de negócios, e um dos nossos, contou-me o leão-de-chácara do outro lado da rua. Era autonomista e católico, não como a maioria dos putos de casaca que enfiavam a mão no que era do povo e chamavam isso de negócio.

— Ele é um dono de casas de aluguel e um assassino — disse vovó Nash. — Agora me dê o livro.

Eu a deixara olhar a lombada: *A história de Mary Prince, uma escrava das Índias Ocidentais, contada por ela mesma...* Notei uma coisa: ela ficava excitada quando os livros eram escritos por mulheres. Foi por isso que passei horas na biblioteca particular do Merrion Square, enquanto os donos dormiam em cima e os serviçais dormiam no andar de baixo, enchendo as malas somente com livros de autoria feminina. Ela estava me pagando agora com mais e melhores informações.

O senhor Gandon carregava os cadarços de suas primeiras botas ao redor do pescoço para lembrá-lo de onde vinha, contara-me o leão-de-chácara do outro lado da rua. O senhor Gandon se afiliara ao Sinn Féin e, agora que se juntara a eles, não demoraria para conseguirmos que os ingleses fizessem as malas e voltassem para casa.

Ele era elegante, isso eu podia ver, baixo, mas com tudo proporcional, ainda conseguindo dominar os homens robustos que pulavam da sua frente tão logo chegava ou ia embora. Era muito menor do que Madame Oblong, mas se ajustava perfeitamente ao seu lado, quando entrava no carro depois dela.

— Alfie Gandon manda lembranças — disse vovó Nash.

— O que isso quer dizer, vovó?

As maravilhosas aventuras da Senhora Seacole, em muitas terras. Pus o livro na mesa à sua frente.

— Alfie Gandon diz olá.

— E o que quer dizer essa merda?

— Alfie Gandon manda lembranças — disse ela. — E olhe a falta de respeito com a pobrezinha de sua vovó.

Eu tinha paciência. Guardei tudo e esperei para que se encaixasse. Tinha escondido no Armazém de Tabaco livros roubados suficientes para manter a velha bruxa falando por mais uns dois meses.

Eu estava sem casa e deprimido, mas havia dias em que era bem-vindo e podia esquentar meus pés rapidamente na lareira da Annie do Piano. Nas manhãs em que o estivador anão não me queria, eu corria para Summerhill, passando pela casa de Annie. Se a perna de pau estava na janela, significava que ela me esperava. E nunca precisava esperar muito tempo. Enquanto tocava na minha espinha as novas canções da América que ela decorava do gramofone, o estivador anão estava empregando o único trabalhador de docas maneta no mundo.

— Como ele consegue? — perguntei.

— Como *eu* consigo? — retrucou Annie. — Não se preocupe em tirar as botas. Estou esperando um visitante baixinho.

E ela me mostrou como tocar piano de pé. Continuava tão entusiasmada como sempre, mas a necessidade a forçava tocar marcando o tempo.

— Mais de três minutos é desperdício.

Já tinha saído de baixo de mim; deixou-me no ar equilibrando-me com a testa apoiada na porta, enquanto eu engolia a primeira golfada de ar caseiro que meus pulmões tiveram em muitos dias.

— Mais de três minutos é perigoso — disse ela. — Para fora, enquanto eu escondo a perna do seu velho.

— Quando posso vir de novo?

— Você ficará sabendo — disse ela.

Três dias mais tarde, o estivador anão me ignorou de novo e vi o marido morto de Annie marchando para as docas. Carregar bananas com uma mão não era tão ruim assim e nunca ia precisar apanhar fosforita. Fiquei feliz por ele e enquanto ele se aproximava do cais interior, antes mesmo de pôr um saco nas costas, Annie já estava tocando uma de suas canções americanas na minha espinha — *Soooo send me away* — que homem, que hoooooomem — *with a smile**. Você terminou antes de mim, Henry, meu rapazinho bonito.

— Aprendo rápido, Annie.

— Se conseguir sair daqui tão rápido também, seremos um casal feliz.

Eu não queria ir embora ainda.

— Ele é bom para você, Annie? — perguntei.

— Ele quem?

— Seu marido.

— Ele é ótimo — disse ela. — Foram anos difíceis. É muito duro para ele. Agora vá embora.

— Vamos dar uma caminhada?

— Não seja idiota, Henry. Vá.

Sabia que nunca mais me sentiria novamente em casa no apartamento de Annie. Já sentia falta dela.

---

* Então me mande embora / com um sorriso.

Cartas de uma princesa javanesa. Esfreguei o livro nos olhos da velha bruxa.
— Como é que você pode me contar tanto sobre Gandon e nada sobre a própria filha? — perguntei.
Ela jogou o livro de volta para mim.
— Este eu já vi — disse ela. — Quem você está pensando que pode enganar?
— Como?
Ela deve ter notado a raiva; mas não olhou para mim.
— Certas coisas são importantes a gente saber — respondeu.
— E outras, não. Ela está morta.
— Onde?
— Em lugar nenhum.

— Fergus Nash?
Virei-me no balcão do Paddy Clare's, mas segurei a garrafa, caso precisasse de uma arma. Tinha um formão no bolso, mas não queria usá-lo.
— Seu nome é Fergus Nash?
— É.
Ele era como o resto de nós, de jaqueta e calças cobertas de pó de carvão. Não estava usando o boné, e pude ver pela sua testa que tinha tomado um banho não havia muito. Segurava um copo de cerveja pela metade em uma mão e a outra mantinha escondida no bolso da jaqueta. Eu nunca o vira antes.
— Conheci você quando se chamava Henry Smart.
A voz era suave. Alguma coisa no sotaque não batia. Estudei-lhe o rosto uma vez mais, olhando além da sujeira. Nada me vinha à lembrança; ainda não tinha a menor idéia de quem era.
— Está falando com o homem errado, meu amigo.
— Não — retrucou ele. — Creio que não.
Ele estava nervoso, mas tinha confiança em si mesmo. Encarou-me como alguém que tem gente do seu lado na retaguarda. Olhei por cima de seus ombros, mas todos os outros eram meus conhecidos, e nenhum deles estava com ele. Aquele era o meu lugar; não o dele. Estava sozinho, embora o Paddy Clare's pudesse estar cercado de tiras uniformizados e dos homens mais peri-

gosos do Castelo de Dublim, lá fora, só aguardando um sinal para tomar o *pub* e me levar embora. Eu estava numa enrascada. Ele era um *G-man*, concluí ali mesmo, um detetive do Castelo, mas minha conclusão não se confirmou. Não era nenhum dos filhos da puta que haviam nos encarado por cima dos ombros e cabeças dos soldados enquanto estes cercavam e nos faziam marchar para a caserna de Richmond, no dia seguinte à rendição de Pearse. Nunca o vira em qualquer chamada nos dias de encarceramento, quando levavam os líderes para serem executados. E, antes disso, antes da insurreição, ele não era um daqueles que ficavam em frente ao Liberty Hall, tentando desesperadamente moldar-se aos gradeados e ficar invisíveis. Não o conhecia de jeito nenhum.

— Quem é você? — perguntei.

— Dalton.

Aquilo ainda não me dizia nada. Mas comecei a mudar de opinião sobre ele. Ele se aproximou um pouquinho mais de mim. Não me mexi.

— Jack Dalton — disse ele. — Eu estava lá no dia em que você mergulhou no buraco de esgoto. E isso, meu amigo, é uma das coisas em minha vida que jamais esquecerei.

Ele esticou a mão e eu a aceitei. Senti a maciez de seus dedos por baixo dos calos e rachaduras; as mãos dos verdadeiros estivadores eram ásperas e macias ao mesmo tempo, como o mogno trabalhado, devido aos anos esfregando o cabo da pá. Soltei sua mão quando notei a dor atravessar seus olhos.

— Estive fora algum tempo — disse ele. — Um hotel lá na Inglaterra.

— E agora está de volta.

— Isso mesmo — concordou ele. — Vamos para outro lugar?

— Tudo bem.

E foi assim que fui parar de novo dentro do movimento. Jack Dalton estivera no Colégio de Cirurgiões na semana da Páscoa, com Michael Mallin e a condessa. E desde então gastara seu tempo em Frongoch e Lewes, até duas semanas antes de nos encontrarmos. Ele tinha se afiliado aos Voluntários — Companhia F do Primeiro Batalhão — mesmo antes de ter um emprego ou um teto para morar, duas horas depois de desembarcar do navio vindo de Liverpool.

— Estão num estado deplorável — disse ele. — Não se vê ninguém dos antigos companheiros. Só há estudantes e a garotada. O trabalho nas docas apareceu na manhã seguinte.

— Ele é um dos nossos — disse ele sobre o estivador anão.

— Você é casado? — perguntei.

— Não. Por quê?

— Só curiosidade.

Ele arranjara um quarto numa casa na Granby Row no mesmo dia.

— O senhorio é um dos nossos — disse Jack.

— Não paga aluguel, então?

— Está brincando? — disse ele. — Sua dedicação não chega a tanto.

No fim daquela noite já éramos bons amigos. Não deixamos um *pub* sem o prazer de nossa visita e no fim acabamos nos segurando um ao outro até chegarmos ao quarto de Jack. Eu gostei de Jack; era como se o conhecesse havia anos. Ele era uma grande mistura de paixão e diversão. Seus olhos podiam deixar alguém paralisado de terror, e então ele piscava maroto. Sabia observar as mulheres e tinha uma voz de tenor capaz de romper vidros. Adorava cantar na rua. *He fought like a lion with an Irishman's heart*. Ele cambaleava enquanto dobrávamos para o Rutland Square, tentando coordenar nossa marcha.

— Pode ser preso por cantar isso — eu disse a ele.

— E seria bem feito — concordou Jack. — É uma canção de merda. Mas vale a intenção.

E cantou para as janelas acesas da Rotunda. *The pride of all Gaels was young Henry Smart**.

Aquilo me paralisou. Quase caí para trás. Jack riu do meu estado de choque. Segurou-me pelo colarinho.

— Não sabia que estavam cantando sobre você, Henry?

— Não — respondi. — Esta eu nunca tinha ouvido.

— Então não estava ouvindo. Ela está rodando por aí, meu amigo. Ouvi até o Dev cantando, quando ele estava na solitária. E ele não consegue cantar uma nota afinado.

---

* Ele lutou como um leão de coração irlandês. / O orgulho de todo gaélico era o jovem Henry Smart.

— Quem é o autor? — perguntei.
— Quem sabe? — respondeu. — O povo. É assim que aparecem as canções de verdade. Vamos. Estou morrendo de fome.
— Quero que cante o resto.
— Amanhã — disse ele.
Tomamos chá, acompanhado de pão e manteiga, pedaços grossos de presunto e até uma grossa fatia de bolo de cerveja preta. Deixei tudo se assentar dentro de mim e o açúcar no chá me disse que a vida era maravilhosa, tudo isso sentado no chão ouvindo Jack. Ele não nascera estivador; o que eu lera nas suas mãos estava correto. Ele era um arquiteto, mas não ia voltar a exercer a profissão até depois da revolução. Agora não tinha tempo para plantas ou edificações.
— Que revolução?
Eu já estava cheio daquela história de revolução; pelo menos pensava estar.
— Aquela que está a caminho — respondeu ele. — É o único jeito, meu amigo.
Quando o país estivesse livre, quando o último inglês estivesse num barco ou caixão, então ele começaria a fazer plantas de boas casas para o povo. Construiria salões e catedrais. Dublim seria uma jóia de novo. Atacaríamos cada vestígio do Império com uma bola de demolição feita com todas as bolas e correntes que haviam acorrentado o povo através dos séculos. Não sobraria um sinal sequer da Inglaterra quando chegasse a hora do nosso descanso e jantar.
— Não precisamos de granito — disse ele. — É a pedra usada pelo construtor do Império.
— Mas o granito vem de Wicklow — eu disse.
— Com a maioria dos outros traidores e protestantes que fizeram da história do nosso país essa miséria. Não venha me falar de Wicklow. Renegados e adúlteros, o bando todo. Vamos ter nossa própria arquitetura, meu amigo.
Ele sabia como misturar razão e merda em uma mesma sentença. E então me veio a sensação, embora não tivesse pensado muito a respeito disso na época, que sua Irlanda era um lugar muito pequeno. Uma grande porção dela não combinava com sua visão; ele guardava rancor contra os habitantes de quase to-

dos os condados. Sua república seria formada por alguns pequenos retalhos, ligados à capital por pontes enormes que ele mesmo desenharia. Mas eu gostava de ouvi-lo e adorava a idéia de derrubar Dublim inteira e começar tudo do zero. Por esse trabalho em especial eu arregaçaria minhas mangas.

— Então, o que você vai fazer depois de construir o prédio dos correios feito de grama? — perguntei.

— Vou fazer uma ponte atravessando o Liffey e batizá-la com seu nome — disse ele.

E eu acreditei. *The pride of all Gaels was young Henry Smart.* Na noite anterior eu me encontrava no meio da rua e sozinho e agora estava com a barriga cheia, aquecido e na companhia louca e generosa de Jack Dalton, meu novo amigo e velho companheiro de armas. Os planos e sonhos transbordaram dele naquela noite e em tantas outras longas depois.

— E quando eu terminar Dublim, volto para minha terra, Limerick. E vou lhe contar, meu amigo, quando eu aposentar o lápis, ela terá se transformado na Veneza do oeste.

E quando ele me disse que sua língua tinha ficado careca de falar e que precisava de um cochilo para agüentar o dia seguinte, eu estava pronto para morrer de novo pela Irlanda; eu, que nunca tinha me aventurado para além de Lucan, que nem bem um ano antes pulara sobre os corpos de amigos que jaziam no chão, destruídos, eu que estaria pouco me fodendo para o que de Valera cantava em sua cela de prisão. Eu estava pronto para morrer pela Irlanda. Estava pronto para morrer por Limerick. Pronto para cair morto por uma versão da Irlanda que tinha muito pouco ou nada a ver com a Irlanda por quem eu resolvera morrer da última vez.

Deitei no chão do quarto de Jack e dormi bem e não sonhei com absolutamente nada. Fomos para o trabalho juntos na manhã seguinte para receber nossos salários e ao anoitecer naquele dia eu já era um Voluntário. E quando voltamos para Cranby Row havia um colchão me esperando no lugar onde dormira no chão na noite anterior.

— De onde veio isso? — perguntei, e me joguei no colchão para ali me aninhar.

— Já disse para você — respondeu Jack. — O senhorio é um dos nossos.

— Um bom homem, o senhorio — comentei. — Com feno fresco e tudo.

— Feno fresco em todos os colchões — disse Jack. — É só uma questão de tempo.

— Isso parece socialismo.

— Na verdade — explicou Jack —, é um monte de feno em um país cheio de feno. É uma promessa fácil de cumprir. E não se preocupe com socialismo. Esse troço é com velhos judeus de merda.

As semanas e os meses que vieram foram a melhor época da guerra, quando bem poucos — e eu me considerava um deles — sabiam que havia uma guerra. Muito antes que um tiro sequer fosse dado, que se fizesse uma emboscada ou se executasse alguém. Era o prelúdio, a preparação, e eu estava nela desde o início. Como Jack, eu estava no Primeiro Batalhão, Companhia F, a companhia formada de recrutas da área ao norte do Liffey. E, como Jack, eu causava uma agitação silenciosa quando entrava na sala. Eu era uma das lendas, um dos sobreviventes da semana da Páscoa. Era Fergie Nash pela manhã, nas docas, enquanto esperava pelo estivador anão gritar meu nome — o que ele fez todas as manhãs dali por diante —, mas durante a noite eu era Henry Smart de novo. Olhavam abobalhados para mim, como se eu fosse uma aparição, um dos homens executados que tivesse voltado. Tinham medo de falar comigo, temiam até mesmo encontrar os meus olhos; as bundas pairando acima da cadeira, caso eu quisesse expulsá-los. Era muito inebriante; eu era um santo de carne e osso. E havia também mulheres olhando furtivamente para mim. Eu tinha esquecido como era a sensação. Escutava seus sussurros e cochichos, dos rapazes e das garotas, antes de entrar na sala, e adorava o silêncio e a adoração que me dispensavam.

Nosso ponto de encontro era no Rutland Square 25, em quartos alugados pela Liga Gaélica. Entrávamos e saíamos por portas diferentes, carregando cadernos e lápis para provar aos *G-men* e seus espiões que estávamos ali para tomar nossas lições de gaélico. Eu havia visto a morte e matado fazia apenas um ano; tinha visto os *G-men* levando homens para serem executados; haviam me encarado procurando uma desculpa para fazer o mesmo comigo

— mas não havia nada como a sensação de passar pelos *G-men* congelados em suas capas de chuva, parados na porta de uma casa no Rutland Square. Era pura diversão: pela primeira vez na vida eu estava me comportando como um menino.

— Está frio hoje, não é, sargento?

Estávamos tomando a Irlanda e divertindo-nos. Roubando maçãs pela Irlanda. Subindo em telhados, cuspindo nos *G-men*, jogando telhas nos pés deles. Gritando palavrões para eles.

— Aqui, ó, seu besta! Sua mãezinha sabe que você faz ponto nas esquinas?

— Quanto é uma trepada, sargento?

Levando xícaras de chá para eles.

— Aproveite, sargento, porque dia desses nós vamos lhe meter balas.

Ele riu, porque estava com medo de não rir. Olhou mais abaixo na rua, para a segurança de um outro encapotado diante de outra porta.

— Será que seu amigo também quer uma xícara de chá, ou vocês dividem essa aqui?

— Não quero nada — disse o *G-man*.

— Pelo menos aceite os biscoitos — disse Jack. — São biscoitos irlandeses, como nós.

— Não.

— Podemos entregá-los na sua casa — disse Jack. — Sabemos onde você mora.

Entramos no salão antes mesmo que o *G-men* pudesse voltar a respirar.

— A gente sabe mesmo onde ele mora? — perguntei a Jack.

— Não — respondeu ele. — Mas vamos descobrir.

Durante aqueles primeiros meses, antes que o Castelo de Dublim soubesse como lidar conosco, ostentamos intimidade bem no nariz deles. Jack sabia o que era uma cela de prisão. Nós dois conhecíamos o zunido de tiros rasteiros. Não havia muita coisa que nos metesse medo. Já havíamos vencido.

Annie notou as mudanças em mim.

— Nossa senhora! — exclamou ela.

Annie acabara de descer de onde eu tinha trepado com ela, de cima dos meus ombros. Nos últimos momentos, antes que eu gozasse — ela havia gozado pelo menos um minuto antes de mim —, seus dedos não alcançavam minhas costas. Tinham perdido o contato com meus ombros, e ela estava cantando *a cappella*. Sua cabeça quase tocava o teto.

— Quem anda lhe dando carne?

— Ninguém, Annie — respondi.

— Está aprontando alguma, sem dúvida — disse ela. — Não está, meu caro?

— Não, Annie — eu disse.

— Não finja, seu moleque. A última vez que você trepou comigo desse jeito, estava chorando por todos os seus amigos mortos. E agora é um soldadinho de novo. Todo pronto para morrer pelo nosso querido trevinho. Lembra da carta que você prometeu escrever para mim antes que eles atirassem em você?

— Lembro. Mas não se preocupe. Não há razão para eu escrever cartas de despedida.

— Só quero que você não esqueça. Porque sei que está aprontando alguma.

De volta ao chão, ela segurou nos meus braços; ainda não conseguia confiar nas pernas. Respirou fundo e sacudiu a cabeça.

— Quer mais uma canção? — sugeriu ela. — Ainda é cedo.

— Desculpe, Annie. Sou um homem ocupado.

— Sabia — disse ela. — Morrendo pela Irlanda.

— Não estou morrendo por ninguém — disse-lhe. — Você já ouviu *The Bold Henry Smart*?

— Estou ouvindo agora — disse ela. — A não ser que você esteja se referindo a uma canção.

— Procure ouvi-la — eu disse. — Adoraria que você tocasse para mim na próxima vez.

— Agora só toco canções do gramofone — disse Annie.

— Talvez seja nele que vá ouvir — acrescentei.

— Talvez — disse ela. — Mas só estou ouvindo aquelas da América. Morro de tédio com as irlandesas.

— Talvez os ianques ainda venham a cantá-la.

E fui embora.

Jack e eu passávamos horas da noite nos becos e vielas do norte da cidade, procurando posições para os atiradores e rotas de fuga. Fomos encurralados no Correio Central e nas outras poucas posições no ano passado. Não ia acontecer de novo. Controlaríamos a cidade.

— Não seremos pegos dessa vez, meu amigo. Eles é que sairão com as mãos para cima.

Mapeávamos a cidade, planejávamos nossa vitória. E acabávamos as noites nos pubs, bares que eram aliados nossos, com outros homens que tinham participado da semana da Páscoa ou por pouco não haviam estado lá, homens experientes e, nos esconderijos ou nas esquinas seguras, bebíamos e ríamos para o futuro. Éramos jovens divertindo-nos. Os homens mais velhos, aqueles que iam nos deixar em forma, ainda estavam nas prisões da Inglaterra. Ou mortos. Os fantasmas da semana da Páscoa nos seguiam por toda parte, e era preciso beber muito e rápido para podermos esquecê-los; além disso, eu tinha um punhado de fantasmas próprios para esquecer. Eram as férias que tínhamos antes de o trabalho de verdade começar; sabíamos que merecíamos. Aqueles que já haviam matado, os jovens envelhecidos da semana da Páscoa, sabiam para onde levavam todos aqueles encontros no meio da noite e a clara dissimulação nas ruas. Estávamos brindando nossa própria morte. *To give up my gun, they'll need tear me apart.* E todas as noites, quando voltávamos para casa, Jack Dalton cantava a rebelião. *The heart of a Fenian had the bold Henry Smart*.*

Às vezes, só para deixar os *G-men* em forma, nós nos encontrávamos na sede social do American Rifles, na North Frederick Street e nosso barulho era disfarçado pelas aulas de dança que sacudiam o prédio quase todas as noites da semana, enquanto fazíamos o treinamento.

— Está a fim de dançar, sargento?

Com o cabo de um esfregão ou uma vassoura nos ombros e até mesmo as pás que levávamos das docas para casa, colocávamos a rapaziada em forma. *Orgulho à vista, esquerda, direita, homens firmeza, marchar.* Fazíamos um lutar contra o outro com baionetas de madeira, mergulhados até a cintura em sangue e vísceras imaginários, durante todo o início da noite, enquanto as damas e

---

* Para baixar minha arma, vão ter de me rasgar ao meio. / O coração de um feniano, tinha o corajoso Henry Smart.

os cavalheiros dançando no andar de baixo nos escondiam atrás de sua muralha de música, e o sangue lhes pingava na cabeça. Os *G-men* deviam ter notado a fileira de articulações luxadas de dedos quebrados que passavam por eles todo fim da noite.

— Uma perda de tempo — disse Jack. — Mas é bom para os ânimos.

E tinha razão. A única peça útil para o treino de baioneta era uma baioneta. A única maneira de ensinar um homem como matar com uma arma era lhe dar uma arma e alguém para matar. Assim, começamos a arrecadar dinheiro toda semana, três *shillings* e seis *pence*, registrados em um livro verde de oficial intendente, do qual eu quis tomar conta, tanto do livro como do dinheiro, até que pudéssemos nomear um oficial intendente. E começamos a comprar armas. Dublim era um cidade de casernas; havia mais casernas do que casas. Havia mais um ano de Primeira Guerra Mundial pela frente. A cidade estava abarrotada de *tommies* e pelotões de irlandeses natos, muitos deles sem um tostão e desesperados o suficiente para vender seus fuzis para nós. Oficiais, até mesmo os unionistas, vinham nos procurar tão logo lhes chegava o recado de que havia dinheiro vivo dos *shinners* em troca de armas em boas condições. Pagávamos quatro libras por uma Lee-Enfield. Subimos o preço para cinco quando um coronel da Munster Rifles colocou o seu *Manual militar de um oficial do exército* no pacote, além de uma caixa de balas e um mapa do Castelo de Dublim. Andávamos com o manual embaixo do braço disfarçado em uma capa do romance *A cabana do pai Tomás*, um dos poucos que a vovó Nash não quisera.

— Eu tive um tio chamado Tomás — disse ela. — Não vou perder meu tempo lendo sobre mais um.

— O que havia entre Alfie Gandon e meu pai, vovó?

— Tudo.

— Como assim?

— Tudo.

Eu podia sentir o cheiro de mulher de novo. E podia olhar para as estrelas e rir.

— Ei, Henry Henry HenRYYYYY!

Eu gritei para o céu preto.

— Você está vendo!?

— Nossa Senhora! Com quem está falando?
— Relaxe, relaxe. É apenas meu irmão.
— Onde, onde?
— Está morto.
— Quero ir para casa agora.
— Não, não quer não. Encoste-se no muro que eu vou contar como invadimos o Correio Central.

Eu e Jack decidimos que precisávamos dar um chego num *céilí*, ou concerto, um evento para arrecadar dinheiro para os dependentes dos mortos ou presos da semana da Páscoa. As mulheres da Liga Gaélica e da *Cumann na mBan* estavam fazendo fila para ter seus três minutos de imortalidade — ou um pouco mais talvez, se fossem com Jack, mas Annie do Piano tinha me treinado muito bem. Eu estava apaixonado pelas mulheres de novo. Por todas elas. E não estava à procura de uma mãe ou um ombro para chorar ou uns cabelos para me esconder, um jantar, uma cama para a noite, alguém para me ouvir. Estava apenas fazendo o que me vinha naturalmente: estava trepando com as mulheres que queriam trepar comigo. Eu era um herói vivo e respirando — e o mais bonito ao redor, dono de olhos que derretiam as bocetas de todas as mulheres que tinham a oportunidade de olhar para eles. Eu marcava gol em cada *céilí*, às vezes até dois ou três antes que a noite chegasse ao fim e precisássemos ficar de pé para cantar *The Soldier's Song*. E não precisava dançar uma vez sequer. E nunca tinha de pagar; eu era meu próprio dependente. Muitas vezes nem mesmo passava pela porta. Subia, e elas já estavam esperando por mim. Elas me partilhavam. Eu não me interessava por conquistas. Mas também não precisava. Acabava trepando com as inconquistáveis, as inimagináveis.

Senti o chão pular embaixo de mim — havia trezentas mulheres e homens no salão ao lado dançando *The Walls of Limerick* — enquanto a penetrava por trás. Ela pôs as mãos contra a porta do banheiro, mantendo os intrusos para fora e me ajudando a penetrar. A escolha do cenário era minha, mas a da posição era delas. Aquilo era uma coisa que eu fazia quatro ou cinco vezes por semana. Lembrava-me de todas, cada mulher, mas esta era especial: eu estava comendo o rabo da mãe de um dos heróis executados de 1916. Não vou dar nome aos bois. O retrato de seu filho balançava do outro lado da parede enquanto os dançantes davam voltas ao seu redor e a mamãezinha dele dava a bunda para mim. Mas não vou dar nome aos bois. Seu marido estava cobrando as entradas.

E uma outra moça, numa outra noite fria, procurando alguma coisa no seu casaco depois de um passeio que nos deixara em um beco que saía da Gardiner Place e um muro que podia servir de cama.

— Você me faz um favor, senhor Smart?
— Henry.
— Eu não poderia...
— Henry — repeti.
— Não, não posso.
— Pode sim.
— Está bem: Henry, então. Você me faz um favor?
— Claro — eu disse. — O que é?
Ela tirou a mão do bolso.
— Pode abençoar meu rosário para mim?
E eu o abençoei.

Trepava com todas e nunca me cansava. Adorava chegar à porta no auge de um *céilí* e esperar ali; fechava os olhos para me surpreender com a idade, o tamanho, a pele. Mas sempre, sempre, antes de fechar os olhos, procurava primeiro por Miss O'Shea. Mas ela nunca estava lá. E, quando os abria de novo, ela continuava não estando.

Fazíamos desfiles com *hurleys** proibidos, saudações em público. Hasteamos uma bandeira e azeitamos o mastro e ficamos olhando os tiras deslizar enquanto tentavam subir. Aprendemos nossos truques com os filmes de Harold Lloyd e Charlie Chaplin a que assistíamos nas sessões da tarde no La Scala, quando o estivador nos dava o dia de folga. Entrávamos sem pagar. Os empregados nos apoiavam e vinham a todos nossos *céilís* quando não estavam trabalhando. Emboscávamos os porcos a caminho da Inglaterra. Nossos próprios açougueiros os abatiam no terreno ao lado da ponte Binns, e levávamos os retalhos para a fábrica de

---

* *Hurley*: taco com o qual se joga *hurling*, o mais antigo dos jogos gaélicos, com elementos de hockey e rugby, havendo quinze jogadores de cada lado. (N.E.)

bacon de Donnelley, em Coombe — porcos irlandeses, mão-de obra irlandesa, barrigas irlandesas —, numa procissão pela cidade, dezenas de carcaças em quatro carretas, com nossos homens armados com Lee-Enfields guardando ambas as extremidades da ponte quando atravessávamos o Liffey. E enquanto passávamos pelas ruas estreitas de Coombe, as pessoas que não muito tempo atrás tinham cuspido em nosso rosto, agora nos aplaudiam.

Não sei por que razão, no alvoroço da emboscada e do comboio, eu me lembrei de meu tempo no Liberty Hall. Olhei para as faces enraivecidas e protuberantes das mulheres enquanto passávamos, e para as pernas raquíticas dos meninos que corriam acompanhando as carretas.

— Devíamos dar este *bacon* para o povo — sugeri a Jack, enquanto manobrava a carreta para a Patrick Street.

— Não, Henry — disse ele. — Não é uma boa idéia. Não vamos interferir no comércio interno, ou coisa parecida. O que pretendemos é mostrar a todos que podemos tomar conta desse país. Temos de mostrar aos proprietários de fábricas e a todos os outros que essas coisas continuarão sem os ingleses por aqui. E que vão continuar muito melhor sem eles.

Dobrei da Patrick Street para a Hanover Lane.

— O povo sabe o que quer dizer tudo isso.

Ele acenou com a cabeça para um porco abatido atrás de nós e para as outras carretas que nos seguiam.

— Empregos — disse ele. — Fazendo *bacon* e fazendo dinheiro para comprar *bacon*. É isso que significa. Ficar com nosso dinheiro. Tiramos os ingleses daqui, e todo mundo fica feliz, meu amigo. Todo mundo. Os proprietários, os trabalhadores. Até mesmo esses porcos, porque morreram pela Irlanda.

Ele tinha tudo resolvido.

— Isso é apenas o começo, Henry. Vamos tomar tudo em nossas mãos. O comércio, os correios, os tribunais, a arrecadação de impostos. Tudo, meu amigo. Vamos tomar conta desse país como se eles não estivessem aqui. E o tempo todo convencendo-os a ir embora.

— E o que acontece depois?

— Depois do quê?

— Depois que eles forem embora.

— Como assim?

Mas chegamos em frente ao portão da Donnelly, e não tive resposta. Esqueci a pergunta por completo.

— Vai me prender, sargento?

Marchei em frente a um *G-man* com um *hurley* no ombro.

— Estou infringindo a lei, sargento, olhe.

Parei quase embaixo do nariz dele. Estava três degraus acima de mim, encostado à coluna da porta, querendo que ela virasse borracha para poder escondê-lo.

— O Ato de Defesa do Reino — eu disse. — Estou infringindo a lei. Vai ter de me prender.

— Isso é o que você quer que eu faça — disse o *G-man*.

— Claro que é. Estou infringindo a lei.

— Está tentando nos fazer de bobos.

— A lei é sua, sargento. Não nossa. Assim, prenda-me.

Estava provocando. E estava infringindo a lei. Carregar um *hurley* para fins de treinamento era ilegal agora, provavelmente até mais ilegal do que sair por aí com um fuzil no ombro. Queríamos que o tira do Castelo me prendesse. Queríamos expor o absurdo da lei, a estupidez e a dureza do regime que nos oprimia. Queríamos provocá-los a agir. E uma vez que agissem, nós poderíamos começar de verdade. E quando começássemos, eles deveriam nos deter. Possuíam uniformes, estavam em maior número, tinham as armas. E empurrariam o povo e o resto do mundo para a escolha: nós ou eles. A guerra já estava vencida; tudo o que precisávamos era fazê-los reagir.

— Preciso da perna, Annie.

— Pode levar — disse ela. — Ninguém está impedindo.

— Ainda apareço — eu disse.

— Talvez apareça — disse ela. — Talvez não. E talvez seja bem-vindo, talvez não. Não se esqueça da carta.

Frongoch e as outras prisões na Inglaterra foram esvaziadas de seus rebeldes irlandeses, e agora Dublim estava repleta de homens inquietos, doidos para voltar à ação, ainda suados e embriagados da semana da Páscoa. Aprenderam com os próprios erros e estavam prontos para começar de novo. Eram os meninos do rosário voltando para casa, os rapazes cujos joelhos tinham sido polidos no piso de ladrilhos do Correio Central enquanto as bombas incendiárias e o vidro derretido da cúpula choviam sobre nós. Eram homens fodidos e impiedosos, a maioria deles, e tornados ainda mais orgulhosos e santificados pelo tempo passado na cadeia do outro lado do canal. Podíamos sentir a impaciência deles perfurando nossa garganta nas reuniões nas salas da Liga Gaélica. Seguravam as paredes durante os *céilís* e batiam os pés no chão mostrando sua desaprovação. Não era mais aquele negócio de sanduíches e dança. Não se podia mais trepar nos banheiros e, nas raras vezes em que eu ia dar uma mijada, sempre me lembrava de lavar as mãos.

A diversão chegara ao fim.

Tive de entregar o livro verde e o dinheiro das armas. (Menos os meus dez por cento.) Um dos santos era agora o intendente, um empregado da Hely's na Dame Street. E agora eu também precisava pagar o meu dinheiro toda semana. Queriam dinheiro para os uniformes.

— Não — eu disse.

Os moleques que haviam cantado o meu nome algumas semanas antes baixaram os ombros decepcionados. Queriam os uniformes, até mais do que os fuzis.

— Não se pode ter um exército sem uniforme.

Quem falou foi Dinny Archer, um veterano de Frongoch — posteriormente conhecido como Dinny Dinamite. Estava me olhando fundo nos olhos.

— Tem razão, Dinny — disse alguém atrás de mim.

— O uniforme não serviu de nada para mim.

Foi o marido morto de Annie do Piano quem falou, acenando com seu coto. Tinha se tornado membro havia duas semanas, um momento de fazer o coração parar de bater quando tirei os olhos do livro verde para pegar seu nome e o dinheiro para as armas. Mas logo percebi que ele não me reconheceu.

Archer falou de novo.

— Um homem com uma arma é um criminoso. Um homem com uma arma e um uniforme é um soldado.

— Apoiado, apoiado!

— Tem razão.

— Um homem com uniforme é um alvo.

Dessa vez era Ernie O'Malley quem falava. Ele era mil vezes melhor do que os outros rapazes. Eu gostava dele. Tinha uma inteligência sutil, com uma linha de rugas na testa que me deixava impressionado. Era um santo que de vez em quando dependurava a auréola.

Archer falou de novo. Levantou-se e foi para a frente da sala, colocando-se no comando.

— Há homens nesta sala — disse ele — que usaram uniforme para o Império e agora se acham qualificados a nos dar conselhos sobre o que devemos usar.

— Eu não usei uniforme — disse O'Malley.

— Você tem um irmão — disse Archer.

— Tenho muitos irmãos.

— Que servem ao rei da Inglaterra — completou Archer.

— Isso é ridículo — retrucou O'Malley.

— Eu precisava do trabalho — disse o marido morto de Annie. — Não consegui achar emprego em Dublim depois do locaute.

Olhei para o marido morto de Annie. Tentei me lembrar dele, em um lugar diferente, quatro ou cinco anos antes, nas filas para a comida no porão do Liberty Hall, ou ao redor de Drumcondra à noite, caçando traidores. Mas não conseguia situá-lo naquela época. Teria sido um rapaz jovem naquele tempo, nem um pouco parecido com o homem que estava à minha frente agora.

Não havia apoio na sala para o marido morto de Annie, nem manifestações de simpatia ou gritos de "Tem razão". Dinny Archer rompeu o silêncio.

— Você e seus semelhantes ficaram sem emprego por causa dos sindicatos controlados pela Inglaterra — disse ele. — Puseram irlandeses contra irlandeses. E depois você vai e faz exatamente o que eles queriam. Alistou-se no exército do rei, você e milhares como você, idiotas demais para serem chamados de traidores, atrasando em anos a verdadeira luta.

— Tem razão, Dinny.

O marido morto de Annie não era o único soldado na sala. "As trincheiras são mais seguras do que os cortiços de Dublim", dizia o pôster do recrutamento, e era verdade, no que dizia respeito às chances de seus filhos terem boa comida. Havia homens naquela sala que tinham ido para a França em busca da sobrevivência. No entanto, nenhum deles interrompeu Archer. Estavam vulneráveis, amedrontados até.

— Os sindicatos estão aqui para nos desviar — disse ele. — Larkin é um inglês. Não precisamos, nem queremos seus sindicatos. Ou o Partido Trabalhista. Se é isso que querem, então a Rússia é o lugar para vocês. Esta é uma luta de todos os irlandeses, não apenas para alguns britânicos do Oeste.

O que eu estava fazendo ali?

Havia um retrato de Connolly, outro britânico do Oeste, na parede atrás de Archer.

Que porra que eu estava fazendo ali? Agora, de acordo com Dinny Archer e os homens que o apoiavam atrás de mim, era isso que Connolly e Larkin estavam aprontando: colocando irlandeses contra irlandeses, conspirando com o Império, forçando jovens a se tornar forragem para o rei. Eu vivera no Liberty Hall durante o locaute; aprendera a ler, a escrever e a erguer minha cabeça com o próprio James Connolly; eu havia sido um dos primeiros e certamente o mais jovem membro do Exército de Cidadãos e vira meus camaradas — uma palavra que não usava nem pensava fazia muito tempo —, vira-os tombar na Moore Street quando guarneciam as barricadas pelo Partido Trabalhista Irlandês. E, agora, ali estava eu sentado e calado, deixando o marido morto de Annie sem apoio. Vi-o encolher-se ainda mais dentro de sua jaqueta em farrapos. Fiquei com vontade de entregar a minha — dele — a ele; estava em melhores condições. Deixei Archer insultar ele e as únicas pessoas e tudo em que eu jamais acreditara.

Por quê?

E por que voltei na noite seguinte?

Jack Dalton.

— Que eles tenham seus uniformes.

— E o sigilo...

— Olhe, meu amigo — disse ele —, metade deles é espiã, de qualquer maneira. Lembre-se disso toda vez que abrir a boca. Diga o que você quer que eles ouçam. E a outra metade são idiotas. Deixe que eles comprem seus uniformes e depois marchem para cima e para baixo pelas malditas ruas de Dublim, dia e noite. Quanto mais, melhor. E, enquanto fazem isso e os investigadores e seus espiões os seguem, nós estaremos noutro lugar fazendo o trabalho de verdade. Existem círculos dentro de círculos, Henry. Células dentro de células. Ponha seu casaco. Está na hora de você conhecer alguém.

Era uma hora da madrugada quando saímos para a rua. Procuramos por sombras de homens à espreita, apuramos os ouvidos para o arrastar de seus sapatos de couro antes de continuarmos. E, como eu sempre fazia na calada da noite, tentei ouvir o toque-toque de uma perna de pau. Estávamos sozinhos na Cranby Row, pelo que podíamos ver.

Fizemos um caminho maluco, atravessando e voltando para a Dorset Street três vezes antes de continuarmos para o norte e para o leste.

— Para onde vamos?

— Um lugar bacana — disse Jack. — *Oh, he slipped through the night, the bold Henry Smart**.

Pulamos um muro de fundos, caindo sobre barris vazios e engradados de garrafas vazias. Jack deu quatro batidas e mais uma numa porta preta de fundos. Ela foi aberta, e nós entramos.

O *pub* de Phil Shanahan. Não muito longe de Dolly Oblong. Shanahan's era um dos centros da revolução. Nenhum outro *pub* fez mais pela liberdade irlandesa. Phil não estava lá, nem mesmo um ajudante, mas o lugar estava cheio de homens fumando e conversando baixinho. Segui Jack para o outro lado do *pub* de teto baixo. Rostos que eu conhecia, que vira pela última vez cobertos de cinza e queimados quando o Correio Central desabava sobre nós, e outros rostos que eu não reconhecia. Então Jack abriu espaço e me vi frente a frente com as costas largas e eretas de Michael Collins. O casaco lhe caía bem, mas era muito velho; suas clavículas estavam visíveis. Havia um rasgão em suas calças, abaixo e atrás do joelho direito.

Ele sentiu nossa presença e virou-se, um sujeito avantajado com um rosto cuja extrema palidez era visível mesmo na penumbra do quarto. Puxou para o lado uma mecha de cabelo que lhe cobria a testa.

— Então, rapaz — disse ele com seu sotaque característico. — Está pronto para o próximo *round*?

---

* Oh, ele deslizou pela noite, o corajoso Henry Smart.

— Estou — respondi.
Ele olhou para Jack e depois para mim.
— Os melhores homens — disse ele.

Antes que eu estivesse de volta à minha cama naquela noite, havia jurado fidelidade à Irmandade Republicana Irlandesa, a sociedade secreta no centro do centro de todas as coisas. Eu era um feniano. Era especial, um dos poucos. E, antes do fim daquela semana, no sábado à tarde, eu tinha assassinado o meu primeiro tira.

8

Um comício proibido, como desejávamos que fosse. Beresford Place, em frente às ruínas do Liberty Hall. Estávamos exigindo condições de prisioneiros de guerra para o restante dos aprisionados da semana da Páscoa que ainda se encontravam na cadeia de Lewes. As coisas ficaram pretas — como havíamos feito questão de que ficassem, embora a polícia nunca precisasse de muito incentivo. Durante a gritaria e a desordem, dei um golpe contra um tira do Castelo com a perna de pau de meu pai. Os jornais do dia seguinte disseram que fora um *hurley*. Ele caiu no chão no mesmo instante em que o eco da pancada de madeira alcançava meus ouvidos, e a perna ardeu deliciosamente na minha mão. Escapamos antes que o morto, um inspetor, fosse notado. Estava à paisana, assim os caras uniformizados pensaram primeiro que ele fosse um dos nossos. Pularam por cima dele ou pisotearam-no em seu esforço para atingir mais gente, mas eu já estava longe, fazendo muito barulho em um bar público, reclamando de um cavalo em Leopardstown que estivera mastigando um dos obstáculos em vez de pulá-lo naquela manhã, antes que eles notassem a jaqueta de corte bem-feito do tira e o virassem. E foi quando viram o talho na sua testa.

Esse era o plano: um morto.

— Um gostinho do que está por vir — disse Jack. — Um pequeno prólogo.

Um cadáver. Não era para eu atirar ou esfaquear. Nada tão

mortífero; essa era a ordem. Uma pancada com um pedaço de madeira, quase um acidente.

— Só os rapazes do Castelo poderão realmente decifrar a mensagem — disse Jack. — Vão ler o motivo naquele corte.

E os britânicos revidariam; reagiriam de modo desproporcional. Como sempre faziam. Nos quatro anos seguintes, nunca nos decepcionaram. O problema deles não era falta de bom senso ou terem avaliado mal os ânimos do país — nunca julgavam nada. Nunca consideravam que valesse a pena julgar os ânimos do país. Transformaram em rebeldes milhares de pessoas tranqüilas que nunca haviam pensado em nada além da porta de suas casas. Foram sempre nossos maiores aliados; nunca teríamos chegado a nada sem eles.

O conde Plunkett, membro do Parlamento por Roscommon North boicotando sua cadeira e pai de Joseph Mary, um dos executados da semana de Páscoa, um velho amargurado, foi preso durante a manifestação da Beresford Place. O Ato de Defesa do Reino — conhecido como Big DORA* — pairava ameaçador sobre o país. Haveria deportações, cortes marciais por manobras e marchas ilegais, também por discursos que agitassem a plebe. Levantar um *hurley* tornou-se um ato de rebelião; ser irlandês estava se tornando sedicioso. Estávamos forçando o debate, e ninguém sabia quem éramos. E, quando os 122 homens libertados de Lewes, com de Valera mais uma vez são e salvo depois de seu descanso atrás das grades, finalmente chegaram subindo o Liffey e desembarcaram no mesmíssimo lugar de onde haviam sido empurrados para um barco no ano anterior, já eram heróis fabricados: navegaram de volta para casa e se depararam com um país novo. Foram recebidos com vivas por milhares de pessoas e carregados pelas ruas sobre ombros ansiosos até o Exchequer Hall, onde assinaram um pergaminho de linho desenhado por Jack Dalton e bordado por duas jovens de dedos ágeis da *Cumann na mBan*. Uma mensagem para o presidente Wilson e o Congresso dos Estados Unidos.

— Estamos fazendo história — disse Jack. — Não apenas desempenhando papéis, meu amigo. Estamos escrevendo a história. Você sabe por que havia milhares de pessoas nas docas, hoje?

---

* DORA: do inglês **D**efense **o**f the **R**ealm **A**ct. (N.E.)

— Porque eu apaguei o tira.

— Sim. Exatamente por isso. *Nós* estamos decidindo a ordem dos acontecimentos. Não eles. Se fizermos alguma coisa, eles vão fazer alguma coisa. Se fizermos outra coisa, eles farão outra coisa. Levamos centenas de anos para descobrir isso, mas é o que estamos fazendo agora. Escrevendo a história do nosso país. É isso. Vamos mudar o curso da história, meu amigo. Há um único futuro. A República. Qualquer outro será impossível quando tivermos terminado. Destino, Henry, uma porra. Aqui nós somos deuses, meu amigo.

Eu acreditava nele. Uma pancada com a perna do meu pai e os filhos da puta no Castelo dançavam conforme a nossa música. Eles eram nossos marionetes. *Henry Smart era um menino de Dublim, não havia rapaz à sua altura.*

— Foi a perna do seu pai que apagou o tira, não foi? — perguntou Annie.

— Não me venha com perguntas, Annie — eu disse.

— Estou trepando com um assassino — reclamou ela. — Socorro, socorro.

Ele era o príncipe das ruas da cidade, nenhum outro chegava perto.

E Collins me mandou de volta para o trabalho nas docas.

— É onde precisamos de homens duros e leais, rapaz — disse ele.

Estava sentado frente à escrivaninha de seu novo escritório na Bachelor's Walk. O rasgo na perna de sua calça fora remendado com esmero. Ele acenou com a cabeça em direção à janela, para o Liffey abaixo e as docas, e o mundo mais além.

Assim voltei, passando pelo aceno de nosso pequeno aliado, o estivador anão. Peguei um caixote onde se lia BÍBLIAS – SEM VALOR COMERCIAL — o marido morto de Annie me levou até o caixote e piscou — e eu pus a caixa na cabeça, passando pelo estivador, virando a esquina, passando a delegacia da polícia municipal na Store Street e o necrotério ao lado, rumo aos laticínios Coolevin, uma lanchonete sob a ponte da Loop Line na Amiens Street. Atravessei a lanchonete vazia, passei pelo dono e sua irmã, entrei em um quarto dos fundos, mais um dos escritórios de Collins. O próprio estava lá.

Olhou para o caixote nas minhas mãos. Eu suava.

— Para mim? — perguntou Collins. — Ah, Henry.

Arrancou a tampa do caixote sem precisar de um pé-de-cabra ou de um martelo. Abriu o feno e me mostrou uma fileira bem arrumada de fuzis, Smith and Wessons, novos, lindos e untados como recém-nascidos.

— Temos amigos pelo mundo inteiro, rapaz — disse ele.

Do Sheerin's eles seriam levados sob casacos e saiotes da *Cumann na mBan*, em bondes e bicicletas, para a estação de Kingsbridge e dali para o interior do país e, atravessando a Amiens Street, para Belfast e o norte. Nunca conheci os mensageiros. Collins mantinha seus amigos e contatos bem longe uns dos outros. Eu entregava bíblias, peças de máquina e mercadoria de luxo no Sheerin's, na livraria da Dawson Street, até mesmo na alfaiataria de Harry Boland na Abbey Street, de barcos que vinham de Liverpool, de Boston e de lugares estranhos que não tinham filial da Liga Gaélica: Lagos, Bombaim, Nairóbi. Fazia isso duas ou três vezes por semana, carregando minha sentença de morte através das ruas da cidade infestadas de espiões, mas ninguém jamais sequer esbarrou em mim.

— Alguns dos tiras estão do nosso lado — disse Jack. — Mick está fazendo amizade em todo lugar.

— Vai acabar não havendo ninguém contra quem lutar — eu disse.

— Ainda não chegamos lá, meu amigo. Um ou dois caixotes de bangue-bangues não vão trazer a vitória. Eles têm dois milhões de soldados na França, e aquela guerra não vai durar para sempre. E mais uma coisa...

Ele deu um murro no meu braço.

— Apenas alguns dos tiras estão do nosso lado. Lembre-se disso da próxima vez que fizer uma entrega de bíblias.

— Vou deixar este caixote aqui, está bem, vovó?

— O que você roubou desta vez? — perguntou ela.

— Volto para pegá-lo amanhã.

— Faça o que quiser.

Ela soprou a poeira da capa e devorou a primeira página da minha mais recente doação, *Atrás do palco*, ou *Trinta anos de escravidão e quatro anos na Casa Branca*, de Elizabeth Keckley.

— É bom? — perguntei.
— É esperar para ver.
Ela gostou.
— Conte mais sobre Gandon, vovó.
— Matança — disse ela.
— Matança?
— Matança. O homem sem a perna matava para Gandon.
— Que matança?
— Todas. Não há muito o que ler aqui. Quero mais. Tem uma ianque chamada Wharton. Traga o que achar dela.
— Vou ficar de olho para ver o que tem.
— Isso mesmo.
— Conte sobre Alfie Gandon, Jack — pedi.
Estávamos no Shanahan's, bem depois da meia-noite, quando o *pub* virava nosso quartel-general.
— Gandon?
— É.
— Como foi que descobriu? — perguntou Jack.
— O quê?
— Que ele é o nosso senhorio.
— Está brincando! — exclamei.
— Ele é um dos nossos, meu amigo.
— Da organização?
— De jeito nenhum — respondeu Jack. — Ele não quer sujar as mãos assim. Embora tenha provado um uniforme dos Voluntários. O próprio Harry Boland tirou as medidas. Ele é gente grande nesta cidade, meu amigo. Imóveis, transporte, bancos, sociedades. Está em todas. É um homem poderosíssimo, Henry. E um bom homem. Existem mais viúvas e órfãos vivendo da generosidade dele do que as freiras podem acomodar. E ele não gosta de se gabar. Câmara do Comércio, Liga Gaélica e obras assistenciais. É perfeito. Vou lhe dizer o que é o senhor Gandon. Ele é a nossa face respeitável. Ele vai se declarar quando chegar a hora certa. Enquanto isso, nós o deixamos no gelo.

Não toquei mais no assunto. Precisava pensar e observar. Havia duas versões do mesmo homem, a da vovó Nash e a de Jack. Passei pelo salão de Dolly Oblong à noite, de madrugada e ao raiar do dia, mas não vi nenhum Alfie Gandon.

Foi quando Thomas Ashe morreu.

Veterano de 1916 — ele e Dick Mulcahy tinham emboscado e enchido de pancadas um grupo de tiras em Ashbourne, nossa única vitória naquela semana —, ele fora preso por incitar rebelião em lugar público. Recusou-se a reconhecer o tribunal e foi mandado para Mountjoy. Já havia quarenta homens por causa do DORA em Mountjoy; assim, com Ashe na liderança, eles entraram em greve de fome. Haviam recebido a sentença por um tribunal especial, por isso queriam *status* especial. Ashe foi arrancado de sua cela e forçado a comer. Foi amarrado a uma cadeira, e lhe enfiaram um tubo de borracha de 35 centímetros na garganta; dois ovos batidos em meio litro de leite empurrados goela abaixo com vinte acionamentos da bomba de estômago. Náusea, vômito, hemorragia interna. No fim do dia ele estava morto.

O enterro foi impressionante. *Let me carry your Cross for Ireland, Lord. For Ireland is weak with tears*. Os Voluntários invadiram a cidade. Vestindo uniformes banidos, carregando *hurleys* banidos, colocamos a multidão em ordem e caminhamos ao lado do caixão com milhares de pessoas de luto vindas do país inteiro. De Valera assumiu a liderança com seu novo uniforme, e a condessa liderou o que sobrava do Exército de Cidadãos. E, por apenas um segundo, a vergonha tomou conta de mim: eu estava usando o uniforme errado. Mas andava ocupado. *For the aged man of the clouded brow, and the child of tender years*[*]. Empurrei o povo para chegar até a beira da cova. Passei o meu *hurley* para uma mulher chorando e peguei um Smith and Wesson debaixo de seu casaco. Havia dois outros homens a meu lado agora. O comandante de brigada Dick McKee nos deu as ordens — três gritos secos, como melros quebrando o silêncio —, e atiramos três vezes contra as árvores de Glasnevin. Depois Collins, a cada passo uma decisão, colocou-se à nossa frente e virou-se para a parte mais densa da multidão. Suas primeiras palavras foram em gaélico. Eu não entendi. *Anseo* — aqui — e *Tar istigh* —

---

[*] Deixe-me carregar sua cruz pela Irlanda, meu Deus. Porque a Irlanda está fraca, de suas lágrimas derramadas. / Para o velho de olhos turvos e a criança na flor da idade.

vocês dois, entrem —, que aprendera com Miss O'Shea, eram tudo o que eu sabia de gaélico. Passei cada segundo da marcha procurando-a. Logo Collins passou para o inglês.

— Nada mais falta ser dito. A saraivada de balas que acabamos de ouvir é o único discurso adequado para se fazer junto à cova de um feniano morto.

E pronto. Ele se virou e partiu, carregando seu luto sozinho; Ashe fora um de seus amigos mais íntimos. Havia trabalho a ser feito. Jack e eu escrevemos "O último poema de Thomas Ashe" nas costas curvadas dos coveiros.

— O que rima com *tormento*?
— *Sofrimento* — respondi.
— Ótimo, meu caro — disse Jack. — Tem muito sofrimento em qualquer bela homenagem.

No fim daquele dia, Voluntários à paisana já vendiam panfletos do nosso poema nas ruas — *Let me carry your Cross for Ireland, Lord. My cares in this world are few* —, e havia milhares e milhares de panfletos pelo país afora, nos mercados e portas de igreja — *Let me carry your Cross for Ireland, Lord. For the cause of Róisín Dhú**.

— Aposto que você não sabia que Jesus era irlandês, não é, Henry? Ele é um dos nossos.
— Como nosso senhorio.
— Exatamente.

Ele definiu o que era propaganda para mim.

— Entrar enfiando a bota primeiro, meu amigo. E propaganda é o brilho na bota.

O funeral foi filmado e o filme revelado em um carro com janelas escurecidas no caminho de volta para a cidade; ficou pronto para ser visto nos cinemas naquela noite — mais uma idéia de Collins.

Os ternos eram trabalho de um gênio.

Estávamos de volta ao escritório de Collins, semanas depois do funeral. Ele girava no meio da sala mostrando seu terno novo.

— O que vocês acham, rapazes? — perguntou. — A melhor lã do pedaço.

---

* Deixe-me carregar sua cruz pela Irlanda, meu Deus. Minhas preocupações neste mundo são poucas. / Deixe-me carregar sua cruz pela Irlanda, meu Deus. Pela causa de Róisín Dhú.

— Muito elegante — eu disse.

Havia dois pequenos montes de notas arrumadinhas lado a lado na ponta da mesa.

— Peguem o de vocês — disse ele, apontando para o dinheiro.

— Por quê? — perguntei. — Sou um estivador de docas.

— Não o tempo todo, rapaz. Você é um insurgente e vai haver um preço pela sua cabeça. E tenho um amigo no Castelo que me diz que é muito mais fácil você evitar ser preso se estiver vestido como um diretor de companhia. Assim, vá comprar a porra do terno e não quero ouvir mais um pio.

Então fomos até a Clery's e eu comprei um terno cinza como aqueles que vi os ianques usando nos filmes, e o terno se tornou meu verdadeiro uniforme.

Era coisa de gênio. Não o corte — o meu me deixava com marcas vermelhas embaixo dos ombros —, mas a idéia do terno, o uso do esnobismo e da idiotice dos outros em nosso favor, isso era demais. Collins saía com planos e paródias que nos deixavam pasmos de admiração, idéias óbvias que ninguém exprimia a não ser ele. Ele dormia na cama de homens que tinham acabado de ser presos — os tiras jamais pensariam em revistar a mesma casa duas vezes numa noite, especialmente quando conseguiram prender alguém da primeira vez. A cama mais segura na cidade, dizia ele. Um homem de borracha. Todo mundo sabia quem ele era, mas ninguém conseguia descrevê-lo. Seus cabelos eram castanhos, loiros e pretos. Tinha os ombros largos, mas não muito alto; ao mesmo tempo, era o homem mais alto na sala. Ele deixou crescer o bigode, e os anos cresceram com ele; engordou, tornou-se de meia-idade. Raspou o bigode e virou um rapaz de novo, muito jovem para ser Michael Collins. Sorria para os tiras quando os encontrava nos bloqueios; ajudava-os nos mínimos detalhes; virava um deles. Nunca se escondia em um casaco, atrás de um colarinho.

— Michael Collins — disse ele uma vez, respondendo a um tira novo e inexperiente que o inquiria.

Eu estava com ele.

Ele riu. Nós rimos. Eles riram.

— Estou brincando com você — disse ele.

De boné e cachecol, ou menos imponente num casacão, ele

teria recebido o cabo de um fuzil nas costelas. Mas Mick não. Ele era um diretor de firma, um homem urbano, de classe superior à deles, mas um deles também.

— Michael Collins — respondi à mesma pergunta.

Eles riram de novo. Deixaram passar, porque eu estava com Michael Collins.

— Continuem o trabalho, rapazes — disse Collins, quando passamos pelo bloqueio. — Logo vão prender o filho da puta. E podem dar um chute na bunda dele por mim.

— Boa noite, doutor.

Os britânicos dominavam o país por meio da polícia. Tinham seus próprios espiões e outros espiões e espancadores e delatores; o país inteiro estava coberto por uma rede de sussurros, tudo ligado a Dublim através de fios que carregavam vozes até a Divisão G no quartel-general, no Castelo. O homem atrás de você no trem, o garçom lavando os copos, seu irmão ajudando a cortar a grama — espiões. A mulher que você está fodendo, o homem com que ela está casando, todos, tudo sendo sussurrado para o Castelo de Dublim, para ouvidos atentos, indo parar em livros grossos, em prateleiras empoeiradas. Tudo pago e supervisionado pela Divisão G, a unidade de crime político da Real Polícia Irlandesa. Qualquer um suspeito de deslealdade para com a Coroa, traição flagrante ou latente, tinha seu nome assentado em um livro preto com um S enorme ao lado, como uma marca de ferro em brasa — marcado para o resto da vida, e observado. Nos portos e estações de trem, nos cinemas e nas igrejas, por trás de cercas vivas ou telhados. *S* para quê? Sedição, suspeito, singular? Nunca fiquei sabendo. Com o *S* ao lado de seu nome você nunca estava sozinho. Metade dos homens nas reuniões dos Voluntários eram espiões, deliberada ou acidentalmente, casados com espiões ou espiões eles mesmos.

Então Collins inventou o círculo. Um membro da Irmandade Republicana Irlandesa conhecia nove outros membros, não mais — seu círculo. Eu conhecia mais que nove, mas nunca ao mesmo tempo. Os mortos ou presos eram substituídos quase que imediatamente. Eu reconhecia rostos, piscadas, acenos, mas não nomes. A pior tortura, chamas, nem mesmo a fosforita, nada podia produzir mais que dez nomes, incluindo o meu. O estado de igno-

rância nos deixava mais corajosos. E sabíamos quem eram os espiões e sussurrávamos nossas mensagens nos seus ouvidos, destilávamos uma frase bem colocada, enchíamos de merda a cabeça dos filhos da puta.
A polícia dominava o país.
— E é por isso que vamos matá-los — dizia Jack. — Matar um por um até não sobrar um único filho da puta de pé.
Eu estava de acordo; vinha de uma linhagem de assassinos de policiais. Fora perseguido por eles; mergulhara em rios subterrâneos para fugir deles. Não eram gente de verdade, os tiras. E eram idiotas também; sete séculos de domínio fácil os haviam deixado preguiçosos. A própria prima de Collins, Nancy O'Brien, trabalhava no Castelo; suas obrigações incluíam preencher mensagens com código secreto do subsecretário para a Irlanda, Sir James MacMahon. Uma outra prima, a de Pearce Beaslai, uma mulher chamada Lily Merin, trabalhava lá dentro como datilógrafa. Duas vezes por semana ela pegava o bonde do trabalho até o fim da Clonliffe Road. Caminhava até uma casa e entrava. A casa não tinha mobília, a não ser uma escrivaninha, uma cadeira e uma máquina de escrever. Ela datilografava palavra por palavra o que tinha datilografado durante o dia, e saía. E eu pegava as folhas datilografadas e as trazia para Collins ou Jack. Em outras noites, ela caminhava pela Grafton Street e pela Dame Street e, com um gesto disfarçado de um dedo ou a batida de seu salto, identificava os oficiais de inteligência e outros rostos familiares para homens como eu, homens que ela não sabia quem eram, mas que estavam bem a seu lado. Estávamos nos preparando. Colhendo nomes, rostos, endereços.
— São o cimento — disse Jack. — Os tiras. A gente acaba com eles e o resto desaba.
Mas ainda não.
Havia casamentos e eleições complementares. Diarmuid Lynch, o Diretor de Alimentos do Sinn Féin, liderou um novo desvio de manada de porcos destinados à Inglaterra e abateu os animais para o comércio e consumo irlandeses. Foi pego com o sangue nas luvas e, porque era um ianque voltando dos Estados Unidos e cidadão norte-americano, foi condenado à deportação. Queria casar-se no presídio de Dundalk, assim sua noiva poderia receber

um passaporte americano para poder ser deportada com ele. Mas os homens no poder não queriam saber de nada disso. Já tinham assistido a um casamento na cadeia, o de Plunkett, em 1916, que virara um mito republicano. Mas Lynch casou-se do mesmo jeito. A noiva trouxe um padre às escondidas para dentro da cela — embaixo do casaco, dentro da bolsa? nunca fiquei sabendo —, e um casal de testemunhas também, e ela e ele se uniram em matrimônio na cela de Lynch.

Collins fizera questão de que a noiva — uma beldade, por sinal; ficava claro por que Lynch queria tanto levá-la com ele para o exílio — acompanhasse o marido e sua escolta no trem para Dublim e na deportação. Uma multidão enorme, inclusive Henry Smart, recebeu o casal feliz e seus tiras na estação de Amiens Street e os seguiu a pé, subindo o rio, até Bridewell. Collins e eu, em nosso melhor terno de domingo, subimos os degraus e entramos pela porta da frente da estação. Não fomos detidos; vários tiras corpulentos saíram da frente. Collins, com cara de advogado ou de um oficial do Castelo encarregado de deportar *shinners*, foi direto até Lynch. Fiquei atrás, com minha Colt Widowmaker quentinha contra o meu peito. Ele entregou alguns nomes a Lynch, contatos americanos, homens que manteriam Lynch na luta. Depois cumprimentou o noivo e a noiva.

— O que temos de melhor — disse ele.

E saímos, eu atrás, de volta para a anonimidade da multidão na Chancery Street. Um outro rapaz de terno marrom se aproximou de nós com uma bicicleta. Collins a pegou, subiu no selim sem dobrar o joelho e foi embora.

Eram nossos cavalos, as bicicletas. Eu já havia roubado e vendido bicicletas mesmo antes de aprender a pedalar, mas nunca vira muita utilidade para elas, a não ser o dinheiro vivo que recebia pela venda. Desaparecer virando uma esquina era muito mais fácil a pé, e Dublim era uma cidade onde esquinas não faltavam.

— Homens de bicicleta — disse Collins. — É o que preciso. Homens bons, de bicicleta.

— Eu não tenho uma — comentei.

— Eu já comprei o seu terno — disse ele. — Você pode conseguir a porra da magrela você mesmo.

Assim, passeando perto do Trinity College, avistei uma grande bicicleta protestante. E foi ela que levei. O selim me caiu como uma luva. Pedalei pela Dame Street. Passei por automóveis e me agarrei à traseira de caminhões. Continuei, passando pelas pontes Guinness e Kings e não parei até chegar ao Granard, sem descanso, a não ser quando caí da bicicleta. Era a primeira vez que eu me aventurava para lá de Lucan e, nos três anos seguintes, a cúpula verde e fina no topo do Spa Hotel se tornou meu farol, o sinal de que eu estava chegando em casa ou, como agora, muito distante e distanciando-me ainda mais a cada pedalada.

Três anos em cima de uma bicicleta roubada. Driblando vento, chuva e balas. Eu e meu Cavalo Sem Bunda. Sem farol na frente por medo de que os gordos da Real Polícia Irlandesa, e depois os Caras Pretas*, estivessem atrás de um muro ou uma cerca com armas apontadas à espreita de rebeldes sobre bicicletas. Pedalei na escuridão da noite, pelos quatro cantos da Irlanda. O ininterrupto zunido da corrente da bicicleta engoliu os três anos seguintes.

E naquela primeira viagem para Granard, com cartas de Collins costuradas no forro do meu casaco e duplicatas escondidas no cano da bicicleta bem embaixo do selim, minha Colt Widowmaker firmemente presa às minhas costas, uma lâmina costurada no boné e a perna de meu pai no seu coldre embaixo do casaco, respirei ar puro pela primeira vez na vida e isso quase me matou. Não havia nada, apenas ar puro, e eu de repente me vi com uma fome de leão; as estrelas e os pedregulhos nadavam diante dos meus olhos. Era oxigênio vindo direto do Atlântico, novinho em folha e feroz. A mordida e a enormidade dele, o modo como enchia minha cabeça — não agüentei. Tudo o que eu respirara antes viera sempre misturado com a sopa de Dublim ou, nos dias de inverno, quando o vento soprava do Nordeste, das chaminés do norte da Inglaterra e da Escócia. Agora, a Sem Bunda atravessava o novo ar comigo pendurado e sonolento. Enquanto as pernas trabalhavam, o resto do corpo dormia.

Não havia esquinas no interior do país, eram ruas sem nomes

---

* *Black and Tans* [Caras Pretas]: força formada por cruéis mercenários irlandeses e oficiais ingleses para reprimir a revolta que borbulhava na Irlanda antes da independência. (N.T.)

e sem tamanho definido. Eu tinha quarenta e poucos quilômetros para cobrir, mas não tinha idéia do que aquilo significava em termos de esforço. Pedalava entre as cercas vivas, e mais tarde as cercas engoliam a noite e desapareciam. Continuava pedalando no escuro. Não havia onde parar, nada para ver. Eu olhava para a frente buscando uma luz que me orientasse, mas exceto por uma nuvem deslocada ou a luz de um vilarejo formando-se acima dos telhados, não havia nada. Eu já tinha viajado no escuro antes, mas sentia falta da ajuda da água de um rio, da solidez de paredes de cavernas. Os rios no interior ficavam a céu aberto, mas escondidos. Podia ouvi-los na escuridão, correndo ao meu lado, rindo de mim. Podia sentir a umidade nos meus calcanhares. E o açoite dos galhos que se curvavam. Havia animais também que nunca deviam ter existido na Irlanda, suas patas e dentes rasgando a borracha de meus pneus. Tudo isso eu ouvia, mas não via nada.

— Que porra você está olhando aí? — gritei para a estrela mais brilhante e pequena que fora libertada pelos ventos, enquanto eu arrancava a bicicleta de uma poça na qual acabara de me enfiar.

Eu estava ensopado e meio quebrado, mas dei à minha Sem Bunda um afago e um chute para tirar a sujeira. No instante em que minha bunda ensopada tocou no selim mais ensopado ainda, as nuvens voltaram a se juntar e levaram as estrelas. Fechei os olhos e pedalei contra o vento. Aquela era a direção durante os próximos três anos, sempre — direto contra o vento. Até mesmo quando eu pedalava para o leste, para casa em Dublim, até mesmo quando passava por baixo do Spa, meu queixo encostado no guidão, os ventos dominantes me abandonavam e deixavam o ar gelado da Sibéria me empurrar para trás. Era uma batalha sem trégua.

Atravessei a ponte em algum lugar na manhã do segundo dia. Olhei para o rio e rezei para que não fosse o Shannon, porque se fosse, eu teria ido longe demais.

— Onde estou?
— Mullingar.
— Esta é a estrada certa para Granard?
— Não há estrada certa para Granard, filho.
— Se eu continuar nesta direção, chego lá?
— Chega, com a ajuda de Deus.

Entrei em Granard ao meio-dia, ao longo da estrada de Castlepollard, um dia e meio depois de ter roubado a bicicleta. Subi a porra da última ladeira dando tudo e entrei na cidade ainda a todo vapor. Virei à esquerda na Main Street. Limpei o suor e a sujeira dos olhos e olhei ao redor.

— Onde fica o Greville Arms, amigo? — perguntei a um moleque com cara de asno que segurava um poste. Tinha os cabelos e os olhos de um velho, mas usava calças um tanto curtas para suas pernas.

— No lugar de sempre — disse ele.

Não estava sendo insolente, isso eu via. Apontava para a rua. Segui sua testa e lá estava o Greville Arms Hotel, meu destino.

— Obrigado.

— Por quê? — perguntou ele.

— Obrigado assim mesmo — insisti.

— Por quê? — disse ele de novo.

Bati a poeira e a sujeira mais grossa da roupa e da Sem Bunda antes de prosseguir até o Greville Arms. Agora que eu descera da bicicleta, o vento de repente parecia ter desaparecido e senti o calor de um dia quente. Queria tirar o casaco, mas era a única coisa que escondia minha arma, assim agüentei seu peso e o suor por mais algum tempo.

O Sinn Féin havia ganhado cinco eleições complementares desde 1916: o pai de Plunkett em Roscommon; Joe McGuinness em Longford — Joe, o Encarcerado. *Colocá-lo dentro do Parlamento para tirá-lo da cela.* Ele não queria se candidatar, mas Collins ignorara sua vontade — de Valera em East Clare; Cosgrave em Kilkenny; e Arthur Griffith, outro na cadeia, em East Cavan. E agora havia rumores de que o deputado atual pela vizinha Leitrim — um ancião que já era velho nos tempos de Parnell — estava para bater as botas; a gota estava se espalhando a partir de seus pés, começando a atacar o seu cérebro. Collins queria estar pronto para a eleição complementar que viria depois do funeral, e a eleição geral que poderia ser antecipada, quando a guerra na Europa chegasse ao fim. Eu carregava ordens diretas para os homens dos distritos de Midland e Connaught que estavam se reunindo no Greville Arms para discutir estratégia, táticas — e uso de armas, depois que os democratas entre eles tinham ido dormir.

Levantei o pedal e encostei a Sem Bunda contra o degrau de baixo da entrada do hotel e tirei o boné da minha cabeça, pingando de suor, pela primeira vez desde que o vestira, algumas horas depois de roubar a bicicleta.
— É suor isso na sua testa?
Era Collins, no degrau de cima.
Aquilo não fazia sentido.
— Como?
— O trem, Henry — respondeu ele. — É mais rápido do que a magrela, mas não chega a lhe fazer tanto bem. Você parece saudável, garoto.
Fui um pouco para a direita, para proteger os meus olhos do sol.
— Por quê?
— Você acha que eu ia deixar esses poltrões fazerem uma reunião sem eu estar presente?
— Por que eu?
— Na bicicleta, você quer dizer?
— É.
— Foi como um teste, Henry — disse Collins. — E, rapaz, você foi rápido. Isso eu tenho de admitir. Não parou no caminho todo, nem uma vez. Não pergunte. Eu sei. Até mijou sem descer da bicicleta, nota dez para você. E o mais importante. O mais importante: você não tentou descosturar os pontos no seu casaco e nunca tirou a bunda do selim para ver o que tinha embaixo, dentro do envelope. Eu sabia que você não faria isso. Sabia o tempo todo; passou no teste comigo. Quer que eu diga agora o que tinha no envelope?
— Nada — respondi.
— Exatamente, meu caro.
Mesmo assim não subi correndo os degraus para matá-lo, porque sabia que aquilo também fazia parte do teste.
— Exatamente — disse ele. — E você não está nem um pouquinho aborrecido comigo.
Ele pulou os degraus e me empurrou para a rua. Seguiu-me. Por sorte, o tráfego era leve e moroso, algumas carroças acompanhando o sol. Collins estava brincando. Ele adorava suas brincadeiras de mau gosto. Conquanto que ele estivesse por cima. Era preciso ter cuidado. Ele gostava de morder uma orelha. Mordia

quando estava ganhando e ficava mais agressivo quando estava perdendo. Dei um soco nele então, mas não para que o machucasse. Ele riu e agarrou meu pescoço. Eu ri e agarrei o dele. Nunca fui muito de brincadeiras viris, de brigas de mentira, a não ser que houvesse intenção real de estrangular o dono do pescoço. Mas eu me adaptava facilmente. O chefe gostava de uma briguinha boba, e foi isso que lhe dei, em todo caso deixando-o pensar que estava ganhando. Dei-lhe um tapa na nuca. E ri. Ele esbofeteou minhas duas faces com as mãos abertas. E riu. Fiz como se fosse dar um chute na sua bunda, mas dei um leve sopapo um pouco acima da fivela de seu cinturão. Deixei-o brincar por mais alguns minutos. Para me dar tempo de pensar. Seus socos levantavam a poeira de meu casaco.

Eu fora realmente testado. Fora observado o caminho inteiro. Na escuridão da noite. Quando caíra na poça. Até passar em Kildare e Westmeath. Quando diminuíra o ritmo para pedir informações sobre o caminho. Quando olhara para o céu e gritara para o meu irmão cintilante.

Saí de baixo de Collins. Ele me segurou pelas costas e me levantou.

Eu estava chateado. Não confiavam em mim. Não o suficiente. Até agora. E onde estava Jack? Será que confiavam em mim agora? E o suficiente?

Enchi os pulmões com um pouco daquele ar fresco, e Collins precisou me soltar um pouco enquanto meu peito se estufava. Virei-me e agarrei-o na descida. Não estava com raiva. Ou magoado. Procurava esses sentimentos e não sentia nada assim, enquanto girava na rua e o trazia, arrastando-o comigo. A velocidade e a força do meu movimento deixaram-no de joelhos.

Eu estava feliz da vida, essa era a verdade. Tinha passado. No grande teste. Um pouco histérico, para ser franco. E não muito longe de zangado. Um teste real, um teste verdadeiro da minha lealdade e força. Agora eu estava dentro.

Fiquei atrás de Collins e o empurrei para o chão. Esqueci que era para eu estar perdendo. E sentei-me nas suas costas.

— Você se rende?

Ele era um cara demais. Eu o amava. Mas queria machucá-lo.

— Não ouvi. Você se rende?

Ele grunhiu.

Levantei-me e saí de cima dele. Tirei o casaco e pendurei na maçaneta da porta; eu tinha esquecido a história da arma nas costas. Não sabia que quando aceitara o seu grunhido de rendição, ele estava sendo observado — ou pelo menos julgava estar — por Kitty Kiernan, de uma das janelas do hotel. Só fiquei sabendo sobre ela mais tarde. Ela tomava conta do Greville Arms com as irmãs, e Collins estava apaixonado por ela e provavelmente também por uma de suas irmãs. Moleque selvagem que era, pensou que poderia me dar uma surra que deixaria a moça admirada ou, voltando trinta segundos no tempo, a visão de um mensageiro dublinense coberto de poeira sentado nas suas costas definitivamente não a deixaria nada admirada. Ele se levantou devagar e se sacudiu. Depois se esticou. E riu.

— O melhor dos homens — disse ele.

E me deu um soco.

Acordei numa cama em Roscommon.

Em um quarto escuro, sem janelas, com a noção imediata de que um dos meus olhos tinha desaparecido.

Sentei-me na cama e gritei.

— Pronto, pronto, pronto.

Havia alguém no quarto.

— Quem é? — perguntei.

— Pronto.

— Quem é você?

— Pronto, pronto.

Uma mulher. A voz. E sua idade transparecia nas fissuras que entrecortavam sua voz. Era muito velha.

— Estávamos preocupados, meu jovem. Pensamos que podia ser um caso de coma, e não simplesmente sono.

Ouvi uma cadeira ranger ao ser libertada do peso.

— Mas então ele mesmo nos disse que você veio de bicicleta de Dublim até aqui de uma tacada só, e entendemos que era apenas sono, afinal de contas. Mesmo com esse olho do jeito que está. Sua arma está embaixo do travesseiro. Com a perna.

— O que tem meu olho?

— Nada de mais. Apenas ficou roxo. O roxo é tão lindo quanto o outro?

— Disseram-me que é.
— Então quem lhe disse não mentiu.
Agora eu podia vê-la. Não estava mais tão escuro. Havia uma lamparina no chão; sua luminosidade subia de algum lugar em frente à cama. Era um sótão. Dava para ver e sentir o cheiro do telhado de palha.
— Aposto que não é o primeiro olho roxo que você ganhou. Não estou certa, meu jovem?
— A senhora está.
— Pronto. Ótimo. Não vou perguntar seu nome, porque quando eles me perguntarem, vou poder dizer que não sei e não vai ser mentira alguma.
— Quem vai perguntar meu nome?
— Ora essa — disse ela.
Era frágil e bem idosa, parcialmente escondida em um xale preto que no passado poderia ter sido colorido.
— Mas você com certeza vai querer me chamar de alguma coisa — disse ela. — Tenho um nome, e ele não é segredo nenhum. Sou a senhora O'Shea.
Ela deixou cair o xale sobre os ombros. Seus cabelos grisalhos presos em um coque.
Um coque.
Olhos castanhos e alguns fios de cabelo que escapavam de um coque.
Inclinei-me rápido; senti meu olho machucado protestar, mas não importava — eu tinha de saber.
— A senhora tem filhas?
— Dois minutos acordado e já está pensando em garotas. Homens, homens, homens. São todos uns animais desesperados. Pronto, pronto. Tenho uma porção de filhas. E netas que vieram depois delas.
— Tem alguma filha professora?
Rezei ao telhado de palha acima de mim.
— Nenhuma — respondeu ela. — E agora tome uma colher de sopa. Para dar uma corzinha a essas suas bochechas dublinenses.
Ouvi-a descer os degraus, enquanto eu me deitava de novo na cama e esperava que minhas bochechas e meu pescoço cessassem de arder, e o meu olho parasse de dar pulos. Ela viu como

minhas bochechas coraram, deve ter visto, até mesmo naquela luz fraca; foi por isso que ela negou a cor delas. Respirei profundamente — senti o cheiro de torrão queimado que vinha pelo assoalho do andar de baixo —, inalei e botei meu coração despedaçado em seu devido lugar. Eu quase a vira — Miss O'Shea; tinha chegado tão perto. Por um segundo ou dois, olhara para sua mãe. *Olhos castanhos e alguns fios de cabelo que escapavam de um coque que brilhava como uma lamparina atrás de sua cabeça.* Eu estivera sob seu teto, na cama em que ela havia nascido. Onde mamara o leite da teta da mãe, contra aquele travesseiro, na teta da mãe, e crescera. Seus cabelos, a pele, a nuca. Eu os havia sentido aqui, por apenas um segundo. Ainda estavam aqui. Esvanecendo, desaparecendo.

Não havia nada.

Ouvi os passos na escada.

— Duas delas são freiras das Pequenas Irmãs dos Pobres e uma é governanta em Mullingar. Outra é enfermeira em Londres, algumas são mulheres de pequenos fazendeiros e uma outra é casada com o dono de uma loja em Castlerea. E a minha mais nova, que não bate bem da cabeça, ainda está comigo. E tenho netas por aí espalhadas, casadas ou não, fazendo de tudo.

Levantei mais uma vez para ver uma tigela de sopa subindo do chão, segurada no alto por duas garras. O vapor engolia a poeira, seguido da velha senhora O'Shea. A mãe dela, mas só por uma merdinha de segundo cruel.

— Mas nenhuma delas é professora de escola — disse a senhora O'Shea. — Bom. Meus pobres joelhos não agüentam esses degraus. Dois joelhos, dezessete degraus. Uma luta. Sente-se, meu jovem, para que eu lhe dê de comer.

Sentei-me, dessa vez devagar, consciente agora de que meu olho machucado não gostava de movimento e de que minha ereção estava erguendo uma montanha por baixo do cobertor.

— Mas os homens, homens — disse a senhora O'Shea, olhando apenas para a sopa e para a colher e sua jornada até minha boca.

— Posso fazer isso sozinho — eu disse.

— E eu, vou fazer o quê?

Ela tirou a colher da minha boca fechada e eu nunca experimentei uma coisa como a sopa que a colher deixou. Era simplesmente intragável.

— Muito bem — disse ela.

Mais sopa. Uma mistura assustadora de coisa crua e coisa podre, e escaldante além do mais, e eu tive de engolir tudo. Eu havia crescido com comida ruim, mas não tão imprestável como a sopa da velha senhora O'Shea, e comi sem pestanejar porque ela quase era a mãe da minha amante.

A casa ficava numa fazenda. Quarenta e poucos acres de pastagem ondulante e pântano, divididos por pequenos muros de pedra. Não se via nenhuma cerca viva.

— O que são aqueles troços amarelos?

— São tojos — disse ela.

Eu estava parado na meia-porta na manhã seguinte, depois de acordar do soco de Collins, e olhava para a chuva que caía no quintal.

— Onde estou?

— Rusg — respondeu ela. — O pântano, quero dizer. É um nome bonito, mas não é justo. Descreve apenas uma parte dele. E a paróquia seguinte se chama Rusgeile. O homem que escolheu os nomes para essa parte do condado tinha apenas um olho bom e foi com o ruim que ele viu tudo. Tome cuidado para que o seu olho não fique vendo só os morros, meu jovem.

— Vou tomar cuidado — prometi. — Não se preocupe.

— Agora pode ir — disse ela. — Ele mesmo diz que você vai precisar de um teto seguro de vez em quando, e será sempre bem-vindo aqui. Não é uma casa muito grande, mas é uma casa amiga. Somos todos pela República por aqui.

Eu não vira ninguém além dela.

— E é sempre bom dar de comer para um homem bonito. Agora pode ir — disse ela. — É uma viagem longa até Dublim, e não vamos resolver nada ficando por aqui flertando.

— Muito obrigado — eu disse.

— Por quê?

Por me envenenar, pensei comigo mesmo, enquanto atravessava a chuva à procura da Sem Bunda até chegar a um palheiro longo que cheirava a aveia mofada e couro de cavalo.

Encontrei Collins no *pub* de Phil Shanahan.

— Desculpe pelo olho, Henry, meu caro. Da próxima vez deixo você ganhar.

Mas não deixou.

Agora eu não estava com raiva. Minhas feridas sempre saravam rapidamente. Cresci gostando de vê-las cicatrizar, e as mulheres sempre apreciam boas cicatrizes, e eu apreciava muito as mulheres. O olho roxo me dava a aparência de um cachorrinho abandonado. Uma moça gordinha em um campo atrás de Kinnegad me disse isso enquanto lambia meu olho, e as mulheres sempre apreciam cachorrinhos. Levei tempo pedalando de volta de Rusg. Eu descera da Sem Bunda várias vezes, em Ballagh, Athlone, para olhar o Shannon, que eu atravessara da primeira vez dormindo, e Kinnegad.

— Estamos quase prontos, Henry — disse Collins.

Ele me dava atenção completa: não havia mais ninguém na sala enquanto ele falava. Estava deixando crescer um bigode que já acrescentava mais alguns anos a seu rosto; era um homem de negócios, um homem de família voltando para casa.

— Dublim está organizada, e as outras cidades estão mais ou menos prontas; em breve teremos lugares suficientes no país prontos para a ação. Temos os homens e as casas, mas não temos *know-how* ou armas suficientes. Os brinquedinhos estão chegando, e você e outros homens de valor vão providenciar o *know-how*. Vamos dar aos britânicos o que ele merecem nos pântanos, meu jovem, e nas cidades e em toda porra de lugar. Nada de Correio Central dessa vez, Henry. Que se foda. Não vamos ficar encurralados mais uma vez. Você vai voltar para onde acabou de vir. Amanhã cedinho. Para treinar os rapazes do campo. E para escolher os melhores para nós. Queremos nossos rapazes com as rédeas nas mãos. Agora vamos tomar um trago para celebrar a partida amanhã, e depois você vai para casa dormir um pouco. Vai precisar de toda a energia que tiver, meu jovem. E, por falar nisso, Cathleen, de Kinnegad, disse que você foi a melhor e mais longa trepada que ela deu em várias semanas.

9

Três anos numa bicicleta roubada. Galgando montanhas, atravessando rios e províncias. Mas primeiro precisava dizer adeus a Annie.
— Estou parecendo um cachorrinho abandonado, Annie?
Ela agarrou minhas orelhas e olhou para o meu olho roxo.
— É apenas um machucadinho — disse ela. — Não dê ouvidos a quem lhe disser o contrário. Estão apenas querendo tirar vantagem de você. Pronto.
Vi seus joelhos machucados passando pelos meus olhos.
— Devo cantar? — perguntou.
— Sim, Annie, por favor. Uma lenta.
— As lentas são tristes.
— Tudo bem.
— E duram apenas três minutos, não importa o quanto são lentas.
— Tudo bem — eu disse. — Estou indo embora, Annie. Por um tempo.
— Você nunca esteve aqui — disse ela.
— Estive — retruquei.
— Não — disse ela. — Não de verdade.
Ela tocou a minha cabeça com os dedos e depois o meu peito.
— Na verdade, na verdade mesmo, você não esteve.
— Estou aqui agora, Annie.
— Isso você está — disse ela, e seus dedos deixaram minha orelha, e eu a observei movimentar as coxas enquanto começá-

vamos nosso vaivém e suas mãos passavam de suas coxas para as minhas e subiam por minhas costas, minha nuca e voltavam para cada nó da minha espinha até achar as notas certas e cantar para mim. *She lives in a mansion of aching hearts, she's one of the restless throng.* Subiu em cima de mim e trabalhou enquanto cantava, e eu fiquei tão duro e imóvel quanto pude. E era fácil. Ela era velha e jovem ao mesmo tempo, a Annie. Coxas jovens, nuca velha. Pulsos jovens, mãos velhas. Cabelos jovens, dentes velhos. Olhos vivos — olhos maravilhosos e corajosos que me perfuravam —, mas uma voz velha cheia da imundície de vida que respirava o ar de Dublim, uma mistura de fumaça e sexo. Ela me soprou um dos mamilos — oh, Annie — e continuou. *Though by the wayside she fell, she may yet mend her ways.* Ela batia e cantava, e acabamos por gozar juntos naquela última vez. *Some poor mother is waiting for her* — lutamos um contra o outro e ganhamos — *who has seen better days** — e perdemos, e perdemos. Desprendemo-nos antes que morrêssemos.

Sentei-me.

— Está chorando, Annie?

— Não — respondeu ela.

Virou-se para a parede.

— Pobre Annie.

— Pobre nada — retrucou ela. — Não tem nada de pobre em mim. A não ser a falta de grana. Preocupe-se apenas com você.

— Não tenho com que me preocupar, Annie — eu disse. — Foi uma canção americana que você cantou?

— Foi — respondeu. — Quero ir para lá. Poderia fazer muita coisa lá.

Virou-se para mim.

— Quero ter um piano, Henry.

E virou-se para a parede de novo.

— E por que não vai, então?

— Porque ele quer morrer pela Irlanda.

— Ele?

---

* Ela mora numa mansão de corações partidos, faz parte da multidão de inquietos. / Apesar de ter caído na vida fácil, talvez até possa entrar na linha. / Uma pobre mãe a espera, com seu sofrimento sem fim.

— Sou casada, não se lembra?
— Por um momento, pensei que você estivesse falando de mim.
— Não me importo se você morrer ou não.
— Ah, importa-se sim.
— Não, não me importo — retrucou ela.
E eu acreditei.
— Mas não se esqueça da carta.
— Não vou esquecer — prometi. — Não se preocupe.
— Não estou preocupada.
— De qualquer maneira, Annie — eu disse —, vou voltar logo.
— Não, não vai.
— Vou, Annie.
Ela tirou minha mão de sua cintura.
— Não vai.
— Vou — insisti. — Juro.
Ela tinha razão. Nunca mais vi Annie, mas não me esqueci de escrever a carta.

A Grande Guerra finalmente terminara, mas não antes que os britânicos nos fizessem mais um favor e tentassem impor o recrutamento militar. O país estava abarrotado de jovens capazes sem a mínima vontade de morrer pelo rei, com mães e amantes relutantes em deixá-los ir, e quando chegaram as eleições gerais de dezembro de 1918, mesmo com a ameaça de férias compulsórias na França tendo desaparecido, todos entraram em fila, homens acima de vinte e um anos e mulheres acima de trinta, os jovens e os pobres, e todos votaram no Sinn Féin. De Valera, Griffith e a maioria dos outros líderes haviam sido presos de novo. Decidiram que seriam mais úteis para a causa atrás das grades, assim se deixaram deter facilmente. E aquilo funcionou muito bem. Quarenta e sete candidatos estavam presos no dia das eleições. *Libertem os prisioneiros, Libertem a Irlanda.* O Sinn Féin se tornou rapidamente respeitável. Era o partido dos padres de paróquia e do pessoal de classe média astutos o bastante para saber quando o vento estava virando. Era o partido do dinheiro e da fé e impressionava por seus laços com os mártires sepultados; foi declarado ilegal pelos britânicos, mas era tolerado. Enquanto eu pedalava de um arbusto molhado a outro ensinando os meninos do interior como ficar quietos e prontos até se certificarem de que o uniforme a caminho era um alvo certeiro, muitos dos meus companheiros revolucionários, disfarçados de partidários do Sinn Féin, acrescentavam iniciais a seus nomes. Havia Michel Collins M.P.* Havia Dinny — Denis nos pôsteres — Archer M.P. Havia Alfred Gandon M.P. e havia Jack Dalton M.P. *Dê seu voto para ele e ele lhe dará sua liberdade.* Jack fora um dos candidatos que conseguiram fazer campanha em liberdade, mas passou a maior parte do tempo antes das eleições esquivando-se da prisão em Dublim. Collins e Jack e outros homens como Harry Boland e Cathal Brugha, ocupados em ambas as frentes, política e militar, sabiam que o encarceramento poderia elegê-los, mas deixaria os Voluntários e a Irmandade Republicana Irlandesa perdidos e nervosos nas mãos suadas dos moderados e dos oportunistas de última hora. Decidiram então que era mais sensato evitar a cadeia. O Sinn Féin e os Voluntários eram controlados por pistoleiros; a eleição, por sua vez, estava sendo controlada por homens que não acreditavam na luta armada. Collins aparecia ocasionalmente em reuniões públicas pelo país — *que venham aos milhares* —, mas para ter o domínio do movimento clandestino, de cuja existência a maioria dos membros e eleitores do Sinn Féin não tinham a mínima idéia, ele e Jack continuavam foragidos. Os contatos de Collins deixavam-no a par dos bloqueios e dos ataques de surpresa, e ele e outros brincaram de esconde-esconde com os *G-men* até o dia das eleições e depois.

Assim, o Sinn Féin, alguns anos antes apenas uma pequena gangue de gente esquisita e poetas de pobres rimas, varreu o país com suas vitórias, exceto nos domínios renitentes do Ulster e do Trinity College, a residência original da minha bicicleta. No dia em que os votos foram contados, eu estava pedalando a mesma bicicleta, rumo ao sul, de Limerick a Kerry, enfrentando uma ventania úmida que soprava para mim e mais ninguém.

Não houve nenhum Henry Smart M.P. Eu tinha quatro anos a menos que a idade de votar, e nunca fui membro do Sinn Féin; e não teria me candidatado se me pedissem, mas a questão era

---

* Membro do Parlamento. (N.E.)

essa, uma questão que não me passaria pela cabeça até 1922: ninguém me pediu. Eu estava bem no meio do que se tornaria uma grande, grande história; estava moldando o destino de meu país; era um dos afilhados de Collins, mas na verdade me encontrava excluído de tudo. Estava de bicicleta no meio da chuva, sozinho na estrada. Nunca fui um dos rapazes. Nunca fui um dos rapazes da Irmandade Cristã, não tive a sorte de parar na cadeia de Frongoch, não tinha fazenda na família, nem padres, nem passado. Collins dormia no Greville Arms; eu nunca cheguei a subir os degraus da escada da entrada. Não havia nenhum Henry Smart M.P. Não havia nenhum marido M.P. morto de Annie, e nenhum dos outros homens dos cortiços e das choças jamais chegaram a ter seus nomes na lista. Éramos anônimos e descartáveis, tão mortos quanto os pracinhas na França. Carregávamos armas e recados. Éramos as iscas e os bobos que levavam a culpa. Obedecíamos às ordens e matávamos.

Mas enquanto eu pedalava contra o vento, enquanto nadava para o outro lado do Deel com a Sem Bunda nas costas, porque havia homens da Real Polícia Irlandesa em cima da ponte em Mahoonagh, enquanto montava de novo na bicicleta e seguia para um lugar de estradas e gente teimosa, eu era um pequeno rebelde presunçoso. Não tinha idéia alguma de minha pequenez e anonimidade. Eu era o Henry Smart da canção e da lenda. Era a inspiração para uma geração, um gigante sobre uma bicicleta, movendo-se de condado a condado, deixando minhas marcas na testa de jovens galhardos, um exemplo vivo para todos eles, e um homem com uma missão secreta para além daquela cochichada nos ouvidos dos rapazes da paróquia: eu era um dos escolhidos. Eu era um pistoleiro. Podia ouvir a canção de Jack Dalton até mesmo nos dias mais tempestuosos — *He was the prince of the city streets, no other lad come near*—, podia ouvir Collins falando apenas comigo — "Estamos quase prontos, Henry, quase prontos." Eu não gastaria o meu tempo com eleições ou votações, mesmo que fossem disfarces para esconder a verdadeira luta. Eu não era nenhum democrata, do mesmo modo como não o eram Jack Dalton ou Brugha ou Ernie O'Malley. A vontade do povo não se media por votos. Voto queria dizer escolha, mas não havia escolha. Havia apenas um caminho certo. Alguns de nós conheciam caminho, e cabia a nós liderar, sem pedir permissão de uma maioria votante, mas liderar, realmente liderar, mostrar, fazer manifestações, viver, morrer. Inspirar, provocar e aterrorizar.

E eu era bom nisso, e estava melhorando cada vez mais.

O Sinn Féin participou das eleições com a promessa de abster-se de ocupar suas cadeiras no Parlamento em Westminster; assim nenhum dos membros eleitos, aqueles que não estavam na cadeia, foi para Londres. Em vez disso, fizeram uma reunião na Mansion House em 21 de janeiro de 1919 e formaram o *Dáil Éireann*, o parlamento da República Irlandesa. De Valera, ainda ausente, foi eleito *taoiseach** e presidente. Collins, ministro das Finanças. Ele também não estava lá. Foi dado como presente, mas estava de fato na Inglaterra com Harry Boland, também dado como presente, planejando a fuga de de Valera da cadeia de Lincoln. Griffith tornou-se ministro do Interior e o conde Plunkett assumiu o Ministério das Relações Exteriores. Brugha ficou com a Defesa; a condessa, com o Ministério do Trabalho; e o senhor Gandon, com o do Comércio e do Mar.

Henry Smart ficou com sua roupa ensopada.

Eu estava pedalando com sentinelas em frente e atrás de mim; um caminhão da Real Polícia Irlandesa fora visto na vizinhança, e eu era um homem caçado, embora não houvesse nenhum rosto nos pôsteres colados nas paredes das casernas e dos correios, e os detalhes, e até mesmo o nome, fossem evasivos — "*Henry Smart, também conhecido como Fergus Nash ou Brian O'Linn ou Michel Collins. Não deve se confundir com o outro Michael Collins. Idade: entre 21 e 29 anos; altura: 1,85 cm, ou mais alto; cabelos escuros longos e às vezes claros; olhos, sempre azuis e surpreendentes; considerado muito bonito por vários membros do sexo frágil. Procurado por assassinato e sedição na Irlanda. Recompensa: 1.000 libras!*". Estava indo de Drumshanbo para Roscommon. Tinha matado alguém; eu quebrara a cabeça de um tira com a perna do meu pai na Beresford Place, mas não estavam atrás de mim por causa dele ou da minha parte na morte dos soldados em 1916. E quanto à sedição, bem, a sedição era meu nome do meio. Eu era Henry S. Smart. Sedição: palavras e ações que fazem as pessoas se rebelar

---

* Primeiro-ministro. (N.T.)

contra a autoridade do Estado. Aquilo era eu. E quando me aproximei dos arredores de Strokestown sob um temporal de neve chuvosa que tinha me servido de companhia durante todo o caminho, passei pelo escoteiro chefe, um menino gordo com o peito pesado encostado no cano da bicicleta da irmã, uma menina gorda que amava a mim e à Irlanda e estava sempre morrendo de vontade de prová-lo, enquanto me prometia baixar-lhe um tremendo pito e um belo chute por ter acenado para mim quando passei por ele, e ao mesmo tempo não parava de pensar na cama quentinha que esperava por mim na casa da velha senhora O'Shea em Rusg e tentava não me preocupar muito com a sopa que era parte do negócio, simultaneamente a tudo isso, nove homens em Tipperary assassinavam dois policiais.

Que dia, aquele! Em Dublim, a fundação do Estado irlandês; e em Soloheadbeg, o assassinato de dois pobres tiras, as primeiras baixas oficiais da Guerra de Independência. Dois eventos de máxima importância, e eu perdi os dois. Embora minha marca estivesse em ambos. Em Dublim, Jack Dalton estava usando meu terno, porque tinha deixado seu paletó nas mãos de dois *G-men* que quase o haviam prendido na Infirmary Street na noite anterior e, em Soloheadbeg, a maioria dos homens emboscados por cinco dias à espera do carregamento de gelignite para a pedreira e dos dois tiras que o acompanhavam, tinham sido treinados por mim. Ficaram quietos e em silêncio por cinco dias úmidos de janeiro como eu os ensinara a fazer, Seamus Robinson e Tim Crowe, Paddy O'Dwyer. Eu os fizera ficar parados, rijos, em cima de pedregulhos no meio da correnteza de água fria por várias horas do dia e da noite e lhes dissera que sua habilidade de ficarem rijos e se movimentarem ligeiros enquanto o graveto ainda estava sendo quebrado pelos pés do inimigo e a bala ainda estava saindo do cano, esta fronteira entre quietude e prontidão, e sua segurança quanto a ela, era o que os manteria vivos ou os mataria, e disse a eles que viveriam nessa fronteira pelo tanto de anos que levaria para derrotarmos os britânicos ou até morrerem — o que viesse primeiro. Ficaram emboscados por cinco dias, os homens que eu treinara e outros com eles, incluindo aquele que viveu tempo suficiente para escrever o livro e se tornar assim o homem que deu o primeiro tiro pela liberdade da Irlanda. Esperaram, embora fossem para a casa da mãe de Dan Breen todas as noites, o que nunca fez parte do treinamento deles e era a coisa mais idiota, porque ficaram expostos aos olhos e aos dizeres dos homens da pedreira na estrada. E assim, no quinto dia, os tiras chegaram com a carroça e eles atiraram, os policiais McDonnell e O'Connel, dois homens do pedaço, um deles viúvo com quatro pobres pirralhos, e eles pegaram a carroça e quase mataram a si mesmos e metade de Tipperary ao dirigir a carroça sem molas carregada de uns cem quilos de gelignite congelada sobre uma estrada de pedregulhos e buracos. E deixaram os detonadores na estrada da pedreira ao lado dos policiais mortos. Fizeram tudo isso sem o conhecimento ou aprovação do quartel-general — homens jovens, entediados, imbecis doidos para ter o seu grande dia —, mas aquele se tornou o primeiro grande e verdadeiro ato da guerra. Eu não soube nem ouvi nada sobre isso por várias semanas; estava pedalando por Roscommon no que seria um grande dia para mim também.

— Pronto, pronto, pronto — disse a velha senhora O'Shea.

Ela pôs água morna nos meus dedos para desgrudá-los do guidão congelado.

— Não dá para esperar até o verão antes de começar suas manobras, meu filho? — disse ela.

— Os homens treinados no inverno ganham suas guerras no verão — eu disse.

— Olhe só como ele fala bem! — disse ela. — Entre, esse tempo está péssimo. É um dia bonito, mas com uma camada dura por cima.

Estacionei a Sem Bunda no celeiro e pela manhã havia homens esperando por mim lá dentro, meninos e homens, frios, ávidos e ansiosos.

— Você é o cara de Dublim?
— Sou.
— Ivan diz que você vai nos mostrar como matar os ingleses.
— Vou.
— Não sabia que alguém precisava aprender isso.
— Precisa, sim — eu disse. — Existe matar e existe matar.
— Como assim?
— Bom, há matar em que te pegam, e há matar em que não te pegam. E há matar os caras que são pagos para te pegar.

— Os tiras?
— Exato.
— Por que iríamos querer matá-los? Não são tão maus assim.
— Pode ir para casa.
— Estava só dizendo...
— Vá para casa — eu disse. — Não está pronto para a luta.
— Estou.
— Não está. Vá para casa.

Era a mesma coisa em todo lugar. Eu escolhia um pobre coitado que estava apenas falando alto o que os outros pensavam, e era preciso humilhá-lo e colocar o medo de todos no moleque, até que começassem a odiá-lo pela sua fraqueza e por mostrá-la. Havia também o problema de Dublim a ser solucionado: detestavam qualquer um ou qualquer coisa que fosse de Dublim. Dublim estava muito perto da Inglaterra; era de onde vinham as ordens e a crueldade. E os idiotas simplistas do Sinn Féin e da Liga Gaélica eram culpados por aquilo também; a verdadeira Irlanda estava a oeste de Dublim, as pessoas de verdade ficavam a oeste, oeste, oeste, quanto mais a oeste melhor, nas ilhas, nas rochas para longe das ilhas, falando gaélico, comendo lã; os da Liga viviam em Dublim, mas iam para o oeste de férias, ficar em meio ao povo de verdade. Eu estava no celeiro da velha senhora O'Shea com um bando de rapazes de meia sola; falavam inglês, mas sabiam que eram mais irlandeses do que eu; estavam mais perto da coisa pura. No entanto, lá estava eu dando ordens, não como os ingleses ou os proprietários de terra de outrora, mas um pouco como um dos seus, um ianque de volta ou algo parecido, como eles, mas nem tanto. Trajava-me como um deles — meu terno estava com Jack Dalton — e parecia-me com eles, mas eu era de Dublim. Sabiam que eu tinha o *know-how*, que merecia ser o mestre deles, e me odiavam por isso. Eu não me importava. Não me deleitava com isso, mas isso também não era algo que me preocupasse. Ademais, havia uma espécie de relação inversa entre a animosidade deles e o meu sucesso com suas irmãs, esposas e mães. Mas dava para agüentar a hostilidade deles.

E o que estava acontecendo agora não era nada de especial. Os rapazes no celeiro queriam apoiar seu amigo, mas tinham medo de se expor. Culpavam-no por ter levantado a questão, e a

mim por ser genuinamente superior. Mas o ressentimento e a malícia não eram insuperáveis. Estavam apenas com frio e com medo, doidos por aventura, mas nem por isso deixando de temê-la. Eu haveria de resgatá-los.
— Tem alguém observando a estrada?
Um sabichão atrás dos outros falou então pela primeira vez.
— Claro. É a única coisa que a gente faz o dia inteiro.
Rimos, e eu disse ao rapaz que acabara de mandar para casa que mantivesse vigília no portão. Ele parecia satisfeito com isso, e os demais ficaram satisfeitos por ele.
— É a primeira coisa que vocês precisam enfiar na cabeça — eu disse, e esperei. — A partir dessa manhã, vocês são homens procurados.
Esperei que a notícia calasse fundo no espírito deles. Ficaram felizes da vida; sempre ficavam. Homens procurados, sem mais nem menos, apenas por se apresentarem para um encontro com um homem de Dublim em um celeiro. Começaram a gostar de mim.
— Qual é o seu nome, filho? — perguntei ao moleque que ia para o portão.
— Willie — respondeu ele.
— Willie de quê?
— O'Shea.
— Parente da velha senhora O'Shea daqui?
— Não.
— Alguma professora na família?
— Não.
— Ótimo. Pode ir.
Ele se foi, e eu fiquei olhando para o resto, até que eles começaram a ficar inquietos, e eu deixei que a dor no meu coração se derretesse em decepção. Havia dez ou onze deles, com idades indo de vinte e três a quinze ou dezesseis anos. Meninos do interior em botas grandes, ainda maiores com o peso da lama por aí. Seriam bons. Eram fortes, acostumados a brigar com o tempo, habituados a conviver consigo mesmos. E já haviam atirado em gatos de rua e coelhos.
— Tem algum espião no celeiro? — perguntei.
Aquilo os sacudiu. Ficaram tensos e inquietos, tentando não olhar uns para os outros. E o sabichão de trás falou por eles.

— Nenhum — disse ele.
— Como sabem? — dirigi-me a todos.
— Somos todos amigos aqui. Somos primos, quando não irmãos.
Ele tinha se levantado, e eu podia vê-lo agora. Mesmo assim não era tão fácil. Ele era pequeno e relaxado, como um jóquei bêbado, cavalgando por cima dos ombros dos outros.
— E você, quem é? — perguntei.
— Sou Ivan.
Meu contato. O único nome que trouxera comigo de Drumshanbo.
— O'Shea?
— Não — respondeu ele. — E também não tenho professora na família.
Foi minha vez de ser sacudido.
— Ótimo — eu disse. — Esta é a segunda coisa para botarem na cabeça. São todos homens procurados. E são espiões. Não me interpretem mal, não estou acusando ninguém. Estou me incluindo também. São homens procurados por uma única razão: estão na organização. Vou fazê-los prometer lealdade daqui a pouco, mas estão aqui comigo esta manhã, e isso já é um ato de sedição. Antes mesmo de pôr o uniforme ou manejar uma arma. Já estão violando a lei britânica. De agora em diante, cada palavra que vocês pronunciarem é importante e possivelmente perigosa. Uma palavra descuidada e vocês poderão ser alvejados ou seu amigo ao lado poderá ser preso. Um palavra errada no ouvido errado faz de vocês um traidor e um espião.
Tinha impressionado de novo. Fiquei observando-os inchar o peito; eram homens importantes, especiais, e eu confirmava aquilo para eles.
— Assim, pensem bem antes de abrir os bocões.
— É assim que sempre ajo — disse Ivan.
— Ótimo — comentei.
— Qual é o seu nome, chefe? — perguntou Ivan.
— Sou o capitão O'Linn — disse a eles.
— Então deve saber o que está fazendo, já que o nomearam capitão — disse ele.
— Sei — respondi. — Certo, homens. Esta não é a hora ideal

para o nosso tipo de negócio. Vão dar falta de vocês e começarão a falar por aí. Onde fica o casarão?
— Como assim?
— A mansão do velho proprietário de terras — eu disse. — Onde fica?
— Deve falar da mansão de Fitzgalway — disse Ivan. — Shantallow Manor.
— Perfeito — concordei. — Shantallow. Nosso ponto de encontro esta noite, às sete. Em ponto. Combinado?
Grunhidos e acenos, nenhuma dissidência.
— Agora vão para casa — eu disse. — Vocês são um belo grupo de homens, e quando tiverem os uniformes serão impossíveis de derrotar. Vejo vocês à noite, e tragam suas pás. Saiam pelo campo para não serem vistos do portão.
O elogio traria mais dois ou três para o grupo; não custara nada e não era uma grande mentira. Aquilo, e a esperança de uniformes e a excitação de irem para casa pelo caminho secreto do campo serviria até para juntar mais uns dois rapazes.
— Tenha um bom dia, capitão.
— Até mais tarde — respondi.
Eu não era capitão, nem nada.
— Você não existe — Collins me disse. — Você compreende isso, Henry?
— Compreendo — eu disse.
— Vamos lhe dar um título quando tudo estiver terminado.
— Não estou preocupado — eu disse. — Não estou nem aí.
Mas resolvi me nomear capitão perante esses rapazes. Fazia-me importante a seus olhos e era o posto de muitos dos antigos guardas rurais quando tinham o poder de despejar e destruir. Ali estava eu, um deles, ostentando o grau dos antigos guardas.
— Ivan — eu disse, quando ele passou por mim a caminho do portão do celeiro.
— Eu mesmo.
— Quero falar com você.
— E eu quero ouvi-lo, capitão.
Atravessamos o quintal em direção a casa. Sentamo-nos na cozinha. Ivan apertou o fole e um calor renovado nos envolveu. A lareira era do tamanho de um quarto. Sentamos em banquinhos

bem dentro dela. Havia um quadro de Robert Emmet escurecido pelos anos e pela fumaça, na parede a meu lado. Havia velhos postais grudados atrás dele; havia um com todos os líderes de 1916 e um cartão de Saint Patrick enviado da América, um homem com um porco embaixo do braço.

— Gente boa, essa. Ótimo.

A velha senhora O'Shea descia do sótão.

— Que fogaréu vocês acabaram de acender. Podem usar torrão à vontade. Aqui o que não falta é torrão.

Olhou para Ivan.

— Seja bem-vindo, meu jovem — disse ela. — Não vou perguntar seu nome. Assim, quando me perguntarem, poderei dizer que não sei e não vou ter uma mentira pendurada na consciência, especialmente na minha idade.

— Então seria uma mentira — disse Ivan. — E uma mentira das grandes. Sou o único sobrinho que a senhora tem que se chama Ivan.

— Meu Deus, então é Ivan Reynolds! Mas você é um pirralhinho. Sua mãe tinha razão. Que Deus a tenha. Você é um minúsculo de nada.

— Ela nunca disse isso para mim.

— Então deve ter sido de um de seus irmãos que ela estava falando — disse a velha senhora O'Shea. — Ou de seu pai.

— Provavelmente dele — disse Ivan.

Eles se gostavam.

— Vai acabar comendo tudo que tenho em casa, agora que está aqui — disse a velha senhora O'Shea.

— Vou mesmo — disse Ivan. — Além disso, tenho o capitão aqui comigo para me ajudar nessa tarefa.

— Um capitão, pois sim — disse a velha senhora O'Shea. — Não me diga seu nome. Já é perigoso o suficiente saber o seu grau. E tome uma xícara de chá com ele.

— Para mim, não precisa — eu disse. — Detesto esse negócio.

— Claro... e eu não sei, capitão? — disse ela. — Gosto muito do jeito como você diz isso.

Enquanto a velha senhora O'Shea maltratava a comida no fogo, Ivan e eu puxamos os banquinhos para perto da janela e começamos a conversar. Ele me deu uma lista de homens úteis e

homens que não serviam. Passou-me informações sobre a geografia e a política de Rusg...
— Sólido como pedra, rapaz. Do homem ao gato.
... e sobre as quatro ou cinco paróquias da redondeza...
— Delinqüentes, o bando todo.
... enquanto o cheiro da comida da velha senhora O'Shea se misturava ao calor que emanava da lareira.
— Gosta de meninas, capitão? — perguntou ele.
— São melhores que os meninos — respondi.
— Assim é que se fala — concordou Ivan. — Não tem nem comparação. Tem algumas republicanas bonitas por aqui, e uma ou duas fáceis sem interesse nenhum por política. Vou mostrá-las para você.
— Obrigado pela oferta, Ivan — eu disse. — Mas nunca precisei de ajuda nesse capítulo.
— Não é à toa que é capitão.
— Um dia você também vai ser capitão.
— Se Deus quiser — disse ele.
— Está tão ocupado que não pode sentar-se à mesa, capitão? — perguntou a velha senhora O'Shea.
— Estamos — disse Ivan.
— Não foi com você que eu falei, mas não ouvi o capitão discordar. Então vão comer na mão — disse ela. — Não que seja um jantar de verdade.

Delicioso. A coisa mais gostosa que eu já provara. Bolo assado na chapa e um pouco de repolho. Perfeito. Eu não estava acostumado com legumes frescos e, a julgar pelo rango que serviam nas casas amigas pelo interior do país, a maioria do povo também não estava. Mingau, pão de batata e bolos de massa grossa, da espessura de rodas de bicicleta, tiras de *bacon* pendurado havia séculos em ganchos no teto da cozinha, batatas, batatas e mais batatas, boas, médias e podres, e chá forte e grosso sobre o qual poderia dançar um pequeno rato. Mas quem era eu para reclamar? Aquilo era bom e enchia a barriga, e tão bom e até melhor do que o que eu havia tido na infância. Nunca experimentara frescor e surpresa, assim não sentia falta. Até eu pôr os bolos assados da velha senhora O'Shea na boca, mesmo antes de pô-los na boca, quando o vapor agarrou os pêlos do meu nariz e estragou tudo.

— Caralho. Perdão.
— São os bolos assados — disse ela. — Até que hoje não estão ruins.
— São... Não sei que palavra usar — continuei.
— Eu já comi piores — disse Ivan.
— Nunca tinha comido repolho antes — contei a eles.
— Não está tão mal — disse Ivan.
— É, não está — concordei.
Eles não compreenderam, assim repeti.
— Esta é a primeira vez na minha vida que eu como repolho. E sabe o que mais?
Ele ficaram pasmos; vi pela expressão dos rostos; chocados. A criatura de Dublim; sabiam que eram diferentes, mas o que eu acabara de jogar na cara deles era a coisa mais chocante que já tinham ouvido na vida. A velha senhora O'Shea cobriu o rosto com o xale.
— E sabem o que mais? — insisti.
— O quê? — perguntou Ivan.
— É por isso que vale a pena morrer — eu disse.
Mostrei a comida.
— Pelo direito do povo da Irlanda de comer isso aqui.
E eu estava falando sério, do fundo do coração. A velha senhora O'Shea se escondeu debaixo do xale.
— Você virou amigo dela para o resto da vida, capitão — disse Ivan.
— Ele é um tolo — disse a velha senhora O'Shea —, mas com essa ele acertou em cheio.
E correu para o quintal.

Treinar os novos homens nas terras do manda-chuva local era uma idéia que eu tomara emprestada de Ernie O'Malley. Aquilo, e abrir as covas.
— Acaba tirando deles o medo e o respeito que têm pelo dono das terras — dissera ele, quando nos vimos pela última vez, no vale de Aherlow. Passamos a noite no meio do campo e acordamos cobertos pelo manto branco da geada.
— Você tem medo de alguém? — perguntou-me ele.

— Não — respondi.
— Ele têm — disse ele.
Ele queria dizer todo mundo, o povo da Irlanda. Ernie não era muito mais velho do que eu, mas tinha a atitude e as palavras sábias de um homem que já vivera muitas vidas e aprendera muito em todas elas.
— Têm medo de quem é melhor que eles — continuou. — E isso significa praticamente todos os que encontram fora de seu círculo fechado. É o resultado de centenas de anos de colonialismo. E esta é a nossa tarefa, Smart. Temos de convencê-los de que não há ninguém melhor do que eles.
— Você pode começar o processo ao me chamar de Henry.
— Tem razão — disse ele. — Henry. Isso é uma revolução na mente.
— Tudo bem. Está frio, não, Ernie?
— Está.
Estavam em frente ao portão, embaixo de um grande arbusto, quando cheguei de bicicleta — nove homens, a maioria dos que haviam vindo ao celeiro de manhã, mais do que eu esperava. Ivan estava à frente.
— Este é um novo, capitão.
— Mais alguém para chegar?
— Eu não apostaria nisso.
— Shamey disse que não viria.
— Não se preocupe com Shamey — disse Ivan. — Aquele lá deixou a mãe morrer no asilo.
— E o pai também.
— O que importa é a mãe.
— Vamos — ordenei.
— Por que estamos indo para lá? — perguntou um dos rapazes maiores atrás de Ivan.
— Bom, para começar — expliquei —, este é o último lugar em que a polícia irá nos procurar. Isso se ficarem sabendo de alguma coisa. E provavelmente ficarão, ao ver um bando de rapazes de bicicleta passar em frente à caserna em dia que não há baile. Não cogitariam um instante sequer que vocês, rapazes, teriam a coragem de treinar lá. E por que não deveriam? É terra que lhes foi roubada.

— Para que são as pás, capitão?
— Vocês têm fuzis?
— Não.
— Se os soldados aparecerem, podem golpeá-los com as pás. Vamos.

Começaram a pegar as bicicletas de trás do arbusto e da vala.
— Vamos precisar delas? — perguntou um deles. — Não vamos pular o muro?
— Não, não vamos pular o muro — eu disse. — Vamos entrar pelo portão. Olhe só para o muro. Está caindo aos pedaços. É uma pouca vergonha. Vamos entrar pelo lugar certo. Sem lamparinas.

E entramos, dez homens de bicicleta passando pelos portões enferrujados de Shantallow, sob a cobertura de grandes árvores que indicavam as casas dos fazendeiros, fazendo ruído nos poucos pedregulhos deixados na estrada. Pedalei na mesma velocidade com que passara por Strokestown ao meio-dia — era um exercício para dar confiança —, e eles me seguiram. Fazíamos um ruído que nunca se ouviria na cidade, o zunido das correntes de bicicletas em ação conjunta. Foi um dos ruídos mais incríveis da guerra. Saí da estrada quando terminaram as árvores. Não me preocupei em olhar para a mansão. Fui para baixo das árvores, desviei dos galhos e pedalei pelo meio do campo aberto onde as vacas se espalhavam estupidamente aguardando serem mutiladas. A lua estava à vista e brilhava sobre nós. Urrei para as estrelas. No fim do campo, a longa sombra de outras árvores fez da noite um muro e foi ali que brequei e desmontei. Os outros me alcançaram e pararam. Contei os homens. Não havia desertores.

— Cheguem perto — eu disse.

Formaram um pelotão entre mim e a mansão.

— Essa guerra vai ser travada principalmente na escuridão da noite. Comecem a se acostumar com isso.

— Acostumar com o quê?

— Cale a boca e ouça o que o capitão está dizendo — disse Ivan. — *Tem algo mais na escuridão do que apenas o escuro.*

— Na guerra contra um inimigo em número maior — disse a eles — a escuridão da noite é nossa maior aliada.

— Está vendo? — disse Ivan. — Não lhe disse?

Eu estava recitando trechos que decorei de um livro que carregava comigo por toda parte, um livro sem capa que costurei dentro do meu casaco. *Pequenas Guerras: princípios e práticas.* Essa era a parte que eu havia lido de manhã, na cama. Mas estava me dirigindo a uma audiência errada; percebia agora. Aqueles rapazes tinham crescido sem iluminação urbana e sem as intermináveis fileiras de janelas abertas das casas de aluguel. Sabiam como se mover e se esconder no meio da escuridão muito melhor do que eu sabia ou jamais poderia saber.

— Está bem — eu disse. — Dividam-se em pares.

Na verdade, já eram melhores guerrilheiros do que eu jamais seria.

— Está bem — eu disse. — Um de cada par vire-se para o lado do casarão. Quem é o dono mesmo?

— Nós somos — respondeu uma voz. — Foi você mesmo quem disse.

— Sim. Mas até estarmos preparados para tomá-la de volta...

— Fitzgalway. O puto. Nunca está lá.

— Certo. Olhem para o casarão. Abram espaço. Estiquem os braços. Mantenham distância entre si.

— Ele tem uma filha que é pintora.

— Certo — eu disse. — Homens que estão de costas para a mansão: sua tarefa é se aproximar dos seus parceiros sem serem ouvidos. Depois inverteremos os papéis.

Aquilo era coisa natural para eles. Eram caçadores furtivos e filhos de caçadores furtivos, rastejando ao redor e por trás de gerações de Fitzgalway e suas lebres, cortando os tendões de suas vacas, evitando os capatazes e os guardas, beliscando a bunda das copeiras. Era gente que tinha se movido furtivamente nas próprias terras durante séculos, que havia sobrevivido escondendo-se. O que ainda faziam, por hábito e necessidade, e por diversão, como Ivan, dando tanta importância a se fazer de idiota, fingindo ser idiota, dedicando a vida a isso. Eram os mestres do disfarce e da invisibilidade. Eu não tinha nada para ensinar a eles. Eu era o homem vindo de fora que valorizaria suas habilidades simplesmente ao apontá-las para eles. Mostraria a eles que suas qualidades e talentos eram o material do qual se faziam guerreiros.

— Ótimo, homens. Alto!

A única coisa que eu poderia acrescentar era disciplina. Precisão, ordem e senso de direção — as coerções que fariam deles soldados.

— Fila!

Escolhi um. Willie O'Shea, do celeiro daquela manhã.

— Quanto você mede, O'Shea?

— Não sei, capitão. Nunca me medi.

— Você tem mais ou menos 1,75 m — eu disse. — Endireite-se. Atenção!

Meu grito acordou as sombras.

— Agora olhe para você. Tem pelo menos 1,80 m. É um homem mais alto do que era há um minuto. Como se sente?

— Nada mal.

— Atenção!

Até as vacas se mexeram.

— Ombros para trás. Por quê?

— É o lugar deles.

— Às vezes é bom ser pequeno, outras vezes é bom ser maior. Se o inimigo deve ver você se aproximando, se esta for a única abordagem, se a surpresa não for uma opção, então ele deve vê-lo grande ao você se aproximar. Faça-se pequeno quando estiver driblando as balas, mas deixe-o saber que, quando você chegar perto, quando passar pela sua baioneta, você será muito maior que ele. Fila reta! Isso não é fila, nem torta nem reta. O irlandês médio tem oito centímetros a mais do que o inglês médio. Vocês sabiam disso?

— Nunca medi um inglês...

— Cale a boca! É verdade. Você é maior que eles. É por isso que recrutam irlandeses no exército — para que vocês aumentem a porra do império deles. E os do País de Gales são dois centímetros menores ainda. Lembrem-se disso da próxima vez que estiverem comendo. Atenção!

A terra ao nosso redor estava viva. O ar acima era um pandemônio de asas e rangidos.

— O nome dos pássaros fazendo esse barulho?

— Uma cotovia, este barulho diferente. E também tem sabiás bem em cima de nós.

— Uma coruja comendo seu jantar; dá para ouvi-la mastigar a pele de algum bicho.

— Tordos.
— Tem um filho da mãe que eu não sei qual é.
— É um melro. Lá vai ele.
— Já basta — eu disse. — Vocês sabem por que pedi que me dessem todos esses nomes... quando deveriam estar dando no pé daqui?
— Talvez porque não os soubesse...
— Correto, mas não é essa a questão. O importante é que vocês saibam quais são. Sabem uma coisa que eu não sei. Têm uma vantagem sobre mim.
— Não há muita vantagem em conhecer o piado de alguns passarinhos.
— Você tem toda razão — eu disse. — Não há muita vantagem. Mas há alguma vantagem, e ela pode vir a se tornar útil. Uma chance em um milhão, talvez, mas existe. E você estará esperando pela chance. Ouçam: não existe nenhuma informação inútil. Vocês podem entrar num trem ao lado de um soldado, um oficial, um tira no seu dia de folga, vamos dizer, e ele se interessaria pelo quê, Ivan?
— O ruído que os pássaros fazem no escuro.
— Exatamente. Ele pode ser um cara que observa pássaros, um desses malucos. Você começa a conversar sobre aves. Ele relaxa. Você passa uma informação que lhe interessa. Ele devolve o favor com uma que é de seu interesse. Informação que é muito mais útil para nós do que o chiado de aves. Pode ser que aconteça, pode ser que não. Mas você estará lá e preparado, se acontecer. Não há nada que seja informação inútil. Como é o nome do caseiro?
— Reynolds.
— Outra informação útil.
— Por quê?
— Porque ele está atravessando o campo em nossa direção.
Escondemo-nos em uma vala atrás de um bosque de árvores com as bicicletas e as pás ao nosso redor.
— Veja agora — cochichei para Ivan, enquanto observávamos o caseiro movendo-se entre as vacas e dirigindo-se para o portão. — Você sabe o nome do filho da mãe. Até isso é útil saber.
— Não é um nome difícil de descobrir, capitão — respondeu

Ivan. — Ele é meu pai e está indo tomar seu copo de cerveja preta. E é melhor já saberem disso também, rapazes, no caso de encontrarem o tal soldado no trem. Ele é um ornitologista. É assim que gostam de ser chamados os observadores de aves.

— Espero que não seja uma viagem longa — disse Willie O'Shea. — Eu não gostaria de agüentar um desses caras por muito tempo.

— Poderia levantar a bunda e ir sentar-se noutro lugar.

— Ele poderia — disse Ivan. — E poderia sentar-se ao lado de um soldado que tivesse interesse em estupidez. Ele já deve ter chegado na estrada, capitão. Já viu tudo o que tinha de ver nessa vala?

— Já — eu disse. — Depois de se ver uma vala, as outras são todas iguais.

— Você é quem manda, capitão — disse Ivan. — Mas ganhou seus galões na cidade grande. Há valas e valas. E esta aqui é um quase-nada de vala. Mais informação útil para você.

Mandei-os pedalar até a curva que levava à mansão e tirar as pás de cima dos guidões. Encostamos as bicicletas nas árvores e atravessamos a estrada até os degraus que faziam a junção da estrada com o gramado, bem embaixo da mansão. Só então olhei para a casa. Cheia de torrinhas e outras porras, coberta por uma hera de um metro de espessura. Havia luz nas janelas, mas nenhum dos homens parecia preocupado a esta altura.

— Quantos Fitzgalway tem aí dentro? — perguntei.

— Difícil dizer, porque estão sempre indo e vindo — disse Ivan.

— Se estivessem todos em casa, quantos seriam?

— Cinco.

— Quantos homens?

— Apenas dois. O velho e o mais novo.

— Certo — eu disse. — Abram duas covas.

— Vamos matá-los?

— Não — respondi. — Mas podemos. À hora que quisermos. À hora que precisarmos. Nós é que controlamos a situação. Cavem.

— Estão do outro lado, na Inglaterra.

— Nós também — eu disse. — Cavem.

E cavaram. Não era tarde da noite, e o chão não tinha endurecido ainda, assim logo passamos do solo seco para a terra lamacenta.

— Apesar de tudo é uma terra e tanto.
Grunhiam e davam risadas a cada movimento da pá. Eu vigiava a mansão.
— Diga, capitão — disse Ivan vinte minutos depois. Ele estava enfiado até o queixo na cova. — Esta aqui é para o velho ou para o mais novo?
— Ainda não pensei no assunto — respondi. — Você escolhe.
— Para o mais novo. Ele não é tão grande quanto o velho, então terminamos. Tem lugar também para o cavalo dele.
Ivan saiu da cova e todos os outros o seguiram.
— Bom trabalho, gente — eu disse. — Serão encontradas de manhã, ou talvez antes, e então saberão: o domínio britânico por essas bandas terminou.
E foi assim pelas semanas e meses seguintes. Pela Irlanda inteira. Chicoteando os rapazes do campo para deixá-los em forma.
— Olhos para a direita!
Impondo-lhes pontualidade goela abaixo.
— Olhos para a frente!
Fazendo deles um exército.
— Olhos para a esquerda!
Fiz com que corressem, pedalassem e se arrastassem pelo pântano no inverno. Fui até suas casas e janelas, pulei meias-portas e os arranquei para fora. Arranquei-os de bicicletas e tirei-os de cima de mulheres. Fiz com que marchassem pelos rios, pelas montanhas. Que atravessassem os pântanos com as bicicletas na cabeça. Ensinei-lhes os códigos de semáforos e lanternas. Ensinei-lhes como passar por terreno descoberto sem nenhum esconderijo possível a não ser as sombras. Fiz com que ganhassem maturidade e tamanho. Era dureza. Desiludi a porra de seus corações. Rapazes que trabalhavam pesado durante o dia e tinham de se tornar soldados durante a noite. Levei-os à diversão e quase à morte. Fazíamos longas viagens de bicicleta, pedras enchendo os bolsos, e muitas vezes nos deparamos com os soldados em seus uniformes negros em noites sem lua, pedalamos direto em direção a eles, e os homens voltavam ensangüentados, felizes e anônimos.
E eu tirei minha Widowmaker das costas uma noite, quando ainda havia luz suficiente para que pudessem ver minha bala atingindo a roda da bicicleta de um soldado, enquanto ele passava na estrada

para Tulsk. Deixei que eles me levassem para todas as casernas, Scramoge, Roosky, Termonbarry, e fiz com que me dissessem que camuflagem usar, em que loja adjacente era melhor cavar um túnel, quem era amigo ao longo da rua e quem não era. Eu os reunia em celeiros vigiados e ensinava-lhes táticas e história militar. Cegava-os com a sabedoria que tirara do meu *Pequenas guerras: princípios e práticas*. Dei-lhes flancos, incursões por trás das linhas inimigas e perseguição ao inimigo, e eles me deram a geografia da região, passávamos as noites jogando o nosso próprio jogo de xadrez no chão dos celeiros.

Bati à porta do cura local e disse a ele que o pessoal do Sinn Féin em Dublim me informara que ele era o homem certo para tomar conta do dinheiro destinado às armas que precisávamos comprar. Sabia que a inclusão de seu nome, Dublim e Sinn Féin na mesma sentença acabaria por ganhá-lo para a nossa perigosa causa, e eu estava certo. Ele tomou conta do dinheiro que os homens me davam todo sábado, menos meus dez por cento, e guardava tudo em uma meia e em um livro embaixo da cama da governanta.

Consegui fazer com que os homens recrutassem outros, fossem além de suas paróquias, além do medo e do ódio, para os vilarejos e para Strokestown e mais além. Precisava de mais homens, de uma maior variedade de homens. Precisava de ferreiros, joalheiros, homens que conhecessem metal e molas, homens que soubessem fazer mágica com motores, que pudessem fazer bombas do nada, homens casados com mulheres cujas irmãs fossem casadas com soldados que morassem ao lado das casernas, contatos, olhos, ouvidos, carteiros e ferroviários. Queria deixar para trás uma companhia de 120 homens, treinados, armados e prontos para o assalto que estava por vir.

Pedalei para Dublim com a meia do padre no meu casaco. Ivan e Willie eram meus guarda-costas. Levei-os até o Shanahan's, apontei os homens famosos e pedalamos de volta para Rusg com a promessa de fuzis; e enquanto eu satisfazia Cathleen, a grandona de Kinnegad, e Ivan aproveitava-se da irmã dela, Willie jogava a meia vazia do padre no rio, e quando atravessamos Athlone de bicicleta, eles já estavam prontos para destroçar as casernas com os dentes. Tudo corria como previsto: eu logo iria embora e queria que Ivan assumisse o comando. Os homens elegiam seu próprio comandante e os outros oficiais, mas era sempre difícil; em alguns lugares aquilo se tornara um problema. Tinham sido governados pela ordem hierárquica do local e votavam no fazendeiro, no professor ou no funcionário de banco cujo irmão era padre, figurões na paróquia, mas inúteis como soldados. Ivan nascera para aquilo. Era respeitoso, tinha *know-how*, nunca dormia. Mas era um joão-ninguém; não possuía terras, nem relações de parentesco. Eu queria deixá-lo no comando, um dos nossos. A guerra iminente era sua grande chance, e eu precisava que ele visse aquilo para lutar pela liderança e o que ele poderia fazer com ela. A irmã de Cathleen e vários copos no Shanahan's tinham surtido efeito. Ivan queria mais.

Os fuzis chegaram, dez Lee-Enfields novinhos em folha, num leito de óleo e palha, e eu queria que eles os segurassem e acariciassem e mostrassem para os amigos. O fuzil lhes dava poder, estilo, legitimidade militar; fazia deles homens, homens com um objetivo. Mostrei-lhes como desmontar e limpar as armas, e eles fizeram fila para fazê-lo, como irmãs invejosas esperando a vez de segurar o bebê. Lavaram os rifles com óleo de Rangum e uma lata de 3 em 1, taparam a boca e a culatra com vaselina e voltaram a montar a arma. Passei uma bala para cada um e deixei que se apaixonassem por ela.

Em uma noite clara, levei-os para a beira da estrada numa clareira longe das curvas. E, um por um, eu os fiz gritar para o céu, e Ivan foi o que gritou mais alto e por mais tempo.

— Foda-se, Deus!

Direto para as estrelas.

— Foda-se, Deus!

Todos eles.

— Pronto, rapazes — eu disse. — Estão aceitos.

Eu nunca ficava em uma casa mais do que algumas noites. Havia soldados patrulhando as estradas desde o atentado em Soloheadbeg e outras escaramuças, e a visão de Crossleys cheios de soldados estava se tornando uma ocorrência diária. Eu me mudava e muitas vezes evitava por completo as casas. Vivia nas colinas, onde os soldados não se aventuravam. Dormia encostado a muros, com meus pensamentos em Victor e nas mulheres.

Comia lebre e ouriço com os mendigos e dormia com eles, mas ficava bem longe de suas mulheres. Elas olhavam para mim e sabiam que eu nunca as tocaria. Dormia em casinhas aconchegantes e comia as refeições em silêncio e me ajoelhava quando eles desfiavam o rosário. Deitava-me no chão e ouvia os grilos.

— Ponha suas meias na cômoda, capitão, porque os grilos comem meias de estranhos quando estão dormindo.

Ouvia os grilos e me sentia bem longe. Perguntava-me por que fazia aquilo, longe de Jack e de Collins e das canções escritas a meu respeito. Mas lembrar a causa me acalmava, um sentimento de estar fazendo parte de alguma coisa que tomava conta de mim quando pensava nas pessoas que eu conhecia, e sempre eram partes dessas pessoas que me vinham à memória — a mão de Victor, a respiração de meu pai, o colo de minha mãe, Connolly sobre o meu ombro fazendo-me descobrir as palavras, seu dedo seguindo o meu pela página. Annie e suas canções, a manga vazia de seu marido morto, até mesmo o murmúrio de vovó Nash enquanto ela avançava cada vez mais fundo nas histórias à sua frente em cima da mesa, a tosse de Victor, as palavras entrecortadas de mamãe, as costas de Paddy Swanzy, ele caindo na Moore Street, Miss O'Shea correndo em direção à enxurrada de tiros na Henry Street, Victor embaixo da lona e a geada no atalho de pedregulho naquela manhã atrás das docas do Grand Canal, suas faces, eu esfregava e esfregava suas faces, e tudo o que eu queria era ouvir mais uma tossida, e Victor nos meus ombros, e Victor ao meu lado, em frente à escola, e Victor e eu caindo do muro e aterrissando na barriga do meu pai, e o rosnar dos tiras barrigudos tentando nos seguir. E eu sabia por que me encontrava ali, no chão úmido das casas de estranhos, e sabia que eu estava certo e que isso dava rumo para a minha solidão, e fazia da raiva uma boa companheira. Voltava para a casa da velha senhora O'Shea sempre que era seguro e enquanto pedalava rezava para que houvesse bolos assados à minha espera. E sempre havia, sempre, com repolho e bate-papo.

Ela veio com más notícias quando me aproximei do portão.

— Seja bem-vindo, jovem capitão. Mas a água acabou.

Seu poço tinha secado.

— Ainda por cima em abril — disse ela. — A água desce do céu aos baldes, mas do chão já não sai nenhuma gota.

Joguei uma pedra dentro do poço e não ouvi nada além do eco de pedra batendo contra pedra.

— O adivinho é um homem misterioso — disse ela. — Só Deus sabe quando vamos vê-lo de novo por essas bandas. Passou por aqui na primavera passada.

— Vou encontrar água para a senhora — eu disse.

Tirei a perna do coldre debaixo do meu casaco.

— Tenho poder para isso.

— Muita gentileza sua — disse ela. — É uma perna poderosa, essa que você tem.

Eu tinha o poder, mas não o usava desde o dia em que descobrira que o possuía e usara para escapar da caserna de Richmond, e nunca pude controlá-lo. Segurei então a perna diante de mim com as duas mãos e caminhei devagar para longe do poço, para longe da casa e do quintal. Com a velha senhora O'Shea atrás de mim; eu podia sentir seus passos acompanhando minha sombra. Esperei que acontecesse. Lembrei-me do tremor e do meu sangue correndo nas veias, puxando-me em direção ao rio embaixo da caserna. Virei para o leste. Ela me seguiu; ouvi seus passos. Lembrei que fora arrastado e cada osso do meu corpo se inclinou para a frente, tremendo, ameaçando partir-se em pedaços se eu não me movesse. Esperei. Não havia pressa, nem urgência. Esperei pelo tremor. Aconteceria; eu sabia que sim.

Então ela falou.

— Dois mais dois?

Parei.

— Não sei — respondi. — Dois mais dois de quê?

— Bolos assados.

Enquanto isso, depois da matança em Soloheadbeg, partes do Sul estavam agora sob controle militar — prisões a céu aberto tornando o comércio e o namoro quase impossíveis; comprar e vender ovelha tinha se tornado um ato de sedição, e beijar era traição aberta.

— Bolos assados — disse ela.

— Feitos por quem?

— Por mim.

— Quatro.

De Valera decidiu ir para os Estados Unidos, para levantar

fundos e angariar apoio, apesar do descontentamento daqueles que temiam Collins e a linha dura, ele se tornava cada vez mais duro e cruel, parecia controlar tudo — o dinheiro, as armas, as idéias, os segredos, a lealdade dos homens e mulheres mais aguerridos. Collins, ministro de Finanças, instituiu o Empréstimo Republicano. *Você pode restaurar a saúde da Irlanda, sua beleza e sua riqueza: adira hoje ao Empréstimo Nacional Irlandês.* E ele foi escoltado até o coração do Castelo de Dublim por Ned Broy e passou horas lendo os espessos arquivos com seus tesouros de segredos e desmandos. Leu a própria ficha: *Ele vem de uma família inteligente de Cork.* Leu a minha: *Família ignorada.* Em um encontro em Cork, Alfred Gandon, ministro do Comércio e da Marinha, falou de seus dias no Correio Central com Pearse e Connolly e dos dias negros depois em Dartmoor e Lewes, e de como sua fé na República nunca esmorecera. Um corpo foi encontrado em uma vala nas montanhas de Wicklow, uma placa ao redor do pescoço. "Espião — morto pelo IRA". E no dia 24 de junho de 1919, em Thurles, um policial rural chamado Hunt foi morto com um tiro nas costas. O terror agora era sistemático. O caminho para atingir o coração do estado passava por sua força policial. *Desprezem todo policial e espião! Três vivas para o IRA!*

Virei-me.

Os olhos castanhos e alguns fios de cabelo que escapavam de um coque que brilhava como uma lamparina atrás de sua cabeça, mesmo num dia tão miserável quanto aquele.

— Quatro — respondi.

— *Maithú*, Henry.

Uma massa dos mais finos cabelos castanhos, cabelos infinitos sedentos por dedos para penteá-los. Cabelos que um dia me haviam coberto.

— Foi por causa da perna — disse ela.

Sua mão tocou a perna e enxugou um pouco da chuva no mogno.

— Você ainda a tem.

— Ainda.

E lá estavam eles, os pequenos botões marrons, correndo ao longo do mesmo vestido marrom, como cabeças de animaizinhos subindo calmamente até seu pescoço, só que agora, nove ou dez anos depois, eles pareciam estar rastejando até suas botas, suas botas cobertas de lama, seus cadarços desamarrados e soltos pelo chão. E esses cadarços eram a coisa mais selvagem que eu já vira.

— Como vai você? — perguntei.
— Bem.
— Faz muito tempo.
— Não é tanto assim.
— Você está se molhando.
— E você também.

Os mesmos olhos castanho-escuros, mas logo pude ver que ela estava diferente.

— Bem — disse ela.
— Bem.

Em pequenos detalhes. Estava diferente em pequenas partes. Os cantos da boca, o nariz, havia alguma coisa com seus ombros. Estava mais magra. Havia mais dela ao redor dos olhos. Estivera doente. Trazia no rosto a aparência de uma mulher que estivera doente por muito tempo, e cuja mente continuava nos tempos da doença. Procurei pelo terrível vermelhão que comia as faces de homens e mulheres que tossiam até a morte, de crianças também. Mas não havia nenhum ferimento vermelho; eram as faces de uma mulher no meio da chuva.

— Você parece estar bem — eu disse.

Ela corou, e eu me lembrei daquilo também.

— Você também.
— Eu me esforço — eu disse.
— Você continua inspirado para as respostas — disse ela. — Suas calças de equitação se foram.
— Não puderam ser salvas — eu disse. — Foram jogadas pela janela. Ela é sua mãe, não é?
— Sim.
— Ela me disse que não havia professoras na família.
— Não estava mentindo. Por que não arranjou um par novo?
— O velho tinha se tornado muito famoso — contei. — Vi você saindo pela porta lateral.

Ela sabia que eu estava falando do Correio Central.

— Eles nos obrigaram a sair — disse ela. — Nunca nos quiseram lá para começo de conversa. Só éramos boas para fazer cozi-

do e costurar as mochilas. Minha pontaria é melhor que a de todos eles juntos.
— A trepada também.
Ela corou.
— Você continua o mesmo — disse ela.
— Um pouco mais velho.
— Acho que a vida é isso.
— Não ensina mais, então?
— Não — respondeu ela. — Não ensino mais.
— Era uma ótima professora.
— Obrigada — disse ela. — Mas me orgulho de uma única coisa dos meus dias de professora.
— De quê?
— Sou a mulher que ensinou Henry Smart a escrever seu nome.
— É verdade. Mas aqui não sou Henry Smart.
— Eu sei — disse ela. — Você é um homem diferente em cada lugar. Você disse para eu me lembrar disso no dia em que deixou a escola. Você se lembra?
— Lembro — eu disse. — Lembro de cada segundo. Cada soma e cada hino.
— Eu também. Ótimo.
— Estamos ficando ensopados, e eu preciso achar água.
— Certo — disse ela. — Deixo você continuar.
— Certo — respondi. — Vejo você depois.
— Sim — disse ela. — Verá sim.

Caminhara alguns poucos metros pela lama quando a perna começou a pular nas minhas mãos, zumbindo. Observei as gotas de chuva dançando na ponta da cavilha, que tremia — *we'll go home be the water* — e pingava para se juntar a mais água. Deixei cair a perna antes que meu sangue começasse a ferver, ela soltou-se e mergulhou direto na lama. A correia de couro era tudo o que eu podia ver. Já sabia onde o poço devia ser cavado. Inclinei-me, arranquei a perna da lama e senti, por uma fração de segundo, o tecido rijo de um velho casaco na minha nuca e o suor de um homem esquentando minha bochecha, mas tudo sumiu antes que eu ficasse ereto de novo, antes que eu soubesse do que se tratava realmente. Mas o cheiro de sangue seco de assassinatos que surgiu, o cheiro que impregnara o casaco de meu pai, ficou no meu nariz até muito tempo depois que a chuva tinha passado e os primos e sobrinhos tivessem escavado as pedras para chegar à água.

    Casamo-nos no dia 12 de setembro de 1919. Uma professora arruinada e um pistoleiro foragido. O presente de casamento que Collins nos deu foi uma certidão de nascimento com quatro anos a mais para a minha vida; de acordo com a certidão, emitida pela República, eu tinha nascido no dia 11 de maio de 1897. Isto me deixava com 22 anos, apenas dez a menos que a minha noiva, uma diferença incomum, estranha, mas não um escândalo. E de Jack Dalton recebi meu terno, lavado e embrulhado em papel marrom, com um buraco de bala onde o ombro deveria ficar se ele tivesse pelo menos a metade do meu porte, bala que ele levara numa escaramuça na Winetavern Street. Nem Mick, nem Jack estiveram presentes no casamento. Estavam a caminho — Jack deveria ser meu padrinho —, mas atividades militares os detiveram em Granard. Foi o que me contaram mais tarde, da próxima vez que fui a Dublim para atirar em um *G-men*, e não vi motivo para não acreditar na desculpa. Era preciso ter sorte para percorrer alguma distância numa estrada sem cair nos bloqueios. Na época de meu casamento, as coisas já estavam se precipitando.
    Fomos casados por nosso padre, o tesoureiro, dono da meia que fora parar no meio do rio atrás de Kinnegad. A igreja estava vazia, a não ser por ele mesmo, o casal feliz e Ivan, meu padrinho de última hora...
    — Obrigado, Ivan.
    — Por quê?
    ...vazia, exceto pelos votos, assim minha identidade verdadeira continuaria anônima. E um outro segredo dentro daquele segredo: enfiei os dedos nos ouvidos quando o padre virou-se para a noiva e perguntou:
    — Você, ...
Apertei-os bem forte.
E tirei.
    — ... O'Shea, aceita este homem como...
    E nos tornamos marido e mulher sem que eu ouvisse o seu

primeiro nome. Ela era e continuaria sendo a minha Miss O'Shea. Nunca soube o seu nome.

E houve a festa na casa da velha senhora O'Shea, as mesas no quintal para abrir espaço para a dança dentro da casa. Sua própria mesa e mais algumas emprestadas de parentes e vizinhos, cobertas de sanduíches e bolos, engradados de cerveja preta e refrigerantes, e uma mesa unicamente com bolos assados, grandes pilhas deles, e as crianças e as mulheres ao redor enfiando nacos na boca como doninhas encurraladas. O dia inteiro, de madrugada até a madrugada do dia seguinte, fomos vigiados pelos homens que eu treinara e que agora estavam sob o comando de Ivan. Homens no telhado da igreja, nas estradas que davam acesso ao vilarejo, escondidos nos arbustos, homens no portão da igreja, atrás das lápides no cemitério, no carro estacionado na leiteria. E depois abrindo caminho à frente, quando fomos para a casa, e mais homens atrás e dos lados. A procissão era uma demonstração de força: nós controlávamos a cidade. Tínhamos nossos partidários, muitos, mas havia também muitos que nos detestavam e nos temiam, que detestavam o que estávamos fazendo. Deixamos que eles vissem — estavam escondidos atrás das cortinas de renda das janelas quando marchamos pela cidade — como seria fácil tomar o poder, como era inevitável. Se não pudéssemos liderá-los, então os forçaríamos a nos seguir. E os homens de Ivan estavam no telhado do celeiro, nos campos e pântanos ao redor da casa, atrás dos muros de pedras reluzentes. O carro em frente à leiteria, agora vazio, era uma bomba de gelignite esperando que uma patrulha em carro blindado ou a pé passasse por ele. Os homens estavam armados até os dentes; Lee-Enfields, Winchesters, alguns Mosins do Exército Vermelho, Smith and Wessons e algumas carabinas da Real Polícia Irlandesa em ótimo estado, tomadas das casernas em chamas de Muckloon. Tinham granadas caseiras, latas cheias de pólvora e também algumas granadas fabricadas na Alemanha antes do fim da guerra. Detiveram um sargento numa casinha abandonada, perto de Cloonfree Lough, com a promessa de entregá-lo vivo se o dia passasse sem incidentes.

Não houve incidentes.

Conseguimos alguns minutos a sós, longe da dança e dos cumprimentos.

Meu presente para ela foi um cachimbo alemão, uma coisa linda, meu rosto talhado na madeira negra do fornilho. Ela segurou-o cuidadosamente pela haste e olhou para meu rosto.

— É exatamente você — disse ela.

— Ponha na janela quando estiver tudo seguro para eu visitá-la — pedi.

— Um marido visitando sua mulher — comentou ela. — Que mundo é esse em que estamos nos casando?

— Logo teremos um mundo melhor — eu disse.

E, naquele dia, eu acreditei no que acabara de dizer.

Ela me deu calças de equitação e um cinto de couro de cobra para segurá-las.

— Não que você vá precisar delas agora — disse ela, enquanto me observava vestindo as calças.

Deu dois passos e se aproximou de mim começando a desabotoar as calças. Pôs uma das mãos no meu rosto.

— Meu noivinho — disse ela.

— Vá se foder.

— Diga de novo.

— Não.

— Faça o que lhe mandam, Henry Smart.

— Vá se foder.

— De novo, Henry.

— Vá se foder.

— O que aconteceria se eles entrassem agora?

— Quem? O padre?

— Ai, Deus!

Estávamos na despensa, na escuridão atrás da cozinha. O frescor era bem-vindo depois do calor lá fora.

Agarrei-a.

— A polícia rural?

— Oh...

Não era o mesmo que a pequena sala no Correio Central, mas nos serviu muito bem e não nos decepcionamos. Fodemos sem arranhar nossos joelhos nas bandeirolas, sem parar para nos equilibrar ou respirar, pela primeira vez desde aquela primeira vez, depois de meses olhando um para o outro, esfregando-nos um contra o outro, ignorando-nos, torturando-nos. Gozamos juntos e nos abraçamos até que nossos corpos se acalmassem e pudéssemos sentir e ouvir a dança na cozinha e o fim dela, com a velha senhora O'Shea recitando *Dangerous Dan McGrew*. Sabíamos que Ivan estava encostado do outro lado da porta da despensa. Ivan tornara-se o manda-chuva da paróquia, um homem que podia matar um policial, um homem que tinha o poder de deixar um morto numa vala com um papelzinho afixado na lapela: "Morto como espião pelo IRA". O poder entrara na alma de Ivan. Ele cortara os cabelos de moças que foram vistas olhando para os soldados, amarrava-as a portões e grades, e os cabelos eram cortados com tesouras e navalhas. E sempre guardava uma mecha, para mandar pelo correio para a vítima semanas mais tarde. Fizera mais. Pregara dois elos de porco nas orelhas de uma moça porque ela era sobrinha de um policial e seu namorado tinha se recusado a continuar vendo-a. Pendurou um asno numa árvore porque estava entregando torrão para a caserna de Strokestown. E tornara-se um grande redator de cartas. *Se não parar de fornecer seus serviços para a polícia local até três dias depois de receber esta notificação, vai sofrer a punição máxima nas mãos do IRA, i.e., a MORTE.* As cartas tinham um estilo que era todo dele. *Pode fazer como bem desejar, mas a não obediência à ordem acima será vista com desaprovação. Atenciosamente, Departamento de Atiradores.* Nunca tivemos muitos recrutas, e muito menos verdadeiros homens devotados, soldados preparados a largar tudo e fazer qualquer coisa pela causa. O próprio Collins comentava que nunca houve mais que três mil homens lutando. Assim, selvagens como Ivan faziam o trabalho de centenas. Percorríamos o país à procura de Ivans. Ele estava do outro lado da porta agora; assim, a despensa era nossa pelo tempo que quiséssemos.

— Sua mãe?
— Oh, Deus...

Eu havia guardado uma foto do dia e mantive-a comigo até o dia em que foi queimada diante dos meus olhos, num armazém em Chicago um pouco antes de atirarem em mim. Estávamos sentados num banco em frente ao que deveria ser a parede caiada da casa da velha senhora O'Shea. Dava para ver pela parede brilhante que era um dia muito quente. Eu estava usando meu terno da Clery's, antes de trocar pelas calças de equitação, minha camisa mais branca do que a parede, e uma metralhadora de mão Thompson, arma bonita mas superestimada, no meu colo. Ela, com um vestido que ela mesma fizera, copiando os desenhos de um livro de lendas do Fianna, o linho branco intercalado com bordados de pássaros e monstros mordendo o próprio rabo e um broche enorme de Tara segurando a capa nos seus ombros. Seus cabelos estavam soltos; seu coque emoldurava o rosto — ela estava perfeita naquele dia. O cano da Thompson cutucava-lhe o joelho. Ivan, atrás de nós, de uniforme completo, uma mão em cima do coldre, a outra escondida. Ivan, o Terrível, que mais tarde se tornaria Ivan Reynolds T.D. Ele já estava engordando por conta de seus dias futuros. Estava em pé atrás de Miss O'Shea olhando para longe, um olho vigiando seus homens no telhado do celeiro, o outro coberto por uma franja que deixou crescer durante o verão; ele tinha conhecido Collins em maio e não cortara o cabelo desde então. E a dama de honra ao lado de Ivan, atrás de mim. Ela era uma Reynolds também, não tão amiga assim de Miss O'Shea, apenas uma prima, nem jovem nem velha demais para ser uma dama de honra, e até mesmo naquela foto antiga, maltratada pelo suor, pela chuva e pela vida foragida, anos e anos depois, quando conseguiram me pegar e eu estava encurralado contra aquela parede em Chicago, anos depois que eu vira Miss O'Shea pela última vez e mais tempo ainda depois que a abraçara pela última vez, naquele mesmo instante em que a fotografia queimava e se enrolava diante dos meus olhos, eu podia ver que a pobre menina estava corando e perceber também para onde ia a outra mão de Ivan enquanto ele olhava para seus homens no telhado. Ivan estava bolinando a prima. Em 12 de setembro de 1919. O Dáil Éireann finalmente foi declarado ilegal pelo governo britânico. Este tinha, segundo Arthur Griffith, *proclamado toda a nação irlandesa uma entidade ilegal.* O detetive policial Daniel Hoey, que estava na lista dos mais procurados de todos os rebeldes desde 1916, recebeu o que lhe era devido bem em frente aos portões do Castelo de Dublim. E Henry Smart, pistoleiro e adivinho de água, casou-se com Miss O'Shea, futura pistoleira. Mais um grande dia para a Irlanda.

E eu desapareci no dia seguinte. Depositei minha bicicleta em um galpão dos nossos em Mullingar, caminhei para a estação e entrei no trem. Desci em Kingsbridge. Uma coluna de soldados em cada porta.

Continuei caminhando.

Os *G-men* suavam em suas capas impermeáveis e observavam cada rosto que se aproximava, enquanto se encostavam nas colunas e fingiam ler o jornal. Olhei direto para além deles, um homem às pressas, e fui até a porta.

— Então, quem é você?

Um sotaque inglês. Não havia mais soldados irlandeses. Um sargento. Não soara arrogante. Atrás dele, jovens inquietos e dois Crossleys estacionados na rua.

— Michael Collins — eu disse.

Rimos.

— Reggie Nash — acrescentei.

— E o que está fazendo, senhor Nash?

— Estou indo para casa, sargento — respondi. — Minha mulher deu à luz.

— Parabéns. O que traz na pasta? Ou estou sendo grosseiro?

— Sou um vendedor ambulante para a Kapp and Petersen — disse a ele e abri a pasta, revelando minha amostra de cachimbos.

— Minha nossa senhora — disse ele.

Eram coisas lindas, quatro fileiras dos cachimbos mais elegantes, brilhosos e caros, com apenas um lugar vazio, onde meu próprio rosto estivera no dia anterior. Ele ficou encantado. Seu braço moveu-se levemente e parou. Queria tocá-los, mas se inibiu diante de toda aquela elegância. Sacudiu os ombros e falou de novo.

— Está bem — disse ele. — Pode ir para casa, junto à sua mulher. Menino ou menina? Espere. Perdão.

Levantou a barra da minha capa e viu a perna no coldre.

Todos eles deram um passo para trás e eu ouvi o som característico de um pino de culatra ser puxado. A multidão atrás de mim parou de se agitar.

— O que é isso, afinal, senhor Nash?

— Um artigo de amostra — respondi.

— Não entendi.

— Um artigo de amostra — repeti. — Um fósforo gigante. Fiquei rezando para que eles tivessem acabado de desembarcar e que nenhum deles soubesse que os cachimbos eram feitos pela Kapp and Petersen e os fósforos pela Maguire and Patterson. Mostrei a correia.
— A idéia então é pendurá-lo acima da porta da loja de tabaco.
— Não parece um fósforo para mim, vendo daqui, meu senhor. Agora ele estava relaxando, curioso.
— Deve ser por isso que ninguém quis — expliquei. — Tenho de concordar com o senhor. Mas, como o senhor vê, sargento, cumpro ordens. É menino.
— Não entendi.
— O bebê — eu disse. — Um menino.
— As minhas são meninas — contou ele. — Desculpe-me por atrasá-lo, senhor.
— Adeus, sargento — eu disse. — Espero que escapem da chuva.

E saí para a rua. Mais *G-men* encostados contra a muralha do rio. Fui embora. Passei por eles e continuei. Atravessei a ponte e fui embora. Para as ruas onde os *G-men* não eram bem-vindos.

— Eu me casei, vovó — contei a ela.
— Ela tem as duas pernas? — perguntou a velha.
Estava lendo o *Independent*. Pôs o dedo sobre a última palavra lida e olhou para mim. Olhou para mim de verdade pela primeira vez desde que eu era uma criança debatendo-se no colo da filha dela.
— Ela tem as duas, sim — respondi.
— Então será feliz — disse ela.
Continuou olhando para mim.
— Você não é um pouco jovem demais para se casar?
— Tenho 22 anos.
Levantou o dedo, levou-o ao topo da página e tocou em uma data.
— Então estou lendo notícias de quatro anos atrás — disse ela.
— Conte mais sobre Gandon — eu disse.
— Gandon em 1919 ou Gandon em 1923?

— 1919.
— Fica difícil lembrar — disse ela. — Já faz tanto tempo.
— Tenho dezessete anos — eu disse.
— Ah — disse ela.
Tirou o dedo da data.
— Ele é um homem mudado — começou ela.
— Mudado como?
— Você tem algum livro para mim?
— Não.
— Então meus lábios estão selados.
— E que tal um presente de casamento? — perguntei.
— Ele é um homem mudado — disse ela. — Um *shinner* e ministro, nada menos. Falando sobre coisas importantes lá na Mansion House. Mudando o nome para O'Gandúin.
Virou a página do jornal e bateu com força na mesa.
— Isso tudo eu sei — retruquei.
— Mas isso não era o seu presente — disse ela. — O presente é este: ele não mudou em nada.
— O que quer dizer?
— Você me traz mais livros?
— Amanhã — prometi. — Hoje à noite eu arrumo.
— Escritos por mulheres?
— Sim.
— Ele continua com as mesmas tramóias — disse ela. — As coisas que o perneta costumava fazer para ele. A diferença é que agora são outros idiotas que estão fazendo o trabalho sujo para ele. Não mudou em nada.

— Conhece Smith?
Collins estava sentado à sua mesa.
— Conheço — respondi.
— Ele é todo seu — disse ele.
Aquele era o mais recente escritório de Collins, mais um acrescentado aos cinco ou seis que ele usava diariamente. O Ministério de Finanças, escondido atrás de um nome, Hegarty and Dunne Insurance, uma empresa que não existia, em uma sala no segundo andar na Mary Street. Como os outros, era limpo e desprovido

de quase tudo, a não ser papel. Ele levava o próprio sistema de arquivo consigo aonde quer que fosse, pregos em fileiras ao longo das quatro paredes e os papéis afixados neles numa ordem que somente ele, o inventor, compreendia.

Estávamos sozinhos. Estávamos quase sempre sozinhos quando nos encontrávamos agora. Atrás de uma mesa, era o ministro de Finanças; onde estava agora, sentado à mesa, à minha frente, era o presidente do Conselho Supremo da Irmandade Republicana Irlandesa. Ele me passou um nome, e eu deveria entregar-lhe um homem morto.

Eu era um dos homens da Brigada, uma elite secreta. Um assassino. Havia nove de nós, depois doze, e nos tornamos os doze apóstolos, e assim ficamos, mesmo quando, com mortes, prisões e execuções, éramos menos ou mais do que doze.

— Você tem algum escrúpulo quanto a tirar vidas?

Dick McKee me fizera esta pergunta um pouco antes de eu ser aceito na Brigada. Estavam procurando uma mistura peculiar de homens — dissidentes e escravos, homens que fossem de raciocínio rápido e idiotas ao mesmo tempo. Sabiam o que estavam fazendo quando me escolheram; eu era rápido e sem piedade, franco e leal — e um idiota tão idiota que levei anos para perceber o que estava acontecendo. Collins e Dick Mulcahy, chefe de Estado Maior do IRA, encontravam-se atrás de McKee. Eu estava sentado numa cadeira de encosto reto em outra sala vazia.

— Geralmente não — respondi.

— De jeito nenhum? — perguntou McKee.

— Bem, vou lhe dizer, Dick — eu disse. — Não gostaria de matar animais e crianças. Mas, se é de tiras que você está falando, sou o homem certo.

E eu era mesmo o homem certo para eles.

Estava com Collins agora. Ele compartilhava comigo seu tempo — eu era um dos escolhidos —, arriscava sua segurança e, em retribuição, eu mataria o sargento detetive Smith da Divisão G.

— Ele foi avisado — disse Collins. — Ele disse "obrigado" e mandou os rapazes se foder. Um homem corajoso.

— Quando?

— Amanhã.

— Quem vai comigo?

Trabalhávamos em pares.
— Vai descobrir quando se encontrar com ele.

Descansei o pé no meio-fio da calçada, numa esquina embaixo de uma árvore na Terenure Road. A cidade estava morta. Dois minutos para o toque de recolher da meia-noite e eu longe de casa. Meu quarto na Cranby Row, aquele que eu dividira com Jack, continuava lá, mas eu não podia chegar perto dele; as casas de homens procurados eram vigiadas o tempo todo. Eu estava a mais de dois minutos de bicicleta de qualquer lugar que fosse, com uma mala cheia de livros roubados, todos escritos por mulheres, amarrada na traseira da bicicleta que eu tomei emprestada de Collins. Não tinha para onde ir. Havia o rio abaixo de mim, mas não queria abandonar a bicicleta ou ensopar os livros. Passara a noite toda entrando e saindo de casarões nos arredores da Kenilworth Square, horas lendo títulos e autores nas lombadas, escolhendo os melhores e os mais volumosos das prateleiras e dos criados-mudos de seus donos adormecidos. Apurei os ouvidos. Não havia vivalma na rua, a não ser eu, nem passos ou correntes de bicicleta gemendo. Ouvi os sinos de Rathmines tocando a hora e depois ouvi o rugido de um motor e vi um farol gigante vindo de Highfield Road.

Eu estava agachado atrás de um arbusto com a bicicleta e os livros, quando um caminhão fechado passou rápido e freou a uns cinquenta metros de mim, deu ré e freou de novo. Ouvi as botas no chão e os gritos de uma mulher.
— Parem! Parem!

Olhei por cima do arbusto e vi um casal, um rapaz e uma mocinha, sendo puxados de um arbusto como o meu, surpreendidos pelos faróis e rodeados de soldados ameaçadores. Mais gritos quando os dois foram jogados na traseira do caminhão, que partiu em disparada. Tive de me agachar ainda mais atrás do arbusto, quando uma patrulha furtiva apareceu de repente no meio da rua, um carro sem faróis e um motor ronronando no silêncio da noite. E passou lentamente. Fiquei ouvindo do arbusto para me certificar de que não diminuía a velocidade ou desligava o motor, e ouvi quando virou na Orwell Road.

Eu podia ficar onde estava, agachado entre a parede e o arbusto e rezar para que nenhuma patrulha a pé aparecesse. Eu podia bater à porta atrás de mim e esperar pelo melhor. Podia montar na bicicleta e sair rápido e esperar por sorte ainda melhor e ir... para onde?

Senhor Climanis.

— Senhor Smart! Que tarde, que bom!

— Vou embora, se o senhor achar que não é seguro.

— Senhor Smart! Por favor! Entre. Entre. Por favor.

Ele ficou parado ao lado da porta, e eu subi os degraus que começavam imediatamente em frente a ela. Ele correu para fora e pegou a bicicleta. Apontou para a maleta que eu estava segurando.

— Bombas, não é?

— Não — respondi. — Livros.

— Livros? — disse ele. — Muito bom, mas não ajuda. Suba. Suba. Suba. Por favor.

Ele apontou para as portas no topo da escada.

— Maria! — gritou, e bateu a porta da frente. — Maria! Venha ver quem está aqui!

Uma mulher alta aguardava quando cheguei ao final da escadaria. O senhor Climanis estava atrás de mim, empurrando minhas pernas com a roda dianteira de bicicleta.

— Para a frente e para cima! Olhe, Maria. Tenho um amigo secreto. Senhor Smart.

— Olá — disse ela.

— Um republicano da maior importância — disse o senhor Climanis. — Com uma maleta cheia de bombas!

Ela era alta e bela.

— Não me venha com essa — disse ela.

— São livros — disse à mulher.

— Livros?! — exclamou o senhor Climanis. — Não ouvi direito. E riu.

Ela saiu da frente e ele me empurrou pela porta aberta para dentro da cozinha. Estacionou a bicicleta contra a parede do corredor e me seguiu.

— São livros perigosos, espero.

Ela o seguiu. Alisou-lhe os cabelos negros, como para acalmá-lo.

— São para minha avó — contei a ele.

— Está vendo, Maria? — disse ele. — Veja os irlandeses! Estão em guerra, mas continuam pensando na família.

— Eu sei — disse ela.

— Claro que sabe — disse ele. — Maria é irlandesa. Vamos brindar à Irlanda. Minha casa.

Abriu o armário e tirou uma garrafa de Jameson; notei que havia mais duas lá dentro antes de ele fechar.

— Faltam-me duas coisas — continuou ele. — Copos e boas maneiras. Senhor Smart, peço desculpas. Esta é Maria. Esta é Maria Climanis — disse ele com orgulho. — Minha esposa.

Inclinou-se sobre a mesa da cozinha e falou com calma pela primeira vez naquela noite.

— Foram os meus cabelos, senhor Smart. Maria se apaixonou pelos meus cabelos. Não é verdade, Maria?

Ela havia voltado carregando três copos.

— É — disse ela. — Sem o seu cabelo, você não seria metade do homem que é, David.

— Não suficiente para você.

— Não — concordou ela. — Certamente não.

Ela fez os copos tilintar.

— Estavam no quarto — explicou ela. — Somos verdadeiros beberrões nessa casa, senhor Smart. Os copos estão por todos os lados, menos onde deveriam estar.

Ela enfiou-os num balde de água e limpou-os com a ponta de seu cardigã. Era muito jovem.

— Agora, sim — disse ela, enquanto colocava os copos na mesa. — Vamos lá.

— A noite é uma criança — disse o senhor Climanis.

— A noite é sempre uma criança quando você está por perto, David — disse ela.

— Ah! — suspirou o senhor Climanis. — Como eu te amo! Maria é a mulher mais alta da Irlanda, senhor Smart. A única mulher com uma visão perfeita dos meus cabelos, assim ela se apaixonou.

— É verdade — disse ela. — Quando tivermos bebês, eles vão se aninhar nos seus cabelos.

— Ouviu isso, senhor Smart?

— Ouvi.

Ele enchia os copos.

— Vivo apaixonado, senhor Smart — disse ele. — Toda vez que vejo esta mulher. Toda vez que ouço esta mulher. Toda vez que penso nesta mulher, agradeço aos russos. Vamos brindar aos russos.

— Pensei que estivéssemos brindando à Irlanda.

— À Irlanda, sim — disse o senhor Climanis. — Irlanda, Rússia, Letônia.

— Não se esqueça dos Estados Unidos da América — disse ela.

— A todos eles — completou. — A todos eles.

Engoliu metade do conteúdo de seu copo.

— Alabama — continuou. — A noite é uma criança.

O senhor Climanis era letão. Conhecemo-nos no Mooney's, na Abbey Street, numa noite em que eu não tinha encontros ou alguém para matar e sabia onde ia dormir e quanto tempo levaria para chegar lá. Estava apreciando minha própria companhia quando uma voz e os cabelos pretos se acharam de repente sentados ao meu lado.

— Você é bastante estranho — disse ele. — Um irlandês sem cara triste.

— Os azarados têm longas caras tristes — respondi. — O resto de nós é longo em outros departamentos.

Ele riu e eu simpatizei com ele. Conversamos sobre o sexo dos anjos; todos os estranhos eram espiões e nenhum de nós estava só. Notei as raspas de madeira nas mangas de sua jaqueta.

— O senhor é carpinteiro — comentei.

— Cachimbos — disse ele. — Faço cachimbos. Faço os mais belos cachimbos do mundo.

E, claro, as próprias raspas eram lindas, cachos delicados como cachos de anjos em cores e tamanhos diferentes, rodeados por uma poeira fina como sal escuro.

— Eu gostaria disso — comentei. — Gostaria de ter essa habilidade.

— Por favor — disse ele. — Mostre suas mãos.

Mostrei.

— São firmes — disse ele. — Você pode fazer.

— Tenho outras coisas para fazer — eu disse.

— Eu sei — disse ele. — Todo irlandês tem outras coisas para fazer. Vão derrotar os ingleses porque a bebida de vocês é melhor. Eu pago duas rodadas, e você paga duas. Gosto deste costume. Encontrava-me com ele quando podia, quando ia à cidade. Ele sempre passava no Mooney's entre as seis e sete da noite, a caminho de casa; gostava de atravessar o rio para tomar seu trago, arejar os pulmões e as roupas. Comecei a sentir falta dele quando me vi perto da Abbey Street, mas incapaz de me encontrar com ele. Não me pedia nada, além da minha companhia, e eu adorava ouvir o que ele dizia; contava-me tudo. E eu contava tudo a ele. Não compreendia o que estava acontecendo comigo. Para mim, aquilo parecia seguro e correto. Era claro em cada gesto e atitude: ele era um homem bom.

— Senhor Smart — disse-me uma noite. — Minha esposa é irlandesa. E agora tenho um amigo irlandês. Agradeço aos russos por isso. Por fazerem de mim um homem sem país.

Levantou o copo.

— Aos russos.

— Aos Vermelhos ou aos Brancos? — perguntei.

— A cor não tem significado. O que acha da minha palavra nova?

Ele dera os cachimbos, um de cada vez, uma ou duas vezes por semana. Foi idéia dele.

— Um homem atravessando fronteiras precisa de um trabalho — disse ele. — Agora você é um vendedor de cachimbos.

— Não estou atravessando fronteiras — retruquei.

— Soldados e policiais fazem suas próprias fronteiras — disse ele. — Passei a vida inteira atravessando fronteiras.

Ele segurou os cachimbos à minha frente e me deu os nomes e disse a madeira usada em cada um. Entregou-os a mim como crianças que jamais veria de novo. E, na noite antes do meu casamento, observei-o talhar o meu rosto no fornilho do último, um cachimbo preto, aquele que completaria o estojo.

— Você não é difícil — disse ele. — Homens bonitos não têm muitos traços. Essa é a diferença entre o bonito e o belo.

— Então não sou belo?

— Não, o senhor não é belo, senhor Smart.

— Ainda bem.

— Sim — disse ele. — Temos belas mulheres. Não precisamos de belos homens. Pronto — concluiu ele. — Por favor, dê este cachimbo à sua bela esposa.

— Darei — eu disse. — Obrigado.
— Não é difícil — disse ele.
E agora eu estava em seu apartamento pela primeira vez, olhando para a bela esposa dele.
— Sua esposa... — começou ele. — Ela gostou do cachimbo?
— Adorou — respondi. — Ela o deixa na janela para eu saber quando é seguro entrar.
— Ah! — disse o senhor Climanis. — Maria, não é romântico o que disse meu amigo, o senhor Smart?
— É — concordou Maria. — É maravilhoso.
— Maria me ensina uma palavra nova todo dia — disse ele.
— Isso também é romântico — completou ela.
— Minha esposa é professora — contei a eles.
— Ah! — exclamou o senhor Climanis.
Abriu o armário e tirou outra garrafa.
— Ao romance. Às professoras!

Eu me achava bem às suas costas quando atirei; seu casaco abafou em parte o ruído. Ele estava caindo quando me virei para ir embora. Reconheci na sua voz, no grunhido e nas meias-palavras que saíram dele, que ele não compreendia o que estava acontecendo. Quatro portões antes de sua casa, na sua própria rua, muito antes de escurecer.
Archer passou por mim, com sua Parabellum fazendo pontaria. Continuei caminhando e ouvi mais duas balas atingirem Smith, senti-as em minhas pernas enquanto Smith se estatelava na calçada. Era um fim de tarde. Não era um horário tradicional para matar, mas a idéia era aterrorizar a polícia. Não havia mais horas seguras ou santuários. Não havia ninguém na rua, embora houvesse crianças por perto. Ouvi portas e janelas fechando-se, enquanto o som dos tiros ecoava e desaparecia. Archer estava ao meu lado.
— Sete filhos — disse ele, quando passamos em frente à casa de Smith. — Não é um trabalho fácil.
— Ele foi avisado para cair fora — eu disse.
— Eu sei — disse Archer. — E não fui eu quem atirou no homem?
Então ouvimos.

— Seus covardes!

Smith estava de pé. Era enorme. As pernas abertas e sem se segurar em nada. Havia sangue escorrendo de seu casaco para as calças e os pés. E ele estava ainda mais ereto.

Corri de volta para ele e atirei duas vezes. Uma vez mais no bagulho em que se transformava o seu peito. Uma vez na sua cara. O rosto se arrancou dos ossos e pareceu pairar no ar à minha frente pelo tempo que levou até ele tombar de novo. Virei-me e corri, passando de novo em frente a sua casa. Não ouvi crianças chamando naquele momento, nada a não ser o eco dos meus tiros. Nem o ruído dos meus passos no chão.

Archer virou à esquerda. Eu, à direita. A arma queimava minha perna através de três camadas de tecido. O Homem Negro estava na esquina da Drumcondra Road com a Fitzroy Avenue. Ex-pugilista bêbado, ele vagava pela cidade e dormia onde caía; enorme sob o peso dos casacos e de seu fedor, ele cambaleava entre os bloqueios. Enfiei a arma no seu bolso sem olhar para ele ou mudar o passo e caminhei para a Dorset Street.

Eu estava livre agora, tão vulnerável quanto qualquer outro jovem da cidade. Mais um assassinato que se tornaria ato heróico no fim do dia, mais um verso acrescentado à minha canção. Mais um ato que traria punição injusta para uma cidade já irrequieta e agitada. Tirei minha capa impermeável — não tinha mais arma para esconder — e a pus sobre o ombro. Os Crossleys passaram por mim voando. A cidade estava sendo tomada por soldados jovens e nervosos, com capacetes de aço e baionetas fixas, moleques com sotaque inglês, e a Inglaterra estava ficando mais distante dia após dia. Ajeitei a gravata. Os apitos distantes da polícia juntaram-se aos apitos mais próximos. Eu era um jovem indo do escritório para casa. As pessoas se apressavam para chegar em casa antes da comoção e das buscas. Eu mesmo me apressei um pouco; não queria aparentar tanta inocência. Encontraria o senhor Climanis e alcançaria o Homem Negro mais tarde, do outro lado da cidade.

Dobrei na Gardiner Street e comecei a correr.

Eu pedalava, ela guiava. Vínhamos do oeste, descendo a ladeira. Ela sentada à minha frente na barra da bicicleta.

— Como está a bunda?

— Dá para agüentar — disse ela.

Ela segurava o guidão, e meus braços, ao redor de sua cintura, apertavam a Thompson. Era invenção dela mesma, uma armação presa ao guidão, e mantinha bem firme a arma; o ciclista podia conduzir a bibicleta com uma mão e atirar no alvo sem precisar diminuir a marcha ou perder o equilíbrio e cair. Eu estava usando minhas calças de equitação — ela me fez usá-las. Ela usava a saia de seu uniforme da *Cumann na mBan* — eu a fiz vestir.

— Para mim não tem mais essa de fazer sanduíches — disse ela.

Passamos por carros de passeio e uma carroça carregando latões de leite para a leiteria do outro lado da cidade. Esquadrinhamos a cidade na véspera; sabíamos de que ruas nós precisaríamos. Estávamos no fim de um dia de feira. Pedalamos por cima de bosta seca de animais. Ballintubber ainda estava movimentada, mas, para sorte nossa, o correio era perto do fim da rua do comércio.

— A porta está aberta?

— Escancarada — disse ela. — Como ontem.

— Segure firme, então.

Quando chegamos à porta, levantei-me do selim e ergui a roda dianteira da Sem Bunda, para pularmos o degrau baixo. Não atropelamos ninguém, mas assustamos a todos.

— Breque! — gritei.

Miss O'Shea fez exatamente aquilo, nas duas rodas. Paramos na hora. Pus uma perna no chão para nos equilibrar e despejei uma pequena carga de tiros contra um pôster de procurados na parede à nossa frente. Corpos e casacos voaram para o chão e nacos quentes de parede arrancados pelas balas zuniam e caíam ao nosso redor.

— Bom dia! — gritei para o silêncio pesado que sucedera aos gritos e tiros. — Não façam nenhuma bobagem e ninguém sairá ferido.

— Este correio é uma relíquia da presença britânica — disse Miss O'Shea. — Agora está fechado.

Ela se levantou do cano da bicicleta, e eu desci da Sem Bunda pelo outro lado. Ela segurou e virou a bicicleta, a roda dianteira voltada para a porta, enquanto eu pulava o balcão.

Ela falou de novo.

— Todos vocês deveriam subscrever o Empréstimo Republicano. É um dever patriótico e um investimento seguro. Logo haverá correios republicanos funcionando pelo país. Enquanto isso, mantenham seu dinheiro em casa. Informem isso aos Voluntários locais e nunca serão roubados.

Agarrei uma sacola e passei para a mulher do outro lado do balcão. Ela não precisou maiores instruções. Varreu tudo à frente com seu braço gordo — notas, moedas, selos e carimbos, ordens de pagamento e formulários de telegrama, migalhas de um sanduíche com geléia que ela estava comendo no momento em que entramos pedalando pela sua porta.

Ela segurou o saco.

— Muito obrigado — eu disse. — Você é a responsável?

— Não — respondeu ela. — Ela não costuma ficar por aqui trabalhando.

— Então um dia você será a responsável — prometi. — Quando a hora chegar. O país precisa de gerentes de correio bonitas.

— Vou cobrar a promessa — disse ela. — Você veio aqui ontem, não veio?

— Foi meu irmão — respondi. — Ele me contou que você era uma gata.

— Diga-lhe que sempre estou por aqui.

— Digo sim. Ele vai ficar feliz da vida.

— Eu também.

Pulei o balcão de volta, aterrissando nas costas de uma velhinha.

— Perdão, dona.

— Por quê?

E eu estava de volta à Sem Bunda. Miss O'Shea pulou para o cano da bicicleta. Ergui a sacola para o alto antes de enfiá-la entre minha barriga e as costas dela.

— Este dinheiro será gasto pelo governo da República da Irlanda. Cada *penny* será contabilizado. (Menos meus dez por cento). Desculpem-nos por qualquer inconveniente. Alguns minutos sobre um chão sujo é um preço muito baixo para se pagar pela liberdade. Viva a República!

Inspiração.

Puxei o gatilho e a porta se esfacelou à nossa frente; tudo o que havia sob o teto estava caindo aos pedaços.

E intimidação.

Saímos pela porta, normalmente. Cena para inspirar mais baladas. *O rebelde e a rebelete pedalaram para fora da cidade.* A rajada de metralhadora inicial alertara os soldados. *Mas só depois de terem enfrentado as forças da Coroa.* Quatro deles se aproximavam lenta e nervosamente, vindos da praça do mercado. Soldados a pé, ou até mesmo de bicicleta, haviam se tornado coisa rara. Estavam desertando das casernas mais afastadas desde o início dos incêndios; ficavam nas cidades atrás dos muros das casernas e viajavam em caminhões fechados ou Crossleys. Olhei além dos quatro para ver se havia reforços ou veículos chegando.

— Que história é essa de chamá-la de gata? — perguntou Miss O'Shea.

— Isso se chama doutrinação — expliquei. — Um pouco de bajulação gera grandes rebeldes. Olhe só para o Ivan.

— Prefiro não olhar.

Estavam sozinhos, os soldados, dois de cada lado da rua. Miss O'Shea conduziu a Sem Bunda direto para os dois da esquerda. Abri fogo e os teria decapitado, se não tivessem passado sebo nas canelas. Depois ela nos inclinou para a direita, e um dos merdas, que precisou levantar as calças antes de se agachar, levou duas balas no pescoço e tombou, ainda segurando os joelhos de suas calças de uniforme. Não haveria agente funerário para limpá-lo. Qualquer um que tocasse um policial morto ia precisar logo de seu próprio agente funerário.

— E diga-me, Henry Smart: essa doutrinação fica só nas palavras?

— Geralmente — disse a ela. — Mas não se preocupe com aquela. Eu já vi tetas melhores atrás de uma sacola.

Pedalamos pela praça e pela cidade sem encontrar nada mais assustador do que vacas, cachorros e caipiras boquiabertos.

— E a bunda dela era do tamanho do rio Congo.

Abracei Miss O'Shea. Senti seu coração batendo quando passamos velozes pela leiteria e pela estrada que ia de norte a leste para Tulsk. Deixamos que todos vissem nosso itinerário. Já fora da cidade e sozinhos na estrada, viramos à direita num caminho estreito com uma linha de grama crescendo no meio, e à direita de novo para um caminho ainda mais estreito, em que a grama cobria quase tudo, e íamos para o sul agora, deixando a cidade para trás, passando por fazendinhas e muros quebrados. Pedalamos até escurecer e ficar muito perigoso e, num bosque atrás de Kilbegnet, deitamos e trepei a noite inteira num leito de selos roubados.

— Quem é o judeu? — perguntou Jack.
Era a primeira vez que eu o via em quase um ano.
Em uma sala no quartel-general do Sinn Féin, na Harcourt Street. O Sinn Féin tinha sido declarado ilegal, mas o escritório ainda estava aberto e funcionando. O Castelo precisava ocupar os seus espiões.
— E como vai você, Jack?
— Quem é ele? — perguntou.
— Quem é quem?
— O judeuzinho que lhe tem feito companhia ultimamente.
— Você deve estar falando do senhor Climanis — eu disse. — Não sei se ele é judeu. Ele é letão.
Jack bufou.
— É gente fina — eu disse.
— Fique longe dele.
— Gente fina — insisti.
— Faça o que eu estou mandando, porra!
Ele se levantou, pegou seu chapéu de cima da mesa e passou por mim.
— Vamos.
Ele subiu os degraus. Segui-o. Continuou até chegar a uma escada que levava ao sótão. Um buraco fora aberto na parede da casa contígua. Passamos através ele. Estava absorto e cantando quando passei por mais um buraco rumo a mais um sótão através da Harcourt Street; não deixava que a poeira e a escuridão me destraíssem. No entanto, ainda não conseguia ver algum sentido

no que acabara de acontecer. *Fique longe dele.* Aquilo era uma advertência ou um conselho? Uma ameaça? Eu não sabia. Não tinha a menor idéia, e nada que me trouxesse uma. O senhor Climanis era um sujeito íntegro. Eu o sabia muito bem. Mas Jack também era. Achei melhor ficar de boca fechada por ora, até saber um pouco mais e não me sentir tão idiota e insultado.

— Aqui estamos — disse Jack.

Começou a bater no nosso lado da porta do sótão com o pé. Ouvimos alguém subir degraus, uma chave entrando na fechadura e sendo girada por uma mão nervosa.

— Alguma vez lhe ocorreu, quando começamos — perguntou Jack —, que teríamos de passar por tudo isso só para tomar uma maldita cerveja?

Caminhamos pela cidade. Era um dia frio e seco de janeiro de 1920 — e ficou mais gelado ainda quando atravessamos o Liffey pela ponte Butt.

— É preciso mais que um chapéu num dia como este — disse Jack. — Vai nevar antes do final de semana.

— Havia neve em Roscommon ontem — comentei.

— Ali não conta — disse ele. — Lá é até uma dádiva, para cobrir a podridão.

Passamos por uma patrulha da King's Shropshire Light Infantry, na margem Liberty Hall da ponte.

— Hoje está dureza, homens — disse Jack. — Vai deixar gotas de gelo nas pontas de suas baionetas.

Não disseram nada, mas responderam com um sorriso nos rostos amigáveis.

Continuamos até o Phil Shanahan's e achamos um canto para nós. Fizemos um aceno de cabeça para os clandestinos que conhecíamos, mas havia outros, mais jovens, que acenaram para Jack, rapazes que eu nunca vira antes. Encontraria alguns mais tarde, trabalharia com alguns, outros nunca mais tornaria a ver. Todos homens da organização. Homens descartáveis, e também aqueles mais inteligentes que decidiam quem devia viver e quem devia morrer.

— Aquele ali é Dan Breen — disse Jack.

— E eu não sei? — respondi. — Com a cabeça que ele tem.

— É o que tem dentro daquela cabeça que me deixa pasmo — disse Jack. — Às vezes fico me perguntando que porra estamos fazendo, deixando criaturas como aquela soltas pelo país. Ele deixa metade da população aterrorizada. E eu tenho de escrever uma balada sobre o filho da puta antes do fim de semana. Quer levá-la para sua cidade, Tipperary. Não faz bem para uma mente como a minha. Escrever canções sobre delinqüentes como ele.

— Isso vai acabar logo — eu disse.

— Vai uma ova! — retrucou Jack. — Você não pensa assim mesmo, pensa?

— Foi um pensamento que me ocorreu — eu disse.

— Então é melhor que não ocorra de novo — disse ele. — Não temos a mínima chance, meu amigo. Estou deixando você deprimido?

— Não.

— Ótimo. Não podemos vencer, portanto vencer não é a nossa intenção. O que temos de fazer, tudo o que podemos fazer, é não deixá-los em paz até que a coisa se torne insuportável. Provocá-los e enfurecê-los. Precisamos de represálias, vítimas inocentes, atrocidades, e precisamos que eles nos dêem tudo isso. Não deixá-los em paz até que o preço se torne tão alto que desistam e decidam ir embora. Mas nunca os derrotaremos.

— Quem você está tentando impressionar, Jack? Já ouvi tudo isso antes.

— Apenas para que você se lembre. Você anda muito complacente consigo mesmo. Muito bem alimentado, porra. Isso é apenas o começo, meu amigo. Aqueles filhos da puta em Londres estão mais preocupados com o Mad Mullah* na Somalilândia do que conosco. Temos de botar mais pressão. Uns Mad Mullahs por aqui, de Dan Breen para cima. Seu camarada, Ivan Reynolds. Você mesmo. É o único jeito. A guerra de verdade vai ter de começar logo. E não me dá prazer nenhum saber que está chegando. Apenas dezoito homens da Real Polícia Irlandesa foram mortos no ano passado. Mick me contou hoje de manhã, e isso me deixou chocado, porque às vezes aquilo parecia ser uma chacina. E veja só isso aqui.

---

* Mohammed bin Abdullah Hassan, líder rebelde na Etiópia e antiga Somalilândia, reuniu um exército de vinte mil fanáticos religiosos que realizou ataques contra os britânicos entre 1890 e 1920. (N.E.)

Tirou um recorte de jornal de seu bolso traseiro e me entregou.
— Recebi de alguém em Liverpool — disse Jack.
Um anúncio de recrutamento.
— Estão trazendo mercenários. Vão engordar a Real Polícia Irlandesa com durões de Liverpool e Glasgow, e Deus sabe de onde mais. Seus próprios malditos Breens.
— E daí?
— Daí que vamos ter uma briga como nunca se viu.
— E daí?
— Assim é que se fala — disse Jack. — Muito bom vê-lo de novo. Eu estava com saudades de você. Já é pai?
Era bom estar novamente com Jack. Conversando, passeando durante o dia. Eu estava de volta. Havia ficado sozinho por muito tempo. Eu tinha Miss O'Shea, mas cada palavra ou pausa era sexo; cada sentença era um campo minado e eu pisava em cada sílaba na esperança vã de que minha perna fosse arrancada. Vivia em função disso. Até mesmo agora, longe dela, grato pelo descanso, desejava-a tanto que podia me levantar e ir correndo sem parar até Roscommon.
— Mais um.
— Sacrifício.
— Aaaaa...
— Ato de represália.
— Aaaaa... *Maithú, maithú...*
Não havia ninguém mais com quem eu pudesse falar durante minhas viagens. Estava sozinho e tinha de ficar assim, o que, na maioria das vezes, era-me conveniente. Mas vez por outra, geralmente no começo da noite, quando a vontade de tomar um trago e fumar um cigarro era mais forte, eu lamentava os vivos tanto quanto os mortos e ansiava por Dublim.
— Digo-lhe uma coisa, meu amigo — disse Jack mais tarde, naquela noite. — Os camponeses vão formar a espinha dorsal desta nação.
— Vão o caralho! — retruquei. — Não sabem formar nem uma bosta de uma fila.
Era um comentário convencido e leviano de um homem que não estivera realmente em casa havia muito tempo. Dublim era um lugar infernal, mas, por Deus, com seu coração agora subver-

sivo, rodeado de fumaça e odores, e do barulho de fora, eu sentia uma saudade danada corroendo o coração, pois sabia que teria de levantar e ir embora novamente no dia seguinte.

— Os homens da Real Polícia Irlandesa são todos decentes — disse Jack.

— Nunca gostei deles — comentei.

— Homens decentes — disse ele. — Um trabalho como outros. Uma carreira. Tenho um irmão lá. Já lhe contei isso?

— Não.

— Estacionado em Cork. Tenho outro irmão que é padre, o irmão da polícia e nós temos nossa própria bomba d'água no quintal em casa. Somos uma família de respeito, os Daltons. Está me entendendo?

— O que aconteceu com você? — perguntei.

— Vou ser respeitável quando chegar a hora certa — disse ele. — Com as minhas próprias regras.

— E o seu irmão?

— Venho falando para ele cair fora. Mas é um cara teimoso. Era um negócio diferente quanto ele se alistou. E ele não compreende isso.

Baixou os olhos para a mesa, como se o irmão estivesse ali, olhando para ele em seu uniforme.

— Gandon ainda é seu senhorio? — perguntei.

— No momento não tenho senhorio nenhum — disse ele. — Vivo de minha mala, e ela me pertence.

— Você leu o que ele disse sobre sua participação no Correio Central?

— Fui eu que escrevi — disse Jack.

— Por quê?

Arrancou os olhos do verniz da mesa.

— Ele é muito ocupado para ficar escrevendo discursos — disse ele. — Isso é meu departamento.

Eu sabia que precisava ser cauteloso.

— Não me lembro de tê-lo visto no Correio Central — comentei.

— Ele estava lá — disse Jack.

Olhou direto nos meus olhos.

— Outras pessoas se lembram.

Pegou um outro pedaço de papel do bolso traseiro, sem tirar os olhos de mim.

— E aqui tem mais uma coisa para você se lembrar. Um serviço para você.

Empurrou o papelzinho pela mesa, na minha direção. Peguei o papel e li.

Um nome.

— Devolva.

Deslizei o papel de volta para ele, que pegou um fósforo da caixa — Maguire and Patterson —, botou fogo no papel e pôs dentro do cinzeiro.

— Você sabe o que deve fazer.

— Sei.

— E eu sei que você sabe.

Agora o uísque veio se juntar a nossas cervejas. Eu podia ter ficado ali com Jack pelo resto da vida. O uísque mandava o mundo embora; a noite jamais terminaria.

— Ouça isso — disse Jack. — Peguei hoje de manhã. Ouça.

Ele olhou para o teto.

— Para que nosso adversário cumpra a nossa vontade, devemos colocá-lo numa situação mais opressiva para ele do que o sacrifício que exigimos.

— É o que estamos fazendo — eu disse.

— Exatamente — concordou. — Um sujeito chamado conde von Clausewitz escreveu isso. Em 1832. Vou fazer alguns ajustes. Tirar "adversário", colocar "inimigo", e atribuí-la a Mick no próximo *Bulletin* e rezar para que nenhum dos correspondentes estrangeiros tenha lido von Clausewitz recentemente. É esse o meu trabalho, meu amigo.

— Está com pena de si mesmo.

— Sabe de uma coisa? É verdade. Estou. Nunca deveria tê-los deixado saber que eu tinha um cérebro. Sou um funcionário público sem Estado, meu amigo. Um inventor de frases. Faço mais uma coisa, deixe-me contar. Uma invenção minha, e me arrependo do dia em que tive a idéia. Levo os jornalistas estrangeiros, os recém-chegados, em passeios de turismo pela cidade e encontramos um monte de gente pelo caminho. Assim, por coincidência. Visitamos a casa de Sir Horace Plunkett, e ele conta tudo sobre as leiterias que estão sendo incendiadas pelos ingleses. Depois vamos até Shelbourne. Vou mijar, e três padres do interior sentam-se ao lado dele, reconhecem o sotaque e contam tudo sobre as atrocidades que viram em suas paróquias. Continuamos e esbarramos em quem? Madame MacBride. Nossa, meu amigo, ela é uma comédia! Leva-nos para jantar com a senhora Childers, e as duas nos contam mais atrocidades. Que par, as duas, meu caro. São assustadoras. Terminamos o dia em Vaughan's, e Ned, o porteiro, um homem de idéias nacionalistas moderadas, enche os ouvidos deles falando sobre o estado deplorável do país e o que é preciso para consertá-lo. É um bom passeio, devo admitir, mas é isso que faço toda vez que um foca chega na cidade. Um porra de um guia turístico. Mas você, você é o artigo genuíno, olhe só para você: é de você que vão se lembrar, não de mim.

— Você estará vivo.
— E isso deveria servir de conforto para mim? Seu sabichão de merda! Eu morreria pela porra de Irlanda. Está me ouvindo? Morreria. Hoje. Agora. Se me deixassem. Lembra-se do nome?
— Conde von Clausewitz.
— O outro.
— Lembro.

— Já fez suas orações?
— Sim — disse ele.
— Muito bem.

Pus o cano do revólver em sua nuca e atirei. E mais uma bala para lhe dar sorte. O nome no pedaço de papel de Jack.

Longe das ruas e paredes, o ruído não era muita coisa e desaparecera antes que ele enfiasse a cara nas folhas, depois de cair de lado. Não havia pressa. Estávamos a quilômetros de qualquer lugar. Eu e o marido morto de Annie. Nas montanhas acima de Dublim.

Trouxe o papel e o alfinete de fralda. "Morto como traidor e espião. *O IRA*". Pus a arma no chão e agarrei seu casaco com as duas mãos. Tomei cuidado para não pegar a manga vazia. Virei-o de costas. Não olhei para seu rosto. Abri a folha de papel com o recado, enfiei o alfinete na sua lapela e fiz o possível para não lembrar que um dia cheguei a usar suas roupas.

Peguei a arma — já estava fria de novo — e fui embora, pisando nos gravetos que brincavam de se agarrar sob o vento. Caminhei por meia hora, até alcançar o fim do bosque. Sentei-me contra uma árvore e esperei pela luz do dia e o fim do toque de recolher.

10

— Passe o balde.
— Diga "por gentileza".
— Por gentileza.
— Aqui.
— Obrigado.
— Por quê?
Mais um foguete explodiu acima de nós, em direção ao oeste. Viera de uma das janelas inferiores.
— Esse eles vão ver em Strokestown — eu disse. — Temos meia hora.
— É o bastante.
— A não ser que já estejam a caminho.
Eram os Caras Pretas, os mercenários sobre quem Jack me avisara em janeiro, na última vez que o vi. A escória das cadeias da Inglaterra, como ele os chamara no *Irish Bulletin*. E o apelido pegou; continuaram sendo chamados de escória muitos anos depois de terem voltado para casa e a maioria já estar morta. Mas na verdade eram veteranos que não conseguiam arrumar trabalho na Inglaterra e na Escócia depois da guerra e que agora se viam prometer um bom dinheiro, dez *shillings* por dia, para pôr ordem na Irlanda. Eram soldados medíocres, não os soldados que havíamos combatido até então; eram estrangeiros e selvagens, e sua presença no país era uma prova de que estávamos ganhando.
Pus o balde na parte plana do telhado e peguei a marreta.

Queria arrancar mais algumas telhas antes de derramar a parafina no buraco, para dentro da caserna. Levantei a marreta, meu estômago se contorceu e berrou.

— Puta merda!
— Que foi? — perguntou ela.
— O vapor entrou nas minhas tripas.

Tinha acontecido antes.

— Oh, pobrezinho! — disse ela. — Venha, deixe eu derramar.

Sentei-me no telhado. Olhei para o céu e respirei fundo e ignorei as estrelas. A dor de cabeça já me incomodava fazia horas, mas as cólicas eram súbitas e intensas. Ressaca de gelignite — era o nome que dávamos à enfermidade. De respirar o vapor da nitroglicerina quando a gelignite congelada começava a derreter sob um telhado baixo. Ossos do ofício.

Os pistoleiros com as Vickers estavam em ação de novo, fazendo buracos nas casas do outro lado da rua. Desperdiçavam balas. Os rapazes que os soldados viram nas janelas já tinham dado no pé. As casas estavam vazias. Nós queríamos as Vickers — era um prêmio e tanto, valendo a pena toda a ressaca de gelignite —, além de duas Lewis. E quase vinte Lee-Enfields e munição para nos alimentar por semanas. Tínhamos uma necessidade desesperada de mais cartuchos; passamos a guerra toda sempre a alguns minutos da derrota.

A frente da caserna era constituída de duas longas fileiras de janelas protegidas por placas de metal, com aberturas para os rifles. Havia também um pórtico, bem embaixo de mim e de Miss O'Shea; fora construído e reforçado para acomodar dois homens e as Vickers. Por sorte, as casernas haviam sido projetadas e construídas em tempos mais calmos e o lado da cumeeira não tinha janelas nem proteção, apenas paredes altas e grossas. Nossa escada, agora apoiada contra aquela parede, fora carregada em três partes através dos campos, e montada com pregos atrás de um muro de pedras à esquerda das casernas que qualquer sargento com meio cérebro teria destruído depois dos primeiros tiros da guerra dois anos atrás.

Miss O'Shea terminou de derramar o negócio.

— Serviço de primeira — eu disse.

Estava de pé novamente.

— Tome cuidado.
— Estou ótimo — respondi.

Minha cabeça nadava em vapor, e os tiros brincavam com meus ouvidos enquanto eu desenrolava de minha cintura a corda com o naco de torrão na ponta. Em meio à barulheira geral, pude ouvir pequenos *pings*, tiros que vinham de dentro, mas que não conseguiam atravessar o cimento e a madeira. O torrão de relva ficara embebido em uma bacia de gasolina por dias. Miss O'Shea riscou um fósforo e acendeu o torrão. As chamas logo subiram do torrão para a corda e eu a joguei pelo buraco.

O impacto nos deixou de joelhos. Ela me agarrou. Uma telha atingiu minha cabeça e alguma coisa cortou minha face. Vi sangue pingar em seus olhos. E as chamas avançavam em nossa direção. Ela se levantou antes de mim. Meu casaco estava em chamas, e os bolsos, cheios de granadas de lata que eu havia feito naquela tarde mesmo. Desvencilhei-me do casaco sem desabotoá-lo e joguei tudo no telhado do pórtico. Não cheguei a me queimar. Olhei para ela. Não estava machucada.

— Estão jogando as bombas — disse a ela.

Nossos próprios homens estavam atirando as bombas no telhado. Driblamos as chamas no telhado para chegar à escada.

— Pensei que era para eles esperarem até descermos — disse ela.

— Eu também — concordei. — Algumas cabeças vão rolar.

A escada nos esperava. Nenhum de nós disse nada, mas ambos ficamos aliviados ao vê-la.

— Primeiro os homens — disse ela.

— Isso mesmo.

Meus pés procuraram o primeiro degrau e desci a escada de três em três. Ela estava bem atrás de mim, descendo tão rápido que aterrissou na minha cabeça.

— Até que é excitante, não é? — disse ela.

— Será que tudo com você acaba em sexo, mulher?

— Quase tudo — respondeu ela.

Corremos para o muro de pedra e pulamos.

— Quem foi o porra que jogou as bombas?

Agarrei o mais próximo.

— Eu não fui!

— O filho da puta do Ivan — murmurei.

Não havia sinal dele. Aquilo devia ter sido um acidente, as bombas atiradas, falta de coordenação ou medo, ou inexperiência, mas Ivan estava ficando perigoso. Era o senhor daquela parte do condado. Apropriava-se do que queria e decidia quem viveria e quem morreria. O antigo casarão dos Fitzgalway, Shantallow, não era mais do que uma ruína agora, uma das primeiras residências de protestantes a serem destruídas, e o gado fora levado para algum lugar seguro e trazia agora a marca de Ivan ferrada no seu couro. Eu era a única coisa entre Ivan e o poder absoluto, mas minhas visitas eram esporádicas. Requisitavam-me em outros lugares — em todo lugar —, em partes do país onde era preciso impelir os homens para a luta. Agíamos em apenas metade dos condados do Sul, e uma grande parte do meu trabalho era criar atividade onde não existia nenhuma. Não havia descanso. Esse aqui, o ataque à caserna de Tonrua, era uma noite de diversão com Miss O'Shea.

O telhado da caserna estava em chamas. As telhas crepitavam e podia-se ouvir as vigas se juntando ao rugido. Arrastei-me por trás do muro de pedra para me aproximar da frente do prédio. Senti um galo onde a telha me atingiu e senti minha pele esticar e ressecar-se. Cheguei a tempo de ver a bandeira branca agitada de uma das janelas de cima. Os homens a meu redor e mais distantes gritaram eufóricos. Éramos 21 nessa coluna.

— Ninguém deve ser fuzilado, Willie — eu disse para Willie O'Shea, que se aproximara de mim. — Eles se renderam.

— Então vamos ter de aceitar a rendição outro dia, capitão — disse Willie. — Os Caras Pretas estão na estrada. Quatro tênderes cheios. E já estão atirando.

Podia ouvi-los. A dois minutos de distância, nem isso, a menos que nossos homens tivessem tido o tempo e a sensatez de botar um obstáculo de pedras no meio da estrada para bloquear os tênderes.

— Alguma coisa no caminho deles? — perguntei.

— Não — disse Willie. — Apenas nós.

A culpa era minha. Devia ter assumido o controle, em vez de apenas pegar o bonde andando.

Deixamos a escada contra a parede.

Foi um duro golpe. Precisávamos desesperadamente das armas e da munição. Não possuíamos nenhuma das coisas com que se ganha uma guerra, balas anti-blindagem ou lançadores de granadas, nossas bombas não faziam mais dano do que uma tosse ou um furinho. A maioria de nossos explosivos eram de fabricação caseira, e enterrar minas feitas por um rapaz que mal sabia amarrar os sapatos era o que diferenciava homens de meninos. E pela maneira como vivíamos sempre com o pé na estrada, dois passos à frente do próximo ataque, ficava difícil manter as armas em boa forma; estavam caindo aos pedaços, enferrujando nos campos e nas trincheiras. Precisávamos daquelas armas e precisávamos de uma vitória, a visão do inimigo saindo de braços erguidos.

Foi dura a jornada. O terreno era molhado e imprevisível. Estava esburacado pelos cascos do gado e endurecido pelo frio. Os faróis dos Caras Pretas brilhavam no canto de nossos olhos, depois sobre nossos ombros, e transformavam o caminho à frente em sombras escuras. Ouvimos os pregos de botas arranhando a madeira ao saírem dos tênderes para nos perseguir. Olhei para me certificar de que Miss O'Shea estava ao meu lado; ela estava, e havia mais um muro bem à nossa frente, saído do meio da escuridão. Era uma região de muros baixos e antigos; desmoronavam sob o nosso peso quando tentávamos pulá-los. Os Caras Pretas estavam em nossos calcanhares agora. Sentíamos seus passos firmes no chão. Eram bem treinados e agressivos. Havia um exército deles ao nosso encalço. Corremos para não caírmos no feixe de seus faróis. Ouvíamos os muros atrás de nós tombando sob o próprio peso. Um foguete sinalizador zuniu acima de nós e chiou. E lá estávamos nós, encurralados pela luz brilhante, correndo por um campo desesperador, subindo um morro filho da puta e muito distantes do próximo muro de pedra. E começaram os tiros.

A Real Polícia Irlandesa tinha abandonado as casernas isoladas — Tonrua era uma das últimas —, mas o país não era mais nosso. Os Caras Pretas estavam sempre na próxima esquina. Retomaram até mesmo o céu. Aviões voavam acima das árvores, ao longo dos rios. Uma licença dos militares era necessária para os carros e até mesmo bicicletas eram proibidas em áreas onde as emboscadas eram freqüentes. Vivíamos em casamatas, organizados em colunas volantes e unidades de serviço ativo, pequenos exércitos em movimento. Surpresas, emboscadas e ataques. Atirando e desaparecendo. Não havia mais tempo para treinamento; aprendíamos enquanto corríamos. Os dias da rebelião amadora tinham terminado. A maioria dos soldados do início tinha pedido demissão, aposentou-se ou estava morta — substituída pelos filhos da puta embrutecidos que nos perseguiam agora. Jack tinha razão; não havia nenhuma chance de ganharmos. Eram muitos, e muito bem equipados. Guardavam rancor e ódio pela guerra e pelo que encontraram em casa quando voltaram. O que nos restava fazer era ir em frente. O uniforme deles era uma mistura do preto da polícia e do cáqui militar; recusavam-se a ser policiais ou soldados. Eram uma coisa nova, um novo animal, e desesperado. Ficavam em cidades atrás de barricadas de sacos de areia, mas nos perseguiam em Peerless e Rolls-Royces blindados, em Lancias revestidas de aço, em tênderes, em motocicletas. Nossos rapazes abandonaram suas casas e empregos, aqueles que ainda lutavam; abandonamos tudo e vivíamos foragidos e clandestinos. Nosso contingente diminuiu e agora se constituía de poucos, duros na queda e prontos para o sacrifício, sem nada para perder. Diminuíamos sua marcha com árvores tombadas, arame farpado e tiros de tocaia, além de nossas pequenas minas. Tornávamos suas vidas uma miséria sem fim. Mas continuavam chegando. Bloqueávamos as estradas, explodíamos as pontes, derrubávamos tudo quanto era poste de telégrafo. Os ataques-surpresa aumentaram e ficaram mais sofisticados; as paredes eram apalpadas para se achar esconderijos, quintais eram cavados, os quartos eram medidos, comprimento e largura, fichas com a informação guardadas. Estávamos ficando sem ter onde nos esconder. Mas tínhamos de ir em frente. Tínhamos de torná-los miseráveis. Porque eram nossos maiores aliados.

Não podíamos enfrentá-los diretamente ainda. Precisávamos do muro à nossa frente, mas ainda estava muito longe. O foguete sinalizador apontava um dedo vermelho para cada um de nós. As balas rastejantes faziam vapor do orvalho. Dava para sentir o ar aquecendo. Estiquei a mão para Miss O'Shea e lá estava ela para tomá-la. Corremos e sabíamos que estávamos sob a mira de seus fuzis. Éramos velozes e sabíamos que morreríamos juntos.

Senti a bala penetrar o braço de Miss O'Shea; o meu também sentiu o impacto. Continuamos correndo. Ela não diminuiu a marcha. Sequer gemeu. O sangue escorria em nossas mãos.

Fizeram exatamente o que esperávamos e queríamos que fizessem. Mataram padres e prefeitos. Declararam guerra contra cada homem e cada mulher desse país. Fermoy, Balbriggan, Templemore, Cork, Granard — queimaram todas —, Mallow, Milltown Malbay, Fermoy de novo. Desenterraram histórias sobre Cromwell e séculos de ódio latente. Empreteceram seus rostos e atiravam a torto e a direito. Arrancaram pessoas de dentro de suas casas e as executaram. Atiraram em crianças. Em gado. Com a benção secreta de seu governo. Puxamos o gatilho e eles detonaram.

A mão dela deslizou da minha, mas consegui pegá-la de novo. Ainda estávamos juntos. Segurei-a pela manga da blusa. O clarão acima de nós diminuiu. A noite se insinuava novamente, mas também fazia desaparecer o muro à nossa frente. Estávamos no meio do nada. Senti mais uma bala. Queriam matá-la aos poucos.

Ninguém era neutro. Queimavam as leiterias. Roubavam as alianças de casamento. Destruíam as máquinas agrícolas. Zombavam das mulheres idosas e das jovens, apontavam os fuzis para elas de cima de seus tênderes velozes. Surravam jovens em idade escolar. Cercavam cidades e deixavam o povo morrer de fome. Declararam todos os irlandeses *shinners* e de todos fizeram terroristas. "Estamos fartos de assassinatos", disse Lloyd George. E, o tempo todo, passávamos as cordas de suas marionetes, os homens e as mulheres correndo pelos campos e mais algumas centenas de homens e mulheres escondidos em trincheiras e sob outros campos, e puxávamos também as cordas das marionetes em Dublim, no Shanahan's, em quartéis-generais e esconderijos móveis. Sabíamos como fazê-los incendiar certa leiteria, em uma área calma e cumpridora da lei, como dirigi-los para a casa certa. Nós os controlávamos. Só tínhamos de ir em frente.

Ela continuava correndo, ainda ao meu lado. Não podíamos nos render. Estávamos armados, em uma área de lei marcial; seríamos executados ou mortos na hora. E minha arma tinha balas de cabeça fragmentada, dunduns; usariam-na para nos matar aos poucos, se nos pegassem vivos. Sua mão ainda estava na minha. A dor, porém, mostrava-se em sua arfada e na firmeza com que sua mão segurava a minha. O muro se aproximava. Podia vê-lo claramente agora. Se um número suficiente de nós conseguisse pulá-lo, poderíamos nos virar contra os Caras Pretas e deixá-los preocupados. Atirar em uns poucos — seriam alvos por alguns minutos — e diminuir sua marcha. Fazê-los se agachar o suficiente para que alguns de nós escapássemos de vez. Para onde escondemos as bicicletas. Onde dominávamos. O muro estava à nossa frente. Preto, sólido no meio da noite. Mais uma bala penetrou Miss O'Shea; ela se projetou à minha frente, empurrada pelo impacto do tiro. Mas continuou de pé. Apertou minha mão e a soltou. Eu a peguei de volta. Queria a sua dor. Pelo menos a minha parte. Queria toda ela. O muro. Não muito longe. Cinco grandes passos, seis, sete. Não iam matá-la. Eu a carregaria o resto do caminho. Ainda tinha muito gás. Ainda segurando sua mão, corri na frente. Virei-me para levantá-la, quando ela se aproximou. Quando girei para pegá-la e levantava meu braço para erguê-la nos meus ombros, uma bala me atingiu e eu caí, não vi nada, não sabia de nada e, quando fui capaz de ver de novo, e pensar de novo, quando olhei e vi o chão pulando abaixo de mim, ela estava me carregando.

Cada vez que eu abria os olhos, estava em um lugar diferente. Entrei e saí de quartos e sonhos diferentes. Deitado em camas, em pedras, debaixo de sacos. Porcos ao redor ou pão assando. Ou absolutamente nada. Nada. Rolei onde estava, até sentir que vivia. A dor, além da pele, a dor virando osso. A única coisa me mantendo vivo. Ela não estava ao meu lado, e algumas vezes eu a sabia, ela estava. Deitada do meu lado, respirando juntos. Senti sua mão no meu rosto, em minha face. E a mão de outra pessoa. O cheiro de uma criança no quarto. Tentei olhar, mas a luz ofuscava meus olhos. Ele estava perto de mim. Victor estava ali. Tentei chamar, mas minha garganta estava trancada e cimentada. E eu estava na traseira de um carro. Podia sentir o cheiro do couro, sentir e ouvir a estrada sob as rodas, antes de fechar os olhos. E, certa vez, eu soube que estava sob o teto da velha senhora O'Shea. Miss O'Shea ao meu lado. Acordei de novo por um instante e me encontrava em outro lugar. Um breu. Sozinho. Fechei os olhos e tudo desapareceu. O sol nos meus olhos, luz nenhuma; porcos do outro lado da janela, gasolina; umidade da parede em que me encostava, o calor de seu corpo quando ela se movia em seu sono; com fome, doente, sempre com sede, sempre ardendo e dolorido. Ruídos abaixo ou ao meu lado, silêncio profundo. Pessoas debaixo de janelas, botas no cimento. Rodas girando, motores. Pássaros cantando nas árvores, um galho arranhando o muro. Dor lacerante me acordando. No meu peito, nos lados. Puxando, rasgando. Alguém me tocando. Empurrando. Cortando. Água. No telhado acima de mim. Telhados diferentes. Telhas e colmo, ferro corrugado. Sob uma lona quente, o cheiro de grama líquida. Tinha nove anos de novo, procurando por Victor. Chorando. Acordado de novo embaixo de um verdadeiro teto. A chuva batendo no telhado. E a água na minha pele. Água quente lavando meus braços e peito. Tocando meus lábios. Senti os lábios se amaciando com a água e dormi. O chiado de uma carroça sobre as pedras. Eu estava na carroça, na traseira da carroça. Sob o feno. Soube imediatamente que precisava ficar imóvel. Ouvi o chiado de outras rodas e outros sons também, sons de vida, e sabia que estava sendo levado por uma cidade. Sabia meu nome e sabia que era um foragido da lei. E sabia que tinha outros nomes. Sabia exatamente quem eu era. Estava ferido e dolorido. Mas a dor era boa, cutucando-me para ficar acordado. Respirei através da dor; ela não piorou. Era um latejo, inspirava confiança. E estava indo embora. Fui ferido por um tiro e agora estava me recuperando. Se o feno fosse levantado, eu poderia levantar e fugir. Fui salvo por Miss O'Shea. Respirei de novo, o rosto para o lado, não muito comichado pelo feno. Ela me carregou para longe dos Caras Pretas. Respirei fundo e sabia que eu era Henry Smart e que estava vivo e que ainda era magnífico.

 Devo ter cochilado. A carroça havia saído da estrada boa e agora eu estava chacoalhando para todos os lados. O feno me cutucava. Ouvi o cantarolar que soava ora como palavras ora como assovio. *Oh Paddy dear and did you hear the news that's going around?* Um homem sozinho com o sol manso e baixo no horizonte. Fiquei tentado a chamar por ele. *The shamrock is by law forbid to grow on Irish ground.* Eu poderia chamá-lo se quisesse; pensei que fosse capaz. *And if the colour dum-de-dum is England's cruel red*. Mas não chamei. Estava pensando novamente, pesando as conseqüências. Talvez ele não soubesse que eu estava no meio de seu feno; talvez outros me houvessem posto ali. Talvez ele não estivesse sozinho. *Let it remind us of the blood that Irishmen have shed**. Talvez a canção tivesse o mesmo efeito de me distrair como a ele também, mas talvez houvesse uma arma no fim de suas notas, esperando para a minha cabeça apontar de dentro do feno. Movi minhas mãos em torno de mim. Quem quer que me tenha colocado ali, deixou-me sem uma arma ou a perna. Tudo o que apalpava era o feno. Senti minhas unhas. Estavam longas; foram esquecidas por semanas. Decidi esperar. Estar preparado. Cochilar, jamais. Eu era Henry Smart. Fui ferido e me recuperava. Queria respostas, mas viriam se eu esperasse.

— Nunca faça perguntas, Victor.
— Por que não?
— Se você apenas observar e ouvir, vai receber respostas melhores. Eu mesmo poderia ter lhe dito que ela não era casada.
— Como?
— Não usa anéis, meu caro. Nem um anel nos dedos.
— Ah, sim.
— Ah, sim, está certo. Observe e ouça e as respostas caminham até você. O que você deve fazer?
— Observar e ouvir.
— Muito bem.

Ao meu lado na carteira. As cabeças das joaninhas marrons subindo até seu pescoço. A perna de Victor encostada na minha. A lona contra meu rosto. Um berço, uma bacia de zinco antiga, forrada e macia. O feno fazendo cócegas no meu nariz. Uma queda na escuridão e no rio abaixo. Bem-vindos ao rio Swan, meninos. O cheiro de um casaco velho e da água correndo.

Estava acordado. A carroça tinha parado. Estava pronto e suando. Poeira nos meus olhos.

Levantaram o feno.

---

* Oh, Paddy, amigo, você ouviu as notícias que contam desta vez? / O trevo está proibido por lei de crescer em solo irlandês. / E se a cor dum-dum-dum é o vermelho cruel da Inglaterra. / Não esqueçamos do sangue que os irlandeses derramaram por terra.

Havia um homem sozinho, as mãos cheias de feno, sem arma ou ameaça. Tinha uma cara ótima e eu estava esfomeado.

— Que horas são?

— Hora da batata — disse o homem com o feno.

— Graças a Deus. Estou morto de fome.

— É sempre assim.

Ele pôs o feno de lado e me ajudou a descer da carroça. Fiquei em pé. Minhas pernas pareciam estranhas e novas.

Ele tinha cinqüenta anos ou passando dali; era difícil adivinhar a idade das pessoas no interior do país.

— Não há pressa — disse ele.

Dei um passo.

— Muito bem.

E mais um.

— Muito bem.

E mais outro.

— Ótimo. Não precisa mais estímulo nenhum de mim.

Jogou o feno de volta na carroça e caminhou para a casa. Deixou a mula no meio dos varais.

A porta era baixa e estava aberta. Agachei com cuidado para não me inclinar para a frente muito rápido. Não conseguia ver o chão ou um degrau. Não havia janela para iluminar e eu bloqueava a porta.

— Onde estou? — perguntei.

— Está a dois metros de seu jantar — disse o homem com o feno. — E não tem nada na sua frente.

Entrei. Achei uma cadeira com a mão e cai nela. E então senti o vapor subindo do prato à minha frente. O suor que escorria do meu rosto esfriava. Já estava exausto. Podia ver a mesa e o homem sentado do outro lado e logo ouvi e vi uma mulher afastando-se para um dos cantos. Ainda estava muito mal iluminado para que eu visse seu rosto e nada no seu movimento me indicava a sua idade.

Achei o garfo e a faca. Eram pesados, mas consegui tirar a pele da minha primeira batata e precisei apenas de uma pequena pausa antes de levar um pedaço para a boca.

— Bolinhos de farinha — disse o homem.

— Onde estou? — perguntei.

— De volta a onde começou — disse o homem. — Por assim dizer.

Ele começava a me irritar.

— Onde estou? — perguntei de novo.

— Está em Tonrua, moço — disse a mulher.

— Não está agora — retrucou o homem. — Está em Muckeragh.

— Não dê ouvidos ao caralho do velho — disse a mulher. — Você está bem ao lado de Tonrua. Pode até jogar uma pedra daqui nas casernas incendiadas.

— Mas a pedra cairia bem antes.

— Você cale sua boca agora, seu caralho de merda — disse ela. — Vai deixar o coitado do homem com dor de cabeça. Daquelas que você sempre me dá.

— Tonrua fica em uma paróquia e Muckeragh em outra completamente diferente.

— E você é um caralho de merda do mesmo jeito que foi seu pai. Agora cale a boca, senão vou aí e lhe dou umas bofetadas. Ela trouxe você para cá nas suas costas, moço.

— Ela estava bem?

— Estava. As balas a feriram, mas não foi como a que você levou. As dela ficaram no braço, longe das coisas vitais.

— E o que aconteceu então?

— Colocamos vocês na carroça e trouxemos vocês para um lugar mais seguro.

— Fui eu que trouxe você — disse o homem.

— Fui eu que mandei você trazer — disse a mulher.

— Apenas eu ou nós dois?

— Os dois.

— E então?

— E então que veio um médico amigo da Irlanda e olhou o buraco que a bala deixou no seu flanco e descobriu um outro buraco na frente. A bala passou direto e saiu limpinha, sem fazer estrago. Tem muita sorte, moço.

— Ele tem.

— Cale a boca. A bala nem mesmo arranhou uma costela quando passeou por dentro do senhor.

Se tivesse sido uma das minhas, uma das dunduns, eu teria virado polpa. Não sabia por quê — para mim não havia essa história de luta justa e não havia um Deus lá em cima para agradecer —, mas decidi nunca mais usá-las.

— E ela? — perguntei.

— Recuperou-se rápido. É o que disseram. Ele passou uma noite inteira tirando as balas do braço dela, mas conseguiu, e ela esteve em condições de agradecê-lo.

— Ela é um terror de mulher — disse ele.

— Quieto, você, e encha a boca com as batatas que eu arranquei do chão e lavei e cozinhei especialmente para você.

— Vou comer. Porque estou com fome.

— Vai comer porque eu mandei. Nossa Senhora da Metralhadora, é assim que eles a apelidaram, moço. Está assaltando bancos e casarões e, para compensar, está também matando os novos filhos da puta dos Caras Pretas. Ela logo nos libertará e nesse dia valerá a pena se levantar da cama.

— Certamente que valerá — disse o homem com o feno.

— E o que você sabe dessas coisas? — disse ela. — Seu caralho de merda, você não sabe nada.

— Talvez não — disse o caralho de merda. — Mas pelo menos isso eu sei.

— Cale a boca então.

Sua cabeça era tão grossa quanto sua linguagem. Não consegui engolir mais nada — quase não tinha tocado na montanha de batatas, mas já estava me sentido gordo e inútil — e usei toda a energia que me sobrava para olhar para ela com atenção. Era um osso duro de roer, muito mais jovem que seu marido, mas isso era muito comum no interior, onde as mulheres casavam até com homens mortos para não acabar solteironas. Tinha um rosto redondo e grande e a pele vermelha viva como casca de ferida. Devia passar o dia inteiro com o rosto no vento. Seus pés estavam descalços e seus dedos eram enormes, velhas coisas montanhosas.

— Você quer uma xícara de leitelho para ajudar a engolir as batatas? — ofereceu o homem.

— Olhe aqui, amigo — eu disse. — Sou de Dublim. Não deixaria esta coisa nojenta sequer chegar perto de minha boca, mas de qualquer forma obrigado.

— Tem toda razão, moço — disse ela. — Esse negócio é mesmo mijo de vaca que só o faria vomitar.

— É a primeira vez que ouço você falar mal do leitelho — disse o homem.

— Então vai ouvir muito mais se eu tiver de me levantar e ir até você. Não é preciso dizer uma coisa para pensá-la.

— Isso é verdade.

— E o que você sabe sobre a verdade, seu caralho de merda? O moço está precisando de descanso. Suma daqui agora.

O homem levantou-se.

— Vou indo então — disse ele. — Foi um dia muito longo.

— Todo dia com você é muito longo — disse ela. — Vá para a cama.

— Vou.

Caminhou para a porta. A luz de fora invadia a cozinha. Ele saiu.

— Onde ele dorme? — perguntei.

— Onde cai morto — disse ela. — E que me importa? Você vai dormir aqui, ao lado da lareira. Tem uma cama lá em cima, mas é melhor ficar aqui embaixo caso os filhos da puta dos ingleses, ou dos escoceses, inventem de vir aqui. Ou os caralhos dos galeses também. Durma com sua roupa, caso precise escapar.

Ela abriu a cortina e vi uma cama pequena, embutida numa das laterais da lareira. Fiquei surpreso com a colcha, um campo reluzente com formas de diamante.

Ela estava de pé ao meu lado.

— Muito bem — disse ela. — Seu revólver está embaixo da cama com a perna de pau que você estava segurando quando ela o trouxe para cá naquela noite. Só tem duas balas no tambor, mas duas é duas vezes melhor do que uma, creio eu. Uma vez caí de uma árvore, moço, e minha perna quebrou, mas consegui me arrastar pelo quintal até a minha mãe. "Uma perna ou as duas?" Ela perguntou, enxugando as mãos no avental. "Uma", respondi. "Então dê graças a Deus por ser uma", disse ela. "Vai ter uma perna boa para concentrar as atenções enquanto a outra se recupera." E concordei com ela, moço, embora a dor estivesse me torturando. Mas ela foi para o quintal com o machado e cortou a porra da árvore. Não deixou uma folha ou uma raiz. E sabe o que ela disse depois? Que este lugar onde a árvore crescia servisse para sempre de prova de que sua mãe a amava. Ela nos deixou cedo, moço, morreu jovem, e acho que sabia o que ia acontecer com ela quando saiu com o machado. Eu nunca vou sair desse lugar. Nunca vou poder levar comigo o lugar onde a árvore estava e não quero nunca ficar muito longe daquele buraco. Agora, se você precisar se levantar no meio da noite, pode mijar por cima da meia-porta. Mas olhe bem para que não haja nenhum Cara Preta à espreita. Deram para fazer isso, pelo que ouvi. É melhor estar com a piroca segura dentro das calças quando esses putos aparecerem. E vou dizer logo, sem perder tempo com muita formalidade: estou disponível para uma trepada. O que acha, moço?

— E o seu marido?

— Que marido?

— O homem que acabou de sair.

— Aquele caralho de merda? — disse ela. — Hoje em dia ele não é marido de ninguém. É meu pai. Assim, o que me diz? Quer trepar ou não?

— Posso dar uma cochilada primeiro?

— Claro que pode — disse ela. — Ainda não está recuperado. Não vou me intrometer entre você e sua recuperação. A liberdade da Irlanda fica em primeiro lugar nesta casa. Devo acordá-lo?

— Provavelmente acordarei sozinho.

— Vou esperar por você — disse ela. — Não vou estar muito longe.

— Ótimo — eu disse. — Estarei aguardando também. Então boa noite.

— São apenas duas da tarde agora. Mas boa noite do mesmo jeito. Sou muito boa de cama, moço. Já me disseram isso antes, e mais de uma vez. Não sou muito de se olhar, mas um viajante uma vez me disse que funciono como uma daquelas máquinas de costura.

Seu beiço inferior ficava dependurado sobre o queixo.

— Vou me lembrar disso — respondi.

— Lembre-se — disse ela. — Pedras e tojo é o que não faltam aqui, mas temos uma escassez danada de homens bonitos. Seria uma pena deixar passar esta chance.

— Provavelmente seria — eu disse.

Ela subiu a escada para ir dormir. Aceitei seu conselho e fiquei vestido, mas não era por medo dos Caras Pretas. Ouvi sua voz dizendo as preces, depois se apoiando na cama para levantar os joelhos. As roupas foram parar no chão e ela deitou na cama.

— Boa noite, moço.
— Boa noite.
— Descanse.
— Vou descansar.
— Isso mesmo.

Tomei uma decisão rápida, e assim não ficaria mais assustado. Treparia com ela. Foderia uma vez e não faria mal a ninguém. Tirei o peso de minha mente e comecei a afundar na cama, e o sono se aproximou. Mas no instante antes de parar de pensar e cair no sono, percebi uma coisa: estava usando as calças que Miss O'Shea me dera no dia do nosso casamento. Não eram as mesmas que estava usando na noite que fugimos dos Caras Pretas. Ela devia ter me vestido com elas em algum momento nas últimas semanas, ela tinha me despido e vestido. As calças eram sua carta de amor e era o que eu estava lendo quando caí no sono.

Ela estava em cima de mim.
Sua mão sobre a minha boca.
Ela tinha descido a escada.
Seu peso em cima de mim, não conseguia ver nada.

Havia mudado totalmente de idéia: ia pará-la. Não agüentaria isso. Mas meus braços estavam presos embaixo das cobertas e ela estava fuçando embaixo do outro lado.

Mordi seu polegar. Para fazer com que me soltasse, e mordi também o resto de sua mãozona. Mordi e imediatamente soube com todo a certza, a mesma certeza com que sabia que os dentes que mordiam eram meus, que o dedo que mordi não pertencia à mulher lá de cima. Conhecia aquele dedo; conhecia o sangue e o amava.

— Miss O'Shea?
— Quem mais poderia ser?
— Tem uma bruxa lá em cima doida para me estuprar.
— E eu não sei? — disse ela. — Ela me estupraria também se conseguisse achar um jeito. Vamos embora. Os Caras Pretas estão por aí. Não há mais abrigos seguros.

Achei minhas botas e as levei para a porta. Agora era noite mesmo, mas fui capaz de segui-la através do quintal e pelo portão, e pelo campo que não era duro demais sob meus pés. Ela usava duas bandoleiras de couro, fazendo um X em seu peito, e um revólver em cada quadril. Seus cabelos estavam presos debaixo de um boné, que pensei ser um Glengarry. Também levava nossa Thompson nas costas, e as calças por dentro das botas. Reconhecias até mesmo na escuridão; eram as calças que pertenceram ao marido morto mais do que morto de Annie.

Paramos no canto mais distante do campo para eu pôr as botas. Enquanto as calçava, sentado na grama molhada, ela se inclinou e beijou o topo da minha cabeça.

— Estamos vivos — disse ela.
— E botando para quebrar.

Ela escondera a Sem Bunda em uma vala alguns campos mais longe. Dessa vez era ela quem pedalava, comigo sentado no cano. Pedalamos pelo meio da noite e ela, como um lindo morcego me protegendo nas suas asas, evitava os buracos na estrada e sabia onde estavam as curvas onde eu não via nada.

Ela beijou minha nuca.

— Você está se forjando um nome — eu disse.
— Agora sou como você, Henry — disse ela. — Tenho muitos nomes.
— Nossa Senhora da Metralhadora.
— É o meu predileto.
— E o braço? — perguntei.
— A melhor coisa que poderia ter acontecido comigo — respondeu ela.
— Como assim?
— Quando a primeira bala entrou, foi uma dor inimaginável. Não pensei que fosse possível. Ainda não estava acreditando quando a segunda bala me atingiu, mas não foi pior do que a primeira. E a terceira quase não fez diferença. Não sei se foi apenas um homem que atirou, ou se todos miraram meu braço, mas se eu o encontrasse hoje, agradeceria.
— Antes de atirar nele.
— Claro — disse ela. — Agora não é hora para sentimentalismos. Sabia que eu podia agüentar qualquer coisa quando a terceira bala me atingiu. Não tive medo de nada. Agora nada pode me parar, Henry.

— O seu braço não dói?
— É uma agonia — disse ela.

E freou. Ela tinha descido da bicicleta e estávamos deitados numa vala segundos antes de os faróis cortarem a noite e um tênder passar berrando, as rodas a alguns centímetros de meu rosto. Antes que desaparecesse na escuridão, distingui duas fileiras de homens, frente a frente, com os fuzis sobre os joelhos. Não consegui divisar os uniformes, mas não pareciam Caras Pretas. E sumiram.

— Espere — disse ela.

Eu não estava indo a lugar nenhum.

Era um ruído muito tempo antes de ter uma forma — Miss O'Shea se enfiou ainda mais fundo na vala e eu segui seu exemplo —, e um carro blindado passou, fazendo chover pedras e terra em cima de nós; podíamos sentir o chão sendo rasgado. E também senti meu ferimento pela primeira vez desde que Miss O'Shea tinha me resgatado. Fiquei olhando o veículo se afastar. Era de um metal fosco, coberto com uma torre para uma arma que varria as laterais da estrada enquanto desaparecia atrás do tênder na escuridão.

Seu rugido ficou no ar muito tempo depois de desaparecer, e a dor foi piorando. Era como se o peso do veículo que passou tivesse aberto lentamente a ferida em todo o trajeto da bala, do buraco de entrada ao de saída.

— Quem são eles? — perguntei quando achei que era seguro sussurrar.

— São novos — disse ela. — Muito novos para ter um nome. Mas são piores dos que os Caras Pretas.

Eram os Cadetes Auxiliares. Os Auxiliares. Todos ex-oficiais e sargentos, vinham do mesmo mundo cão dos Caras Pretas, mas eram mais bem pagos, uma libra por dia, e o uniforme era mais completo e similar ao de um exército, coloridos com suas fitas de guerra e complementados por bonés de Glengarry na cabeça. Aquele que Miss O'Shea estava usando tinha saído inteiro da geléia que se formou quando ela jogou uma granada de mão na traseira de um tênder; o boné caiu aos seus pés. Eram bandidos de classe média, cavalheiros desempregados, soldados de fortuna, homens em busca de aventura ou tomando conta da mulher e dos filhos em casa, em Londres ou Dundee. Aprenderam a matar na Bélgica e na França, no Punjab e em Galípoli. Mataram cossacos, turcos e zulus. Era gente que dava conta do recado.

— Você está bem? — perguntou ela.
— Ótimo.
Levantei-me da vala.
— Mas aposto que minha dor é pior que a sua.
— Homens — disse ela. — Vocês sempre têm de vencer.
— Não, ouça — eu disse. — Não estou fazendo isso para mostrar que sou melhor do que você.
E desmaiei.

Atravessamos o Midlands várias vezes, uma rota louca de emboscadas e incêndios. Atacávamos os lugares mais calmos; assim os colocávamos no mapa. Vivíamos durante a noite e nos escondíamos durante o dia. Quando dávamos sorte, passávamos algumas horas em uma cama e conseguíamos um prato com comida suficiente para dois dias de sustento, ou passávamos as horas do dia em uma casamata embaixo de um campo, longe dos aviões que circulavam em vôos rasantes durante o dia inteiro ou dos olhos nas torres dos carros blindados. Ficávamos longe dos condados de pequenos muros de pedra. Pedalávamos para o leste onde as cercas eram altas e espessas, onde podiam se esconder de vez em quando dois rebeldes apaixonados e sua bicicleta.

Perdemos a Sem Bunda em algum lugar perto de Westmeath, em uma ponte que atravessava o rio Amarelo. Estávamos embaixo da ponte, forrando as abóbadas com gelignite, quando um ruído em cima deslocou tudo ao nosso redor. Um carro blindado parou bem acima de nós. De mãos dadas, deslizamos para dentro do rio. Ela abafou um grito, mas eu me senti em casa na água gelada. Os homens desceram do carro — uma porta rangeu, os pés pisando no chão. Segurei minha Thompson com a mão livre e, juntos, flutuamos para longe da ponte, sob a cobertura das árvores que se penduravam à beira do rio, carregados pela correnteza sem a ajuda de pés ou mãos. Sem um borrifo ou um salpico, o rio fez o trabalho para nós. O rio e a noite. E as faíscas dos foguetes sinalizadores dos Auxiliares. Acharam a bicicleta e o pente vazio de Miss O'Shea. A tocha deles passou pelo guidão e gradualmente perceberam o que estava diante deles. O que segurava o foguete, talvez querendo recuperar o tempo perdido, mandou-o para cima antes de sair de baixo da abóbada. As faíscas voltaram-se para ele e atingiram a gelignite que tinha caído na terra fina entre o muro da ponte e o rio. Não chegou a destruir a ponte, mas os deixou ocupados até estarmos bem longe em terra firme, rolando sobre a grama para fazer nosso sangue correr nas veias de novo. Ela berrou quando seu braço machucado bateu na minha cabeça, e eu berrei quando seu joelho pressionou meu peito e ambos berramos quando um rato passou correndo pelas minhas costas, mas os Auxiliares estavam berrando também — eles botaram fogo em três sedes de fazenda e fuzilaram um republicano em Crookedwood —, e ninguém importante nos ouviu.

Metemos bronca em nosso caminho por Slieve Gullion, mostramos as bundas e as feridas para a chuva gelada que descia a montanha atrás de nós e jamais sentimos frio. Quando entramos escondidos em Oldcastle, um pouco antes da madrugada, um Sinn Féiner que era dono de uma loja amiga — mais tarde ele acabou sendo pregado a uma árvore depois que os Caras Pretas receberam tiros ao passar pela cidade — nos disse que teríamos de ir para Templemore.

E assim fomos.

Um mandachuva, o inspetor de distrito, tinha sido morto em Templemore e os Caras Pretas mostraram seu desagrado botando fogo no prédio da prefeitura e em outras partes da cidade. Eles confiscaram tudo que era alcóol e beberam o lote antes de saírem para queimar três das leiterias mais próximas. O povo local correu para os campos e ficou por lá até os Caras Pretas se retirarem para suas casernas e para suas camas. A não ser pelos durões e pelos idiotas, a cidade estava deserta quando um aspirante a batina, um seminarista, de férias em casa, que a mãezinha engordava para o inverno, entrou correndo na loja para comprar o seu *Independent* e seguiu correndo quando ouviu a derrapagem de um tênder dando a volta no meio da rua, pulou o balcão, passou por uma porta e parou de súbito no corredor da loja quando viu sangrarem todas as imagens e os quadros sagrados. Havia sangue em tudo que era parede, por todo canto, linhas delicadas do líquido vermelho escorrendo de cada santo, filho e mãe de Deus.

E era para lá que estávamos indo, depois de descansarmos no sótão do conselheiro, rumo a Tipperary ao sul, para esticar o milagre em duas bicicletas novas, por ordem de Michael Collins. O conselheiro ofereceu sua própria bicicleta.

— Nunca poderia andar numa bicicleta que não fosse roubada — disse para ele. — Obrigado pela oferta, mas é uma questão de princípio.

Assim passamos a mão em duas boas bicicletas que estavam encostadas na calçada do lado de fora da caserna da Real Polícia Irlandesa. Eram sólidas o suficiente para pertencer aos soldados mas, mesmo que não pertencessem, se fossem de um par de cidadãos que acabaram de entrar no ninho do inimigo, então bem feito, pois não tinham o que fazer lá dentro a esta altura da luta nacional. Duas bicicletas boas, uma para mim e outra para ela, paradas entre dois carros blindados, ambas com cano no meio.

Pedalamos a noite inteira para o sul, através de Fennor e Tevrin, longe das estradas movimentas. Mas as noites eram muito curtas para longas viagens, assim enterramos a metralhadora em um bosque nos arredores de Coralstown. Limpamos a sujeira de nossas roupas e continuamos durante o dia, marido e mulher, em lua-de-mel, em uma viagem de bicicleta pelo Midlands. Usei meu terno e gravata, minhas credenciais de respeito, com meu arsenal embaixo do casaco. Ela pôs suas armas e munição dentro de uma sacola e nos tornamos um jovem casal de classe média de Dublim — e protestante, para explicar as calças que Miss O'Shea usava.

Rochfortbridge, Tyrrellspass.

— Nome?

— Michael Collins.

Vimos fumaça de uma casa de fazenda queimando e voltamos para as estradas secundárias. Passamos a noite em um celeiro próxima a Timahoe e uma outra embaixo de um arbusto perto de Templetouhy. Tomamos banho, eu me barbeei e alcançamos os arredores de Templemore com a multidão matinal.

Tirei a gravata e o colarinho. Rasguei a perna direita de minhas calças na coxa e deixei-a cair sobre a bota. Joguei o retalho em uma vala e Miss O'Shea me ajudou a amarrar minha perna nua com a gravata. Ela fez um nó apertado que não desataria até que fosse necessário. E então, pela primeira vez, coloquei a perna de pau do meu pai.

Encaixou direitinho. Até cantou.

— Ele deve ter sido um homem alto — disse ela.

— Lembro dele como um gigante.

Ela me ajudou a amarrar as correias na minha perna, que estava dobrada no joelho, dois conjuntos de osso dobrado, carne e músculo. Mesmo assim elas se adaptaram bem, sem necessidade de ajustes.

— Como uma luva.

— Nasceu para ela — disse Miss O'Shea.

Abotoei o casaco e continuamos, não mais o casal em lua-de-mel, mas duas pessoas entre milhares de camponeses se reunindo em Templemore para ver os objetos sagrados que sangravam para nós. Deixamos as bicicletas em um campo e caminhamos. Eu encostado em Miss O'Shea; oferecia autenticidade e eu precisava de tempo para me acostumar com a perna. Senti falta de um calcanhar ou uma sola de pé e meu calcanhar de verdade estava cavando um buraco na minha bunda, mas a perna de pau não deu problema. Ia para onde eu queria que ela fosse. Agüentou meu peso e continuou em pé, embora eu me sentisse frágil e preocupado com a distância entre mim e o chão, quando dava o passo para frente com a perna verdadeira.

— É por aqui para os milagres, moço? — perguntou Miss O'Shea.

— É — confirmou o homem que vendia refrigerantes de um engradado ao lado da estrada. — Ontem mesmo uma mocinha foi curada da tísica, é o que contam.

— É sua vez hoje, Michael — disse ela para mim.

— Uma perna nova vai ser mais difícil do que a tísica — eu disse.

— É uma questão de fé, meu filho — disse o homem. — E não de dificuldade. Você tem fé?

— Tenho — respondi.

— Está com sede?

— Estou — eu disse. — Mas não tenho dinheiro.

— Bom, então continue — disse ele. — Boa sorte para você e volte por aqui se as imagens lhe derem uma perna nova. Ou uma carteira cheia.

— Volto — eu disse. — E vou enfiar essas garrafas de limonada no seu cu até que o gás saia pela porra de seus ouvidos.

— Não chame a atenção — disse Miss O'Shea.

— É exatamente para isso que estou aqui — eu disse.

— Mas é para atrair o tipo certo de atenção — disse ela. — Aquele homem vai se lembrar mais do que o necessário de você. Quando souber o que aconteceu.

— Tem razão — eu disse. — Desculpe. Mas a gente sempre pode matá-lo na volta.

— Podemos, mas me parece um pouco drástico.

Juntamo-nos à multidão que se aglomerava na cidade, uma procissão de carroças, bicicletas, charretes, automóveis e peregrinos a pé como nós. Os feridos que andavam e os homens e mulheres em macas, carregados pelos filhos, crianças escarrando sangue, homens arfando sob o peso das feridas de guerra, sem pernas, sem braços, sem pele. Os mongolóides babando-se. E a melhor safra de excêntricos da Irlanda, todos a caminho da cidade — anões, corcundas, um par de mulheres barbadas — viajavam juntos em um Ford aos pedaços, pendurados no teto ou caminhando ao lado. Nós nos juntamos a eles.

— Um velho soldado teve o joelho funcionando de novo.

— Já me contaram. E uma senhora de Thurles conseguiu endireitar a espinha.

— Uma menina foi curada da tísica ontem — eu disse.

— Alguma notícia de homenzinhos ficando mais altos? — perguntou o anão, e ele e seus amigos riram e não se importaram nem um pouco quando outros se juntaram a eles.

E no meio da cidade começaram os rosários e, com o calor, a multidão e o alvoroço, além das notícias de milagres, as pessoas começaram a desmaiar e os corpos eram levantados por cima das cabeças, para as portas, para as janelas nos andares de cima. *Vou cantar um hino para Maria.* Os doentes impacientes avançavam pelos telhados. Um homem segurando uma muleta com os dentes escorregou sobre as telhas, indo parar na loja com as imagens. *Mãe de Deus, Estrela do mar.* E os anões tinham um hino só deles. *Rezem pelos nanicos, rezem por mim.*

— Um homem careca foi para casa ontem com a cabeça coberta de cabelos.

— Se o que Ela está fazendo é curando a vaidade, então há esperança para todos nós.
— Foi escalpado depois que os Caras Pretas botaram fogo nele.
— Mesmo assim, uma boa peruca satisfaz a maioria dos homens.
As melhores imagens e alguns quadros tinham sido removidos para o quintal atrás da loja. Estavam sobre uma mesa forrada com uma toalha branca. Quando o quintal se encheu, quando o primo do dono da loja decidiu que não havia lugar para mais peregrinos, a mulher do dono da loja liderou umas contas do rosário e à multidão foram dados mais dois minutos com as imagens. Havia um poste de telégrafo sem alcatrão deitado no meio do quintal, em frente à mesa, como uma grade de altar e os mais sortudos na frente podiam até se ajoelhar e descansar os cotovelos nele enquanto esperavam alguma coisa acontecer. O quintal foi esvaziado após os dois minutos, cronometrados pelo primo no seu próprio relógio. Havia apenas um portão, portanto era um empurra-empurra danado entre os que entravam e os que saíam. Assim que o quintal se esvaziava, enchia-se de novo. Mais umas contas de rosário, gritos e reprimendas. Xingamentos e últimas orações.
— Cuidado com o bebê!
— Isso é lugar para trazer um bebê?
— O bebê está para morrer. Rogo praga para você.
— Talvez o processo foi revertido.
— Talvez. Vamos ver, o pobrezinho.
— Olhe, suas bochechas estão com mais cor, olhe.
— Vamos ver.
— Cor saudável.
— Que Deus seja louvado; vamos ver.
Cinco dias. Cinco dias, só isso. Sem um soldado ou um Cara Preta à vista. A cidade estava nas mãos dos peregrinos e dos vendedores ambulantes. E da brigada de North Tipperary do IRA. Estavam distribuindo armas e bombas através de Templemore, sob a cobertura dos aleijados, em carroças e carros que levavam os moribundos. Havia engradados com garrafas de refrigerantes cheias de gasolina, pacotes marrons de gelignite, tudo passando sobre as cabeças da multidão, e homens procurados escondidos em cada segundo sótão. Os carros blindados e os tênderes estavam estacionados nos pátios das casernas, ilhados

pela multidão nas ruas. A cidade era um estado livre. O seminarista que tinha visto o sangue pela primeira vez estava em casa, exausto, entre consciente e inconsciente, e uma enorme camada de feno fora colocada sob a janela do coitado, para abafar o barulho que o deixava agitado e lhe impedia a recuperação. Mudaram o nome da rua onde morava a mãe dele para rua dos Murmúrios. Não houve milagres, apenas rumores espalhados pelos homens e mulheres da brigada de North Tipp. As imagens cessaram de sangrar e o seminarista não estava lá para fazê-las voltar a derramar sangue.

Mas eu estava.

Abrimos às cotoveladas nosso caminho em meio aos que saíam em silêncio.

— Viu alguma coisa?
— As costas de muita gente.
— E sangue?
— Sangue nenhum.

Empurramos até chegarmos no meio da multidão. Pulamos macas, tropeçamos em muletas e anões. A mulher do dono da loja tinha a expressão carrancuda de quem se achava importante. As filhas estavam a seu lado, tomando conta da mesa-altar. A imagem da Virgem, um crucifixo, o Sagrado Coração, entortado e manchado por trás de um vidro antigo. Não vi sangue nenhum.

— Estou vendo.

Murmurei bem baixinho, uma pequena isca no anzol.

— O que viu, meu jovem?
— Meu Deus — exclamei. — Vejo sangue. Está derramando dos olhos dela.
— Ele está vendo!
— Está derramando de seu rosto! Ele está vendo!

A mulher do dono da loja gritou para se calarem; estávamos atrapalhando o seu rosário.

— O rapaz está vendo!

Estava virando-se ou tentando se virar, a multidão à minha frente e ao meu lado. Alguém caiu, um pouco mais longe à esquerda. Empurrões para lá e para cá, sussurros e gritos.

— Eu também estou vendo! — gritou Miss O'Shea, enquanto enfiava a mão embaixo do meu casaco e desatava a gravata.

— Alguma coisa está acontecendo! — gritei. — Que dor! Ó minha Nossa Senhora!

E *era* uma dor filha da puta. Minha perna esteve grudada à minha bunda por horas. Quando se libertou, berrou com toda força, o sangue correndo nas veias quando meu pé tocou no chão. Caí.

Agarrei meu joelho e desamarrei a perna de pau. Levantei-a no ar.

— A perna dele está crescendo!

Minha nova perna nua se esticou para fora do meu casaco. Dei um repuxão e mais outros repuxões. Todo mundo ao meu redor, as pessoas todas se prostraram de joelhos. Eu levava escondida uma pedra afiada na mão. Cortei a pele ao lado do joelho e dei-lhes sangue fresco.

Mais berros e mais desmaios. Um anão espiou entre as cabeças do povo ajoelhado.

— É uma perna e tanto — disse ele. — Mais poder para você, meu jovem.

Não conseguiu esconder a tristeza estampada no rosto, mas acenou para mim. Miss O'Shea beliscou minha coxa.

— Sentiu isso, Michael?

— Sim! Senti. É carne e está dolorida.

— A Virgem deu a perna para o meu irmão, a perna que ele perdeu quando foi mordido por uma raposa. Vinte anos atrás!

— Não está no poder de Nossa Senhora dar uma perna a alguém — disse a mulher do dono da loja. — É através de sua intervenção...

Mas ninguém estava dando ouvidos. Até mesmo as filhas abandonaram o altar e estavam pulando o poste de telégrafo, dando joelhadas em peregrinos para ver de perto o homem bonito com a perna nova.

— Vinte anos que ele vive sem a perna — disse Miss O'Shea. — Para trás, para trás!

Ela deu um cutucão em duas das filhas do dono da loja, empurrando-as contra o muro de peregrinos que nos rodeava.

— Pode se levantar, Michael?

— Não sei — eu disse.

Ela me ajudou a levantar-me. Pus meu peso na perna nova.

— É igual à outra — eu disse.

Caminhei no pequeno círculo deixado livre pela multidão, depois trotei e então corri. Os peregrinos riam e aplaudiam, abraçavam-se, esticavam os braços para me tocar quando passei perto, e os outros gemiam e tocavam no que os fazia sofrer. Parei e levantei a perna de pau para o alto.

— Não vou mais precisar dela — gritei.
— Dê a perna para mim, meu rapaz.
Eu falei para a perna.
— Mas vou guardar você como lembrança desse dia!
— E a verdadeira não é lembrança suficiente para você?
— E olhem! — disse um velhinho que deslizou para a frente do povo. — Olhem para seu pé. Está calçando uma bota que é o par perfeito do outro pé!
— É nossa Senhora, meu filho. Só mesmo ela para pensar nessas coisas.
Um grito fez todo mundo parar.
Era uma das filhas.
— Estou vendo sangue! Estou vendo sangue!
Viraram-se e empurraram-se para chegar ao próximo milagre e havia um homem parado à minha frente.
— Dublim — disse ele calmamente.
— Vou precisar de um par de calças.
— Já foi providenciado.
— Combinando com o paletó?
— Não. Mas também temos um paletó novo para você. Um terno.
— Do meu tamanho?
— Suas medidas vieram junto com as ordens de Dublim.
— Meu santo Deus — eu disse. — Assim a luta está ganha.

— Você é judeu, Senhor Climanis?
— Senhor Smart — disse ele.
Pôs o copo no balcão.
— Senhor Smart. Sou judeu. Mas não sou judaico.
— Pare de brincar — eu disse. — É ou não é?
— Senhor Smart — disse ele. — Sou. Mas não sou.
— Está bem — eu disse. — O senhor venceu. O que é, então?

— É muito difícil explicar. Mas vou me empenhar. Nova palavra, Senhor Smart. Aprendi há dois dias. Vou me empenhar para explicar. Depois de um gole.
Levantou seu copo e bebeu.
— Sou judeu da Letônia — disse ele. — Sou judeu e letão. Meu pai era judeu. Minha mãe, meu avô e todo mundo. Judeus. Mas não sou judaico. Os judeus são um povo. Assim, sou um dos judeus. Judaísmo é uma religião. Eu não sou da religião. Senhor Smart, não gosto de religiões. Não há profetas ou deuses ou aquelas que os irlandeses adoram tanto, as mães dos deuses. Minha Maria gosta desta. Eu não digo nada. Sou um homem muito feliz.
— O senhor é comunista?
— Senhor Smart. Sou um comunista mas não sou um comunista.
Ele parecia estar se divertindo, mas eu continuava preocupado. A advertência de Jack para mim — *Fique longe dele* — esteve na minha memória durante meses, quase um ano, e esta era a primeira chance que eu tive de conversar com o senhor Climanis desde aquele dia. A mera menção de um nome, um nome num pedaço de papel, muitas vezes era uma sentença de morte. Fiquei contente ao ver o senhor Climanis bem e feliz sentado no balcão.
— Eu era comunista — disse ele. — Mas os bolcheviques, eles entraram em nosso *shtetl*. Nosso vilarejo, Senhor Smart. Incendiaram nossa casa e assassinaram minha mulher.
Olhei para ele. Segurei firme o meu copo.
— Sim. Sinto muito. Fizeram isso porque eu era judeu. E minha mulher, ela também era judia. Estava em casa. Eu não. Portanto, não sou um comunista, senhor Smart. Acontece que acredito em comunismo. Mas não quando vem dos russos.
— Sinto muito — eu disse.
Ele deu de ombros e balançou a cabeça.
— Brindemos aos bolcheviques — disse ele. — Para que tenham mortes lentas e dolorosas. Contei para Maria, minha mulher. Ela me ama mais ainda porque sou viúvo. Mas agora não sou mais viúvo.
— O senhor tem filhos?
— Não. Não. Chega de histórias tristes.

Deixei-o remoendo seus pensamentos por algum tempo. Esvaziei meu copo e pedi mais uma ao mesmo sujeito.

— Então o senhor poderia me fazer um favor, senhor Climanis?

— Esta é uma coisa que posso responder facilmente: sim.

— Tenha cuidado — eu disse. — Promete?

Pela primeira vez, vi-o preocupado. Mostrou medo, até mesmo raiva. Olhou para trás. Olhou para o sujeito servindo a bebida. Olhou para os copos no balcão.

— Por que está me pedindo para fazer algo? Para *ter* algo? Cuidado.

— Não sei — respondi.

— Senhor Smart, por gentileza. Eu sou cuidadoso. Sempre sou cuidadoso. Explique, por favor. Ou irei odiá-lo.

Cada palavra pronunciada foi cuidadosamente escolhida.

— Seu nome foi mencionado — eu disse.

— Sim.

— Hoje em dia isso quer dizer que o senhor precisa tomar cuidado. Não há mais nada que eu possa lhe dizer.

— Compreendo — disse ele.

Esperou. Falou de novo.

— O nome de Maria foi mencionado?

— Não — respondi.

Ele acenou. Sentou ali, fitando seu copo. Vi que tremia levemente. Não tocou no copo. A espuma da sua cerveja murchou e amarelou.

— Vou para casa — disse ele depois de minutos de silêncio. Levantou-se.

— Senhor Smart, obrigado.

— Manterei o senhor informado — eu disse. — Se ouvir qualquer coisa.

— Senhor Smart — disse ele. — Isso não é o suficiente.

E já tinha ido.

Archer — Dinamite Dinny T.D. — manteve sua Parabellum apontada para o casal na cama, enquanto eu abria o guarda-roupa. Rooney estava na porta, vigiando o corredor. A criada que nos levou para o quarto tinha voltado para sua cama no sótão;

prometemos a ela que daríamos cinco minutos antes de começar a atirar. Havia mais dois rapazes do lado de fora do corredor, eram da brigada North Dublin, meninos fazendo seu primeiro trabalho. Tremiam tanto que Rooney tirou-lhes as armas e se ofereceu para tomar conta delas até que precisassem usá-las. Mais homens no vestíbulo, outros do lado de fora. Outros ainda em hotéis, corredores, outros quartos e acomodações, casas, espalhados pela cidade. Era domingo de manhã, 21 de novembro de 1920. Cinco minutos depois das nove.

Encontrei o uniforme entre os vestidos e outros paletós. Arranquei-o do cabide e joguei-o na cama. Queria ter certeza de que era o homem certo, e agora tínhamos.

— Você serviu na França? — perguntou Archer.

— Sim — disse o homem na cama.

Estava sentado em ângulo reto. Ainda segurava o cigarro que estivera fumando quando arrombamos a porta.

— Ganhou alguma medalha?

— Sim.

— Bom, então aqui vão mais algumas para completar sua coleção.

E atirou duas vezes.

As penas e o barulho tornaram o quarto sufocante. Vi a mulher gritar, mas não pude ouvi-la. O homem ainda estava sentado contra a cabeceira da cama, mas sua cabeça pendia para o lado, sobre o ombro da mulher. Os travesseiros atrás dele foram demolidos, seu pijama encharcou-se de repente de vermelho, mas ele ainda segurava o cigarro aceso.

Archer apontou a arma para a mulher.

— Cubra-se; você é uma vergonha.

Ela se cobriu.

Eu atirei. Uma bala no peito do morto. Lembrei de Smith, do jeito que ele se levantou para receber mais depois que o matamos. A mulher tentava se livrar do peso do homem morto, mas o corpo dele a seguiu quando ela se inclinou para a esquerda. Ela começou a soluçar, mas parou.

O barulho dos tiros foi substituído pelo cheiro. *Saiam correndo quando sentirem o cheiro de cordite.* Conselho para todos os assassinos, dado por Collins, anos atrás.

— Vamos — eu disse.

Em outros quartos, em outras partes da cidade, em casas na Baggot Street, na Lower Mount Street, no Earlsfort Terrace, na Morehampton Road, no andar de cima em outro quarto desse hotel, o Gresham, havia outros homens mortos, em camas, nos corredores, nos jardins. Treze ao todo. Agentes do serviço secreto. Membros da gangue do Cairo. O melhor da nova safra.

Nos últimos três anos estivemos apagando os *G-men* nascidos na Irlanda. Cada morte trazia demissões na Divisão G, fugas para fora do país, novas vidas infelizes na Inglaterra, nos Estados Unidos, na Argentina. Eram substituídos por homens do serviço secreto da Inglaterra, espiões e assassinos, homens inteligentes que estavam chegando cada vez mais perto de Collins. Mick ainda pedalava pela cidade e fazia suas conferências nos hotéis Vaughan's e Devlin's, mas sabia que seus dias e horas estavam contados. Prisões, solturas, desaparecimentos — estavam chegando mais perto dia após dia. A gangue do Cairo, a gangue de assassinos radicada no Castelo, estava esmiuçando a cidade, usando informações fornecidas pela teia de espiões nas esquinas de ruas, em balcões de pubs, em portas de igreja, nos bondes. Eram bons. Sabiam como gastar o dinheiro e como solapar os limites da lealdade. Estavam apertando o cerco e Collins decidiu que era melhor pegá-los antes que eles pusessem a mão neles e no resto de nós.

Quem eram eles? Onde estavam? Procurou-se e seguiu-se qualquer pista. Que porta da frente foi batida depois do toque de recolher? Quem entrou e quem saiu, quem andava sozinho? Algum vestígio de sotaque em um bom dia ou um obrigado? Passou-se o pente-fino na cidade à procura de homens furtivos, homens que iam e vinham. Os homens de Collins no Castelo, Nelligan e MacNamara, encontraram os nomes dos homens com passes para o toque de recolher. Os garçons, as camareiras, os carregadores de hotel foram cortejados e entrevistados. Os carteiros faziam desvios turísticos para passar por Morehampton Road e pelo Earlsford Terrace, e entregavam as cartas com algum atraso, depois de serem novamente seladas e estarem sequinhas. Nomes foram acrescentados a outros nomes. Examinados, descartados, confirmados. E, na noite antes desse domingo, foram divididos entre nós, o esquadrão de Collins. *Meus* Caras Pretas, como nos chamava. Éramos nós os que faziam o serviço.

— Espere um pouco — disse Archer.

Foi até a lateral da cama do homem morto. Pegou uma xícara que estava em uma mesa pequena coberta com um pano rendado, ainda fumegante. Experimentou o chá.

— Açúcar!

Cuspiu de volta na xícara e derramou o resto na cama, sobre o edredom que cobria as pernas do homem morto.

— Deve ter pelo menos dez colheres de açúcar aqui dentro — disse Archer. — Quantas colheres ele pôs?

Ela não respondeu.

— Você mesmo!

— Não sei — disse ela.

— O que quer dizer?

— Não sei. Não o conhecia. Deixe-me em paz.

Archer olhou para mim; ele estava lento e raivoso. Voltou a olhar para a mulher na cama.

— Acontece que você devia ser a mulher dele — disse ele.

Será que matamos o homem errado?

— O fato é que não sou a porra da mulher dele — disse ela.

— Nem a mulher de filho da puta nenhum.

Ela afastou os lençóis e levantou-se da cama. Estava nua e bela, manchada de sangue e furiosa. Archer desviou o olhar.

Eu apontei para o guarda-roupa.

— Estas roupas não são suas?

— Não!

— Onde ela está?

— Ele disse que ela foi a um enterro na Inglaterra.

— Venha — disse Archer. — Vamos embora.

— E esta engraçadinha?

— Ela não viu nada; vamos.

Rooney abriu a porta. Archer passou primeiro e saiu. Se a mulher estivesse vestida, Archer a teria matado.

Alcancei Archer. Este era um trabalho possivelmente sem volta, Collins nos tinha advertido. E Archer, com sua degustação de chá, nos tinha detido. Corremos pela escada, pelo vestíbulo. Nossos meninos estavam na porta, passamos reto. Descemos os degraus, para a Sackville Street. Ainda com os estragos da insurreição da Páscoa quatro anos e meio atrás. Viramos à direita, em direção à Rotunda. Caminhando. Correr agora só se fosse absolutamente necessário. Uma manhã calma de domingo. E fresca. A brisa do rio às nossas costas, ajudando-nos a caminhar. À esquerda, para a Findlater Place. O vento fazendo redemoinhos do lixo nas esquinas. Nenhum sinal dos militares, nenhum ruído atrás de nós. A cidade ainda descansando e bocejando. À esquerda, para a Marlborough Street. A próxima era a Britain Street. À direita, para a Hill Street. Dois rapazes à nossa frente. Outros atrás. Atravessando o cemitério. Temple Lane, um portão e um muro, Grenville Place, do outro lado da rua. Meu coração dando socos nas minhas costelas. Quieto ainda, sinos, vozes de vez em quando à distância ou atrás de tijolos e vidro. Grenville Lane, Bath Lane. Um porta se abrindo. Uma casa segura. Entramos, eu e Rooney. Os rapazes continuaram. Archer continuou — enfiou a arma no bolso do Homem Negro e foi para a missa das nove e meia na igreja dos jesuítas, na Gardiner Street. Os rapazes atrás de nós seguiram seus caminhos. Para casa, mais algumas ruas e becos, para seu café da manhã e suas mamães.

Ficamos sozinhos na cozinha, com nosso bacon, ovos e xícaras de chá.

— Devíamos tê-la apagado também — disse Rooney.

— Ela não vai dizer nada — eu disse. — Não vai estar lá quando aparecerem.

— Dormindo com um inglês — disse ele. — Por dinheiro.

— Pelo menos não o estava fazendo de graça. Como está seu ovo?

Mas eu tinha tomado uma decisão: minha guerra tinha terminado.

Ouvi-a murmurando, seguindo seu dedo pela página. Dois dedos agora, da mão esquerda e da direita, navegando para cima e para baixo — estava lendo duas páginas de uma vez. Passei em revista o pequeno quarto que os livros soltando pó à minha volta tornavam menor ainda. A janela sumira depois de minha última visita.

Peguei um livro do bolso e pus à sua frente. Eu tinha apenas alguns livros sobrando. Vovó Nash já possuía quase todos os livros de Dublim escritos por mulheres.

— *O acendedor de lanternas* — leu. — Maria Susanna Cummins. Nunca ouvi falar dela. Deixe aí para mim. Dou-lhe algo se eu gostar. Acabo de ler esta noite mesmo.

Peguei o livro de suas mãos.

— Você já me pregou essa peça antes — eu disse.

— Com *O castelo Rackrent* — disse Vovó Nash. — Um monte de baboseiras. Vamos. Ponha o livro na mesa.

Eu pus.

Ela pegou o livro e cheirou.

— Este você conseguiu em Terenure — disse ela. — O'Gandúin sussurra nomes nos ouvidos dos homens que importam. Alfie Gandon manda lembranças.

Ela olhou para mim.

— Você é igual a seu pai. E isso não é nenhum elogio.

PARTE QUATRO

PARTE QUATRO

11

Não conseguia enxergar.
— Nome?
Não respondi.
— Nome?
Não respondi.
E um deles, mais de um deles me golpeou de novo.
— Nome?
Não respondi.
E mais uma vez, e mais outra vez.
Depois, nada. Não ouvi nada, ninguém saindo do quarto — se é que eu estava num quarto —, ninguém voltando. Nem um sussurro, nem um arrastar de pés. Nada. Nem um pensamento. Nada.
Depois, uma voz.
— Tire a venda.
Meus braços não estavam amarrados. Mas tinham sido amarrados; eu tinha certeza. Senti a corda apertando, queimando. Lembrei que tentara soltar meus braços. Vi uma cadeira; tinha visto antes de não poder mais ver. Lembrei que fui atingido pela coronha de um fuzil. Porque estava tentando impedi-los de amarrar meus braços à cadeira. Agora estavam livres, meus braços. Levantei as mãos para o rosto. Queria tocar onde a dor era intensa, mas fiz o que mandavam: tirei a venda dos olhos. Não tinha memória nenhuma, nada, de quando foi posta, o tecido sobre meus olhos, o nó. Achei o nó e puxei por trás levantando a venda por cima da cabeça.

Não queria ver. O que me esperava. Mais. Pior. Não queria ver. Sabia novas coisas agora: estava em pé. Não estava sentado coisa nenhuma. Sabia que estava em pé. Senti nas pernas. Não havia nada contra minhas costas. Não estava amarrado ou preso.

Abri os olhos. Podia abri-los. Nada por enquanto. Não estava escuro. Uma parede. Estava parado em frente a uma parede. Muito perto, quase encostado. Pensei: vão me fuzilar nesta parede, vão me executar. Agora. Uma palavra na parede. *Foda-se*. Riscada. Outras palavras. Datas. Nomes. Muitos. Não queria vê-los.

Não me movi. Desde que abri os olhos. Tinha certeza. Muito tempo. Não olhei para nada mais além da parede, apenas esta parte da parede. Movi meus olhos. Eles se moviam por mim. Obedeciam. Um canto. Movi a cabeça. Parede. Sem cor. Sem porta. Sem uniformes.

Sem barulho. Nada perto. Atrás de mim. Mas ouvia coisas a distância. Risadas. Alguém gritando. Água correndo nos canos. Mas nada atrás de mim. Nem respiração nem metal.

Mexi.

Sou Henry Smart.

Virei-me.

Nem botas, nem sapatos. Meus pés estavam descalços. Senti a terra e as pedras. Os dedos quebrados. Sabia disso. Sentia a dor, podia ver. Lembrei. Roxos, amarelados, retorcidos. Tinham pisado nos meus pés. Uma das primeiras coisas que fizeram. Sabia o que tinha acontecido. Fazia sentido.

Virei-me devagar. Mais botas, mais baionetas, punhos, alicate, esperando por mim. Mas eu tinha de virar.

Nada.

Uma porta. Uma porta de aço. A persiana fechada. O olho fechado. Da mesma cor cinza da porta. Um colchão. À minha direita. Fui até ele. Apenas eu. Meus pés gritavam, que sacrifício ir até lá. O quarto estava vazio. Eu conseguiria. A porta permanecia fechada; nada lá fora. Ia me deitar. *Sou Henry Smart.* Não conseguia me movimentar com passos normais. Só conseguia me arrastar. *Sou Henry Smart.* Estava com frio. Fazia bem: sabia que estava com frio. Precisava de tempo. Precisava de tempo de novo, uma coisa seguida de outra. Muito tempo.

Não falei.

Deitei com cuidado no colchão. Não queria cair. Queria deitar direito.
Não falei nada.
Minhas mãos se apoiaram no colchão. Abaixei as costas, a cabeça. O feno picou minha nuca. E o resto do meu corpo. Eu estava nu. A porta continuava fechada. Canos, água correndo. Atrás das paredes. Puxei a perna para o colchão. Uma janela, no alto. Barras. Uma, duas, três, quatro. Quatro. Sabia: estavam me deixando fazer isso. Não tinha escapatória. Estavam me deixando descansar. Espiando, atrás da porta fechada.
Não falei.
O quarto de vovó Nash.
— Qual é o seu nome, seu caralho de merda?
— Michael Collins — eu disse.
Idiota. Soube assim que o disse — os tempos eram outros —, mas já era tarde. Vi um braço se mover, o braço de um Auxiliar, e não havia nada que eu pudesse fazer: a coronha de seu Webley me atingiu direto entre os olhos. E estavam em cima de mim, espezinhando. Tomavam recuo, chutavam. Levantaram-me do chão. Jogaram-me contra a parede. Os livros caíam ao redor de mim.
— Puta que o pariu.
E caí por cima de mais livros, através da parede de livros, e minha cabeça bateu contra a verdadeira parede. Por um momento, eles me perderam — eu estava submerso em livros. Percebi pelo jeito que me arrastaram para fora — que iam me matar. Puxaram-me pelos pés, alcançando-me por cima dos livros. Um deles deslizou pelos meus olhos: *O castelo Rackrent*.
— Qual deles você matou!
— Qual deles?
— A sangue frio!
— Tirem os sapatos dele.
— Que ele tire os porra de sapatos ele mesmo.
— Tire os sapatos, seu fodido de merda.
Tentei esconder o rosto com os ombros quando me agachei para desatar os cadarços. Olhei para minhas mãos. Se elas tremessem, eu era culpado. Se não tremessem, eu era culpado. Tirei os sapatos rapidamente. Estava cooperando, ainda pensava.
— O que estava fazendo aqui?

— Visitando minha vó.
— Sua o quê?
— Minha avó.
— Cadê ela?
— Não sei.
A bota me atingiu de repente. Dor súbita, pura e chocante. Não sabia que pé. Berrei. Mais livros caíram no chão.
Não sabia para onde ela tinha ido. Estava no quarto quando a porta foi arrebentada. Ouvimos os tênderes passando velozmente na rua — depois as freadas, os tiros, um grito. Um exército de botas saltou para a rua. Coronhas de fuzis arrancando a porta de uma casa vizinha.
— Agora está frito — disse ela.
Derrubei alguns livros e achei a janela.
— Estão cercando a rua.
— São muito metódicos — disse ela, enquanto terminava de ler a primeira página e virava a segunda e a terceira. — Vão começar no alto da rua e virão descendo. Casa por casa. Como se estivessem arrecadando o aluguel. Você tem cinco minutos se...
Foi quando a porta voou.
O homem à minha frente era um oficial. Seu peito era um cabide de medalhas.
— Foi descoberto — disse ele. — Não foi?
— Estava apenas visitando minha vó.
— No fim do dia — disse ele. — Mas o que esteve fazendo no início do dia? Sabemos ou não sabemos?
Ele tinha quarenta anos, não mais. Tinha aparado o bigode naquela manhã, provavelmente enquanto enchíamos de chumbo o peito dos filhos da puta do serviço secreto.
— Agora pegamos você.
Olhou bem nos meus olhos.
— Sim — disse ele.
E carimbou meu pé com todo o seu peso.
— Levem-no para baixo e executem-no.
Fui arrastado através de um túnel de botas, baionetas e coronhas de fuzis. Depois para o topo da escada e jogado para baixo. Mãos me encontraram e fui puxado pelos cabelos para a próxima escada e empurrado. Para fora. A rua estava iluminada pelos fa-

róis de busca dos carros blindados nas duas extremidades. Fui empurrado direto para o feixe de um deles.

— Agora, filho da puta.

Senti o metal da arma na minha testa. Não conseguia ver nada.

— Feche os olhos uma vez, uma vezinha só. Feche os olhos e eu arranco com uma bala o topo de sua cabeça irlandesa do caralho de *shinner* do IRA.

Olhei direto para a luz.

Então foi isso. Lembrei. Fui pego. No domingo à noite — há quanto tempo? —, depois das mortes e outras mortes, naquela tarde em Croke Park. No quarto de vovó Nash. Tinha ido lá — idiotice, idiotice da porra — para ver se conseguia tirar mais informação da vovó. Longe da casa segura, para o meio da fúria dos Caras Pretas e dos Auxiliares.

A porta foi aberta. Abri meus olhos. Sabia onde estava. Numa cela. Quatro paredes e um colchão. Um janela, quatro barras, uma porta. Agora fechada de novo.

— Filhos da puta.

Ele sacudiu a cabeça. O sangue atingiu minhas pernas e peito.

Estava vestido. Calças, camisa, sem colarinho. Paletó. Um boné no bolso.

Levantou os olhos e me viu.

— Puta merda! — disse ele. — E eu aqui sentindo pena de mim mesmo. Olhe só o que fizeram com você.

Tinha 24 ou 25 anos. Seus cabelos eram longos e estavam molhados, mas pude ver uma cicatriz traçando uma linha em sua testa. Era antiga, fazia parte dele há muito tempo.

Não disse nada. Sentei-me. Não sabia se conseguiria falar. Há muito tempo que eu não falava. Não sabia quanto. Perdi a noção. Comecei de novo.

— Aqui.

Ele tirou o paletó e me deu. Depois se aproximou e me cobriu com ele, sem me tocar. Sentou de volta no chão.

— Para mim ainda está por vir — disse ele. — Meu Deus. Mas espere — disse ele. — Eu conheço você.

Olhou, como se tentasse espiar através de cortinas de renda. Sussurrou. Mas primeiro olhou para a porta.

— Você é Henry Smart, não é?
Olhei para a janela.
— Não é?
Deitei de novo no colchão. Seu paletó embaixo de mim. Deixei-o ali. Fechei os olhos.
Abri de novo.
— Sou Ned Kellet. Não está me reconhecendo?
Fechei os olhos.
— Está tudo bem comigo, não está? Henry?
Olhei para a janela.
— Estão executando Dick McKee e Peadar Clancy. Seremos os próximos.
Fechei os olhos.
Ele cantou.
— *Será que ainda quero ver minha mãe? Será? Sim, quero sim.* Henry? Pode acompanhar.
Sou Henry Smart. Sou Henry Smart. Sou Henry Smart. Sou Henry Smart.
Abri os olhos.
Ele sorriu.
Fechei os olhos.
Abri de novo.
Ele tinha ido embora. Eu não ouvira nada. Deixou o paletó. Havia um par de calças no chão, perto da porta. E uma camisa. Levantei. Peguei o paletó. Era o meu. Feito e comprado em Templemore. *Uma vez estive em Templemore.* Vesti a roupa. *Lá estive eu.* Sem sapatos, sem meias. Andei pela cela e li as paredes. Fiz força para andar direito, ignorando a dor. Caminhei, ignorando a dor. *Ela estava comigo.* Li cada nome e data. "1864. Murphy." Li a parede inteira. "Ned Kellet. 14 de dezembro. 1920. Viva a República." Estava escurecendo. Um dia chegando ao fim. Foi o que aconteceu; os dias começavam e acabavam. Li enquanto podia. Encostei na parede. A luz estava sumindo da cela. Era suficiente para um último nome. "Henry Smart. 23 de novembro. 1920."
Voltei ao colchão. Deitei. Fechei os olhos.
— Dalton.
Abri os olhos.
— Levante-se.

Levantei. Havia dois deles. Um em uniforme — um Auxiliar — e mais outro.

Levantei do colchão.

— Vamos chamá-lo de Jack ou John? Ou Séan?

Esperei.

— Então?

O que estava vestido de Auxiliar pegou uma folha dobrada de dentro de seu paletó. Abriu-a.

— Temos a sua ordem de soltura aqui, Senhor Dalton. Não há sentido em mantê-lo preso por mais tempo, o senhor não tem mais nada a nos contar. Mas precisamos do seu nome completo.

Era hora de falar.

— Meu nome não é Dalton.

— Mas é.

— Não, não é.

— Mas você nos disse...

— Não, não disse. Tenho apenas um nome e é Nash. Meu nome é Fergus Nash.

— Você disse Jack Dalton.

— Não.

— Por que então teria dito Jack Dalton? Obviamente estava acometido de certa agonia.

— Não.

— Por que Dalton? De todos os nomes.

— Não.

— Você o conhece, é claro.

— Não.

— Houve um mal-entendido — disse ele. — Nada disso jamais deveria ter acontecido. Tem alguma coisa de que gostaria?

— Não.

— Gostaria de saber onde está?

— Não.

— Por que não?

— Estou numa cela. E isso é tudo que preciso saber.

— Talvez tenha razão. Gosto de você, Fergus. Vou ver o que posso fazer.

Fiquei parado em pé muito tempo depois de a porta ter sido fechada e eles terem ido embora.

Ainda estava no mesmo lugar quando a porta abriu de novo e um homem diferente entrou com uma bandeja. Pôs a bandeja no chão.
— O Senhor Fry disse que você deveria comer isso.
Ele saiu e me deixou sozinho.
Era comida boa, deliberadamente boa. Deixei-a ali. Sentei na cama, depois deitei.
— Onde você mora?
Abri meus olhos, mas não olhei para ninguém.
— Dublim.
— Onde?
— Não vou lhe dizer.
— Por que não?
— Porque vocês vão revistar a minha casa, aterrorizar a minha mulher e os meus filhos. Mais do que já estão.
— Mas se você não tem nada a esconder...
— Não tenho nada a esconder — eu disse. — Meu nome é Fergus Nash.
— Vamos.
Olhei.
Um par de sapatos ao meu lado, no chão ao lado do colchão. Sentei-me. Não havia meias. Não disse nada. Pus os sapatos. Eram macios. Dignos de um cavalheiro. Não tinha cadarços.
A porta abriu.
O Auxiliar parou do lado da porta. Caminhei para ela. Havia um corredor estreito, muito estreito para poder correr.
— Esquerda.
Lembrei-me o que era esquerda e virei. Havia outra porta cinza no fim de uma longa fileira de portas fechadas. Nenhum som vinha das celas.
Um homem atrás de mim falou.
— Eu sou do Exército Republicano do País de Gales.
Quando estava me aproximando da porta no fim do corredor, passei por outra aberta e vi o homem que se identificou como Kellet, no chão. Um Auxiliar em cima dele se preparando para dar um chute. O republicano do País de Gales me empurrou para a frente. Ouvi um grito enquanto a porta à frente abria e eu estava ao ar livre e em plena luz do dia. A luz ardeu nos meus olhos. Fui

empurrado para a caçamba de um caminhão estacionado a cinco metros da porta. Não consegui subir; fui levantado, jogado para dentro. Perdi um sapato. Não disse nada. Havia oito Auxiliares sentados dentro, quatro em cada banco, frente a frente. Dois deles se levantaram. Amarraram minhas mãos na barra de metal que ficava no topo do caminhão. Um deles pegou uma tábua que estava embaixo do banco. Com um buraco em que um pedaço de cordão fazia um círculo. Pôs o cordão ao redor do meu pescoço.

— Sabe ler, Pat?

"Bombardeiem-nos agora."

— Sim — respondi.

— Você é nossa apólice de seguro, amigo — disse ele. — Não vão matar um dos seus. Nada contra você.

Ligaram o motor e reconheci as ruas por onde o caminhão passava. Estive no Castelo de Dublim. Caía do caminhão e ficava pendurado na barra enquanto o caminhão negociava as curvas. Vi as pessoas na Dame Street correndo para se abrigar, até mesmo depois de o caminhão ter passado. Cinco minutos depois estávamos zarpando a toda velocidade pela Thomas Street e eu sabia que estavam me levando para Kilmainham.

O caminhão parou pela primeira vez e finalmente consegui pôr os pés no chão da caçamba. O outro sapato também se foi. O caminhão voltou a avançar, devagarinho, entrando num pátio. Desataram minhas mãos e me deixaram descer.

— Sabe onde está?

— Não.

— Foi aqui que seus amigos *shinner* foram executados em 1916.

O pátio da Pedreira.

Olhei ao redor enquanto me levavam para uma porta. Era apenas um pátio de prisão, apenas uma parede. Mas sabia onde eu estava. Sabia exatamente onde eu estava pela primeira vez em — semanas, meses, poderia até ter sido anos.

O frio chegou com a escuridão. Mais uma passagem. Outra porta de ferro. Mais uma cela. Menor, mais estreita do que a anterior. Mais fria, em ruínas.

Estava sozinho de novo.

Dessa vez havia uma luz. Uma lanterna de gás no alto da parede. Jogava uma luz doentia e trêmula que fazia sombras, depois as matava. Vi alguns cobertores velhos num canto e sentei-me neles. A luz formou mais silhuetas, estrangulando-as. Sabia onde estava. *We'll go home be the water.* Sabia exatamente onde estava. Deitei no chão e me cobri com os cobertores. Fechei os olhos.

Vi uma luz, e o rio me empurrou para a luz do dia, mas sabia que estava seguro; os arbustos e as ervas me protegiam do perigo. Passei pela Lavanderia Metropolitana. A espuma e a merda que vinham dos ricos imundos ardiam nos meus olhos, mas uma mão que eu sentia me levantou a cabeça, depois me abaixou para a água limpa e eu submergi de novo na escuridão. Luz de novo, atrás da prisão de Kilmainham, rente à parede e para longe. Novamente sob a cidade. A ponte Bow e o Royal Hospital, por baixo da St. John's Road, e entrei em mais um esgoto, senti os dedos embaixo do meu queixo — salvo, salvo, salvo — segurando minha boca por cima do líquido imundo e gosmento.

Acordei.

Não havia água. Estava escuro. Eu tinha fome. Havia anos que eu não comia. O bater de uma porta me acordou — sabia, embora não podia ouvir nada agora. E não via nada. Ouvi passos, três ou quatro pares de botas nas lajotas úmidas do corredor do outro lado da porta. Ouvi chaves tilintando, arranhando. Estava muito escuro. Sentei-me. A porta se abriu e uma luz suja tomou conta do quarto. Seguida por um homem, que caiu com todo o peso no chão. A porta foi fechada, a chave girou na fechadura. Estava escuro de novo, mais escuro do que antes. Ouvi o homem respirando pela sua boca inchada. Fiquei quieto. A respiração entrecortada. O homem gemeu.

Sabia quem era.

— Socorro.

Fiquei onde estava. Ouvi-o arrastar-se. Não conseguia ver nada, mas sabia exatamente onde ele estava. Cobri-me com os dois cobertores, levantando-os lentamente sobre meus ombros.

— Tem alguém aqui?

Uma mão tocou no meu pé. Chutei.

Ele caiu para trás.

— Quem está aí?

Fiquei calado. Seus movimentos pararam. Esperei por horas até que a madrugada jogasse sua luz.

Ele olhou para mim. Estava sentado no canto oposto.
— Henry — disse ele.
Castigaram mais ainda o rosto dele. Deram-lhe um outro paletó.
— Creio que você sabe — disse ele.
Continuei calado. Mas não fechei os olhos. Olhei para ele.
— Vão nos executar hoje de manhã.
Estava na hora de falar.
— Foda-se — eu disse.
Ele se mostrou horrorizado, contrariado, com raiva, decepcionado, um por um, exatamente um segundo para cada emoção.
— Que importa? — disse ele. — Foda-se você. Jack dizia mesmo que você era um arrogante metido a besta.
Ele suspirou.
— Está pensando que sou um bosta de um espião, não é?
Olhei para ele.
— Não culpo você. Eu faria o mesmo. Você poderia ser o bosta de espião, pelo que sei. Puta que o pariu, o que fizeram com a gente?
Eu estava com fome.
— Não quero morrer com você pensando que eu sou um espião, mas não sei muito bem por que isso é importante.
Ele começou a chorar.
Estou com fome.
Pregos de botas lá fora, chaves. A porta abriu. Uma voz.
— Nash.
Levantei.
— Boa sorte — disse ele. — Nash.
Caminhei para a porta, para a passagem. O guarda pôs as algemas em mim enquanto outro apontava seu Webley. Fui empurrado uma vez, depois me deixaram caminhar sozinho. Ainda descalço. Ainda dolorido. Mais portas. Ruídos. Outros prisioneiros. Alguém mijando perto, atrás de uma porta. Assovios. Vi três prisioneiros. Olharam para mim. Passei por eles. Não olhei. Mais uma porta. Aberta por dentro, empurrada na minha cara. Passei por ela. Mais um corredor. Uma sala.
— Senta.
Uma cadeira. Um dos guardas ficou comigo. Senti o cheiro do álcool da noite anterior. Do mundo lá fora. Ele se encostou na

parede. Eu bem que podia ter puxado uma briga com ele.
Uma outra porta, do outro lado da sala. Abriu-se e Jack Dalton entrou. Olhou para mim rapidamente e depois desviou o olhar. Estava acusando suas surras também. Foi seguido e empurrado por outro guarda. Passou por mim, pela sala estreita e pela porta que eu acabara de atravessar.
— Sua vez — disse o guarda.
Levantei-me. Ele sacudiu a cabeça e caminhou para a outra porta. Havia outros guardas esperando por mim. Ele segurou meu braço e me puxou para a outra sala. Parou e me colocou de frente para uma grande caixa de ferro. Um pequeno quadrado na frente da caixa estava coberto com feltro negro. Pensei inicialmente que estava sendo colocado frente a uma máquina fotográfica — lembrei-me do zunido e do flash de uma máquina; outra sala, outros guardas. Entre esconderijos? Não sabia — mas dessa vez vi duas fendas no feltro.
Estavam me espiando por detrás do feltro.
Havia um outro oficial parado ao lado da caixa.
Olhei para o chão.
— Olhe para a frente.
Olhei direto para as fendas no feltro. Vi o feltro agitar-se muito levemente. Vi o brilho molhado de um par de olhos. Fiz uma coisa que tinha esquecido que existia: sorri.
Sou Henry Smart. Se for uma mulher atrás do pano ela não me trairá. Ou se for um efeminado.
— Vire-se para a direita.
Virei.
Ouvi cochichos.
— O rosto para a frente de novo — disse o guarda.
— Para a frente onde?
Um mão segurou meu cabelo e puxou meu rosto outra vez para a frente da caixa de Judas. Olhei para as fendas no feltro e voltei a sorrir. Não tinha a mínima idéia de quem estava me olhando, decidindo quem eu era. Não conseguia pensar em absolutamente ninguém.
— Pronto — disse o guarda ao lado da caixa. — Já vimos o suficiente. Levem esse filho da puta horrível daqui.
Fui levado para a porta e entregue aos outros guardas. Mais

portas. Entregue a outros Auxiliares. De volta para a cela, as algemas destravadas. O guarda destrancou a porta.
— Sozinho de novo — disse ele.
Entrei na cela.
— Quer saber o que aconteceu com seu parceiro?
— Não.
— Foi levado para fora e executado.
— Ótimo.
Ele riu. Fechou a porta e passou a chave. E foi imediatamente aberta de novo, outros homens entraram, um batalhão deles, um por cima do outro — eu estava me preparando para sentar — e estavam em volta e em cima de mim. Bastões e coronhas de fuzil, mais pontapés.
— Smart!
— Smart!
— Henry filho da puta Smart.
E foram embora. Ouvi a fechadura. Não ia poder me mover por muito tempo. De volta à estaca zero. Mas, não. Eu sabia onde estava. Ainda sabia. Sabia quem eu era. E eles também. Mas não sabiam. Não sabiam, até ouvirem de meus próprios lábios. Tinham de ter certeza. O mundo estava observando agora. Mataram gente inocente. Precisavam que eu dissesse quem eu era. Eu podia pensar. Deitei no chão.
Abri os olhos.
O homem sem o uniforme, aquele que o outro guarda chamou de Fry.
— Você me decepcionou.
Era irlandês. Estava sozinho.
— Senhor Smart. Você me decepcionou. Poderia ter me custado o meu posto.
Eu podia falar.
— Nash.
Ele pisou nas minhas mãos.
Sou Henry Smart.
Outros passos e vozes.
Fechei os olhos.
Abri-os. Estava com fome. A porta foi aberta. Vi botas, ouvi a porta sendo fechada. Os passos de novo. Estava com fome.
— Tenho um recado para você.

Seguraram alguma coisa na minha frente.
— Rápido — disse ele.
Consegui me sentar.
Peguei. Era morno.
— Obrigado.
Eu o tinha visto antes. Ele limpou as mãos no paletó. Depois limpou o paletó. Voltou para a porta e foi embora. Não olhou para trás.
Encostei-me na parede.
E comi o bolo assado.
Eu era Henry Smart. Estava sentado numa cela da prisão de Kilmainham e estava comendo um bolo assado recentemente e preparado pela minha mulher. Foi o melhor que ela já fizera, a melhor coisa que eu jamais experimentara. Mas não chorei.
Li o bolo cuidadosamente enquanto engolia. Acompanhei cada som do guarda indo embora e senti falta de um deles, um som muito importante. Levantei. Consegui ficar de pé. Doía, mas não era difícil. Consegui me mover; caminhar. Caminhei para a porta. Empurrei. Ele não tinha trancado a porta. A chave girando na fechadura era o que tinha faltado. A porta se abriu.
Era uma jornada curta da cela para o pátio da Pedreira, uma jornada curta para os homens que seriam executados na madrugada, alguns passos e uma porta. Mas eu não me movi. Escutei. Escutei procurando pelo arrastar de sapatos, uma arfada.
Nada.
Mexi. Estava descalço. Meus pés nas lajotas queriam correr. Eu podia correr. Estava cheio de bolo assado e livre. Podia correr pela última porta trancada. Mas fui devagar. Ouvindo a cada passo. Atento para sombras, uma faísca ou um clique de metal.
Já podia ouvir a água, diziam-me meus ossos. Estava sendo empurrado para lá. Atravessando o pátio, por cima do muro alto — sacrifício nenhum — e para dentro da água, o rio Camac, escondido abaixo do muro. Para dentro do frio, gelado, purificante, dormente. E para longe. De volta para a cidade, livre. Sabia exatamente aonde estava indo.
Esperei na porta. Ouvi. A vida distante, as vozes entrecortadas, longe de mim. Segurei a maçaneta. Era pesada e fria, alguma coisa que não tinha sido tocada em anos. Mas a maçaneta girou

facilmente, eu pus minha outra mão contra a porta e empurrei. Muito lentamente. Parava ao menor sinal de um rangido. Esperava ser descoberto, alguma reação. Mas não houve nada. Nada além da porta. Empurrei, um pouquinho mais. O pátio, vazio. Estava escuro do lado de fora. Deslizei para fora.

— Tenho um outro recado para você.

O guarda do bolo assado. Eu estava fodido e mal pago. Mas ele estava sozinho.

A lua e a cidade sobre o muro me deixaram vê-lo com mais detalhes. Estava com a mão estirada, segurando uma moeda. A mão tremia.

— Seu bilhete de bonde.

— Eu estava indo para o lado oposto.

— Ela disse o bonde.

Peguei a moeda. Ele passou ligeiro por mim, de volta à prisão. Segui rente ao muro, em direção ao portão grande. Fiquei irritado, ela decidindo minha rota de fuga e os meios. Mas lutei contra a irritação. E gostei — um sentimento comum, rancor. Afastei-me do muro e caminhei até o portão. O dono das costas mais largas e mais expostas do mundo. O portão estava aberto, é claro, uma pequena brecha. Resistiu quando puxei, mas logo cedeu, e eu estava fora.

Era como os fundos de um salão de dança. Havia Auxiliares e suas vagabundas ao pé de cada muro e cada árvore da rua, beijando e apalpando, gemendo e sugando. Eu era o único homem na rua sem uma parceira. Não havia outros ruídos.

— Desculpe interromper.

Ele se virou e limpou a boca na manga.

— Poderia me indicar onde fica o ponto de bonde mais próximo?

— No fim da rua, à direita.

— Muito obrigado.

— Boa noite, amigo.

Pisquei para a mulher por cima do ombro dele — ele lhe parecia bem-vindo — e fui embora.

Gostei da sensação de chão molhado sob os meus pés, as pedras, as poças. Gostei do frio — estava gelado e eu não tinha uma camisa, nem qualquer outra coisa, sob o paletó — e do vento batendo nas minhas calças. Gostei da nova sujeira nos meus pulmões, as luzes da cidade, tudo daquele lugar. Tudinho. Precisei correr para pegar o bonde. E podia correr, sem problema. Conhecia o maquinista, Tim Doyle. Ele enfiou a cabeça pela janela do lado.

— Como vai?

— Até que tá indo. Acabei de escapar de Kilmainham.

— Muito bem. Pode subir.

Fui para cima. Não queria um teto sobre a cabeça. Estava vazio no andar de cima. James Street, Thomas Street, o Mercado de Cereais — olhei de cima para o mundo e adorei a sensação do assento nas minhas costas.

Ela subiu na Lord Edward Street. Não dissemos nada por um tempo. Não tinha certeza de que ainda estávamos sozinhos. Não quis olhar para trás. Enquanto olhasse para a frente, continuaria livre.

— É bom — disse ela.

— É.

— Está com o meu troco?

— Ele ainda não subiu para pegar o dinheiro da passagem. Como você convenceu o homem a me ajudar a escapar?

— Bajulação, Henry. Faz grandes rebeldes, lembra-se?

Olhei para ela. E soltei um grito abafado. Não pude me conter.

— O que aconteceu?

Não sobrava nada de seus cabelos.

— Os rapazes de Ivan cortaram — disse ela.

— Por quê?

Mas eu sabia a resposta.

— Estive no caminho dele.

Ela passou as mãos na cabeça.

— Está ótimo — disse ela. — Está crescendo de novo e com apenas alguns fios grisalhos. Eu pareço muito velha para você?

— Não. E eu?

— Dá para remendar.

— Vou matá-lo.

— Não — disse ela. — Não vai. Há coisas mais importantes que meus cabelos.

Ela esfregou a cabeça de novo.

— Devia ter visto logo que cortaram e me soltaram. Fiquei escalpada.

Agora não parecia nada tão dramático; era apenas uma mulher de cabelos curtos. Um bela mulher de cabelos curtos.

— Quando aconteceu?
— Logo depois que estivemos em Templemore. Novembro do ano passado.
— Ano passado?

Ela olhou para mim. Depois tirou um exemplar do *Independent* de seu bolso. Abriu o jornal e me mostrou a data. 22 de março de 1921.

— Quatro malditos meses.
— Voaram.
— E como, caralho.
— Senti saudades.

Ela esfregou minhas mãos nas suas.

Meus pés estavam feridos e sangrando. Um pedaço de minha sobrancelha estava pendurada sobre meu olho esquerdo. Meu queixo doía, meus dentes estavam frouxos, alguns eu tinha perdido. Eu tinha costelas quebradas, dedos esmagados. Minhas costas me matavam. Minha orelha estava rasgada. Meus culhões estavam inchados e berrando. O gelo e os fios ásperos de meu paletó de Templehouse agrediam as queimaduras no meu peito e pescoço. Não sabia se algum dia eu voltaria a dormir. Estava velho. Muito velho.

Descemos na coluna.

— Para onde, agora? — perguntei.
— Para casa.
— Onde fica?
— Ah, Henry!

12

Kevin Barry foi executado. Terence MacSwiney morreu na prisão de Brixton depois de recusar-se a comer por 72 dias. Sua história tomou conta do país; homens e mulheres caminhavam quilômetros toda manhã para ter notícias de seu enfraquecimento e resistência. Rory O'Connor levou a guerra para a Inglaterra e botou fogo em armazéns nas docas de Liverpool. Os refugiados católicos estavam atravessando aos montes a recém-criada fronteira, fugindo da nova Ulster para longe das armas e dos martelos dos B Specials. *Não esqueçam dos meninos de Kilmichael, aqueles jovens galantes cheios de vigor e lealdade.* Tom Barry e a West Cork Flying Column emboscaram e mataram dezessete cadetes dos Auxiliares. Jack Dalton, recém-libertado de Kilmainham, escreveu a balada em seu escritório da Mary Street e os rapazes, endurecidos por anos de luta, tornaram-se heróis. Ivan Reynolds tornou-se um homem virulento, engordando com o poder e toda a comida e bebida que lhe chegava às mãos. Quebrou os joelhos de um espião de doze anos em Ballymacurly e pendurou uma placa no seu pescoço: "Muito novo para ser executado — mas mantenha o bico fechado". Buscou quatro homens num vilarejo e matou-os no meio da estrada — *uma pilha sangrenta de espiões*. Em Dublim, o toque de recolher agora era às dez horas da noite; as patrulhas vigiavam a cidade a noite inteira com suas solas de borracha. A gangue de Igoe percorria a cidade, eram tiras trazidos do interior procurando rebeldes também do interior, com licença para matar na hora. Um esquadrão secreto do IRA esquadrinhava a cidade, procurando a gangue de Igoe. Havia execuções e contraexecuções, represálias e contrarrepresálias. Os britânicos treinavam suas próprias colunas móveis e as mandavam atacar as colunas do IRA. A guerra tornara-se um *cross-country* entre pistoleiros móveis. E ninguém fazia prisioneiros. Os 17th Lancers e os Lancashire Fusiliers, os Auxiliares e os Caras Pretas desapareciam nos pântanos e os Lancers e Caras Pretas, quando apreendiam seus homens, convidavam eles a escapar e atiravam por trás. *Recusou-se a parar, tentativa de fuga.* Os rapazes continuavam a luta, franco-atiradores mirando de longe, e quando não havia mais homens como alvo, miravam o céu e abatiam os pombos-correio britânicos. Incendiavam lojas e casas de legalistas, faziam trincheiras e botavam minas nas estradas, destruíam os trilhos, derrubavam os postes de telégrafo. Aviões eram enviados para as buscas, mas não havia nada que pudessem detectar. Estavam em subterrâneos. Lloyd George não iria falar com de Valera até que o IRA entregasse suas armas. Alfred O'Gandúin foi detido em seu escritório da Nassau Street e confinado sem julgamento em Mountjoy. Continuou a despachar de sua cela. Decidiu não fazer greve de fome; seu jantar era passado por cima do muro na mesma hora todas as noites. Collins comandava a luta, mas falava de paz: *Começamos a guerra com* hurleys *e, se Deus quiser, terminaremos com a caneta-tinteiro.* E a Irlanda não era a única colônia dando trabalho; tropas que faziam falta foram levadas de Macroom e Athlone para outros lugares periclitantes: Índia, Egito, Jamaica. A lei marcial fora estendida a Wexford, Waterford, Clare e Kilkenny. E Henry Smart conseguiu dormir.

Dormiu e fugiu. Cuidado pela sua mulher de cabelos curtos que o alimentava com bolo assado molhado em leite morno, seus ossos se emendaram, seus machucados esvaneceram. Cuidado por sua bela e madura esposa quando ela não estava longe emboscando caminhões cheios de tropas e roubando bancos, ele estava se tornando, uma vez mais, um homem e tanto. Cuidado por sua bela e grávida mulher, quando ela não estava longe ganhando a guerra e desafiando o decreto do mandachuva local determinando que o lugar de uma irlandesa era em casa, isso quando não estava por baixo do mandachuva local. Henry Smart se recuperava enquanto fugia. Fugia, embora sua guerra terminara e ele não tomara mais parte nenhuma na matança. Dormia em trincheiras que escondiam os homens das colunas de aviões e de carros blindados. Dormia em casas seguras que não tinham sido queimadas, em casas que ainda aceitavam homens em luta. Dormiu embaixo de um teto e ouviu uma voz que o fez correr para longe da casa: "Ainda estou disponível, moço". A casa da velha senhora O'Shea fora incendiada e ela agora morava no celeiro comprido. Henry dormia na ruína queimada porque os Caras Pretas raramente queimavam duas vezes a mesma casa. Dormia e muitas vezes acordava aos berros.

— Eu poderia ter matado você aí mesmo, capitão.

Estava sentado ao lado do colchão, sua boca a três centímetros da minha orelha.

— Se eu quisesse.
— E por que iria querer?
— Por razão nenhuma — disse Ivan.

Muito tempo passou desde que o vira. Estava escurecendo e ele era uma sombra larga contra a parede que tinha às costas.

— Por que é que os bandidos são sempre gordos?

Ele sorriu.

— Você é um homem corajoso, capitão.
— E você também, Ivan. Agora tire sua cara fodida do meu ouvido.

Estávamos na antiga cozinha. As paredes enegrecidas pelo fogo, e tudo vazio. O vidro da janela tinha desaparecido e a parede ao redor da porta havia desmoronado. As poucas tábuas do sótão que restavam agüentaram o peso de uma lona, assim havia um teto sobre nós, embora o resto do cômodo estivesse exposto ao céu e à chuva.

Estava chovendo. Eu podia ouvir e sentir.

Ele não estava sozinho. Não avistei ninguém, mas Ivan não se aventuraria a lugar algum sem escolta.

— Então, Ivan — eu disse. — A que devo a visita?
— Homenagem aos velhos tempos — disse Ivan.
— Muita consideração — eu disse. — Andei ouvindo falar muito de você.
— Não diga.

— Você está subindo na vida. Boa sorte para você.
— Sei reconhecer sarcasmo, capitão — disse ele.
— Bom para você. Como anda o negócio de corte de cabelos?
— Não vamos entrar nesse assunto. Mas uma coisa eu digo, não fui eu quem deu ordens para aquele trabalho. Foi iniciativa de um recruta novo.
— E ele foi punido?
— Não disse que não aprovei, capitão. Você não tem controle sobre a mulher que tem?
— Não — eu disse com orgulho.
— Devo dizer que até posso acreditar no que diz — disse ele. — Mas, de qualquer forma, não creio que seja assim. Você é um homem digno, capitão. É o que todo mundo pensa por aqui. Nenhuma amante pode atingir a sua reputação.
— Vá direto ao assunto, Ivan.
— Está certo. Sou o comandante por esses lados. Tenho cartas de Dublim que provam isso, e 107 homens esperando para ver se alguém diz o contrário. Se ela quer virar membro da *Cumann na mBan* e dar uma mão aos rapazes, até aí tudo bem. Não há mulher melhor. Estamos sempre precisando de mochilas e sanduíches. Mas lhe digo que ela está endoidecendo por aí, capitão.
— O que anda fazendo?
— Que porra que anda fazendo? Para encurtar, capitão, ela está prejudicando as coisas para o resto de nós.
— Os jovens de carreira.
— Vamos, capitão. Eu já teria dado cabo dela há muito tempo se não fosse pelo fato de ela ser minha prima e casada com você.
— Digo-lhe uma coisa, Ivan.
Não fiz o mínimo movimento.
— Se você tocar nela de novo, mato você e o fodido que estiver à minha frente.
— Sei que faria isso, capitão. Ou morreria tentando. E é por isso que estou aqui.
— Continue.
Ainda estava deitado no colchão. Minha arma e minha perna comigo, sob o cobertor.
— Acabei de voltar de Dublim, capitão — disse ele. — Ouvi certas coisas. Não que eu dê muito ouvido ao que o pessoal por

lá tenha a dizer. Mas ainda assim. Tem muita gente lá que não está nada satisfeita com você. Nada mesmo. Gente graúda, por sinal. Não sei por quê, capitão, mas um ou dois deles ficariam contentes de vê-lo pelas costas. Isso não o chateia?
— Não.
— Acredito, capitão. Claro, já era de seu conhecimento.
Eu não sabia.
— Não sabia?
— Continue, Ivan.
— Se fosse qualquer outra pessoa, ficaria contente de lhes fazer o favor. Faria com que eles não precisassem ver sua cara de novo. Mas nossa amizade é antiga, capitão.
— Pois é, Ivan. E fui eu que fiz você, seu porra.
— É verdade. Sem tirar nem pôr. Mas esta seria agora mais uma razão para eu me desfazer de você. Sou o rei da República por aqui, meu amigo. E não quero ninguém para me lembrar que uma vez fui um tampinha que todo mundo só notava quando era para rir de mim. Todos os caras do começo estão mortos, capitão. Aqueles que você encontrou ali no celeiro naquela manhã.
— Há muito tempo.
— Há muito tempo. Nós somos os únicos que sobraram.
— Então — interrompi. — Qual é o negócio?
— É este: você ainda está vivo. E não precisa estar. Mas está. Porque eu quero que esteja.
— Porque você tem medo de mim, Ivan.
— Acertou em cheio, capitão. Tenho medo de você. Mas já tive medo de outros homens e hoje estão todos mortos, cada um dos filhos da puta, assim, ouça o que lhe digo.
— Estou ouvindo.
— Sei que está. Diga para sua mulher parar e vocês dois ficarão vivos. Dou-lhe o dinheiro da passagem para os Estados Unidos ou para onde quer que vocês queiram ir, contanto que seja bem longe.
— Não era minha intenção ir para os Estados Unidos, Ivan.
— Ouça, capitão — disse ele. — Acabou a brincadeira. Agora vai ser assim. Sou um homem de negócios. Você mesmo me disse que estou subindo na vida. E pode apostar nisso. Descobri isso há apenas alguns meses. Todos esses anos pensei que era um solda-

do, até mesmo um guerreiro. Um porra de construtor de nação. Lutando pela Irlanda. E eu era. Mas agora vamos à verdade. Todos os melhores soldados são homens de negócio. Tinha de haver uma razão para as noites em claro e as matanças, mas não era a Irlanda. A Irlanda é uma ilha, capitão, um monte de estrume. Era pelo controle da ilha, esta era a razão de toda aquela luta, e não pelas harpas e mártires e a liberdade de brandir um *hurley*. Estou certo, não estou?

— Pode ser que esteja.

— Então poderia ser persuadido?

— Pode ser que sim.

Já não havia luz nenhuma. Agora eu não via mais seu rosto.

— Uma noite eu estava fazendo minha contabilidade e de repente percebi que já controlava a ilha, pelo menos a minha parte da ilha. A guerra chegara ao fim. Nada mais se mexia neste condado sem a minha permissão. Eu tinha gado, terras, porcentagem nas leiterias, nos pubs. Em cada maldita coisa. Até mesmo nas coletas de domingo. Sou um fazendeiro de porte hoje em dia, capitão. Dá para acreditar? E o que eu era três anos atrás?

— Um tampinha.

— Isso mesmo. Um tampinha de merda. Mas hoje em dia não, meu amigo. Eu libertei a porra da Irlanda. Ninguém trabalha aqui sem um aceno do Ivan. Ninguém chupa uma bala sem que uma parte do lucro acabe na língua do Ivan. Sou um fenômeno sem precedentes. Você devia ter orgulho de mim.

— Mas eu tenho.

— Não tem e não me interessa. Aqui quem controla é um irlandês, capitão. Somos livres.

Ouvi sua respiração funda.

— Meus parabéns — eu disse.

— Não foi nada. Apenas acabei rompendo a fita de chegada antes dos outros rapazes, só isso. Mas devo admitir, capitão. Estou orgulhoso de mim. Sou um belo exemplo para todos nós. Acredito em cada palavra do que estou dizendo — não deveria estar dizendo isso justamente para você —, mas isso me faz sentir à prova de bala.

— E o que isso tem a ver com a minha mulher, Ivan?

— Certo. O propósito da minha visita. Ouça bem. A paz está

chegando. Tem gente reunindo-se em Dublim e Londres, tem gente transitando entre Londres e Dublim, no barco para Holyhead e de volta. Estão falando de diálogo e logo estarão dialogando, e pronto. A Irlanda será livre de uma maneira ou de outra. Vai acontecer antes do fim desse ano. Haverá uma grande algazarra, uma guerra santa, meu amigo, irmão contra irmão e todos contra todos, mas não estou com pressa. Estou preparado para ela e não tenho irmãos, só os que já morreram. Estarei do lado certo. Pronto para liderar meu povo rumo à nova Irlanda.

— Que será muito parecida com a velha.
— Pode até ser que seja, capitão, mas será nossa.
— Sua.
— Bem, bem. Aqui a guerra acabou. Eu acabei com ela. Não se viu um Cara Preta ou um Voluntário morto aqui desde o Natal. Entrei em acordo com eles. Os Caras Pretas, os Auxiliares, os militares, os pobres soldados. Todos eles. Ainda andam para cima e para baixo com seus tênderes e carros blindados, mas apenas para tomar conta dos negócios. Para mim. Aqui não há lei marcial, meu amigo. Apenas no papel.
— Agora acho que entendi — eu disse. — Minha mulher continua matando os danados.
— Acertou em cheio, amigo.
— E está atrapalhando você.
— Está me custando uma fortuna, capitão. Está interferindo no livre comércio e isso eu não posso tolerar.
— Vou me sentar agora, Ivan, assim, não entre em pânico.
— Tudo bem.
Sentei-me.
— Você viu minhas calças por aí, Ivan?
— Estão aqui, capitão. Revistei-as antes de acordá-lo.
— E não achou porra nenhuma.
— Mais ou menos.
— Me passe as calças.
Levantei e vesti as calças de Templemore.
— Então me diga — continuei. — E o que significam as mortes se a guerra já acabou? Os espiões e tudo o mais. Os incêndios às lojas.
— Temos de manter as aparências, capitão — disse ele. —

Mostrar que estamos aqui. E quando tudo estiver acabado mesmo e as armas enferrujando, eles vão me adorar e se lembrarão de quem os libertou. Mas também não esquecerão que tiveram medo de mim, embora nunca dirão nada sobre isso. Apenas a minha versão vai valer. Vão me adorar e me eleger, porque sou o homem que libertou o país.

— E os Caras Pretas incendiando as casas e as leiterias. Também têm sua aprovação para isso?

— Não, não — respondeu Ivan. — Nem todos eles. Precisam fazer relatórios para seus superiores. Os formulários que eles precisam preencher fariam você arrancar os cabelos. Precisam alcançar suas quotas. Como o resto de nós.

— Mas você poderia dar um basta.

— Como?

— Com uma palavrinha sua, poderia fazê-los parar de botar fogo em certos lugares.

— Poderia — disse ele. — Nove vezes em dez. O dinheiro trocaria de mãos. Mas não necessariamente das minhas para as deles.

— E aqui?

— O que tem?

— Foi queimado pelos Caras Pretas.

— Bem — disse ele. — Pensei que isso poderia pará-la.

— Minha mulher?

— Quem mais?

— Mas não funcionou.

— Olhe — disse ele. — Ela é o terror personificado. E agora veja só minha pobre tia, vivendo no celeiro. Que desgosto!

Amarrei os cadarços. Caminhei para o buraco que antes era a porta. A chuva tinha cessado.

— A noite até que melhorou — eu disse.

— Já passei piores por aí — disse Ivan.

— Vou falar com ela — eu disse.

— Não me soa muito promissor, capitão.

— Vou falar com ela — repeti. — É tudo o que posso fazer. Ela é dona do seu próprio nariz.

— Ela é sua mulher.

— E eu sou seu marido.

— Você é um homem astuto, capitão.
— E você é um bosta.
— Até entendo que você diga isso. E não me importo nem um pouco. Mas o que não gosto é esse negócio de vou-falar-com-ela. Mas, tudo bem.
Tirou uma garrafa do bolso do casaco.
— Vamos brindar a isso.
— Não vamos.
— Eu vou.
— Vá em frente.
Já havia sentido o cheiro de bebida nele. Ia acabar se matando; podia ver seu rosto agora — já o estava matando. Mas muito devagar. Ele ainda tinha muito o que viver.
— É aguardente?
— Vá se foder, porra. Isto aqui é Remy-Martin.
Fiquei grato a Ivan.
Não havia mais como fingir: eu era o mais completo e absoluto idiota do mundo. A idéia me cutucara por anos, mas agora eu sabia. Tudo o que fiz, cada bala e cada assassinato, todo o sangue derramado, os cérebros esmagados, a prisão, a tortura, os últimos quatro anos e tudo o que neles aconteceu, tudo foi feito para Ivan e outros Ivans, os rapazes cuja hora havia chegado. Esta era a liberdade irlandesa, desde que Connolly foi executado — e se os britânicos não tivessem atirado nele, algum Ivan teria; Connolly estaria seguramente morto há muito tempo, um dos mártires, perigoso vivo, bem mais útil morto e enterrado.
Era tarde demais. Eu levei homens para os morros acima de Dublim e os matei. Entrei em suas casas — porque mandaram que entrasse. Matei mais homens do que podia contar e treinei outros para fazer o mesmo. Recebi nomes em pedaços de papel e fui atrás deles para apagá-los. Exatamente como meu pai, com exceção de que ele era pago para isso. Eu não tinha dúvidas: se me dessem o nome de Connolly em um pedaço de papel, eu teria feito o mesmo com ele, porque homens melhores do que eu me davam as ordens. Era tarde demais para negar. Eu o teria jogado na traseira de um carro e o teria levado para o Sally Gap. Teria colocado uma venda em seus olhos. Teria batido nele com a arma para fazê-lo se calar. Eu o teria arrastado para fora do carro

e o teria empurrado aos pontapés para longe da estrada. Faria com que ficasse de joelhos. Eu o teria mandado rezar suas preces e teria atirado por trás na sua cabeça antes que acabasse. Teria dado um passo para trás para evitar o sangue e a massa encefálica, estilhaços do crânio. Teria feito sim, e era tarde demais para perguntar por quê. E teria metido mais uma bala na sua cabeça para dar sorte. Porque homens mais inteligentes do que eu teriam mandado que o fizesse.

— Vou falar com ela — eu disse.

Eu era um escravo, o filho da puta mais idiota que já havia nascido. Agora eu sabia, e não faria nada quanto a isso. Porque não havia nada que eu pudesse fazer. Os mortos não voltam.

Mas não mataria mais ninguém, nem mesmo Ivan.

— Diga uma coisa — perguntei. — Você alguma vez viu Gandon?

— O'Gandúin?

— É.

— Não — respondeu Ivan. — Mas adoraria conhecê-lo, e vou. Governando o país de uma cela de prisão. Nada mal. Não há muita coisa que se possa me ensinar, mas ele é um que poderia me ensinar uma coisa ou duas, até mesmo três.

E por que os cabeções em Dublim estavam insatisfeitos comigo? Não sabia ainda, mas de uma coisa eu sabia: a insatisfação deles queria dizer que eu estava morto.

— Estrelas — disse Ivan. — O céu está cheio delas.

— É.

— Não é toda noite que se vê essas belezas por aqui.

— Não.

Mas eu não estava olhando. Sabia que havia uma lá em cima, girando e fustigando, cuspindo faíscas.

— Vou me casar, capitão — disse ele.

— Alguém que eu conheço?

— Não. Ninguém. Uma boa família. Haverá quatro padres na mesa principal.

— Você quer que eu seja padrinho?

Ele riu.

— Você é demais.

— Vou voltar para a cama — eu disse.

— É o lugar onde eu gostaria de estar — disse Ivan.

— Mas é um homem ocupado.
— Assim é que se fala, amigo.
— Boa noite, Ivan.
— Boa noite, capitão.
Ele foi embora. Passou pelo portão e chegou à estrada. E de todo lugar, do telhado do celeiro, de trás do novo poço, seus rapazes se levantaram e o seguiram. Não conhecia nenhum deles e nenhum olhou para mim quando passou. Todos jovens, alguns deles mais novos que eu. Cobertos de couro, capas impermeáveis, bandoleiras. Passaram e se foram. Esperei. Ouvi um carro, o de Ivan. Vi os faróis na estrada rasgando a noite. Esperei até que o motor não fizesse mais parte dela. Fiquei ouvindo. Tinham ido embora. Não havia ninguém lá fora, ninguém se mexendo, e ninguém parado, fazendo a noite passar ao redor. Ivan não me mataria nesta noite.

Voltei para dentro pelo buraco na cozinha.

— Venha para Dublim comigo.
— Não.
— Por favor.
— Não, Henry — disse ela.
Era junho de 1921.
— Eu tenho de ir — eu disse.
— Eu sei.
— Preciso encontrar umas pessoas.
— Eu sei.
— Venha comigo.
— Não.
Dois dias se passaram desde a visita de Ivan. Estávamos num abrigo em algum lugar abaixo de Roscommon, um ótimo quarto feito com dormentes e com o teto ostentando o brasão do Ballintubber Cricket Club. Os Caras Pretas baixaram na casa da velha senhora O'Shea na manhã seguinte à visita de Ivan e botaram fogo no celeiro. A velha estava com a irmã dela. Levei a perna do meu pai comigo quando fugi dos Caras Pretas, mas acabei deixando a arma para trás.

Acabara de chegar, aboletei-me no esconderijo, alguns minutos antes, e aboletei também minha última bicicleta. Cobertores e tapetes haviam sido empilhados num canto do quarto. Coldres e alguns fuzis pendurados em ganchos de madeira. O ar era rançoso. Havia nacos de grama cuidadosamente colocados sobre o alçapão até que a noite chegasse e fosse seguro abri-lo. Havia um jovem com capa impermeável sentado num canto, datilografando, a uma mesa com as pernas serradas. Seus dedos nas teclas era o único som que se ouvia no quarto, até eu falar de novo.

— Não há mais nada por que lutar — eu disse.
Ivan tinha razão. A trégua estava a caminho.
— Não se iluda, Henry.
— Ok — eu disse. — Então vou tentar outra coisa. O bebê.
— Irei mais devagar quando chegar a hora. Não se preocupe.
— Está começando a aparecer.
— Ainda posso pedalar uma bicicleta e atirar e fugir.
— Estou indo amanhã.
— Eu sei.
— Mas volto.
— Eu sei.
— Olhe, filho.
O moleque na máquina de escrever virou-se.
— O quê?
— Vá dar uma volta.
Ele olhou para mim, levantou-se até onde o teto permitia.
— Está certo, então — disse ele. — Vou...
— Volte amanhã.
— Certo.
Ele subiu os degraus, esperou, levantou o alçapão e os nacos de grama e desapareceu pelo resto do dia.

E enrolamo-nos nos cobertores.
— Faça-me um favor — eu disse.
— Provavelmente farei — disse ela.
— Já que não vai desistir de suas proezas, então fique longe da área de Ivan.
Ela olhou para mim.
— Tudo bem — disse ela. — Farei isso.
— Bom para você. Eu te amo, Miss.
— Eu também te amo, Henry.

— A luta para mim acabou.
— Eu sei.
— Você não se importa?
— Já fez muito.
— Queria não ter feito nada.
— É fácil falar agora.
Deitamos no chão de terra batida. De rostos colados, braços enlaçados. Pus a mão no seu ventre. Depois a abracei e acariciei suas costas entre os ombros. Parei e fiquei colado a ela.
Mil anos passariam antes que a abraçasse de novo.
— Você *me* faz um grande favor? — perguntou Miss O'Shea.
— Não.
— Ainda sou sua professora, Henry Smart.
— Sim, Miss.
Pus os lábios no seu ouvido e sussurrei.
— Os Manchesters.
— Ah!...
— Os 17th Lancers.
— Ah!...
— A Unidade de Metralhadores.
— Ah! Meu Deus.
— Ainda dá certo.
— Sempre dará.

A porta abriu um pouco. Não era o rosto que eu queria ver.
— Sim?
Ela parecia preocupada, segurando a porta mais para fechada do que aberta, pronta a batê-la se eu me aproximasse mais.
— Estou procurando o senhor Climanis — disse-lhe.
Tinha esperanças de que o nome mudasse algo em sua expressão. Mas não mudou. Ela olhou por cima dos meus ombros, para a escuridão.
— Nosso nome é Phelan — disse ela.
— Ou Maria Climanis — eu disse.
— Quem?
— Moravam aqui — eu disse. — David e Maria Climanis.
— Climanis?

— Isso mesmo.

Ainda tinha esperança: estavam se mudando quando ela chegou, deixaram um endereço, pareciam felizes — qualquer coisa para me dar algum alento.

— Que tipo de nome é esse? — perguntou ela.

— É da Letônia — respondi.

— Bom, nós somos de Harold's Cross — disse ela. — Eu e Jimmy.

— Ele tem cabelos negros — eu disse.

— Ele quem?

— O senhor Climanis.

— Ah!

— A senhora se lembraria dele.

Ela deu de ombros e sacudiu a cabeça.

— Ele morava aqui — eu disse. — Com Maria.

— Estava vazio quando nos mudamos — disse ela.

Estava olhando para mim de forma decente agora.

— Realmente vazio — disse ela. — Nada. Nem mesmo um papel de parede.

— Obrigado assim mesmo — eu disse.

Estava chegando a hora do toque de recolher; a hora de achar um esconderijo.

— Há anos que ninguém morava aqui — disse ela. — Dava para sentir. Aquele frio.

Virei-me para ela. Ainda estava lá, mostrando metade do rosto pela porta.

— Quanto tempo já mora aqui? — perguntei.

— Seis meses — disse ela. — Espero que os encontre.

— Obrigado.

Ouvi a porta se fechar, enquanto me afastava. Um Crossley saiu em disparada de Brighton Square bem no momento em que achei um beco. Fiz-me pequeno no canto mais escuro enquanto o tênder zarpava por mim, seguido imediatamente por outro. Sabiam para onde estavam indo. Senti a água correndo perto de mim, o rio Swan, o favorito do meu pai. Senti o seu chamado, mas ainda não estava pronto para desaparecer.

Fiquei sentado no Mooney's na Abbey Street três noites seguidas. Fiz seu trajeto, ao contrário, do *pub* para seu trabalho na Kapp and Petersen, na luz hesitante do dia. Parava na ponte por horas a fio, era o único por ali, mais ninguém — ninguém sequer diminuía o passo. Peguei o bonde que ele usava.

Eu tinha sido visto. Sabia.

Não tinha entrado em contato com ninguém.

O Armistício estava a caminho, mas havia velhas contas a acertar nos últimos dias e horas da guerra, pontos finais a colocar, vitórias a reivindicar. Eu estava sendo tolo. Parado num mesmo lugar, seguindo o mesmo caminho mais de uma vez, estava sendo muito tolo. Mas conhecia os sinais. Já tinha quilometragem o suficiente para saber que criara olhos atrás da cabeça, e sabia como ler o suor nas minhas costas. Conhecia a cidade melhor do que ninguém. Sabia como me transformar em pedra, como escapar do pior beco sem saída. Caminhei por Terenure e Rathgar nas horas em que ele voltaria do trabalho para casa. E, de manhã, segui os furgões de legumes e pão enquanto eles se arrastavam no ritmo de seus fregueses, à procura de Maria. O tempo todo observado por homens em impermeáveis. Nossos e deles. Os homens de Igoe caminhavam à minha altura, do outro lado da rua. Os homens do Esquadrão e outros que eu não conhecia, mas identificava, parados em esquinas quando eu passava. Um aceno para lá. Um aceno para cá.

No quarto dia desisti. Estava perdendo meu tempo. Sempre soube. A Abbey Street estava vazia. Estava cheia de gente voltando do trabalho, mas nenhum impermeável à vista. Ninguém do outro lado nos degraus do Wynn's, ninguém entre a Sackville Street e eu. Ninguém na esquina, ou na esquina da Henry Street.

Estava sendo esperado.

Caminhei pela Henry Street. Para o número 22 da Mary Street. Entrei pela porta aberta — nada para esconder; aqui não tinha rebelde nenhum —, ninguém para me interceptar e perguntar o que queria, dois andares para a porta aberta de Jack Dalton.

Ele olhou para mim.

— Em carne e osso! — disse ele. — Como vai?

— Como foi a prisão? — perguntei.

— Não me adaptei — disse ele.
— Eu também não — eu disse. — O que fez com ele?
Ele suspirou.
— Quem?
— Vou precisar dizer o nome?
— Sim.
— Caralho.
Ele esperou.
— Climanis.
— Nunca ouvi falar.
— Onde ele está, Jack?
— Avisei para manter distância dele.
— Onde ele está?
— Onde ele está não é importante — disse ele. — É uma questão que não deveria ocupá-lo. Não mais.

Peguei uma cadeira que estava encostada na parede e me sentei na frente dele.

— Cheguei atrasado?
— Sempre chegou.
— Por quê?
— Por que o quê?
— Vamos; por que você o matou?
— Eu não matei.
— Por que ele foi eliminado?
— Por que todos eles foram eliminados? Ele era um espião.
— Ele não era um espião. Era apenas um...
— Escute, amigo. Ele era um espião. É isso e pronto. Goste ou não goste.
— Ele não era um espião.
— Ele patrulhava os pubs procurando idiotas como você. Que abrissem o coração ao coitado do estrangeiro expulso de seu próprio país.
— Ele não era um espião.
— Esses patifes não são de porra de país nenhum.
— Você o eliminou porque ele era judeu?
— Ele era um porra de um espião. Eu disse para você ficar longe dele. Mas você caiu na armadilha, não foi?

Estava fazendo um esforço enorme para ficar na cadeira, in-

clinando-se para frente, morrendo de vontade de avançar para cima de mim.
— Ele está nas montanhas?
Olhou para mim.
— Está enterrado?
Continuou olhando.
— Onde está sua mulher?
— Ele não tinha mulher.
— Tinha. Era casado.
— Não eram casados. Como poderiam ser? Quem casaria com eles? Um judeu e uma mulher.
— Onde está ela?
— Não sei.
— Ela estava lá quando eles o levaram?
— Não sei.
— Ele nem mesmo acreditava em religião — eu disse.
— Pior ainda — disse ele. — Ele não acreditava em nada. Um filho da puta de bolchevique nômade.
— Mataram a mulher dele.
— Mataram uma ova. Mais esposas! Você é um idiota mesmo, amigo. Agora, dessa vez, vê se me ouve. Ele era um espião. Tínhamos provas. Testemunhas. Recebeu o que merecia. Sem tirar nem pôr. Como os outros. Aqueles que você eliminou. Eu não teria mandado apagar o filho da puta só porque era judeu. Mas ouça, já que está sentado aí. Quase botamos os ingleses para fora. E não queremos estrangeiros em casa. Esses patifes, agiotas e estelionatários, os coitados de seus amiguinhos sem país próprio, estão percorrendo o país botando os pequenos fazendeiros no gancho. Prontos para tomar as terras quando a hora chegar. Prontinhos. Assim que nos livrarmos dos ingleses, teremos novos senhores.
— Mas não serão judeus — eu disse. — Eu já conheço alguns dos nossos novos senhores.
— E não são dos nossos? E você tem um problema com isso? Ou o Climanis o converteu?
— Que tal os judeus na organização? O seu Briscoe. E Michael Noyk.
— Alcovitando nosso patriotismo por interesse próprio. Sabem de que lado do pão está a manteiga. Isso se lhes permitirem

comer manteiga. Ou pão. Foda, amigo. Nunca lhe ocorreu se perguntar por que foram expulsos de tudo quanto é país em que puseram os pés? Ou será que todos os outros países na Europa estão errados?

Ele voltou a sentar-se na cadeira.

— Por falar nisso, você sempre foi um pouco bolchevique mesmo, não é, Henry?

— É — eu disse. — Fui.

— Até ouvir o seu nome numa balada.

Riu.

— *Um amigo do judeu, era o corajoso Henry Smart.*

— Você que escreveu, não foi, Jack?

— Você mesmo escreveu, seu idiota de merda. Eram só duas ou três linhas mesmo.

Ele se endireitou.

— Ainda está conosco?

Não respondi. Não me mexi.

Ele deslizou um pedaço de papel pela mesa. Virei o papel e li.

— Conhece?

— Sim.

— Pode fazer o trabalho?

— Não — eu disse. — Acho que não.

— Muito bem — disse ele. — Acho outra pessoa. Mas vou dar 24 horas. Não acha justo?

Olhei para o nome de novo. "Smart, Henry". Deslizei o papel de novo para ele.

— Não é a sua letra — eu disse.

— Não — respondeu ele. — Você não estaria na minha lista. Embora tenha me decepcionado.

Acenei para o papel.

— Por quê?

— Bem — disse ele. — Se você não está conosco, está contra nós. É assim que pensam. E há aqueles que consideram que você na verdade sempre estará contra nós. E provavelmente estão certos. Não há lugar para você neste país, amigo. Nunca teve, nunca terá. Precisávamos de arruaceiros, mas logo vamos ter de nos livrar deles. E isso, Henry, é o que você é e sempre foi. Um arruaceiro. O melhor do ramo, reconheço. Mas...

Ele abriu uma gaveta e jogou o pedaço de papel para dentro.
— Vai ficar aqui por um tempo. Agora, vá embora. Antes que me vejam sendo bonzinho com você.
Levantei-me.
— Esse é o único pedaço de papel? — perguntei.
— Não sei.
— Estou morto.
— Sim.
— Porque sou um aborrecimento.
— Porque é um espião.
— Ah! — eu disse. — Tudo bem. Será que algum deles foi realmente espião, Jack?
— Você matou um bando deles — disse ele. — Claro que eram.

Archer e Rooney fizeram um aceno de cabeça. Estavam parados do outro lado da rua frente ao escritório de Jack. Eu sabia que não esperariam escurecer. Ou algum lugar deserto. Ficariam contentes matando-me em plena luz do dia. Eu já tinha feito o mesmo. Sabia como era.

Levaram um choque quando me viram correr. Subindo a Mary Street, atravessando a Capel Street. Ziguezagueei entre carroças e carros. Para a Little Mary Street. Sabia que precisava estar uma esquina à frente deles. Para Anglesea Row, subindo a Little Britain Street. Ouvia os passos. Não olhei para trás. Não tinha tempo. Não tinha tempo para pensar em desviar das balas. À esquerda, alguns metros, e tinha uma tampa de bueiro nas mãos. Não pesava nada, como aquela que atirei na caserna de Richmond. Dessa vez, segurei-a sobre a cabeça, os braços esticados para cima, e avancei, deixei-me cair no buraco, deixei um pouco de pele na ferrugem da beirada quando caí no rio. Archer e Rooney alcançaram a Little Britain Street e só encontraram o eco do metal tinindo no ar.

Nadei e caminhei contra a corrente de lodo, subindo o rio Bradoge. Por baixo da Bolton Street e os fundos da Dominick Street, submerso, bem submerso, e emergindo por um tempo em Grangegorman, submerso de novo, com o fedor e os fantasmas e apenas um caminho a seguir. Saí em Cabra, fedendo, mas vivo.

E foi assim durante meses, quase todo aquele longo ano. Atravessei a Irlanda em águas subterrâneas. Rastejando durante a noite e submerso durante o dia. Julho chegou, e com ele o Armistício. Pude relaxar um pouco, porque agora só os irlandeses estavam me caçando. Fiquei longe das estradas e deixei a crosta de sujeira e bichos me esconderem dos poucos olhos que encontrava quando saía do buraco. O IRA era polícia agora, e cidadãos respeitáveis como se esperava que fossem mantinham as cidades limpas de arruaceiros e meninos de rua, e quando alguém avistava um mendigo ou um vendedor de rua aproximando-se de uma cidade — um palhaço qualquer que estivera vagando pelo país desde que foi desmobilizado, procurando um lugar para ir — era convidado, sob a mira de uma arma, a dar meia-volta. E eu, quanto mais ficava sujo e corajoso, mais parecia um vagabundo. Apreciava ser mandado embora pelos rapazes que estavam vigiando para ver se viam Henry Smart. Eram os porta-estandartes, os oportunistas que vieram depois do Armistício. Mas eu fiquei bem longe dos verdadeiros rapazes, os que viveram a guerra, que ainda se mantinham calados e esmiuçavam o país em carros Ford, agora que não tinham mais ninguém a persegui-los. Eram os que me davam medo; sabiam quem eu era e sua guerra ainda não terminara. Eu vivia de ovos roubados e de alguma comida aqui e ali que uma viúva protestante me dava ao abrir a porta, seu pequeno ato de rebelião.

Collins e Griffith foram para Londres. De Valera ficou em casa, como também o senhor O'Gandúin, livre e agora com dois ministérios nas mãos. E perdi o nascimento de minha filha. Não houve nenhum toque-toque do lado de fora da janela quando ela veio ao mundo. Fiquei longe de Roscommon e bem longe da minha família aumentada. Muitos meses ainda passariam antes de eu saber que era menina e que estava viva. Fui mais para oeste, para lugares selvagens onde repúblicas não significavam nada e onde os ingleses nunca haviam posto os pés, para lugares que já tinham sido destruídos em 1847. Fui para o sul, para o país das vacas, onde os fazendeiros não davam a mínima para o Estado Livre ou comissões de fronteiras. Escondi-me lá e em outros lugares enquanto o Estado Livre nascia e a guerra civil seguia de perto. Homens com vingança na mente acertavam contas. Colocavam um ao outro contra a parede e atiravam. Era irmão contra irmão. Mas deixavam o resto de nós em paz e assim caminhei de North Cork a Roscommon sem ser notado e cheguei a ver minha linda filha no dia em que Michael Collins foi assassinado.

Ela tinha cinco meses quando a segurei pela primeira vez. Levantei-a e ela sorriu, um sorriso sem dentes que me deixou mole. Era rosinha e leitosa. Cada movimento de suas mãozinhas e do rosto pareciam um novo milagre. Procurei por traços meus nela, e de outros também. Victor e Miss O'Shea, minha mãe e meu pai. A alegria me fazia estremecer inteiro. Ela curvou as costas, e abri meus braços ainda mais para segurá-la com cuidado.

— Doida para andar — eu disse.

— Com travessuras na mente.

Estava segurando o bebê, mas não havia Miss O'Shea. Ela estava em algum lugar continuando a luta pela República, guerreando contra Ivan e o novo Exército Nacional.

— Você não luta mais, meu jovem?

— É só uma palavra — eu disse.

— Talvez seja — disse a velha senhora. — Mas palavras às vezes são importantes. Houve muito sangue derramado em nome dessa palavra: república.

— Lutávamos contra os ingleses — eu disse. — Não contra palavras num dicionário. E os ingleses se foram.

— E o Ulster?

— Que se foda o Ulster — eu disse.

— Não diga isso.

— O Ulster pode ficar para outro dia.

— Pode ser que tenha razão — disse a velha. — Mas você não vai convencê-la.

— Eu sei.

— Claro que sabe.

Toquei o rosto de minha filha, sua bochecha. Sua pele era como a mais tenra água. Ela sorriu de novo, babou e esperneou. Antes que eu notasse, uma de suas mãos segurou minha barba. Levantei um dedo e ela o agarrou.

— Dedos longos — eu disse. — Com quem ela se parece?

— É uma invenção completamente nova — disse a velha senhora. — Já vi bebês e mais bebês, mas nenhum como este pequeno anjo. Ela herdou o melhor de vocês dois, talvez.

Então me ocorreu que faltava alguma coisa.

— Qual é o nome dela?

— Ainda não tem — disse a velha. — Ela estava esperando notícias suas.

— Não tenho a mínima idéia — eu disse. — Só não quero Melody.

— Melody? — disse ela. — É um antigo nome inglês. Ela nunca concordaria com ele.

— Só não quero Melody — repeti.

Estávamos na cozinha da irmã da velha. Eu sentara numa cadeira com o bebê, já de costas eretas, no meu joelho.

— Um nome irlandês — disse a velha senhora. — Alguma coisa como o dela.

— Tudo bem — eu disse, e instintivamente pus meus dedos nos ouvidos.

A criança, livre dos meus braços, caiu para trás, mas eu a peguei a tempo e a segurei firme contra meu peito. Ri. Apertei-a contra mim e senti seu coração acelerado. Esperneou de novo e golfou. Eu não tinha me lavado ou barbeado durante pelo menos um ano, mas ela não estava com medo do velho mendigo que a segurava. Parecia saber: era seu pai, e me aprovava. Olhei para a velha senhora, para partilhar minha felicidade, e a vi olhando para a neném, que estava com o rosto virado para mim. Sua boca pequena, molhada e aberta, a cabeça se movendo tanto quanto permitia seu pescocinho, investigando o tecido à sua frente — procurando por uma teta no meu casaco. Seus lábios encontraram meses de poeira e sujeira ressecada. Segurei-a antes que ela pudesse sugar em sua história, e a velha senhora a pegou das minhas mãos. Deitou-a de costas para o chão e, delicadamente, esfregou seu velho pé na sua barriguinha. A neném riu e babou, levantando seus braços e pernas, encolhendo-se ao redor do pé.

Levantei-me e tirei o casaco velho. Fui até a porta e joguei-o no quintal.

— Um banho ia bem — eu disse.

— Impossível discordar, jovem senhor.

— E fazer a barba.

— Vai tirar anos do seu rosto.
— Seria esperar muita coisa de uma lâmina.
— Continua o mesmo com suas respostas afiadas.
— E depois terei de ir embora.
— Saberá o que é melhor. Ela ficará feliz por você ter visto a menina.
— Tenho coisas para fazer.
— Não vai demorar e todas as coisas a serem feitas serão feitas, e vocês poderão viver uma vida mais calma, vocês dois.

Ela acenou com a cabeça para a criança embaixo do seu pé.
— Vocês três.
— Espero que sim.
— Basta por enquanto.

Desci do trem, mais uma vez um novo homem. Estava usando as roupas de outro homem morto, o cunhado da velha senhora O'Shea. Mais um terno marrom apertado demais nos ombros e que oferecia aos meus calcanhares uma vista panorâmica da paisagem. E havia espaço para dois de mim na cintura.

— Ele deve ter sido enorme — eu disse.
— Era um coitado indefinível — disse a velha senhora. — Mas me lembro que era gordo.

Raspei a barba e a velha cortou meus cabelos. Comi e descansei. Lustrei a perna, e o cheiro da minha filhinha tomava conta do ar ao meu redor. Eu nem me escondia mais.

Logo a vi. Apenas meia hora encostado no muro do cais e lá estava ela, saindo da Webb's, a metade superior de seu corpo escondido por seu xale. Pude ver pelas asas negras que seus cotovelos afastados do corpo faziam enquanto a seguia atravessando o rio: estava carregando livros embaixo dos braços.

Não havia mais guerra civil em Dublim. A Sackville Street era agora a O'Connell Street e foi transformada num monte de entulho mais uma vez. Ela entrou numa casa da Hardwicke Street e eu alcancei a porta da frente em tempo de ouvir a batida de uma porta lá dentro. Subi a escada correndo e entrei antes mesmo que a porta tivesse parado de oscilar.

Ela já estava sentada à sua velha mesa.

— Climanis, vovó.
— O morto apareceu.
— Não estou morto.
— É apenas uma questão de tempo.
— Climanis, vovó.
— Livros.

Ela trouxera todos os velhos livros com ela. Seu espaço disponível não era mais que um armário. Chutei uma coluna ao meu lado.

— Eu lhe dei quase todos esses livros de merda que você tem aqui!
— E já li todos, assim não fazem a mínima diferença para mim.
— Então por que os guarda?
— Porque são meus.

Havia nove livros, que tirou do xale, em duas pilhas sobre a mesa. Pus uma pilha em cima da outra e agarrei-os. Fui para a porta.

— Climanis — eu disse. — Ou nunca vai ler estes.

Ela olhou para mim.

— Alfie Gandon manda lembranças.

Coloquei os livros de volta na mesa, nas pilhas originais. Voltei para a porta.

— E sua mulher está em Kilmainham.

Sentei nos degraus para recuperar meu fôlego. Fiquei assim por alguns minutos. Depois levantei. O Dolly Oblong não ficava longe.

Meu sotaque combinava com o terno.

— Vim à cidade para vender o gado de papai — disse ao leão-de-chácara. — E estava me sentindo meio sozinho.

Entrei. A perna do meu papai verdadeiro escondida nas calças do cunhado. Passei pelo cafetão, um sujeito com cara de babaca e boca escancarada. Entrei. Para os cheiros e prazeres que os homens pagavam para ter. Para a escuridão e as promessas. O vestíbulo estava vazio. Havia um piano sendo assassinado numa sala à esquerda. Continuei e não tinha ninguém para me deter. Ainda era cedo. Um corredor longo, longe dos tapetes e do piano. Uma escada de pedra, uma cozinha vazia, uma copa. Uma porta e uma chave. Coloquei a chave no bolso e subi de volta para a parte da casa onde se trabalhava.

Segui o piano. O som era um arranhado tuberculoso de teclas, uma canção que um dia tinha sido americana, e além dele um sofá com três jovens pálidas e entediadas apertadas nas almofadas. Até que me viram. Mesmo no meu disfarce de segundo-filho-de-pequeno-fazendeiro, ainda era o homem mais bonito que elas viram em anos e me cercaram de devaneios antes mesmo que as visse direito.

— Quanto vocês cobram?

E gostaram ainda mais quando me ouviram, porque eram meninas do campo que tinham se perdido na vida e imediatamente viram em mim lembranças de casa e a melhor trepada da vida delas.

— Uma libra e um *shilling*.

— Uma libra.

— Dezenove *shillings* e nove *pence*. Como se chama?

Uma mão pegou a minha e eu deixei que ela me levasse para fora da sala, e subimos a escada acarpetada na qual a perna do meu pai não fazia toque-toque. Agora ela vibrava dentro das minhas calças; sabia onde se encontrava.

Para um quarto de luz tênue.

— Feche a porta, querido.

Fechei e fiquei olhando quando ela deixou o xale cair no chão.

— Normalmente não tiro minhas roupas — disse ela. — Mas hoje está quente. Como se chama?

— Ivan — eu disse. — E você?

— Maria — disse ela.

— De que parte do mundo você vem?

— Não vou dizer — respondeu ela. — E você?

— Não muito longe da sua — eu disse.

Entrei na cama e ela pressionou o corpo contra o meu.

— Só para você ficar sabendo — disse, e era eu mesmo falando. — Nunca paguei por uma trepada em toda a minha vida.

— Vai ter de pagar por esta — disse ela. — Se você não mostrasse a cor da grana me matariam.

— Então está ótimo — eu disse.
Rodeei a teta dela com a língua.
— E todas nós somos chamadas de Maria — disse ela. — Meu nome verdadeiro é Eileen.
Eu estava no lugar certo.

Escuro.
Fazia muito tempo que eu não andava em ruas iluminadas. Fui até Clontarf e fiquei olhando a maré subir. E voltei para a cidade. Não havia mais toque de recolher, nem tênderes zarpando. Encontrei os fundos do beco sem precisar procurar por ele. Subi no muro, o vidro quebrado não era problema. O jardim mal cuidado, única liberdade das meninas. Pus a chave e abri a porta; a copa estava vazia. A cozinha, os degraus. O piano. O carpete. Apalpei a parede vermelha escura. Subi a escada, três degraus de cada vez. Gemidos, camas rangendo. Um corredor vermelho escuro. Uma risada maldosa, uma risadinha. A porta de Eileen, outras portas.
E a certa. Uma bela porta maciça. Minha batida nela foi imperceptível.
Entrei na escuridão e fechei a porta atrás de mim. A persiana de lona voltou ao seu lugar. Não via nada, mas sabia que ela estava na minha frente. Seu pó-de-arroz me sufocava.
— Está no quarto errado.
— Creio que não.
A cama rangeu e agora eu podia vê-la. Uma cabeça tornada enorme por cabelos suficientes para seis ou sete mulheres. A cama gemeu de novo quando ela se inclinou à minha esquerda e acendeu uma lâmpada.
Tiro o chapéu para meu pai. Era linda. E isso vinte anos depois que ele botara os olhos nela. Moveu-se lentamente de volta para o centro da cama. Era toda cabelos e lábios e olhos negros, um pouco além do alcance da lâmpada. Estava usando um robe vermelho que mostrava seus ombros pálidos, e tudo nela era grande. A pele era firme e ainda brilhava como a de uma mocinha.
— Senhora Oblong — eu disse.
— Sou eu?
— Sim.

— Ótimo.
— A própria rainha-mestra — eu disse. — Estou procurando por Gandon.
— O'Gandúin.
— Gandon.
Ela suspirou.
— Tem negócios com o senhor O'Gandúin?
— Tenho.
— Negócios de que natureza?
— Vou matá-lo.
— Entendo.
Não se moveu.
— Você é um homem muito bonito — disse ela.
— É o que dizem. Mas gracejos não vão levá-la muito longe.
— E dinheiro?
— Não.
— Você é idiota — disse ela.
— Provavelmente — eu disse. — Onde posso encontrá-lo?
— Aqui — disse ela. — Mas não agora.
— Espero.
— Não sou uma prostituta — sequer sei seu nome ainda.
— Correto.
— Meninos, meninos. Não sou uma prostituta, homem misterioso em um terno que não lhe pertence. Não sou uma prostituta. No entanto, isto aqui é um bordel. Portanto deverei cobrar pelo tempo que você passar neste quarto esperando pelo senhor O'Gandúin. Talvez prefira esperar lá fora.
— Não — eu disse. — Aqui está ótimo.
— Muito bem — disse ela.
Ficamos olhando um para o outro. Ela era de matar, uma vampe, os cabelos eram falsos. Os lábios, porém, eram reais, vermelhos, enormes e entreabertos. Ela bebeu de um copo que estava embaixo da lâmpada e a menta se juntou ao pó-de-arroz no ar quando ela voltou a encher o copo.
— Ele vai demorar?
Ela suspirou.
— Ah! — disse ela. — Estará aqui imediatamente após escoltar sua esposa para casa depois do teatro.

— Não sabia que ele era casado.
— Sim, certamente — disse ela. — O senhor O'Gandúin decidiu que uma esposa do tipo certo serviria para alavancar sua carreira política. Tenho certeza de que ele a ama. Por que quer matá-lo?
— Ele matou algumas pessoas.
— Pagarei se você conseguir.
Sua língua. Ficava um pouco atrás de seus lábios. Senti-a na minha nuca; tinha tanta certeza que pus minha mão na nuca para sentir sua saliva. Mas estava seca.
— Por quê? — perguntei.
— Você pensa que eu acho que sou uma mulher rejeitada.
— Provavelmente.
— Sim — disse ela. — É razoável. É uma boa história. Mas não é verdade. Estou decepcionada, sim. Estou falando sobre este assunto para você porque acredito que o matará. Ou que ele matará você. Sempre me decepcionaram. Quando tinha treze anos o senhor O'Gandúin me fodeu pela primeira vez. Isto o deixa chocado?
— Não.
— Não. Mas foi dolorido. Ainda dói. E ele não me fode há anos. Estou com medo.
As pessoas morriam, as pessoas viviam, de acordo com os cordões que ela manipulava de sua cama. Meu pai não tinha dúvidas quanto a isso.
— Devo lhe contar por que estou com medo?
— Por que não?
— Ele vai me matar. O senhor O'Gandúin é um político de envergadura nacional, de uma nova nação muito ansiosa de mostrar ao mundo ao que veio. O mundo está observando o senhor O'Gandúin e ele está adorando. Mais do que as meninas aqui desta casa. Mais do que qualquer coisa. Mas não tem tido tanta pressa em desistir de sua vida antiga. Ainda é Alfie Gandon. Estava preocupado que a nova nação não vingasse. Assim, manteve seus antigos negócios. Esta casa. Seus outros interesses. Mas estava errado. A nação vive e ele precisa matar Alfie Gandon. Precisa apagar o passado. Eu sou seu passado e ele vai me apagar. Uma noite, como esta noite talvez, ele decidirá que a hora chegou e me matará. Esta noite.

Ela se sentou; cresceu.

— Está chegando.

Eu não ouvi nada.

— Mate-o — sussurrou ela.

A porta abriu. Fiquei atrás dela com a perna levantada acima de sua cabeça quando ele entrou no quarto e olhou para Dolly Oblong. Através da fresta das dobradiças pude ver que o corredor estava vazio. Olhei para ela e seus olhos não traíram nada. Empurrei a porta com o pé e desci a perna com força na têmpora dele. Ele caiu. Fiquei parado sobre ele, uma perna em cada lado de seu corpo esguio e pequeno. Ainda não havia sangue; eu não tinha quebrado nada. Inclinei-me e o puxei pelos cabelos.

— David Climanis manda lembranças.

Seu corpo enrijeceu; estava pensando. Puxei seu colarinho. Levantei sua cabeça enquanto ele sufocava. Suas mãos se agarraram furiosas ao peito de sua camisa. Arrancou o alfinete do colarinho e caiu para frente. Seu rosto bateu no carpete e fez um ruído abafado. Arranquei o colarinho e joguei para o lado. Procurei embaixo da camisa e achei uma fita azul. Puxei de novo e duas tiras de couro, dois pequenos cadarços de botas, vieram junto com a fita.

— Meu Deus — exclamei. — Era verdade.

Ele tinha os olhos fixos na perna. Eu tinha me inclinado nela, como se fosse uma bengala. Ele jazia quieto, a face contra o carpete.

— Henry Smart — disse ele. — Você se lembra de Henry Smart, Dolly?

— Lembro.

— Apresento-lhe seu filho e herdeiro.

— Boa noite, senhor Smart — disse ela.

— Seu pai ficaria orgulhoso de você — disse Gandon.

— Por que mandou matar Climanis?

— Seu pai jamais faria esta pergunta. Ele era um servo leal e obediente. Embora, isso eu devo admitir, jamais nos conhecemos.

Pus a ponta da perna no meio de sua mão aberta.

— Por que mandou matá-lo?

— Ele roubou algo que me pertencia.

— Maria?

— Exatamente.
— Como assim?
— Ela era minha.

Bati nele de novo. Atingi seu pescoço, mas o carpete amorteceu o golpe.

Ele gemeu e logo riu.

— Preciso de um guarda-costas, Henry. O emprego é seu.
— Não, obrigado.
— Por que não? Já está trabalhado para mim há tanto tempo. Exatamente como seu pai.

Bati com mais força, um golpe mais limpo.

— Todos aqueles espiões. E vocês todos tão dispostos a se livrar deles.

Bati nele.

— Sargento detetive Smith. Deve se lembrar dele. Smith da Divisão G. Arriscou sua vida ao despachar aquele homenzinho ganancioso. E nunca tive a oportunidade de lhe agradecer. Ou pagá-lo, por falar nisso. Quero fazê-lo. Por favor.

Bati nele de novo.

— Pode tomar conta dos meus negócios, Henry. Enquanto eu comando o navio do Estado. Daria certo. Daria certíssimo.

Bati nele de novo.

Ele não desistia.

— Mate-a, Henry. Vou recompensá-lo generosamente. Querida Dolly.

— E o marido de Annie?
— Nunca ouvi falar dele.

Bati nele de novo.

— David Climanis manda lembranças.

Não estava mais com raiva. Estava apenas matando-o. Poderia ter parado.

— Henry Smart manda lembranças.

Ele riu.

— Maria Climanis manda lembranças.

Ele riu.

Bati nele de novo. Quebrei sua cabeça, o carpete estava ensopado e eu também, até ele parar de rir. Mas ainda não estava morto. Dava para notar pelas suas costas, a vida, a inteligência esperando a oportunidade. Havia ossos e massa encefálica nas minhas calças e mãos antes mesmo de eu ter certeza de que terminara e larguei a perna e fiquei em pé, ereto. Minhas costas estavam me matando.

Ela estava sentada exatamente como antes.

— Tem duas coisas que vou lhe dizer — disse ela.

Fui até a janela e limpei as mãos nas cortinas. Lá fora, a rua estava movimentada.

— Ele matou o seu pai.

— Por quê?

— Sabia demais e estava encurralado.

— E a outra?

— Ele matou Maria.

— Por quê?

— Um exemplo para as outras meninas. Ela voltou por um dia, seu rosto totalmente roxo, e depois desapareceu.

— Qual era seu nome de verdade?

— Maria. Ele a batizou assim.

— Não estou entendendo.

— Maria Gandon manda lembranças.

— Filha dele?

— De certa maneira. Ele batizava todas de Maria. Era bom para o negócio.

Parei em frente à cama.

— O que fará agora? — perguntei.

— O que sempre fiz — disse ela. — Sou uma mulher de negócios. Devo estar preparada. Logo vão fechar isso aqui e nos jogar no olho da rua.

— Quem?

— Seus amigos. O novo pessoal.

Ela apontou para os pés da cama, onde o cadáver de Gandon vazava.

— Ele o teria feito — disse ela. — Você vai dar sumiço nele?

— Vou arrastá-lo para fora e deixá-lo lá, assim o encontrarão nos degraus de um puteiro.

— Será removido.

— Por quem?

— Pelos seus amigos. Ou por mim. Um ministro morto nos degraus seria ruim para os negócios. E para a moral de uma nova nação.

— Vou fazê-lo mesmo assim. Você viu o corpo?
— De quem?
— Do meu pai.
— Não.
— Talvez tenha escapado.
Ela pegou seu copo.
— Não é impossível — eu disse.
— Não — concordou ela. — Não é impossível.
Mostrei o cadáver.
— Uma perda de tempo, não foi?
— Não, senhor Smart. Não foi. Não vou cobrar pelo meu tempo.
— Obrigado.
— De nada.

Emergi atrás de Kilmainham. Lavado, purificado. Uma manhã linda, comecei a me secar imediatamente até mesmo antes de me erguer na margem. Deixei a perna na água, antes de entrar no riacho de Carmac a partir do Liffey. Devia estar bem longe agora, no meio da baía. E eu logo a seguiria.

Ainda era muito cedo, mas o punhado de mulheres fazendo vigília no portão principal já estava zunindo, rezando o terço. Madame MacBride, a senhora Despard, Mary e Annie MacSwiney e algumas outras. Kilmainham era agora uma cadeia para as mulheres e moças intransigentes; havia trezentas delas lá dentro, presas pelo governo do Estado Livre. Minha mulher entre elas.

As mulheres pararam de rezar quando viram aquele homem bonito e molhado de pé na frente delas.
— Estou procurando a senhora Smart — eu disse.
— Quem é você?
— O marido.
Uma das mulheres levantou-se.
— Por aqui — disse ela.
Segui-a.
— Adoram as visitas — disse ela. — Ficam animadas por dias. Todas elas.

Viramos a esquina, margeando o muro alto da cadeia, e atravessamos a rua. Ela se virou e apontou para o outro lado da rua,

por cima do trânsito irregular, e acima do muro, para uma das janelas da fileira do andar superior.
— Está vendo aquela janela?
— Estou.
— Espere.
Gritou.
— May! May!
Agora pude ver, uma cabeça apareceu na janela. Não dava para ver o rosto; ele estava alto demais.
Um grito voltou.
— Bom dia!
— Vá buscar a senhora Smart! O marido está aqui para vê-la.
A cabeça desapareceu.
— Vou deixá-lo sozinho.
— Obrigado.
— Por quê?
Não precisei esperar muito. Vi os cabelos na janela e os reconheci logo.
— Olá!
— Olá! — gritei. — Dá para me ver?
— Não!
— Estou ótimo!
— Eu também!
— Estou indo embora!
— Sim!
— Tenho de ir!
— Eu sei!
— Procure por mim!
— Sim!
— Ela é linda!
— Sim! Eles me deixaram ficar com uma foto!
— Linda demais!
— Sim!
— Como você!
— Não diga!
— Qual é o nome dela!?
— Saoirse!
— Oh!

— Você gosta!?
— Sim!
— Tenho de ir! Estão vindo para me arrastar para dentro!
— Procure por mim!
— Pode deixar!
— Procure por mim!
Ela desapareceu.
E eu também. Matei meu último homem.
Quando voltei a passar por elas, as mulheres do portão estavam todas ao redor de um jornal.
— Os rapazes apagaram O'Gandúin — disse Mary MacSwiney.
Ela não estava triste.
— Foi a noite passada — contou-me a mulher que me mostrou a janela. — Voltando para casa da irmandade. Devia estar em estado de graça, apesar de tudo. Ou muito próximo.
Mais um mártir para a velha Irlanda.
Eu estava indo embora. Não podia ficar aqui. Cada lufada desse ar rançoso, cada centímetro quadrado desse lugar zombava de mim, agarrava meus calcanhares. Precisava de sangue para sobreviver e não ia ter o meu. Eu já fornecera o suficiente.
Começaria de novo. Um novo homem. Tinha dinheiro suficiente para chegar a Liverpool e um terno que não me servia. Tinha uma esposa que eu amava na prisão e uma filha chamada Liberdade, que segurei nos braços apenas uma vez. Não sabia para onde estava indo. Não sabia se chegaria lá.
Mas ainda estava vivo. Tinha vinte anos. E me chamava Henry Smart.

Eu não poderia ter escrito *Uma estrela chamada Henry* sem as informações, as idéias, as imagens, as frases, os mapas, as fotografias e as letras de canções que encontrei nos livros a seguir. Meus agradecimentos a seus autores.

Kevin C. Kearns, *Dublin Tenement Life: An Oral History (Habitação coletiva de aluguel em Dublin: Uma história oral)*; Ernie O'Malley, *On Another Man's Wound (Sobre o ferimento de outro homem)*; Robert Kee, *Ourselves Alone (Nós sozinhos)*; Robert Brennan, *Allegiance (Fidelidade à causa)*; Peter Hart, *The I.R.A. and its Enemies: Violence and Community in Cork, 1916-1923 (O IRA e seus inimigos: Violência e comunidade em Cork, 1916-1923)*; W.J. Brennan Whitmore, *Dublin Burning (Dublin em chamas)*; Peter de Rosa, *Rebels (Rebeldes)*; Adrian e Sally Warwick-Haller (orgs.), *Letters from Dublin, Easter 1916: Alfred Fanin's Diary of the Rising (Cartas de Dublim, Páscoa 1916: O diário da Insurreição de Alfred Fanin)*; Max Caulfield, *The Easter Rebellion (A rebelião da Páscoa)*; Piaras F. MacLochlainn, *Last Words: Letters and Statements of the Leaders Executed after the Rising at Easter 1916 (Últimas palavras: Cartas e pronunciamentos dos líderes executados depois da Insurreição da Páscoa de 1916)*; Padraic O'Farrell, *Who's who in the Irish War of Independence and Civil War 1916-1923 (Quem é quem na Guerra de Independência Irlandesa e na Guerra Civil de 1916-1923)*; Sinead McCoole, *Guns and Chiffon (Armas e chiffon)*; Margaret Ward, *Unmanageable Revolutionaires: Women and Irish Nationalism (Revolucionárias incontroláveis: Mulheres e o Nacionalismo Irlandês)*; Erica Bauermeister, Jesse Larsen and Holly Smith, *500 Great Books by Women: A Reader's Guide (500 grandes obras escritas por mulheres: Um guia para o leitor)*; Richard English, *Ernie O'Malley: I.R.A. Intellectual (Ernie O'Malley: Intelectual do I.R.A.)*; Dermot Keogh, *Jews in Twentieth-Century Ireland (Judeus na Irlanda do século XX)*; Tim Pat Coogan, *Michael Collins*; Clair L. Sweeney, *The Rivers of Dublin (Os rios de Dublim)*; J. W. de Courcy, *The Liffey in Dublin (O Liffey em Dublim)*; James Plunkett, *Strumpet City (A cidade de meretrizes)*; James Joyce, *Os dublinenses* e *Ulisses*; Francis Stuart, *Black List, Section H (Lista negra, seção H)*; Dan Breen, *My Fight for Irish Freedom (Minha luta pela libertação da Irlanda)*; Richard Bennett, *The Black and Tans*; John Finegan, *Honor Bright and Nightown*; J.J. Lee, *Ireland 1912-1985: Politics and Society (Irlanda 1912 a 1985: Política e sociedade)*; Luc Sante, *Low Life (A vida da ralé)*; Peter Somerville-Large, *Dublim: The Fair City (Dublim: a bela cidade)*; editores F.H.A. Aalen e Kevin Whelan, *Dublin: From Presbitory to Present (Dublim: do presbitério ao presente)*; Jacinta Prunty, *Dublin Slums 1800-1925: A Study in Urban Geography (Os cortiços de Dublim 1800 a 1925: Um estudo em geografia urbana)*.

Este livro foi composto em Gatineau corpo 10,8 por 13 e impresso em papel off-set 75 g/m² nas oficinas da Bartira Gráfica, São Bernardo do Campo-SP, em julho de 2001